KB244942

93년

93년 하

Quatrevingt-treize

빅또르 위고 장편소설 이형식 옮김

QUATREVINGT-TREIZE
by VICTOR HUGO (1874)

일러두기

1. 번역 대본으로는 갈리마르 출판사의 1979년판을 사용하였습니다.

2. 영어를 제외한 모든 외국어 및 외래어는 한글 음운 체계가 허락하는 한 현지음에 가깝도록 표기하였습니다.

3. 고대 그리스어는 에라스무스의 발음 체계를, 라틴어는 1세기 전후의 발음으로 유추되는 고전 라틴어 발음 규범을 따랐습니다.

4. 복합어의 경우, 원래의 형태를 드러내기 위하여 연음시켜 표기하지 않았으며, 단어와 단어를 연결하는 선(−) 또한 살렸습니다. 그 선의 유무에 따라 의미가 달라지기 때문입니다.

5. 〈f〉 음은 한글 음운 체계에 존재하지 않으므로 혼동 여지의 유무, 인접한 철자와의 관련, 관행 등을 고려하여 〈ㅍ〉이나 〈ㅎ〉으로 표기하였습니다. 〈ph〉, 〈th〉 등도 같은 경우입니다.

6. 이중 모음을 살려 표기하였습니다(쟝, 쟈끄, 쟈베르 등).

7. 특정 교단에서 사용하는 어휘들(수단, 가톨릭, 그리스도, 모세 등)은 원래의 어형이나 발음대로 적었습니다(소따나, 카톨릭, 크리스토스, 모쉐 등).

8. 우리말은 실제 통용되는 단어들을 위주로 사용하였습니다. 국립국어연구언의 표준국어대사전에서 〈~의 잘못〉 혹은 〈~의 북한어〉라고 한 언급들은 따르지 않았습니다.

이 책은 실로 꿰매어 제본하는 정통적인 사철 방식으로 만들어졌습니다.
사철 방식으로 제본된 책은 오랫동안 보관해도 손상되지 않습니다.

제3부 방데에서

제3부
방데에서

제1권
방데

1
숲들

그 시절 브르따뉴에는 무시무시한 숲 일곱이 있었다. 방데 지역 내란은 곧 사제들의 저항이었다. 그 저항의 보조자가 숲이었다. 암흑들[1]은 서로 돕는 법이다.

브르따뉴의 일곱 검은 숲*Forêts-Noires*은 다음과 같았다. 돌과 아브랑슈 간의 통로를 막던 푸제르 숲. 둘레의 길이가 8리으에 이르는 프랭쎄 숲. 좁은 골창들과 개천들이 무수히 많으며, 베농 쪽에서의 진입이 거의 불가능하고, 왕당파들의 읍인 꽁꼬르네로 물러서기 용이했던 뺑뿡 숲. 도시들 근처에는 항상 많았던 공화파 교구들에서 울리던 경종 소리가 들리던 렌느 숲. 쀠제가 포까르를 그곳에서 잃었다. 샤레뜨라는 야수가 깃들었던 마슈꿀 숲. 라 트레무이유 가문과 고뱅 가문과 로앙 가문의 소유였던 가르나슈 숲. 요정들의 소유였던 브로셸리

---

1 숲과 사제들을 가리킨다. 예수교를 비롯한 다른 모든 미신들을 〈어둠의 세력〉으로 간주하던 것이 당시 대다수 문인들의 시각이었다.

앙드 숲.[2]

브르따뉴의 어느 귀족은 〈일곱 숲의 영주〉라는 칭호를 가지고 있었다. 그는 브르따뉴 대공인 퐁뜨네 자작이었다.

프랑스 대공과 구별되는 브르따뉴 대공[3]이 실제로 있었다. 로앙 가문 사람들은 브르따뉴 대공들이었다. 가르니에 드 쎙뜨는, 공화국 제2년 설월(雪月) 15일, 혁명 의회에 제출한 보고서에서, 딸몽 대공을 가리켜 〈산적들의 까뻬, 멘느와 노르망디의 군주〉라고 하였다.

1792년부터 1800년에 걸친 브르따뉴 숲 이야기들은 별도로 엮일 수도 있으며, 방데 내란의 거대한 사건과 하나의 전설처럼 섞일 수도 있을 것이다.

역사가 나름대로의 진실을 가지고 있다면, 전설 역시 특유의 진실을 가지고 있다. 전설적 진실은 역사적 진실과 그 본질이 다르다. 전설적 진실은 하나의 창안이로되, 그것의 결과는 현실이다. 뿐만 아니라, 역사와 전설은 같은 목표를 가지고 있는바, 그 목표란 순간적인 인간 밑에 감추어져 있는 영원한 인간을 묘사하는 것이다.

전설이 역사를 보충해 주지 않으면, 방데 내전은 완벽하게 설명될 수 없다. 전반을 설명하기 위해서는 역사가 있어야 하지만, 세부 사항들을 설명하기 위해서는 전설이 필요하다.

방데 내전은 그 둘을 빌려 설명할 가치가 있다고 해두자. 방데 내전이 하나의 경탄할 만한 사건이기 때문이다.

그토록 멍청하되 찬연하고, 그토록 가증스럽되 장엄한, 무

2 특히 마법사 메를랭과 비비안느(호수의 귀부인)의 사랑으로 유명하다.
3 〈대공〉은 왕족을 뜻한다. 까뻬 왕조와 구별되는 브르따뉴의 왕조가 있었다는 말이다.

지한 자들의 그 전쟁이, 프랑스를 절망에 빠뜨리며 동시에 프랑스의 자긍심을 높여 주었다. 방데 내전은 영광으로 여겨질 수 있는 하나의 상처이다.

어떤 순간에는 인간 사회가 특유의 수수께끼를 드러내는데, 현명한 이들에게는 그것들이 풀려 광명으로 변하고, 무지한 이들에게는 어둠과 폭력과 야만스러운 행위로 변한다. 철학자는 규탄하기를 주저한다. 그는 문제들이 야기하는 동요를 감안한다. 문제들이란, 구름 덩이들처럼, 자신들의 밑에 그늘을 드리우지 않고는 지나가지 않는다.

방데 내전을 이해하고자 한다면, 한쪽에 프랑스 혁명이 있고 반대쪽에 브르따뉴의 농민들이 있는 대치 상태를 상상해 보기 바란다. 모든 호의가 일시에 가하는 광막한 위협, 문명의 급작스러운 노기, 맹렬한 진보의 과도함, 터무니없고 이해할 수 없는 개선 등, 그 비할 데 없는 사건들의 정면에, 우유와 밤으로 연명하며 자기의 초가와 울타리와 자기의 도랑밖에 모르는, 종소리만 듣고 인근의 각 마을을 구별하는, 음료로 오직 물만 마시는, 야만스럽게 수놓은 듯한 뻣뻣한 털들이 아라베스크 문양을 이룬 가죽 상의를 등에 걸친, 자기네 선조들인 켈트인들이 얼굴에 문신을 그렸듯 옷에 문신을 넣는, 자기를 죽일 망나니를 주인으로 섬기는, 자기의 사유(思惟) 속에 무덤 하나를 조성하는 짓과 다름없는 짓을 하는, 즉 이미 죽은 언어[4]를 사용하는, 소를 모는, 낫을 벼리는, 메밀밭을 매는, 메밀을 반죽하여 떡 만드는, 먼저 자기의 쟁기에 경배드린 다음 할머니에게 경배드리는, 성처녀와 소복한 귀부인[5]을 동시

---

4 옛사람들이 사용하던 언어를 가리킨다. 여기에서는 브르따뉴어를 가리키는데, 그 말이 실은 오늘날에도 공용어로 사용된다.

에 밑는, 주제단 앞에서뿐만 아니라 황야 한가운데에 서 있는 신비한 높은 돌[6] 앞에서도 경건해지는, 들판에서 밭을 갈고 연안 바다에서 고기를 잡으며 총림 속에서 밀렵을 하는, 자기의 왕들과 상전들과 사제들과 자기 몸의 이[蝨]들을 사랑하는, 인적 없는 막막한 모래톱 위에서 깊은 생각에 잠긴 듯 몇 시간 동안이고 꼼짝도 하지 않으며 음산한 기색으로 바다에 귀를 기울이는, 눈빛 맑고 머리카락 길게 늘어뜨린 그 엄숙하고 기이한 야만인을 마주 놓아 보아라.

그런 다음, 그 소경이 그 광명을 받아들일 수 있었을지 생각해 보기 바란다.

2
인간들

농민에게는 두 의지처가 있다. 그를 먹여 살리는 들판과 그를 숨겨 주는 숲이 그것들이다.

브르따뉴의 숲들이 정확히 무엇이었는지를 상상하기는 쉬운 일이 아닐 것이다. 그것들은 곧 도시들이었다. 가시덤불들과 잡목 가지들이 도저히 풀 수 없을 상태로 뒤얽힌 양상, 그것보다 더 막무가내이고 사나운 것은 없을 것이다. 끝없이 펼쳐진 덤불은 부동성과 고요함의 거처였다. 외양이 그보다 더 죽은 듯하고 무덤 같은 적막은 없을 것이다. 순식간에, 그리

5 la Dame blanche. 요정, 마녀, 유령 등을 가리킨다. 유럽 전역에 퍼져 있는 미신인데, 특히 19세기 이후 프랑스 문인들의 작품에서는 그니에브르나 멜뤼진느, 비비안느, 아발론 섬 여인들의 현신으로 묘사되고 있다.
6 브르따뉴 지방에서 흔히 발견되는 선돌을 가리킨다.

고 번개처럼 단번에 잡목들을 잘라 낼 수 있다면, 문득 그 속에서 사람들이 우글거리는 것이 보일 것이다.

입구가 둥글고 좁으며, 돌 뚜껑과 나뭇가지들로 덮여 있는 일종의 우물이, 처음에는 수직으로 파여 내려가다가 어느 순간 수평으로 방향을 바꾸어, 깊은 지하에서 깔때기 모양으로 점점 넓어지다가, 암흑처럼 어두운 방들로 이어지는데, 그것이 캄뷔세스[7]가 이집트에서 발견한 것이며 동시에 베스떼르만이 브르따뉴에서 발견한 것이다. 이집트의 것은 사막에 있었고, 브르따뉴의 것은 숲 속에 있었다. 이집트의 동굴 속에는 시신들이 있었으되, 브르따뉴의 지하 동굴 속에는 산 사람들이 있었다. 미동 숲에서도 가장 원시적인 지점에, 무수한 지하 갤러리와 벌집 구멍들이 뚫려 있었고, 정체 모를 사람들이 끊임없이 그 속에서 왕래하고 있었는데, 그곳을 가리켜 〈대도시〉라고 하였다. 외견상 그곳 못지않게 원시적이고, 그 밑에 그곳 못지않게 많은 사람들이 머물고 있던 또 다른 숲 속 공터는 〈왕의 광장〉이라고들 불렀다.

브르따뉴 지방 사람들이 그렇게 지하에서 삶을 영위하게 된 기원은 까마득히 먼 과거로 거슬러 올라간다. 그 지방에서는 태곳적부터 사람들이 사람들에게 쫓기며 살아야 했다. 나무들 밑에 파충류들의 소굴이 파이게 된 것은 그러한 사연 때문이다. 그러한 소굴이 파이기 시작한 것은 드루이다[8]들의 시절부터이며, 따라서 그 지하 동굴들 중 몇몇은 고인돌들만큼

7 페르시아의 왕(재위 B.C. 530~B.C. 522)으로, 기원전 525년에 이집트를 정벌하였다.
8 갈리아 지방이 로마에 의해 정벌되기 전, 그 지방의 신앙, 교육, 사법 등을 담당하던 사제들을 가리킨다. 드루이다교의 핵심은 윤회 신화였다고 한다. 흔히 켈트인들의 종교라고도 한다.

이나 오래되었다. 전설의 유충들과 역사의 괴물들이 일찍이 그 어두운 고장을 휩쓸고 지나갔다. 퇴타테스,[9] 카이사르,[10] 호엘,[11] 네오멘느,[12] 잉글랜드의 죠프라,[13] 알랭-강-드-훼르,[14] 삐에르 모끌레르,[15] 블루와 가문의 프랑스 지파,[16] 몽포르 가문의 잉글랜드 지파,[17] 왕들과 공작들, 브르따뉴의 아홉 남작, 특별 재판의 판사들, 렌느의 백작들을 상대로 싸움질을 벌이는 낭뜨의 백작들, 떠돌이 용병들, 부랑배들, 영주들과 왕들이 고용하던 용병들, 르네 2세, 로앙 자작, 국왕이 파견한

9 켈트인들의 신으로 알려져 있다.

10 기원전 58년 율리우스 카이사르가 갈리아 정벌에 나섰을 때, 켈트인들이 대서양 연안(아르-모르, 즉 브르따뉴 지방)으로 대거 이주하였고, 그곳으로부터 다시 콘월, 웨일즈, 잉글랜드, 아일랜드 등지로 건너갔다고 한다.

11 웨이스의 『브루트 이야기』에서 아서 왕의 조카이며 브르따뉴의 왕으로 등장하며, 트리스탄과 이즈의 전설에서 역시 휘니스떼르 지역 까르헤 성의 성주로 등장한다.

12 브르따뉴 연안 지역에 은거하던 성자였다고 한다. 알베르 르 그랑의 『성자 열전』에 소개된 인물이다.

13 그레이트 브리튼에서 노르망디 왕조에 뒤이어 쁠랑따쥬네 왕조(1154~1485)를 연 앙주 백작 죠프롸 5세(1111~1151)와 그 자식들(다섯 앙주 백작)을 가리키는 듯하다.

14 직역하면 〈강철 장갑의 알랭〉이 되겠으나, 실은 〈완벽한, 용감한〉을 의미하는 켈트어 〈완벽한(용감한) 알랭Alain fergant〉의 와전일 듯하다. 브르따뉴 공작 알랭 4세(1060?~1119)를 가리킨다.

15 루와르 강 하구 지역 마슈꿀의 영주였다고 한다. 젊은 시절에 사제의 길로 들어섰다가 환속하였던지라 모끌레르mauclerc(못된 신학생, 수도사)라는 별명을 얻었다고 한다.

16 오를레앙 가문을 가리키는 듯하다. 브르따뉴의 마지막 공작 프랑수와 2세의 딸 안느 드 브르따뉴(1476~1514)가 루이 12세와 결혼하였고, 블루와에서 죽었다.

17 십자군 원정과 특히 알비 토벌전(1209~1229, 흔히 〈성전(聖戰)〉이라 함)에서 명성을 떨친 몽포르 백작(1150~1218)의 아들 레스터 백작(1200~1265)과 그 후손을 가리킨다.

관리들, 쎄비녜 부인[18]의 저택 창문에서 내려다보이는 나무에다 농민들의 목을 매달던 그 〈착한 손느 공작〉,[19] 15세기에는 영주들의 도살장, 16세기부터 17세기까지는 종교 전쟁, 18세기에는 사람을 사냥하기 위해 훈련된 개 3만 마리 등, 그 무시무시한 짓밟기 밑에서 견디다 못하여, 백성들은 아예 잠적하는 편을 택하였다. 트로글로뒤테스[20]들은 켈트족에 쫓겨, 켈트족은 로마인들에 쫓겨, 위그노들은 카톨릭교도들에 쫓겨, (소금) 밀수꾼들은 세관원들에 쫓겨, 차례로 숲 속으로 피하였고, 그다음에는 지하로 숨었다. 야수들의 수단이다. 폭정이 뭇 백성들을 그 지경으로까지 내몬다. 2천 년 전부터, 정복 전쟁, 봉건 제도, 광신적 종교, 세금 등 온갖 형태의 폭정이 그 가엾은 브르따뉴를 들볶아 넋을 잃게 하였다. 일종의 냉혹한 몰이꾼 사냥이 형태를 바꾸어 가며 계속되었다. 그리하여 사람들이 지하로 잠적하게 되었다.

프랑스 공화국이 폭발하듯 선포되었을 때, 일종의 분노인 극도의 두려움이 영혼들 속에서, 그리고 짐승의 굴들은 숲 속에서, 폭발할 준비가 되어 있었다. 브르따뉴는 그 강력한 해방이 자신에게 가해지는 박해인 줄 알고 저항하였다. 노예들이 흔히 품는 오해이다.

18 부군과 사별한 후 브르따뉴 지방의 로쉐에 물러나 살았다고 한다.

19 17세기에 시작되어 현재까지도 그 작위가 이어져 내려오지만, 그들의 행적에 대한 전설들은 확인하지 못하였다.

20 에티오피아의 원시인들을 가리키던 고대 그리스어이다. 원래 고유 명사였으나 18세기 초(몽떼스끼유 『페르시아인의 편지』)부터 프랑스에서 보통 명사로 사용되기 시작하였고, 지하 동굴에 사는 미개인들 전반을 가리키게 되었다.

3
인간과 숲의 공모

브르따뉴의 비극적인 숲들이 자기들의 유구한 역할을 다시 맡아, 지난 세월에 그랬듯이, 그 항전의 하녀 및 공모자가 되었다.

어떤 숲의 지하는 비밀 갱도들과 벌집 같은 공간들 및 갤러리들이 사방으로 뚫리고 엇갈려 있어, 마치 석산호(石珊瑚)의 내부 같았다. 그 캄캄한 공간마다 대여섯 사람씩 은신하고 있었다. 그 속에서는 호흡하기가 곤란하였다. 매우 기이한 수치(數値)들이 전하는데, 그것을 보면 그 대대적인 농민들의 반란이 얼마나 강력하게 조직되었었는지 알 수 있다. 일르-에-빌렌느 지역에 있으며 딸몽 대공의 피신처였던 뻬르트르 숲에는, 숨소리 하나 들리지 않았고 인간의 흔적조차 없었지만, 그 지하에는 포까르가 이끄는 사람들 6천 명이 있었다. 모르비앙 지역의 뫼락 숲에는 사람의 그림자조차 보이지 않았건만, 그 속에 8천 명이 있었다. 하지만 그 두 숲, 즉 뻬르트르 숲과 뫼락 숲은, 브르따뉴 지방의 큰 숲들 축에도 들지 못하였다. 그것들 위로 행군할 경우, 끔찍한 일들이 벌어졌다. 그 아래층을 이루고 있는 일종의 미로 속에 납작 엎드려 있던 투사들로 가득한 그 위선적인 총림들은, 일종의 어둡고 거대한 해면 덩어리 같았고, 혁명이라는 거인의 발이 그것을 밟자, 내전이 그것으로부터 솟구쳐 나왔다.

보이지 않는 전투 부대들이 엿보고 있었다. 아무도 모르는 그 군대들이 공화파 군대들의 밑에 뱀들처럼 포진해 있다가, 문득 땅속으로부터 나왔다가는 신속히 다시 들어갔다. 무수히 솟구쳤다가 안개처럼 잦아들곤 하던 그들은 사방에 편재하는 속성과 분산되는 속성을 가지고 있었다. 눈사태이다가 문득 먼지로 변하였다. 자신의 몸을 마음대로 왜소하게 변형시키는 능력을 구비한 거한이었다. 싸울 때에는 거인이다가 사라질 때에는 두더지였다.

큰 숲들만 있었던 것이 아니다. 작은 숲들도 있었다. 도시들보다 작은 마을들이 있듯이, 큰 숲들보다 작은 잡목림들이 있다. 큰 숲들을, 사방에 흩어져 있던 작은 숲들이 미로 역할을 하며 서로 연결시켜 주었다. 요새로 변한 고성(古城)들, 병영으로 변한 외딴 마을들, 매복처로 변한 농장들이 광대한 그물을 형성하였고, 소작지 농가들은 그 그물의 코들이었다. 공화파 군대들이 그 그물에 걸려들곤 하였다.

그것이 흔히들 보까주[21]라고 부르던 프랑스 서부 지방 특유의 풍경이었다.

그러한 풍경을 형성하는 숲들로 다음과 같은 것들이 있었다. 중앙에 연못 하나가 있고, 쟝 슈앙이 차지하고 있던 미동 숲. 따이유훼르의 수중에 있던 젠느 숲. 구즈-르-브뤼앙의 소굴이었던 위쓰리 숲. 사도 파울루스 성자라는 별명을 가지고 있었으며 바슈-누와르 진지의 우두머리였던 꾸르띠예-르-바따르의 소굴 샤르니 숲. 아무도 알 수 없는 극비의 목적을 위하여 쥐바르데이유의 지하 공간에 숨겨 두었던, 그 수수께끼 같은 쟈끄 공의 수중에 있던 뷔르고 숲. 샤또뇌프에 주둔하던 공화파 군대의 습격을 받자, 그들의 전열로 돌진하여 척탄병들을 두 팔로 우악스럽게 휘감아서 포로로 잡아 자

21 le Bocage. 브르따뉴와 노르망디에서 나무를 심은 제방으로 둘러싸인 목초지를 가리키는 말이다. 원의는 〈작은 숲〉이다.

기네 진영으로 끌고 간, 삐무쓰와 쁘띠-프랭스가 활약하던 샤로 숲. 롱그-화이유 초소의 패주를 지켜본 외르즈리 숲. 렌느와 라발 사이의 길을 감시하는 장소로 사용되던 온느 숲. 트레무이유 가문의 어느 대공이 나무 공 놀이를 하여 땄다는 그라벨 숲. 샤를르 드 부와아르디가 베르나르 드 빌르뇌브의 뒤를 이어 지배하던 북쪽 연안 지역의 로르쥬 숲. 퐁뜨네 근처에 있으며, 레뀌르가 그곳에서 싸움을 걸었을 때 샬보가 다섯 사람을 상대로 흔쾌히 응해 주었던 바냐르 숲. 그 옛날, 대머리 샤를르의 아들 에리뿌와 알랭 르 르드뤼가 서로 차지하려고 다투던 뒤롱데 숲. 그 변두리 황야에서 꼬끄로가 포로들의 머리를 양털처럼 깎았던 크로끌루 숲. 쟝브-다르쟝이 모리에르에게, 그리고 모리에르가 쟝브-다르쟝에게, 서로 호메로스풍의 욕설을 퍼붓던 장면을 목격한 크롸-바따이유 숲. 빠리에서 파견한 전투 부대 하나가 수색하는 것을 우리가 이미 본 그 쏘드레 숲. 그것들 이외에도 다른 많은 숲들이 있다.

그 크고 작은 숲들 속에 두령의 소굴 주위에 집결해 있던 지하 마을들만 있었던 것은 아니다. 그것들 이외에도 낮은 오두막들로 이루어진 외딴 마을들이 나무 밑에 숨어 있었으며, 그 수가 어찌나 많은지 숲을 가득 채울 지경이었다. 그리하여 연기가 그들을 배신하는 경우도 빈번했다. 미동 숲에 있던 그러한 마을들 중 둘이 명성을 떨쳤는데, 그 하나는 레땅 근처에 있던 로리에르였고, 다른 하나는 쎙-우앵-레-뚜와 쪽에 있던 오두막 집단으로, 뤼-드-보라고들 불렀다.

여인들은 오두막 속에 기거하였고, 남자들은 지하 묘지에 머물렀다. 그들은 그 전쟁을 위하여 요정들의 갤러리와 켈트

인들의 태곳적 갱도들을 사용하였다. 그렇게 땅속에 묻힌 남
자들에게 먹을 것을 가져다주곤 하였다. 그들 중, 잊혀서, 굶
어 죽은 사람들도 있었다. 자기들이 들어가 있던 우물 뚜껑을
열 줄 모르던 변변치 못한 사람들이었다. 대개 이끼와 나뭇가
지들로 엮은 그 뚜껑들이 어찌나 교묘하게 만들어졌던지, 밖
에서는 풀포기들 사이에 있는 그것들을 전혀 분별할 수 없지
만, 안에서는 그것들을 여닫기가 쉬웠다. 그러한 도피처를 팔
때에는 세심한 주의를 기울였다. 그리하여, 구덩이에서 나오
는 흙은 가까이에 있는 연못 속에 버렸다. 지하의 벽과 바닥
은 고사리와 이끼로 감쌌다. 그들은 그 초라한 구석을 〈거처〉
라 하였다. 햇볕도, 불도, 빵도, 공기도 없다는 점을 제외하고
는, 그곳이 편안하였다.

　살아 있는 사람들의 세계로 경솔하게 다시 올라가려고 함
부로 땅을 헤집었다가는 심각한 결과를 초래할 수도 있었다.
행군하는 군사들의 가랑이 사이로 불쑥 솟아오를 수도 있었
으니 말이다. 무시무시한 숲들이었다. 이중의 덫이었다. 청군
은 함부로 들어갈 수 없었고, 백군은 함부로 나올 수 없었다.

4
지하에서의 생활

　야수들의 동굴 속에 있던 사람들이 권태감에 사로잡히기도
하였다. 밤이면 가끔, 모든 위험을 무릅쓰고, 그들이 밖으로
나와 근처 황야로 나가 춤을 추곤 하였다. 혹은 무료함을 달
래기 위하여 기도를 하였다. 〈날마다 쟝 슈앙이 우리들로 하
여금 묵주를 만지작거리게 하였다.〉 부르두와조의 술회이다.

축제의 계절이 되면, 바－멘느 지역 사람들이 〈밀 다발 축제〉에 참석하러 가기 위하여 밖으로 나가는 것을 막을 수 없었다. 어떤 사람들은 기발한 생각을 해내기도 하였다. 트랑슈－몽따뉴라는 별명을 가진 드니는, 여인으로 변장하고 라발에서 공연하는 희극을 관람한 다음, 태연히 구멍으로 돌아오기도 하였다.

그리하여 별안간 목숨을 잃고, 은신처를 떠나 무덤으로 직행하는 경우도 있었다.

때로는 그들이 구덩이의 뚜껑을 쳐들고, 멀리서 싸움이 벌어지고 있는지를 알고자 귀를 기울이곤 하였다. 그렇게 귀로 전투의 추이를 짐작하였다. 공화파 군대의 사격이 규칙적이고 가지런한 반면, 왕당파들의 사격은 분산되어 있었다. 그러한 차이가 그들을 안내하였다. 공화파 군사들의 사격이 문득 멈출 경우, 그것은 왕당파 군사들이 열세라는 신호였다. 반면 급격하고 불규칙한 사격이 계속되면서 지평선 저쪽으로 멀어질 경우, 그것은 왕당파들이 승세를 잡았다는 신호였다. 백군들은 항상 패주하는 적을 추격하지만, 청군은 결코 그러는 법이 없었다. 그 고장 자체가 잠재적인 적이었기 때문이다.

그 지하 세계의 교전자들은 기막히게 정확한 정보망을 가지고 있었다. 그들의 통신 수단만큼 빠르고 신비한 것은 없다. 그들이 모든 교량을 파괴하고 수레들을 부수었으나, 그들에게는 서로에게 모든 말을 하고 알리는 수단이 있었다. 비밀 연락원들이 숲과 숲 사이에, 마을과 마을 사이에, 농장과 농장 사이에, 초가와 초가 사이에, 덤불숲과 덤불숲 사이에 연결 고리를 형성하고 있었다.

멍청해 보이는 농사꾼이 들고 있는 속 빈 막대기 속에 지금

서한이 들어 있기도 하였다.

지난날의 제헌 의회 의원이었던 보에띠두가, 공화국의 새로운 통행권들을, 성명란은 공백으로 남겨 둔 채 그들에게 나누어 주어, 그들이 브르따뉴의 이쪽 끝에서 저쪽 끝까지 자유롭게 다닐 수 있게 하였는데, 그 반역자는 그러한 통행권을 뭉치로 가지고 있었다. 그들에게서 무엇을 알아내기란 불가능했다. 〈40만 명 이상에게 알려진 비밀도 철두철미 지켜졌다.〉 뿌제의 말이다.

남쪽에는 싸블르와 뚜아르를 잇는 선으로, 동쪽에는 뚜아르와 쏘뮈르를 잇는 선 및 뚜웨 강으로, 북쪽에는 루와르 강으로, 서쪽에는 대양으로 닫힌 그 사변형 요새가 하나의 신경 조직으로 이루어진 듯, 그 지역의 어느 한 지점이 전율하면 전 지역이 요동하였다. 눈 깜짝할 사이에 누와르무띠에의 일이 뤼쏭에 알려졌고, 크라-모리노 진영에서 일어나는 일을 라루 진영이 알았다. 마치 새들이 매사에 참여하는 것 같았다. 오슈가 공화국 제3년 수확월[22] 7일에 발송한 보고서에는 이러한 구절이 있다. 〈그들에게 전신기(電信器)가 있다고 여겨질 지경이다.〉

스코틀랜드 사람들처럼 그들은 무수한 동아리들을 형성하고 있었다. 각 소교구마다 우두머리가 있었다. 내 선친께서 그 전쟁을 치르신지라, 내가 그 이야기를 할 수 있다.[23]

---

22 6월 19, 20일~7월 19, 20일.

23 작가의 부친 레오폴드 위고가 1793년에서 1794년 사이 방데 전투에 참가한 것은 사실이다. 하지만 소설의 이 부분에 그러한 사실이 언급된 것은 조금 의외이다.

5
전쟁 중의 일상생활

그들 중 대부분이 가진 무기라고는 창밖에 없었다. 수렵용 가벼운 소총은 많았다. 보까주 지역[24]의 밀렵꾼들이나 로루 지역의 밀수꾼들보다 더 뛰어난 사수들은 없을 것이다. 그들은 소름 끼치고 끈질긴 기이한 투사들이었다. 토벌군 30만을 동원한다는 포고령이 반포되자,[25] 6백여 개 마을에서 일제히 경종을 울렸다. 모든 지점에서 동시에 불똥이 탁탁거리며 튀었다. 뿌와뚜와 앙주 지역이 같은 날 폭발하였다. 최초의 으르렁거림이, 8월 10일 사태 한 달 전인 1792년 7월 8일, 케르바데르 황야에서 들렸다는 사실을 말해 두자. 오늘날에는 사람들의 뇌리에서 사라진 알랭 르들레르가 라 로슈쟈끌랭과 쟝 슈앙의 선구자였다. 왕당파들은, 복종하지 않을 경우 사형에 처하겠다고 하며, 몸이 성한 사람이면 누구나 가리지 않고 동원하였다. 마소와 수레와 식량을 징발하였다. 그리하여 싸뻬노는 농민군 3천을, 까뜰리노는 1만을, 스또플레는 2만을 순식간에 동원하였고, 샤레뜨는 누와르무띠에의 주인이 되었다. 또한, 쎄뽀 자작은 오-앙주를, 디오지 기사는 앙트르-빌렌느-에-루와르를, 트리스땅 레르미뜨는 바-멘느를, 이발사 가스똥은 게메네 시를, 그리고 베르니에 사제는

24 원래는 노르망디의 꼬땅땡 반도에 있는 황무지를 가리키는 고유 명사였으나, 브르따뉴의 렌느 인근 지역도 가리키게 되었으며, 그 지역을 브르따뉴의 보까주Bocage breton라고 한다. 북쪽으로부터 시계 방향으로 돌-푸제르-비트레-샤또브리앙-르동-쁠로에르멜-몽포르-디낭을 잇는 선 안에 있는 지역이다.
25 1793년 2월 24일 혁명 의회.

나머지 전 지역을 들쑤셔 놓았다. 그 거대한 무리를 선동하는 데는 지극히 하찮은 일이면 충분했다.

공화파 교구 사제 — 그들은 저주 퍼붓기 좋아하는 사제라 하였다 — 가 평소 미사를 올리던 주제단의 감실(龕室) 속에 검은 고양이 커다란 것 하나를 숨겨 두었다가, 그것이 미사 도중에 별안간 밖으로 뛰쳐나오도록 하면 충분했다. 그러면 농민들이 그것을 보고 〈마귀〉라고 외쳤고, 그 교구 전체가 들고일어났다. 모든 고해실에서 불길이 쏟아져 나왔다. 공화파 군대를 습격하고 협곡들을 건너뛰는데, 그들은 〈훼르떼〉라고 부르는 길이 15삐에 되는 막대를 사용하였다. 그 막대는 전투용이면서 동시에 도주용 무기였다. 농민들이 공화파 군대의 방진을 공격할 때, 싸움이 가장 격렬한 순간에도, 그 전장에서 십자가나 예배당을 보면, 그들은 일제히 무릎을 꿇고, 총탄이 쏟아지는 그 속에서, 각자 기도문을 읊조렸다. 그렇게 묵주 기도를 마친 다음, 아직 살아 있는 사람은 다시 일어서서 적을 향하여 돌진하였다. 그 어떤 거인들인가! 애석한 일이었다! 그들은 질주하면서도 자기들의 총을 장전하였다. 그들의 특기였다. 하지만 그들을 속이기는 쉬웠다. 사제들은, 자신들이 노끈으로 잠시 세게 묶어 붉게 만든 다른 사제들의 목을 가리키며 그들에게 말하였다. 「참수형을 당하였다가 부활하신 분들이오!」 그들은 나름대로의 열렬한 기사도에 사로잡히기도 하였다. 그리하여, 군도의 가격을 받고도 끝끝내 깃대를 놓지 않은 공화파 군대의 기수 휀스끄를 지극히 존경하였다. 그 농민들은 야유도 할 줄 알았다. 그들은 결혼한 공화파 사제들을 가리켜 〈바지 없는 자들로 변한 빵모자 없는 자들〉[26]이라 하였다. 그들이 처음에는 대포를 두려

위하였지만, 이내 몽둥이를 들고 달려들어 대포를 탈취하기도 하였다. 그들이 처음 탈취한 것은 미끈한 청동제 대포였는데, 그들은 그것에게 〈선교사〉라는 이름을 부여하였다. 그다음에, 카톨릭 전쟁들[27] 시절에 사용되던 대포 하나를 빼앗았는데, 그것에는 리슐리으의 가문(家紋)과 마리아의 형상 하나가 새겨져 있었다. 그 대포에는 〈마리-쟌느〉라는 이름을 부여하였다. 그들이 퐁뜨네 시를 빼앗길 때 〈마리-쟌느〉도 잃었는데, 그 대포를 잃지 않으려고 버티던 농민 6백여 명이, 군소리 한마디 없이 쓰러졌다. 얼마 후 그들이 〈마리-쟌느〉를 되찾기 위하여 퐁뜨네를 탈환하였고, 그 위에 나리꽃 문양 깃발을 꽂은 다음 그것을 끌고 다니면서, 지나가는 여인들로 하여금 그것에 입 맞추게 하고 꽃으로 뒤덮었다. 그러나 대포 두 문으로는 부족했던 모양이다. 스또플레가 〈마리-쟌느〉를 탈취하자, 그것을 시샘하던 까틀리노가 뺑-앙-망주를 떠나 쟐레를 급습하여 세 번째 대포를 노획하였다. 그러자 포레가 쎙-플로랑을 공격하여 네 번째 대포를 빼앗았다. 다른 두 지휘관은, 즉 슈쁘와 쎙-뽈은, 더 혁혁한 공을 세웠다. 그들은 나무토막들로 대포 모형을 만든 다음, 그것들 곁에 인체 모형들을 세워 포병들처럼 꾸몄다. 두 사람은 그 포병 부대 앞에서 호탕하게 웃었으며, 그것으로 마이유에서 공화파 군대를 물러가게 하였다. 그야말로 그들의 한창 시절이었다. 얼마 후, 샬보가 라 마르손이에르를 패주시켰을 때, 농민들은

26 〈바지 없는 자들〉은 과격 공화파를 가리키는 *sans-culottes*를 그대로 옮긴 것이다. 한편 〈빵모자 없는 자들*sans-calottes*〉이란 사제의 빵모자를 벗은 자들, 즉 사제의 직분을 저버린 자들을 가리키는 듯하다.

27 1562년부터 1599년까지 8차에 걸쳐 계속된 종교 전쟁과 그 여파로 18세기까지 이어진 크고 작은 전쟁들을 가리키는 듯하다.

그 불명예스러운 전장에 영국군의 가문이 새겨진 대포 서른 두 문을 버리고 달아났다. 당시 영국이 프랑스 왕족들의 전쟁 비용을 지불하고 있었다. 〈왕제(王弟) 각하[28]께 자금을 보내곤 하였는데, 누군가가 피트[29] 씨에게 말하기를, 그것이 예의에 합당하다고 하였기 때문이다.〉 낭띠아가 1794년 5월 10일에 쓴 한 구절이다. 멜리네 또한, 3월 31일 자 보고서에 다음과 같은 구절을 남겼다. 〈반란군들의 구호는《영국군 만세!》이다.〉 농민들이 노략질을 하느라고 한곳에 지체하곤 하였다. 그 신심 깊은 사람들이 도둑들로 변하였다. 야만인들에게도 나름대로의 못된 버릇이 있다. 훗날 그들이 문명의 손에 잡히게 된 것은 그 못된 버릇들 때문이다. 〈내가 여러 차례 뿔렐랑 읍을 노략질로부터 보호하였다.〉 뿌이제가 자신의 책 제2권 187페이지에 남긴 말이다.[30] 그리고 434페이지에는, 그가 몽포르 읍내로 진입하지 않으려 한 동기가 드러나 있다. 〈쟈꼬뱅당원들의 집들이 약탈당하는 것을 피하기 위하여 먼 길로 우회하였다.〉 반란군이 숄레 시를 털었다. 샬랑 읍은 아예 송두리째 삼켰다. 그랑빌에서의 노략질에 실패한 후, 빌르-디으를 털었다. 그들은 공화파 군대와 손잡은 촌사람들을 지목하여 〈쟈꼬뱅 덩어리〉라고 부르면서, 그 사람들을 색출하여 박멸하였다. 그들은 병사들처럼 살해하기를 좋아하였고, 산적들처럼 대량 학살을 즐겼다. 〈개새끼들〉, 즉 도시나 읍에

---

28 루이 16세의 아우이자 훗날의 샤를르 10세(재위 1824~1830)인 아르뚜와 백작(1757~1836)을 가리키는 듯하다.

29 영국의 재무상이었던 윌리엄 피트(1759~1806)을 일컫는 듯하다.

30 뿌이제(1755~1827)가 끼브롱 상륙 작전(1795년 6~7월)의 선봉을 맡았다가 실패하여, 다시 영국으로 망명한 후 집필한 『왕당파의 역사에 일조가 될 회고록』(1808)을 가리키는 듯하다.

사는 사람들을 총으로 쏘아 죽이는 것이 그들의 즐거움이었으며, 그들은 그 짓을 가리켜 〈사순절 금육을 깨뜨린다〉고 하였다. 퐁뜨네에서는, 그들을 이끌던 사제들 중 하나인 바르보땡 주임 사제가, 어느 노인 하나를 군도로 내리쳐 살해하였다. 쌩-제르맹-쉬르-일르에서는, 귀족이며 그들의 두령들 중 하나였던 자가, 그곳 대소인(代訴人)을 총으로 쏘아 죽이고 그의 회중시계를 수중에 넣었다.[31] 마슈꿀에서는 정기적으로 벌목하듯 공화파 인사들을 하루에 서른 명씩 살해하였다. 그 벌목 작업이 다섯 주 동안 계속되었다. 서른 명씩 묶은 쇠사슬을 가리켜 〈묵주〉라 하였다. 그 묵주를 긴 구덩이 앞에 세워 놓고 총질을 하였다. 때로는 총을 맞은 사람들이 산 채로 구덩이 속에 처박히기도 하였다. 하지만 그대로 묻어 버렸다. 그러한 잔혹 행위가 끊임없이 이어졌다. 지방 법원 재판장이었던 쥬베르의 두 손은 톱질을 당하였다. 그들이 공화파 포로들의 손목에 날카로운 수갑을 채우곤 하였다. 그러한 용도로 특별히 제작한 것이었다. 그들은 광장에서 사냥의 막바지를 알리는 뿔피리를 불면서 공화파 포로들을 때려죽이기도 하였다. 〈박애, 샤레뜨 기사〉라고 서명하며, 마라처럼 눈썹 위를 지나도록 수건을 머리에 동여매고 다니던 그 샤레뜨가, 뽀르닉 시민들을 각자의 집에 가둔 채 도시 전체를 태워 버렸다. 까리에가 그 끔찍한 짓들을 저지른 것도 그 시절이었다.[32] 공포에 공포가 반격을 가한 것이다.[33] 브르따뉴 반군들

31 쀠이제, 제2권, 35면 ― 원주.

32 까리에(1756~1794)가 1793년 낭뜨에서, 감옥에 있던 모든 〈혐의자〉들을 총살하거나 익사시킨 일을 가리키는 듯하다.

33 두 번째 공포는 물론 브르따뉴 사람들이 오랜 세월 감수하던 공포감이다.

은 짧은 상의를 입고, 총을 어깨로부터 겨드랑이로 걸쳐 메고, 각반을 두르고, 후스타나[34] 비슷한 무릎 위 가랑이 넓은 바지를 입은 그리스 반군[35]의 모습이었다. 브르따뉴 반군의 모습이 클레프테스[36]의 모습과 유사했다. 앙리 들라 로슈쟈끌랭은 나이 스물하나에 몽둥이 하나와 권총 두 정만을 가지고 그 전쟁에 뛰어들었다. 방데 반란군의 규모는 154개 단위부대를 헤아릴 수 있을 정도였다. 그들은 정규전의 규칙에 따라 포위 공격을 펼치기도 하였다. 그리하여 브레쒸르 시를 사흘 동안이나 봉쇄하기도 하였다. 어느 성(聖) 금요일, 농민 1만 명이 싸블르 시를 향하여 붉은색 포탄들을 퍼붓기도 하였다. 몽띠네로부터 꾸르브베이유 사이에 있던 공화파 숙영지 열넷을 단 하루에 파괴하기도 하였다. 뚜아르의 장벽 앞에서 어느 날, 다음과 같은 희한한 대화 소리가 들렸다. 라 로슈쟈끌랭과 어떤 녀석 하나가 주고받는 말이었다.

「까를르!」

「저 여기 있습니다.」

「자네의 어깨 좀 빌리세. 내가 그 위로 올라서야겠네.」

「오르십쇼.」

「자네의 총도.」

「가져가십시오.」

그다음 순간 라 로슈쟈끌랭이 성 안으로 뛰어내렸고, 일

34 *fustana*. 라틴어로 그리스 남자들이 입던 전통적인 짧은 통치마를 가리킨다. 고대 로마 병사들이나 스코틀랜드 병사들이 입던 스커트의 전신일 듯하다.

35 터키를 상대로 싸우던 게릴라를 가리키는 듯하다.

36 *kleptēs*. 올림포스 산 및 피도스 산맥 지역의 산적들을 가리키는 그리스어이다.

찍이 뒤게끌랭[37]이 포위 공격하던 그곳의 탑들을 사다리 하나 없이 점령해 버렸다. 브르따뉴 반군들은 실탄 하나를 금화 1루이보다 더 귀하게 여겼다. 그들은 자기들 고향의 교회당 종각이 시야에서 사라지면 눈물을 흘렸다. 그들은 도주하는 것을 간단한 일로 여기는 듯하였다. 그럴 때마다 두목이 그들에게 소리쳤다. 「나막신은 버리고 총을 잘 간수해!」 탄약이 고갈될 경우, 한차례 묵주 기도를 한 다음, 공화파 포병 부대의 탄약 저장소를 털러 가기도 하였다. 훗날 엘베는 탄약을 영국인들에게 요청하였다. 부상자들이 생겼을 때 적군이 다가오면, 그들을 호밀 밭이나 우거진 고사리 밭 속에 숨겼다가, 사태가 끝난 다음 데려가곤 하였다. 정해진 군복도 없었다. 그들의 옷은 누더기에 가까웠다. 귀족이건 농민이건, 아무 넝마 조각이나 닥치는 대로 몸에 걸쳤다. 로제 물리니에는 라 플레슈 시의 극장 의상 창고에서 가져온 터번을 머리에 두르고 터키식 외투를 걸치고 다녔다. 보빌리에 기사는 대소인의 법의를 입고 모직 빵모자를 쓴 다음, 그 위에 여인들의 둥근 차양 달린 모자를 얹고 다녔다. 하지만 모두들 백색 목도리와 허리띠를 둘렀다. 계급은 매듭들로 구분하였다. 스또플레는 붉은색 매듭 하나를, 라 로슈쟈끌랭은 검은색 매듭을 달고 다녔다. 반쪽 지롱드파였고, 노르망디 출신도 아니었던 윔펜은, 깡의 까라보[38]들이 두르고 다니던 완장을 두르기도 하

---

37 Bertrand Duguesclin(1320?~1380). 백 년 전쟁 시절, 영국군을 뿌와뚜, 노르망디, 기옌느, 쌩똥주 지역으로부터 몰아내는 작전을 편 사람으로, 〈완벽한 기사〉의 전형처럼 여겨지던 백성들의 영웅이었다.

38 *carabots*. 깡Caen에 구성되었던 시민군 구성원들이 스스로의 계급을 하사(까쁘랄*caporal*)로 정하였고, 그 음을 변형시켜 〈까라보〉라 부르게 되었다고 한다.

였다. 반군들 사이에는 여인들도 있었는데, 훗날 로슈자끌랭 부인이 된 레뀌르 부인, 라 루아리의 정부로 자기 교구의 두령들 명단을 태워 버린 떼레즈 드 몰리앵, 군도를 뽑아 든 채 쀠이 성 조망 탑 아래 농민들을 집합시키던 아름답고 젊은 라 로슈퓨꼬 부인, 어찌나 용맹했던지, 체포된 후 서서 총살을 당할 수 있도록 정중한 배려를 받은, 아당 기사라는 별명을 가지고 있던 그 유명한 앙뚜와네뜨 아당 등이 그러한 여인들이다. 그 영웅적인 시절은 잔인한 시절이기도 하였다. 모두들 격노해 있었다. 레뀌르 부인은 자기가 탄 말이 쓰러져 있던 공화파 군사들을 밟고 지나가도록 하였다. 그녀는 그들이 모두 〈죽었다〉고 하였지만, 아마 부상자들이었을지도 모른다. 남자들은 경우에 따라 배신도 하지만, 여인들은 결코 그러지 않는다. 떼아트르-프랑세 소속 여배우 훌뢰리가 라 루아리의 품을 떠나 마라에게로 갔지만, 그것은 오직 사랑 때문이었다. 지휘관들이 일반 병사들처럼 무지한 경우가 허다했다. 싸삐노 씨는 철자법도 몰랐다. 그는 이렇게 쓰곤 하였다. 〈*nous orions de notre cauté.*〉[39] 두령들이 서로를 증오하기도 하였다. 대서양 연안 지역 두령들이 고함을 지르곤 하였다. 「고지대 출신 녀석들을 타도하라!」 그들의 기병대는 수적으로 부족했고, 기병대를 편성하기가 어려웠다. 쀠이제의 회고록에 다음과 같은 구절이 있다. 〈아들 둘을 흔쾌히 내놓겠다고 하던 사람도, 그의 말들 중 한 필만 달라고 하면 즉시 안색이 냉랭해졌다.〉 훼르떼라고 하는 장대, 쇠스랑, 낫, 헌것 새것이 섞인 소총들, 밀렵할 때 사용하던 칼, 꼬챙이, 끝에 쇠붙이나 못을

39 다음과 같이 쓰고자 했을 것이다. 〈*nous aurions de notre côté*(우리 편 군사들이 도착할 것이다).〉

박은 몽둥이 등이 그들의 무기였다. 어떤 사람들은 죽은 이들의 뼈 두 조각을 X형으로 묶어 훈장처럼 달고 다녔다. 그들은 대개 고함을 지르며 공격하는데, 숲과 동산과 덤불과 움푹 파인 오솔길 등, 사방에서 별안간 불쑥 나타나, 새 떼처럼 무리가 커지며 죽이고 박멸하고 벼락 치다가, 어느 순간 안개 걷듯 사라지곤 하였다. 그들이 공화파 읍을 통과할 경우, 그곳에 있는 〈자유의 나무〉를 잘라 그것을 불사르고, 불 주위를 돌면서 춤을 추었다. 그들의 모든 움직임은 야간에 이루어졌다. 항상 불시에 행하는 것, 그것이 방데의 원칙이었다. 그들은 고요 속에 15리으를 이동하였고, 그들이 지나간 곳에는 풀한 가닥 구부러지지 않았다. 저녁이 되면, 두령들이 작전 회의를 열어, 다음 날 아침 기습할 공화파 수비대들이 있는 지점을 정한 다음, 소총들을 장전하고, 그들 고유의 기도문을 읊조리고, 모두들 나막신을 벗고, 숲 사이로 긴 행렬을 이루어, 맨발로 히드와 이끼를 밟으며, 소음도 말 한마디도 숨결하나 없이, 흐르듯 이동하였다. 암흑 속을 걷는 고양이들의 행군이었다.

6
땅의 영혼이 인간 속으로

반란에 가담한 방데 지역 인구가 남녀와 아이들을 합해 50만 이하일 수는 없었다. 투사 50만, 뛰팽 들라 루아리가 제시한 수치이다.

연맹파들이 도우니, 결국 방데 반란은 지롱드파라는 공모자를 얻게 되었다.[40] 라 로제르 지역[41]은 보까주 지역에 응원군 3만을 파견하였다. 여덟 개 도(道)가 연합하였는데, 그중 다섯은 브르따뉴 지방, 셋은 노르망디 지방에 속하였다. 깡 시와 동맹한 에브르 시는, 시장인 쇼몽과 그곳의 세력가였던 가르당바를 필두로 반란에 가담하였다. 깡에서는 뷔죠, 고르 사스, 바르바루, 물랭에서는 브리쏘, 리용에서는 샤쌍, 님므 에서는 라보-쌩-에띠엔느, 브르따뉴에서는 메일랑과 뒤샤 뗄 등이, 그 열렬한 입들이, 도가니에 바람을 훅훅 불어넣고 있었다.

두 종류의 방데 반란이 있었으니, 큰 숲에서 전쟁을 벌이던 큰 방데와 잡목림 속에서 싸우던 작은 방데가 그것들이다. 그 둘 사이에, 샤레뜨와 쟝 슈앙 간에 드러나는 차이가 있다. 작 은 방데가 순진했던 반면, 큰 방데는 부패해 있었다. 작은 방 데의 질이 더 나았다. 샤레뜨가 후작 작위를 받았고, 근위군 중장이 되었으며, 쌩-루이 훈장을 받은 반면, 쟝 슈앙은 끝 까지 쟝 슈앙으로 남았다. 샤레뜨가 산적에 가까웠던 반면, 쟝 슈앙은 중세의 방랑 기사, 즉 협객에 가까웠다.

그리고 봉샹, 레뀌르, 라 로슈쟈끌랭 등 고결한 두령들은 판 단을 잘못하였다. 그 대규모 카톨릭 군대는 분별력 잃은 노력 그 자체였다. 대대적인 재앙이 뒤따르게 되어 있었다. 농민들 의 한바탕 폭풍이 빠리를 공격하고, 마을들의 연합이 빵떼옹

40 1792년 8월 10일, 빠리 혁명 정부가 수립되자, 그것의 독주를 우려한 각 지방이 그해 말 혁명 위원회를 구성하였고, 그것들이 1793년 5월 3일 지 방 혁명 위원회 연맹을 결성하였으며, 5월 31일에서 6월 2일 사이에 지롱드 파가 혁명 의회에서 세력을 잃자 바르바루, 뻬띠옹, 뷔죠 등 탈출에 성공한 사람들이 빠리 혁명 정부에 반기를 들어, 결국 방데 반란과 공모 관계에 놓 이게 된 것이다.

41 오늘날의 행정 구역이며, 프랑스 중남부 지역 랑그도끄 지방에 인접해 있다.

을 포위하고, 크리스마스 축가와 기도가 「라 마르세이예즈」
주위에서 짖어 대고, 나막신 떼거리가 지성들 군단을 향해 돌
진하는 꼴을 상상할 수 있겠는가? 르망과 싸브네가 그러한 미
친 짓을 혹독하게 벌하였다.[42] 루와르 강을 건너 북쪽으로 진
격하는 것이 방데 반군에게는 불가능한 일이었다. 그 군대가
무엇이든 할 수 있었으되, 그렇게 큰 걸음을 옮겨 놓을 수는
없었다. 내란은 정복의 길로 들어서지 못한다. 라인 강을 건너
는 것이 카이사르를 보충해 주고 나뽈레옹의 가치를 높여 주
지만, 루와르 강을 건너는 짓은 라 로슈 쟈끌랭을 죽인다.[43]

진정한 방데군은 방데 지역에 머물 때 그 진면목이 드러난
다. 그곳에서는 손상되지 않을 뿐만 아니라 포착조차 되지 않
는다. 자기의 터전에 있는 방데 반란군 병사는 밀수꾼, 밭갈
이꾼, 병사, 목동, 밀렵꾼, 저격병, 염소지기, 종 치는 사람, 농
사꾼, 염탐꾼, 암살범, 교회당지기, 숲 속의 야수 그 모두이다.

라 로슈쟈끌랭은 아킬레우스에 불과하지만 쟝 슈앙은 프
로테우스이다.[44]

방데 지역 반란은 낙태되었다. 다른 반란들은 성공하였는
데, 스위스가 좋은 예이다. 스위스와 같은 산악 지역의 반란
과 방데와 같은 숲 지역의 반란 사이에는 차이가 있는바, 거
의 항상 환경의 숙명적인 영향을 받는지라, 하나의 반란이 이

42 르망에서 처절한 살육전이 여러 차례 벌어졌고, 싸브네에서는 1793년
12월 22일에서 23일 사이에 끌레베르와 베스떼르만이 지휘하던 공화파 군
대가 왕당파 군대를 크게 이겼다고 한다.
43 라 로슈쟈끌랭(1772~1794)은 1794년 1월 28일, 숄레(루와르 강 이
남 지역) 근처에서 공화파 병사의 총탄을 맞고 절명하였다. 그는 방데군의
총사령관이었다.
44 아킬레우스가 용맹의 상징이라면, 프로테우스는 변신의 상징이다.

상을 위하여 싸우는 반면, 다른 하나는 편견을 위하여 싸운다. 하나가 창공에서 선회하는 반면, 다른 하나는 지표면에서 기어다닌다. 하나가 인류를 위하여 싸우는 반면, 다른 하나는 고독을 위하여 싸운다. 하나가 자유를 원하는 반면, 다른 하나는 고립을 원한다. 하나가 자유시를 방어하는 반면, 다른 하나는 교구를 방어한다. 「자유시! 자유시!」 무르턴의 영웅들이 외쳤다.[45] 하나가 급경사지를 상대하는 반면, 다른 하나는 늪지를 상대한다. 하나가 급류와 포말에 익숙한 인간이라면, 다른 하나는 열병 분출하는 침체된 웅덩이에 익숙한 인간이다. 하나가 머리 위에 창공을 이고 있는 반면, 다른 하나는 덤불숲을 이고 있다. 하나가 봉우리에 있는 반면, 다른 하나는 그늘 속에 있다.

교육 또한, 고지대에서 받은 것과 저지대에서 받은 것은 서로 전혀 다르다.

산이 하나의 보루라면, 숲은 하나의 매복처이다. 산이 과감성을 불어넣는 반면, 숲은 덫을 궁리하도록 한다. 태곳적 사람들이 신들의 거처는 산의 정상에, 사튀로스(사티루스)[46]의 거처는 총림 속에 정하였다. 사튀로스는 곧 야만적인 존재, 반인반수의 존재이다. 자유로운 나라들에는 아뻬니노, 알프스, 피레네, 올림포스 등이 있다. 파르나쏘스[47]도 하나의 산이

45 부르고뉴 공작 〈무모한〉 샤를르(1433~1477)가 스위스의 무르턴을 침공하였을 때, 루이 11세와 연합한 스위스군이 그의 군대를 격파하였다.

46 〈사튀로스〉의 라틴어 표기이다. 고대 로마인들은 〈화우누스〉 혹은 〈실레네스〉라고도 하였다. 숲 속에 산다고 여겨지던, 반인반수의 음탕한 존재들이다.

47 그리스 포키스 지방에 있는 해발 2천4백 미터에 달하는 산이다. 무사이(뮤즈)들의 거처 혹은 시적 영감의 상징으로 여겨졌다. 그 산의 남쪽 기슭에 델포이 신전이 있었다.

다. 몽블랑은 빌헬름 텔을 돕던 거한이었다. 인도의 옛 영웅 전들[48]을 가득 채우고 있는, 밤을 상대로 벌이는 대대적인 전투들 밑바닥에 혹은 그 위에 히말라야가 보인다. 그리스, 에스빠냐, 이딸리아, 헬베티아[49] 등의 얼굴은 산이다. 반면, 킴메리아,[50] 게르마니아, 브르따뉴 등지의 얼굴은 숲이다. 숲은 곧 야만이다.

지세가 인간에게 많은 행위를 고취한다. 사람들이 생각하는 것 이상으로 적극적인 공모자이다. 몹시 사나운 어떤 풍경과 마주 서면, 인간의 죄를 면제해 주고 그 풍경을 창조한 자를 고발하고 싶은 충동을 느낀다. 그 앞에서는 자연의 은연한 도발을 느낀다. 황무지가 때로는 양심의 건강에 해롭다. 특히 개명되지 않은 양심에게는 더욱 그러하다. 양심이 거인일 수 있는데, 그럴 경우 쏘크라테스와 예수를 낳는다. 반대로 그것이 난쟁이일 경우 아트레우스와 유다를 낳는다.[51] 왜소한 양

48 『파카왓 기타』나 『마하파하라타』 등을 염두에 둔 언급인 듯하다. 『일리아스』만큼이나 읽기에 지루한 작품들이다.

49 오늘날의 스위스 지역을 가리키던 라틴어이다. 그곳에 살던 사람들이 헬베티이족이었던 데에서 유래한 지명이다. 〈빠리〉가 〈파리지이〉에서 유래한 것과 같다.

50 흑해 북쪽 연안 지역을 가리키던 그리스어이다. 그 지역에 살던 유목민 킴메로이에서 유래한 명칭이다. 호메로스의 『오뒷세이아』에서는 저승의 입구가 그곳에 있는 것처럼 그려져 있다.

51 아트레우스는 아가멤논과 메넬라오스 형제의 아버지로, 뮈케나이의 왕이다. 그가 옥좌에 오르기 전에, 자기와 형제지간인 튀에스테스와 추한 싸움을 벌이고 그 와중에 두 조카를 죽인다. 훗날, 튀에스테스의 다른 아들 에기스토스가 사촌인 아가멤논을 죽여 자기 형제들의 원수를 갚고, 아가멤논의 아들 오레스테스가 다시 에기스토스를 죽인다. 아이스퀼로스가 『오레스테이아』 3부작(「아가멤논」, 「코에포로이」, 「에위메니데스」)에 상세하게 그린 그 연속적인 비극의 시원(始源)이 아트레우스의 추한 야심에 있다는 말이다. 하지만 유다는

심은 신속히 파충류로 변한다. 황혼 깃든 수림, 덤불들, 가시나무들, 나뭇가지들 밑의 늪지 등은 파충류의 숙명적인 서식지이다. 그런 곳에서는 못된 신념이 파충류 속으로 신비한 양상을 띠며 침윤된다. 시각적 환상, 설명되지 않는 신기루, 특정 시각과 장소에서 겪는 심한 불안 등이, 인간을 반쯤은 종교적이고 반쯤은 짐승적인 일종의 두려움 속으로 처박는데, 그 두려움이 평상시에는 미신을, 격동의 시절에는 포악스러움을 잉태시킨다. 학살의 길을 비추는 횃불을 높이 치켜드는 것은 환각들이다. 강도 속에서는 다소간의 현기증이 작용한다. 경이로운 자연은 이중의 기능을 가지고 있어, 위대한 지성들에게는 황홀감을 주고, 야수적인 영혼들은 장님으로 만들어 버린다. 인간이 무지할 경우, 그리하여 황야가 환영들 가득한 것으로 보일 경우, 인적 끊긴 곳의 어둠이 지적 어둠에 가세한다. 인간의 내면에 어두운 심연이 열리는 것은 그 때문이다. 특정 바위들, 특정 협곡들, 특정 잡목림들, 저녁나절에 나무들 사이로 보이는 특정 살 울타리 등이 인간을 광적이고 잔인한 행위로 내몬다. 악당과 같은 장소들이 있다고 말할 수 있을 정도이다.

  베뇽과 삘렐랑 사이에 있는 그 음침한 동산이 얼마나 많은 비극적인 일들을 목격하였는가!

  광막한 지평선이 영혼을 보편적인 사념[52]에게로 인도한다. 반면 한정된 지평선은 부분적인 사념만을 잉태시킨다. 그리하여 때로는 위대한 심정이 왜소한 영혼으로 변하는 운명에

무슨 죄를 지었단 말인가? 결과적으로 예수교의 초석을 놓은 사람 아닌가!

  52 *idées*. 〈이념〉으로도 옮길 수 있는 말이다. 하지만 이 부분에서는 하나의 이념이 형성되는 과정에 초점이 맞춰진지라, 동작어(사념)를 취한다.

놓인다. 쟝 슈앙이 바로 그 증인이다.

부분적인 사념에 의해 미움받는 보편적인 사념, 그것이 진보를 위한 투쟁의 본질이다.

〈고향〉과 〈조국〉, 그 두 단어가 방데 내전의 전모를 요약한다. 지역적 사념이 보편적 사념에게 걸어온 싸움질이다. 농사꾼들이 애국자들에게 걸어온 싸움질이다.

7
방데 내란이 브르따뉴의 전통에 종지부를 찍었다

브르따뉴는 유구한 반도(叛徒)이다. 지난 2천 년 동안 브르따뉴가 폭동을 일으킬 때마다 정당한 명분이 있었다. 반면, 마지막 폭동이었던 방데 내란은 그렇지 못하였다. 하지만 그 폭동들의 깊숙한 밑바닥을 들여다보면, 그것이 혁명이나 왕국에 대항하던 것이건, 그곳에 파견된 혁명 정부의 관리나 그곳 영주들에 대항하던 것이건, 혁명 정부의 지폐나 염세서(鹽稅署)에 대항하던 것이건, 그리고 그렇게 대항하던 투사들이 누구건, 그들이 니꼴라 라뺑[53]이건, 프랑수와 들라 누[54]건, 쁠뤼비오 두목이건, 라 가르나슈 부인[55]이건, 스또플레건, 국왕을 상대로 싸우던 로앙 공[56] 휘하의 르샹들리에 드 뻬에르빌이

---

53 Nicolas Rapin(1535~1608). 방데 출신의 관리이며 문인이었다고 한다. 『풍자』라는 작품집을 남겼다고 한다.

54 François de La Noue(1531~1591). 낭뜨 출신의 문인이라고 한다.

55 de La Garnache(1540~?). 르네 드 로앙 자작의 딸이라고 한다. 쁠뤼비오가 그녀 휘하에 있던 인물이라 하는데, 종교 전쟁 시절의 일화들에 관련된 사람들인 듯하다.

건, 국왕을 위하여 싸우던 라 로슈쟈끌랭 공 휘하의 *꼬끄로*[57]
이건, 브르따뉴가 펼치던 전쟁은 항상 같은 것이었던바, 그것
은 지역의 혼이 중앙의 혼을 상대로 벌이던 전쟁이었다.

그러한 태곳적 지방들은 하나의 연못이었다. 그 잠든 물은
달리는 것을 싫어하였다. 훅훅 불어 대는 바람이 그 지방들
에게 활기를 주지 못하고 역정을 돋우기만 하였다. 휘니스떼
르,[58] 프랑스가 끝나던 곳, 인간에게 허여된 들판이 끝나던 곳,
그리고 면면히 이어지는 세대들이 멈추던 곳이 그 지방이었
다. 〈멈춰!〉 대양이 대지에게, 야만이 문명에게 그렇게 소리
쳤다. 중앙이, 즉 빠리가 자극을 가할 때마다, 그것이 왕권으
로부터 오건 혹은 공화 체제로부터 오건, 그것이 독재적 성격
을 띠건 혹은 자유를 지향하건, 그것이 새롭기만 하면, 브르
따뉴가 목덜미의 털을 빳빳이 세운다. 〈우리들을 조용히 내
버려 두시오. 우리들에게 무슨 볼일이 있소?〉 그렇게 소리치
며 마레 지역은 쇠스랑을 치켜들고, 보까주 지역은 소총을 집
어 든다. 사법 제도와 교육에서 우리가 발의하는 것들, 우리
의 백과사전, 우리의 철학, 우리의 독창성, 우리의 영광 등, 우
리의 모든 시도들이 우루 앞에 와서 좌초된다. 바주즈 읍에서
들리는 경종이 프랑스 혁명을 위협하고, 르푸 인근의 황야가

56 신교도 편에 서서 루이 13세를 상대로 세 번이나 전쟁을 치렀다는 로
앙 공작(1579~1638)을 가리킨다.

57 Coquereau(1768~1795). 마이엔느 지역 올뻬미당 두령들 중 하나였
다고 한다.

58 Finistère. 지명 자체가 〈땅이 끝남*finis-terre*〉을 뜻한다. 켈트 문명과
관련된 전설들(그라들롱 왕과 공주 다윗, 바닷속으로 침강한 도시 이스, 코
난, 고뱅, 호엘, 트리스탄과 이즈 등)이 생생히 살아 있는 지역이며, 미슐레
(『프랑스 역사』), 아나똘 프랑스(『삐에르 노지에르』), 프루스트(『잃어버린 시
절』) 등도 그 지역에 대하여 위고와 유사한 몽상을 펼치고 있다.

우리의 폭풍우 같은 광장에 항거하며, 오-데-프레의 교회당 종이 루브르의 탑에 선전 포고를 한다.[59]

무시무시한 어롱(語聾) 증세이다.

방데 내전은 비통하고 음산한 오해 그 자체이다.

역사 속에 방데라는 찬연하되 어두운 단어 하나만을 남길 운명을 가지고 있던 대대적인 발효, 티탄들의 생트집, 무절제한 반란이었다. 존재하지 않는 이들을 위하여 자살하고, 이기주의에 충성을 다하며, 비겁함에 막대한 용맹을 제공하며 세월을 보내던 전쟁, 계산도 전략도 전술도 계획도 목적도 지휘관도 책임감도 없이 수행되던 전쟁, 의지가 얼마나 무력할 수 있는지를 보여 준 전쟁, 기사도적이면서 동시에 야만스러운 전쟁, 광명을 막기 위해 암흑의 난간을 세우는 발정(發情)한 부조리, 진리와 정의와 권리와 이성과 해방에 맞서던 무지의 미련하되 당당한 긴 저항, 8년 동안의 공포와 열네 개 도의 참혹한 재앙, 농경지 파괴, 농작물의 피폐, 무수한 마을들의 화재, 도시들의 폐허화, 가택 약탈, 여인들과 아이들의 학살, 초가들 속에서 치솟는 횃불, 가슴들 속에 지니게 된 검, 문명이 겪은 두려움, 피트 씨의 희망.[60] 친부모 살해범의 무의식적 몸

59 우루, 바주즈, 르푸, 오-데-프레 등은 모두 외딴 소읍들인 듯하다. 바주즈는 일르-에-빌렌느 지역에 있는 소읍으로, 그곳에서 1796년에 올빼미당 군사들과 공화파 군사들 간에 치열한 전투가 있었고, 르푸Le Faou는 브레스트 근처의 작은 마을임을 확인하였으나 우루Houroux와 오-데-프레Haut-des-Prés는 프랑스 지명 사전에조차 수록되지 않은 이름이다. 한편 〈루브르의 탑〉은 샤를르 5세(재위 1364~1380) 시절, 그 궁이 요새로 사용되던 때의 명칭이다.

60 재무상이었던 피트(1759~1806)가 혁명 초기에는 프랑스에 대해 우호적이고 중립적인 입장에 있었으나, 프랑스 혁명 이념이 전 유럽으로 퍼져나가고, 특히 1793년에 영국이 프랑스에 선전 포고를 한 이후에는 그의 처지가 몹시 난처해졌던 모양이다.

부림과 다름없던 그 내전의 실상이다.

요약하건대, 브르따뉴의 고루한 그늘에 모든 방향으로부터 구멍을 내고, 그 가시덤불을 모든 광명의 화살로 일거에 꿰뚫어야 할 필요를 입증함으로써, 방데 내전은 진보에 공헌하였다. 대재앙들은 일들을 정돈함에 있어 음산한 방법을 동원한다.

제2권
세 아이

1
플루스 쿠암 키빌라 벨라[61]

1792년 여름에는 비가 많이 내렸고, 1793년 여름에는 더위가 심했다. 내전으로 인하여 브르따뉴 지방에는 더 이상 정상적인 길이라고 할 만한 것이 없었다. 하지만 날씨가 맑은 덕분에, 왕래하는 데는 문제가 없었다. 가장 좋은 길이란 마른 땅이다.

평온한 7월 어느 날 저녁, 해가 지고 한 시간쯤 지났을 무렵, 말을 타고 아브랑슈 쪽에서 오던 남자 하나가, 뽕또르송 읍으로 들어가는 길목에 있는 크라─브랑샤르라는 작은 여

---

61 Plus quam civilia bella(내전 이상의 전쟁). 기원전 50년 로마 공화정 말기에, 카이사르가 루비코 강을 건너 로마로 진격하면서 시작된 내전 기간 동안 화르살라에서 벌어진 카이사르와 폼페이우스 간의 전투를 노래한, 루카누스의 「화르살라 전투」(혹은 「내전」)라는 작품의 첫 구절이라고 한다. 카이사르의 야심으로 인해 발발한 그 내전을 단순한 〈내전 이상〉의 것으로 바라보던 스토아 철학자 루카누스(쎄네카의 조카)의 처절한 심경을 요약한 구절로 보인다. 랑뜨낙 후작과 고뱅 자작 간의 전투뿐만 아니라, 자식 같은 고뱅을 처형하게 되는 씨무르댕의 아픔까지 암시하는 구절이다.

인숙 앞에서 걸음을 멈추었다. 여인숙 간판에는 다음과 같은 문구가 보였는데, 그것은 몇 년 전까지도 남아 있었다. 〈좋은 사과주를 단지에 담아 드립니다.〉 온종일 날씨가 더웠으나 이제 바람이 일기 시작하였다.

나그네는 헐렁한 망또로 몸을 감싸고 있었는데, 그 자락이 그가 탄 말의 엉덩이까지 덮었다. 그는 삼색 휘장이 부착된 챙이 넓은 모자를 쓰고 있었다. 어느 울타리에서 총이 발사될지 모르고, 특히 삼색 휘장이 곧 표적일 수 있는 그 고장에 그러한 차림으로 나타난 것을 보면, 이만저만 대담한 행동이 아닐 수 없었다. 목덜미에 휘감은 망또 자락은 좌우로 갈라져 두 팔을 자유롭게 움직일 수 있게 하였으며, 갈라진 두 자락 사이로 삼색 허리띠가 보이는데, 그 허리띠 위로 권총의 손잡이 둘이 삐죽 드러나 있었다. 허리띠에 걸려 있던 군도는 망또 자락보다 더 길게 늘어져 있었다.

말이 멈추는 소리에 여인숙 출입문이 열리더니, 주인이 등을 손에 들고 나타났다. 길은 아직 환하나 집 안은 이미 어두워진, 어중간한 시각이었다.

여인숙 주인이 삼색 휘장을 유심히 바라보더니 물었다.

「씨뚜와이앵, 여기에서 쉬어 가실 생각이십니까?」

「아니요.」

「그러면 어디로 가시렵니까?」

「돌에.」

「그러시면 아브랑슈로 돌아가시든가 이곳 뽕또르송에 머무십시오.」

「무엇 때문에?」

「돌에서 싸움이 벌어졌습니다.」

「아!」 나그네가 알겠다는 반응을 보이더니 다시 말하였다.

「내 말에게 귀리를 좀 주시오.」

여인숙 주인이 구유를 가져다 놓고 귀리 한 포대를 그 속에 쏟은 다음 말의 굴레를 벗겨 주었다. 말이 숨을 몰아쉬며 먹기 시작하였다.

대화가 계속되었다.

「씨뚜와이앵, 징발된 말입니까?」

「아니요.」

「사유물입니까?」

「그렇소. 내가 돈을 들여 구입한 것이오.」

「어디에서 오시는 길입니까?」

「빠리에서.」

「이리로 곧장 오신 것은 아니지요?」

「그렇소.」

「이미 짐작하고 있었습니다. 길들이 끊겼으니까요. 하지만 아직도 역마차는 다닙니다.」

「알랑쏭까지만. 그곳에서부터는 역마차를 이용할 수 없었소.」

「아! 이제 얼마 아니 가서 프랑스에는 더 이상 역마차가 없을 것입니다. 말이 없습니다. 3백 프랑짜리 말이 6백 프랑에 거래되고, 사료는 부르는 것이 값입니다. 제가 전에는 역참 책임자였는데 지금은 여인숙을 차렸습니다. 역참에 종사하던 사람 1,413명 중에서 2백 명이 사직하였습니다. 씨뚜와이앵, 새로운 요금을 지불하시면서 여행하셨습니까?」

「5월 1일부터 시행된 요금 체계에 따라. 그렇소.」

「역참 하나 지날 때마다, 전세 마차를 이용하실 경우 20쑤,

까브리올레를 이용하시면 12쑤, 짐수레를 타시면 5쑤를 지불하셔야 하지요.[62] 이 말을 알랑쏭에서 구입하셨습니까?」

「그렇소.」

「오늘 온종일 말을 타고 오셨습니까?」

「새벽부터.」

「그리고 어제도?」

「그제도.」

「뵙기에 그러셨던 것 같습니다. 동프롱과 모르땡을 거쳐 오셨습니까?」

「아브랑슈도 거쳤소.」

「제 말씀대로 휴식을 좀 취하십시오, 씨뚜와이앵. 몹시 지치지 않으셨습니까? 말도 그렇고.」

「말들에게는 피곤을 느낄 권리가 있소. 하지만 사람들에게는 그럴 권리가 없소.」

여인숙 주인이 다시 나그네를 유심히 바라보았다. 회색 머리카락이 둘러싸고 있는 엄숙하고 고요하며 근엄한 얼굴이었다.

여인숙 주인이, 까마득히 뻗은 인적 끊긴 길을 한 번 쳐다보고 나서 다시 말하였다. 「그런데, 그렇게 홀로 길을 떠나셨습니까?」

「나에게는 경호원이 있소.」

「어디에?」

「나의 군도와 권총들이 있소.」

여인숙 주인이 물 한 통을 가져와 말에게 주고 나서, 말이 물을 마시는 동안 나그네를 찬찬히 뜯어보며 스스로에게 말

62 역참과 역참 사이의 거리는 평균 8킬로미터였다. 〈까브리올레〉는 가벼운 이륜마차를 뜻한다.

하였다.

「그렇군, 사제 같아 보이는군.」

나그네가 다시 물었다.

「돌에서 싸움이 벌어졌다고 했지요?」

「그렇습니다. 지금 본격적으로 시작되었을 것입니다.」

「누가 싸우고 있소?」

「지난날의 귀족과 지난날의 귀족이 싸우고 있습니다.」

「그 무슨 말이오?」

「공화국 편인 지난날의 귀족이 국왕 편인 지난날의 귀족을 상대로 싸우고 있다는 말씀입니다.」

「하지만 이제는 왕이 없는데.」

「어린 왕이 아직 있습니다. 그런데 신기한 일은, 그 지난날의 두 귀족이 서로 친척지간이랍니다.」

나그네가 신경을 곤두세웠다. 여인숙 주인이 다시 말하였다.

「한 사람은 젊고 다른 한 사람은 늙었습니다. 종손이 종조부를 상대로 싸운답니다. 종조부는 왕당파이고 종손은 공화파입니다. 종조부는 백군을 이끌고, 종손은 청군을 이끌고 있습니다. 아! 두 사람은 서로를 살려 주지 않겠다고 합니다. 사생결단을 낼 모양입니다.」

「사생결단?」

「그렇습니다, 씨뚜와이앵. 이쪽으로 오셔서 그들이 서로에게 보내는 인사말을 좀 보시겠습니까? 이것은 그 늙은이가 온통 사방에, 집들이며 나무들 가리지 않고 붙이게 한 벽보인데, 저의 집 출입문에도 붙였습니다.」

그러면서 여인숙 주인이 들고 있던 등을 쳐들어 출입문 한쪽에 붙어 있던 사각형 종이를 비추었다. 벽보의 글씨들은 상당히 굵었고, 그리하여 나그네는 자기의 말 위에 앉아서도 벽보를 읽을 수 있었다.

랑뜨낙 후작이 삼가 종손 고뱅 자작에게 경고하노니, 만약 후작이 다행히도 그를 체포할 경우, 자작을 즉시 쏘아 죽일 것이로다.

「그리고 이쪽에 답례로 붙여 놓은 다른 벽보가 있습니다.」 여인숙 주인이 그렇게 말하면서 상체를 조금 돌려, 나머지 다른 문짝에 같은 높이로 붙여 놓은 벽보 가까이로 등불을 가져갔다. 나그네가 읽은 것은 이러했다.

고뱅이 랑뜨낙에게 경고하는바, 잡히면 총살하겠노라.

「첫번째 벽보는 어제 저의 집 문에 붙었고, 두 번째 것은 오늘 아침에 붙었습니다. 즉시 응수한 것입니다.」 여인숙 주인의 설명이었다.

나그네가 나지막한 음성으로, 그리고 자신에게 말하듯 다음 몇 마디를 중얼거렸는데, 여인숙 주인은 그것을 들었으되 무슨 뜻인지 알아듣지 못한 것 같았다.

「그렇지, 내란보다 심한 것이야, 혈족 간의 전쟁이야. 그게 필요해, 그리고 좋은 일이야. 백성들의 위대한 갱신(更新)을 위해서는 그러한 대가를 지불해야 하지.」

그러더니 나그네가, 손을 자신의 모자에 가져다 대고, 두 번째 벽보를 뚫어지게 바라보며 경례를 하였다.

여인숙 주인이 말을 계속하였다.

「씨뚜와이앵, 짐작하시겠지만 일의 실상은 이러합니다. 도시나 큰 읍에 사는 저희들과 같은 사람들은 혁명에 찬성하는 반면, 촌 지역에 사는 이들은 반대합니다. 그리하여, 도시에 사는 이들은 프랑스인이고, 촌 지역에 사는 이들은 브르따뉴 사람이라고 할 수 있을 지경입니다. 이건 도시 사람들과 촌사람들 간의 전쟁입니다. 촌사람들은 저희들을 가리켜 개새끼들이라 하고, 저희들은 그들을 가리켜 무지렁이들이라고 합니다. 귀족들과 사제들은 그들 편입니다.」

「모두가 그렇지는 않소.」 나그네가 한마디 하였다.

「물론 그렇습니다, 씨뚜와이앵. 이곳 우리 편에도 후작과 맞서고 있는 자작 하나가 있으니까요.」

그러면서 혼잣말처럼 중얼거렸다.

「그리고 내가 지금 틀림없이 사제 하나와 이야기를 하고 있는 거야.」

나그네가 다시 물었다.

「그런데 어느 쪽이 우세하오?」

「현재까지는 자작 편이 그런 것 같습니다. 하지만 자작도 곤경을 겪고 있습니다. 늙은이가 몹시 사납습니다. 그 사람들 모두 이곳 귀족인 고뱅 가문 출신입니다. 가문이 두 지파로 갈리었습니다. 큰 지파의 우두머리는 랑뜨낙 후작이라는 사람이고, 작은 지파의 우두머리는 고뱅 자작이라는 사람입니다. 오늘 그 두 지파가 싸우는 것입니다. 나무들은 가지들끼리 싸우지 않는데, 사람들에게서는 그런 일이 벌어집니다. 그 랑뜨낙 후작이라는 사람이 브르따뉴에서는 절대권을 가지고 있습니다. 농민들에게는 그가 곧 군주입니다. 그가 이곳에 상륙하자마자 당일로 8천 명이 모였습니다. 단 일주일 만에 소교구 3백이 봉기하였습니다. 그가 해안 한구석만 점령했어도 영국인들이 상륙하였을 것입니다. 다행히 그의 종손인 고뱅이 와 있었습니다. 기구한 일입니다. 고뱅은 공화파 군대의 지휘관이었고, 따라서 그가 종조부를 해안으로부터 격퇴한 것입니다. 게다가 다행스러운 일은, 그 랑뜨낙이 이곳에 도착한 직후 포로들을 학살하면서 여인 둘을 총으로 쏘아 죽였는데, 그녀들 중 하나가 세 아이를 데리고 있었으며, 빠리에서 온 전투 부대가 그 아이들을 부대원으로 입양시켜 기르기로 하였다는 것입니다. 세 아이의 엄마가 그에 의해 죽임을 당했다는 소식에 빠리의 전투 부대가 무시무시해졌습니다. 그 부대를 가리켜 붉은 빵모자 대대라고들 합니다. 그 빠리 군인들 중 남은 사람은 얼마 아니 되지만, 그들의 기세가 미친 듯 맹렬합니다. 그들은 모두 고뱅이 지휘하는 부대에 편입되었습니다. 그들 앞에서는 아무것도 버티지 못합니다. 그들은 두 여인의 원수를 갚고 아이들을 되찾으려 합니다. 늙은이가 아이들을 어떻게 처리하였는지 아무도 모릅니다. 빠리에서 온 척탄병들이 그래서 더욱 미친 사람들처럼 되었습니다. 그 아이들이 개입되지 않았다면 이번 싸움이 지금과 같지는 않을 것입니다. 자작은 착하고 용감한 사람입니다. 하지만 늙은이는 무시무시한 후작입니다. 이곳 사람들은 이번 싸움을 가리켜 미카엘 성자가 베엘제불[63]을 상대로 벌이는 싸움이라고 합니다. 혹시 아시는지 모르겠지만, 미카엘 성자는 이 고장의 천사입니다. 포구 바다 한가운데에 그의 동산이 있습니다.[64] 그가 악마를 쓰러뜨려 다른 산에 묻었다 하는데, 이 근처에

63 「마태오의 복음서」 12장 24절에 언급된 마귀들의 두목이다.
64 몽-쌩-미셸 섬을 가리킨다.

있는 그 산의 이름이 똥블렌느[65]라고 합니다.」

「그렇소.」 나그네가 중얼거렸다. 「툼바 벨레니, 즉 벨레누스의 무덤이라는 뜻인데, 그것은 곧 벨루스, 벨, 벨리알, 벨제붓의 무덤이라는 뜻이오.」[66]

「뵙자니 많은 것들을 알고 계십니다.」

그러고 나서 여인숙 주인이 독백처럼 중얼거렸다.

「정말이지, 라틴어를 아는 것을 보니 사제임이 틀림없어.」

그러면서 이야기를 계속하였다.

「그런데 씨뚜와이앵, 촌사람들은 미카엘 성자의 싸움이 다시 시작되었다고 생각합니다. 물론 그들의 눈에는 왕당파 사령관이 미카엘 성자이고, 공화파 지휘관이 베엘제불로 보일 것입니다. 하지만 정말 마귀가 있다면 그건 틀림없이 랑뜨낙이고, 정말 천사가 있다면 그건 고뱅입니다. 아무것도 잡숫지 않으시겠습니까?」

「내게 호리병 하나와 빵 한 덩이가 있소. 그런데 돌에서 벌어지고 있는 일에 대해서는 전혀 아무 말씀도 아니 하셨소.」

---

65 아서 왕의 조카이며 브르따뉴의 왕인 호엘에게 엘렌느라는 조카딸이 있었는데, 어느 거인이 그녀를 몽-쌩-미셸 섬으로 납치하여 겁간하려다 그녀를 죽였다고 한다. 마침 로마 원정길에 올랐던 아서 왕이 그 섬에 들렀다가 거인과 싸워 그를 죽였고, 조카딸의 죽음을 슬퍼하던 호엘 그 동산에 마리아에게 헌정하는 예배당을 세워 똥블렌느(엘렌느의 무덤)라고 불렀다고 한다. 이상은 12세기에 웨이스가 『브루트 이야기』라는 작품에 수록한 전설이다. 그리고 실제로, 몽-쌩-미셸 섬 근처에 똥블렌느라는 섬이 있다고 한다.

66 〈벨레누스〉는 유럽 중부 노리쿰 지역의 신, 〈벨루스〉는 아씨리아를 세운 왕, 〈벨〉이나 〈벨리알〉(벨리아스)은 아씨리아 사람들이 모시던 신, 〈벨제붓〉은 〈베엘제불〉의 다른 표기이다. 나그네의 설명이 뒤죽박죽이다. 그의 설명에는 다른 신들이나 왕들을 악마 취급하는 「구약」이나 「신약」의 유구한 강박증이 숨어 있고, 음가적(音價的) 측면에서도 설득력이 없다. 나그네가 사제라는 징표를 부각시킨 언급이다.

「실정은 이러합니다. 고뱅이 연안군 예하 토벌대를 지휘하고 있습니다. 랑뜨낙의 목표는, 모든 사람들을 폭동에 가담시켜, 남부 브르따뉴로 남부 노르망디를 돕게 한 다음, 영국의 피트에게 문을 열어 주어, 영국군 2만과 농민 20만으로 방데 주력군을 응원하는 것이었습니다. 고뱅이 그 계획을 좌절시켰습니다. 그가 해안을 점령한 후, 랑뜨낙을 내륙으로 모는 한편 영국군은 바다로 밀어냈습니다. 랑뜨낙이 이곳에 있었으나 고뱅이 쫓아냈고, 그가 점령하고 있던 뽕-오-보를 수복하였으며, 다시 그를 아브랑슈와 빌디으로부터 연속적으로 몰아냈으며, 그가 그랑빌에 이르지 못하도록 하였습니다. 그를 푸제르 숲으로 몰아넣은 다음 숲을 포위하려는 작전이었습니다. 어제까지는 매사가 순조로웠고, 고뱅의 부대는 이곳에 있었습니다. 그런데 문득 비상사태가 발생하였습니다. 전술에 능란한 그 늙은이가, 소규모 정예 부대를 앞세워 돌을 향해 진격한다는 첩보가 날아든 것입니다.[67] 그가 만약 돌을 점령하여 몽-돌[68]에 포대 하나를 구축하면 — 그에게도 대포들이 있으니까요 — 영국인들이 상륙할 수 있는 지점이 확보되고, 그러면 걷잡을 수 없게 됩니다. 그리하여, 단 1분도 지체할 수 없었던지라, 그리고 영리한 사람인지라, 고뱅은 상부의 명령을 요청하지도 기다리지도 않고, 스스로의 판단에 따라 전투 신호 나팔을 불게 한 다음, 견인포에 서둘러 말을 매고, 병사들을 집합시켜, 군도를 뽑아 든 채 그곳으로 달

---

67 여인숙이 있는 뽕또르송으로부터 푸제르까지는 동남쪽(내륙)으로 약 32킬로미터쯤 되고, 돌까지는 서쪽으로 약 20킬로미터쯤 된다. 또한 돌로부터 해안까지의 거리는 3킬로미터쯤 된다.

68 Mont-Dol. 돌 읍내를 북쪽(해안 쪽)에서 감싸고 있는 언덕이다.

려갔습니다. 랑뜨낙이 돌로 진격하자 고뱅이 그의 뒤를 급히 추격하게 된 것은 그러한 이유 때문입니다. 브르따뉴의 그 두 이마가 돌에서 충돌하게 되어 있습니다. 매우 격렬한 충돌이 될 것입니다. 그들 모두 지금은 돌에 있습니다.」

「돌까지 가려면 시간이 얼마나 걸리오?」

「수레들을 동반한 군대가 그곳까지 이동하려면 최소한 세 시간은 소요됩니다. 하지만 그들은 이미 도착하였습니다.」

나그네가 잠시 귀를 기울이다가 말하였다.

「정말 대포 소리가 들리는 것 같소.」

여인숙 주인도 잠시 귀를 기울였다.

「그렇군요, 씨뚜와이앵. 게다가 총격 소리도 들립니다. 집을 찢는 소리입니다. 오늘 밤은 이곳에서 보내셔야겠습니다. 저쪽에 가신다 해도 좋은 일은 없을 것 같습니다.」

「나는 멈출 수가 없소. 나의 길을 계속 가야 하오.」

「잘못 생각하시는 것입니다. 손님의 일이 무엇인지는 모르겠으나 위험이 큽니다. 그리고, 이 세상에서 가장 중요하게 여기시는 것과 관련된 일이라면 모르려니와…….」

「바로 그러한 일이오.」 나그네가 대답하였다.

「……아드님과 관련된 일이라든가…….」

「거의 그렇소.」

여인숙 주인이 하늘을 쳐다보며 혼잣말로 중얼거렸다.

「이 씨뚜와이앵이 내 보기에는 사제 같은데…….」

그러고는 다시 생각에 잠기더니 한마디 더 하였다.

「그렇지, 사제들에게도 자식들이 있지.」

「내 말에 다시 굴레를 씌워 주시오. 내가 얼마를 지불해야 하오?」

나그네가 돈을 지불하였다.

여인숙 주인이 구유와 물통을 벽에 기대어 놓은 다음 나그네 곁으로 다시 돌아왔다. 그러고서 당부하였다.

「기왕 떠나시기로 작정하셨으니, 제가 드리는 조언을 착념해 두십시오. 손님께서 쌩-말로에 가시는 것은 분명합니다. 하지만 돌을 경유하지 마십시오. 길이 둘 있는데, 하나는 돌을 지나고, 다른 하나는 해안선을 따라갑니다. 그 둘 중어느 것이 더 가까운 것도 아닙니다. 해안선을 따라 난 길은 쌩-죠르주-드-브레뉴,[69] 쉐뤼엑스, 이렐-르-비비에[70] 등을 지납니다. 그럴 경우 돌을 남쪽에 깡깔을 북쪽에 두고 걸으시게 됩니다. 씨뚜와이앵, 이 길 저쪽 끝에 갈림길이 나타나는데, 돌로 가는 길은 왼쪽 것이고, 쌩-죠르주-드-브레뉴로 가는 길은 오른쪽 것입니다. 제가 드리는 말씀 잊지 마십시오. 만약 돌을 경유하려 하실 경우, 학살의 현장으로 휩쓸려 드실 것입니다. 그러니 왼쪽으로 가지 마시고 오른쪽으로 가십시오.」

「고맙소.」 나그네가 짧게 대꾸하였다.

그러고는 즉시 자기의 말에 박차를 가하였다.

날이 이미 어두워졌고, 그는 어둠 속으로 깊숙이 잠겨 들어갔다.

여인숙 주인의 시야에서 그가 사라졌다.

나그네가 갈림길에 도달하였을 때, 여인숙 주인이 멀리서

69 뿅또르송으로부터 북서쪽 3킬로미터 지점에 있는 쌩-죠르주-그르에뉴를 가리키는 듯하다.

70 비비에(쉬르-메르)와 이렐은 서로 다른 마을이다. 이렐은 비비에로부터 서쪽으로 약 2킬로미터 되는 지점에 있다.

그에게 외치는 소리가 들렸다.

「오른쪽 길로 들어서십쇼!」

그는 왼쪽 길로 들어섰다.

2
돌

옛 문건집들이 〈브르따뉴에 있는 에스빠냐식 프랑스 도
시〉라고 묘사하고 있는 돌은, 도시가 아니고 하나의 길이다.
좌우에 굵은 지주들이 떠받치고 있는 집들이 늘어서 있는 옛
고트족들의 넓은 길인데, 여기저기에 돌출부들과 굴곡부들을
형성하고 있는 그 집들은 정연하게 배치되어 있지도 않다. 도
시의 나머지 부분은, 지름 같은 그 대로에 예속되어 있고, 큰
내로 모여드는 작은 개울들처럼 망상체를 이루는 골목들에
불과하다. 문도 성벽도 없어 활짝 열려 있고, 몽─돌이 내려다
보고 있어, 그 도시가 포위 작전을 견뎌 낼 수 있을 것 같지는
않다. 그러나 대로는 능히 포위 작전에 맞설 수 있을 것이다.
50년 전까지도 그곳에 있던 집들로 이루어진 갑(岬)들과, 길
양편에 있는 지주들로 이루어진 갤러리들이, 매우 견고한 싸
움터를 제공하였다. 건물 하나하나가 요새들이었다. 따라서
그 도시를 점령하려면 건물들을 하나씩 빼앗아야 했다. 옛 장
터는 대로 중앙쯤에 있었다.[71]

크라─브랑샤르에 있는 여인숙 주인의 말이 사실이었다.

71 그러한 형태를 간직한 소도시(읍)들이 오늘날에도 북부 브르따뉴, 노
르망디, 꽁삐에뉴, 일─드─프랑스 등지에서 발견된다. 특히 에스빠냐에 서
고트족이 남긴 시가지의 건물들과 골목들은 그 자체가 요새이다.

그가 말을 하고 있던 바로 그 순간, 광란적인 싸움이 돌 시가지를 가득 채우고 있었다. 아침에 도착해 있던 백군과 저녁나절에 느닷없이 들이닥친 청군 사이에 야간 전투가 벌어졌다. 병력의 수에 있어서는 대등하지 못했다. 백군의 수가 6천이었던 반면, 청군의 수는 1천5백에 불과했다. 하지만 격렬함에 있어서는 쌍방이 비슷했다. 괄목할 만한 사실은, 1천5백의 병력이 6천의 병력을 공격하고 있었다는 점이다.

한쪽에 무질서한 덩어리가 있었고, 다른 한쪽에는 일사불란한 밀집 대형이 있었다. 한쪽에, 가죽 상의에 축성된 메달을 달고, 둥근 모자에 백색 리본을 달고, 예수교의 금언들을 수놓은 완장을 차고, 탄띠에 묵주를 매달고, 군도보다는 쇠스랑을 들고, 착검하지 않은 소총에 대포를 밧줄로 끌고, 군장도 규율도 무기도 엉망이지만, 광란에 빠진 농민 6천 명이 있었다. 다른 한쪽에는, 삼색 휘장 부착된 삼각모를 쓰고, 뒷자락과 깃이 넓은 제복을 입고, 등에서 엇갈리는 어깨끈을 걸치고, 손잡이를 구리로 만든 굽은 단검을 차고, 긴 칼을 꽂은 총을 들고, 훈련되고, 대오 정연하고, 순종하되 사납고, 지휘할 줄 아는 이들에게 복종하고, 그들 역시 자원하였으되 조국을 위하여 자원하였고, 누더기를 걸치고, 신발도 제대로 신지 못한, 병사 1천5백 명이 있었다. 왕국 편에 있던 이들은 농민 협객들이었고, 혁명 편에 있던 이들은 거지 영웅들이었다. 또한 그 두 군대에, 각 군대의 영혼이라 할 수 있는 두령이 있었는데, 왕당파 군대의 두령은 노인이었고, 공화파 군대의 두령은 젊은이였다. 한쪽에는 랑뜨낙이 있었고, 다른 한쪽에는 고뱅이 있었다.

혁명은, 당똥과 쌩-쥐스뜨와 로베스삐에르 등 거대한 모습들과 나란히, 오슈와 마르쏘 같은 이상적인 젊은 모습들도 가지고 있다. 고뱅은 그 이상적인 모습들 중 하나였다.

고뱅의 나이 30세였고, 풍채는 헤라클레스인데, 눈빛은 선지자처럼 엄숙했고 웃는 모습은 어린아이 같았다. 그는 담배도 피우지 않았고, 술도 마시지 않았으며, 욕설을 입에 담지 않았다. 전쟁터를 치구하면서도 필요한 몸치장 도구들을 가지고 다녔다. 특히 손톱과 치아와 갈색의 실한 모발을 정성스럽게 가꾸었다. 그리고 잠시 휴식을 취할 때에는, 총탄에 구멍이 나고 먼지를 뒤집어써 하얗게 된 지휘관의 정장을 손수 바람결에 흔들어 털기도 하였다. 항상 육박전에 미친 듯이 뛰어들지만 부상을 입지 않았다. 무척 부드러운 그의 음성이 명령을 내릴 때에는 문득 강렬하게 폭발하였다. 삭풍이 불어도, 비가 내려도, 눈이 쏟아져도, 외투로 몸을 휘감고 매력적인 머리를 돌베개 위에 얹은 채 잠을 청하며 솔선수범하였다. 영웅적이면서 동시에 천진난만한 영혼이었다. 손에 군도를 뽑아 드는 순간 그의 얼굴이 빛을 발산하며 변모하곤 하였다. 그의 기색에 여성적인 것이 감돌았는데, 그것이 전투 현장에서는 더욱 무시무시하다.

그러한 외모에 사상가이며 철학자, 젊은 현인의 특질도 구비하였다. 모습을 보면 알키비아데스,[72] 그의 말을 들어 보면 쏘크라테스였다.

광대한 즉흥곡과 같았던 프랑스 혁명의 와중에서, 그 젊은 이가 순식간에 지휘관이 되었다.

그가 직접 편성한 그의 부대는, 옛 로마인들의 군단처럼,

---

72 〈알키비아데스가 소년 시절에는 뭇 남편들로 하여금 아내에게 등을 돌리게 하더니, 청년 시절에는 뭇 아내들로 하여금 남편에게 등을 돌리게 하였다〉라는 말이 전할 정도이다.

하나의 자족적인 소규모 군이었다. 보병과 기병으로 구성되어 있었고, 독자적인 척탄병들과 토목병, 굴착병, 가교병들을 갖추고 있었다. 또한 옛 로마의 군단이 투석기를 가지고 있었듯이 대포들도 구비하고 있었다. 항상 견인할 준비가 되어 있던 대포 세 문이 전투력을 보강시켰고, 그럼에도 부대는 유연하게 움직였다.

랑뜨낙 역시 전형적인 지휘관이었다. 하지만 더 사나웠다. 그는 신중하며 동시에 과감하였다. 진정한 늙은 영웅들은 젊은 영웅들보다 더 차갑다. 그들이 여명으로부터 더 멀리에 있기 때문이다. 또한 더 과감하다. 죽음에 더 가까이 다가갔기 때문이다. 그들이 잃을 것이 무엇인가? 거의 없다. 랑뜨낙의 작전이 무모한 듯 보이면서도 교묘한 것은 그 때문이다. 하지만 결과적으로는, 그리고 거의 항상, 늙은이와 젊은이 간의 그 고집스러운 백병전에서 고뱅이 승세를 잡곤 하였다. 다른 어떤 이유보다 운수 때문이었다. 모든 행운은, 심지어 무시무시한 행운조차, 젊음에 속한다. 승리라는 것이 조금은 여인과 같다.

랑뜨낙은 고뱅에 대하여 몹시 격분해 있었다. 우선 고뱅이 그를 공격하기 때문이고, 그다음은 고뱅이 그의 혈족이었기 때문이다. 도대체 무슨 생각으로 쟈꼬뱅당원이 되었단 말인가? 그 고뱅이! 그 못된 녀석이! 자기의 뒤를 이을 녀석이! 후작에게는 직계 자손이 없었던지라, 종손이 곧 친손자 아닌가! 친할아버지와 다름없던 그가 이렇게 중얼거리곤 하였다.
「아! 내 손에 걸려들기만 하면 개처럼 죽이겠어!」

한편 공화국으로서는 그 랑뜨낙 후작 때문에 근심에 사로잡힐 충분한 이유가 있었다. 그가 프랑스에 상륙하자마자 일종의 지진이 발생하였다. 그의 이름이 방데 반란군 속으로,

마치 도화용 화약처럼 신속하게 타들어 가, 랑뜨낙이 순식간에 반란의 중심을 형성하였다. 모두들 서로를 시샘하고 각자 자기의 활동 무대인 작은 숲과 협곡을 가지고 투쟁하는 그러한 반란에서는, 탁월한 사람 하나가 문득 나타날 경우, 서로 대등하여 흩어져 있던 두령들이 신속히 연합하게 된다. 여러 숲의 두령들이 거의 모두 랑뜨낙을 중심으로 집결하였고, 가까이에서나 멀리에서나 그에게 복종하였다. 오직 한 사람만 그를 떠났다. 제일 먼저 그와 합류하였던 가바르였다. 왜 그랬을까? 그가 믿을 만한 사람이었기 때문이다. 가바르가 옛날의 내란 체제들을 도입하였고 그 모든 비밀들을 알고 있었는데, 랑뜨낙이 나타나서 그것들을 폐기하고 다른 것들로 대체하였다. 믿을 만한 사람으로부터는 일을 이어받는 법이 아니다. 루아리의 신발이 랑뜨낙의 발에 맞을 수 없었다. 가바르는 봉샹에게로 돌아가 그와 합류하였다.[73]

전사로서의 랑뜨낙은 프리드리히 2세와 같은 부류에 속하는 사람이었다.[74] 그는 큰 전쟁과 작은 전쟁을 배합시키려 하

73 〈오직 한 사람만 그를 떠났다……〉에서부터 이 부분까지의 의미가 모호하다. 그러한 상태로 직역한다. 루아리(루어리, 1751~1793) 및 봉샹 (1759~1793)은 모두 실존했던 인물이고, 랑뜨낙은 허구적 인물의 성격이나 역할은 충분히 묘사되어 있는 반면, 가바르는 실존했던 인물이 아니고 그 성격이나 역할 역시 충분히 제시되지 않았다. 약간의 누락이 있지 않았나 여겨진다. 한편 루아리와 봉샹은, 브르따뉴의 왕당파들로부터 미온적이라는 의심을 받던 사람들이다.

74 오스트리아와 이딸리아에서 서로 상반된 정책을 폈던 게르만의 황제 프리드리히 2세(재위 1212~1250)를 가리키는지, 혹은 왕권신수설을 부정하고 모든 권력은 사회적 계약 위에 성립한다고 하면서도 루이 14세를 왕의 이상형으로 여겼던 프리드리히 대제 2세(재위 1740~1786) 즉 프러시아의 왕을 가리키는지, 선뜻 단정하기 어렵다. 랑뜨낙에게서는 그 두 군주의 모습이 모두 발견된다.

였다. 그는 왕당파 카톨릭 군대 같은 대규모 군대를, 즉 〈잡탕 덩어리〉를 원하지 않았다. 결국 으스러져 가루로 변할 수밖에 없는 떼거리에 불과하다고 여겼기 때문이다. 큰 숲이나 잡목림 속에 흩어져 있는 군대 또한 원하지 않았다. 포위되어 공격받기 십상이고, 적에게 결정적인 타격을 입힐 능력이 없기 때문이다. 게릴라전은 아무것도 매듭짓지 못하고, 매듭짓는다 해도 엉성하다. 하나의 공화국을 공격하는 일로 시작하여, 으슥한 길에서 역마차나 터는 짓으로 귀착하기 쉽다. 랑뜨낙은, 허허벌판에서 라 로슈쟈끌랭이 펼치는 전투도, 쟝 슈앙이 숲 속에서 이어 가는 전투도, 한마디로 브르따뉴식 전쟁을 수긍할 수 없었다. 다시 말해, 방데 내란도 올빼미당원들의 게릴라전도 마음에 들지 않았다. 그는 정규전을 원하였다. 농민들을 이용하되, 그들이 정규군의 보조역을 담당토록 하고 싶어 하였다. 전략적으로는 농민 떼거리를 이용하되, 전술적으로는 정규 연대를 투입하고자 하였다. 순식간에 모였다가 즉시 흩어지는 그 촌 군대가, 매복 작전이나 기습 등의 공격에는 탁월하다고 생각하였다. 하지만 지나치게 유동적이라 여겨졌다. 마치 손으로 물을 움켜쥐는 것 같았다. 그는 그 유동적이고 혼란스러운 전쟁 속에 든든한 지점 하나를 만들려 하였다. 즉, 그 숲 속의 야만스러운 군대에 정규 부대를 추가하여, 그것이 농민들의 전투를 수렴하는 주축 역할을 수행하여 주기를 바랐다. 심오하고 잔인한 발상이었다. 그러한 생각이 성공을 거두었다면 방데 반란군은 난공불락이었을 것이다.

그러나 어디에서 정규 부대를 얻는단 말인가? 어디에서 군사들을 모은단 말인가? 어디에서 정규 연대를 찾는단 말인가? 잘 조직된 군대를 어디에서 구한단 말인가? 영국에서. 영국군을 상륙시켜야 한다는 랑뜨낙의 고정 관념이 그렇게 비롯되었다. 모든 결단들이 그렇게 타협하는바, 백색 휘장으로 인하여 그가 붉은 군복[75]을 볼 수 없었다. 랑뜨낙의 생각은 오직 하나, 해안의 한 지점을 점령하여 피트에게 내어 주는 것이었다. 그러한 이유 때문에, 돌에 방비가 없음을 간파하고 그곳을 급습하였던 것이다. 돌을 점령한 다음 몽-돌을 수중에 넣고 다시 해안에 교두보를 마련하자는 생각이었다.

잘 선택한 지점이었다. 몽-돌 정상에 설치한 포들이 후레누와 쪽과 쌩-브를라드 쪽 해안을 말끔히 쓸어 내고, 깡깔에 기지를 둔 적의 순양함들을 제어하여, 라-쉬르-꾸에농으로부터 쌩-멜루와르-데-옹드 사이의 해변을 상륙 부대에게 비워 줄 수 있었다.

그 결정적인 작전을 성공적으로 수행하기 위하여, 랑뜨낙은 그의 휘하에 있던 무리들 중 가장 강건한 자들 6천여 명을 선발하여 그곳으로 진격하였고, 16리브르 장포(長砲) 열 문과 8리브르 포 한 문 및 4리브르 야포 한 문으로 구성된 그의 포대도 그곳으로 옮겼다. 그가 몽-돌 언덕에 그렇게 포들을 집결시키려 한 것은, 열 문의 포가 발사한 포탄 1천 발이, 다섯 문의 포로 발사한 포탄 1천5백 발보다 더 큰 효과를 낸다는 원칙 때문이다.

성공이 확실한 듯했다. 병력 또한 6천이었다. 염려할 것은 아브랑슈 방면에 있을 고뱅 및 그의 휘하 병력 1천5백과, 디낭 방면에 있을 레쉘뿐이었다. 레쉘 휘하 병력이 2만 5천에 달하는 것은 사실이었으나, 그는 20리으 밖에 있었다. 따라서

75 영국군 군복을 가리킨다.

랑뜨낙은 먼 거리 덕분에 대군을 염려하지 않았고, 소수 병력인지라 고뱅과의 근거리를 염려하지 않았다. 게다가, 덧붙여 두거니와, 레쉘이란 자는 멍청했다. 훗날 그는 크라-바따이유 평원에서 휘하 군사 2만 5천을 괴멸시켰고, 자살로 그 패전의 빚을 갚았다.

따라서 랑뜨낙은 천하태평이었다. 그의 돌 진입 작전은 급작스럽고 격렬하게 수행되었다. 랑뜨낙 후작은 사납기로 유명했고, 그가 무자비하다는 사실을 사람들이 잘 알고 있었다. 그래서인지 어떠한 저항도 없었다. 공포감에 사로잡힌 주민들은 집 안에 틀어박혀 아예 모습조차 보이지 않았다. 방데 반란군 6천 명이, 무질서한 촌사람들의 행색으로 읍내로 몰려들어 와 자리를 잡으니, 읍내가 온통 장터와 다름없게 되었다. 보급계 하사관도 따로 없었고, 지정된 숙소도 없이 아무 곳에서나 야영 준비를 하였으며, 한데서 요리를 하는가 하면, 뿔뿔이 흩어져 교회당들을 찾아 들어가, 총들을 내던져 둔 채로 자리오 묵주를 만지작거렸다. 랑뜨낙은 자기가 전투 총괄 하사관으로 임명한 구즈-르-브뤼앙에게 현지 지휘를 위임한 다음, 몇몇 포병 장교와 함께 서둘러 몽-돌 언덕을 정찰하러 갔다.

그 구즈-르-브뤼앙이라는 사람의 흔적이 역사에 희미하게 남아 있다. 그에게 별명 둘이 있었는데, 그 하나가 브리즈-블르[76]였고, 그가 공화파 군사들을 무자비하게 학살한 데서 연유한 것이었다. 또 다른 별명은 이마누스였는데, 그의 내면에 무엇인지 모를 형언할 수 없을 만큼 끔찍한 것이 있었기 때문에 붙은 별명이었다. 〈임마니스〉에서 파생된 〈이마누

76 *briser*(부수다)와 *bleu*(하늘색, 즉 공화파 군인)를 합성한 말이다.

스〉는 남부 노르망디 지방에서 사용되던 고어(古語)로, 두려움을 자아냄에 있어서 초인간적으로 추한 존재, 가령 악마나 사튀로스 혹은 오르쿠스 등을 뜻한다.[77] 어느 고문서에 다음과 같은 구절이 있다. 〈*d'mes daeux iers j'vis l'imânus.*〉[78] 보까주 지역 노인들조차 오늘날에는, 구즈-르-브뤼앙이 무엇인지, 브리즈-블르가 무슨 뜻인지 더 이상 모른다. 하지만 그들도 이마누스만은 희미하게나마 알고 있다. 이마누스가 그 지역 미신과 섞였기 때문이다. 아직도 트레모렐과 쁠뤼모가에서는 이마누스에 관한 이야기들을 하는데, 그 두 마을에 구즈-르-브뤼앙이 자신의 음산한 발자국을 남겼다. 방데 반란군들 중, 다른 사람들이 원시적이었다면, 구즈-르-브뤼앙은 야만적이었다. 그는 신의 십자가와 나리꽃 문신을 한 일종의 까씨끄[79]였다. 그의 안면에서는 거의 초자연적이라고 할 만큼 흉측한 미광이 발산되었는데, 그것은 다른 어느 인간의 영혼과도 닮지 않은 특이한 영혼에서 나온 것이었다. 그가 전투에 임하면 지옥의 전사처럼 용감했고, 그다음 잔혹해졌다. 교활하고 음험한 목표로 가득하고, 모든 일에서 열성적이며, 언제나 발광할 준비가 되어 있던 가슴의 소유자였다. 그도 사리를 따져 생각하였느냐고? 물론이다. 하지만 뱀이 기어다니듯 나선형 사유를 펼쳤다. 그는 영웅주의에서 출발하여 학살

77 임마니스*immanis*는 〈엄청나게 흉악한〉, 〈사나운〉, 〈야만스러운〉, 〈비정한〉 등의 뜻을 가진 라틴어이다. 오르쿠스는 식인귀를 뜻하는 라틴어이며, 프랑스에서는 〈오그르*ogre*〉라는 형태로 사용된다. 한편 구즈*gouge*는 〈가위〉를 뜻하는 중세 프랑스어로, 따라서 〈구즈-르-브뤼앙〉은 〈소란스러운 가위〉라는 뜻이다.

78 대략 이러한 뜻일 듯하다. 〈내 두 눈으로 이마누스를 보았다.〉

79 *cacique*. 원주민 추장을 가리키는 중앙아메리카(아이티) 지역 말이라고 한다. 토속 종교와 예수교가 교배하여 낳은 추한 광신도를 가리킨다.

행위에 이르렀다. 때로는 흉측스럽다 못하여 거창해 보이기도 하던 그의 결단이 어디에서 비롯되는지, 그것을 짐작할 능력조차 그에게는 없었다. 그는 모든 예측 밖의 끔찍한 짓들을 저지를 수 있는 자였다. 그에게는 전설적이라고 할 만한 잔혹함이 있었다.

〈이마누스〉라는 흉한 별명이 주어진 것은 그러한 연유 때문이다.

랑뜨낙 후작은 그의 잔혹성을 신뢰하고 있었다.

이마누스가 잔혹성에 있어서 탁월했다는 것은 사실이다. 하지만 전략이나 전술에 있어서는 잔혹함에 미치지 못하였고, 따라서 후작이 그를 자기의 부관으로 삼은 것은 아마 실수였을 것이다. 여하튼 그는 이마누스를 남겨 두면서 자기를 대신하여 모든 일을 관장케 하였다.

군사 전문가이기보다 전사였던 구즈-르-브뤼앙은, 하나의 도시를 방어하기보다는 하나의 집단을 살해하는 데 더 적합한 인물이었다. 하지만 그가 전초병들을 배치하였다.

저녁이 되어, 랑뜨낙 후작이 계획하던 포진지를 정찰하고 돌 읍내로 돌아오는데, 문득 대포 소리가 들렸다. 그가 유심히 살폈다. 붉은 연기가 읍내 대로에서 치솟고 있었다. 적이 기습하여 읍내로 난입하였는지, 시가지에서 전투가 벌어졌다.

후작이 쉽게 놀라는 사람은 아니었지만, 그도 잠시 넋 잃은 사람처럼 되었다. 그러한 일이 발생하리라고는 전혀 예상하지 못하였기 때문이다. 도대체 누구란 말인가? 고뱅일 수는 없었다. 적의 4분의 1밖에 아니 되는 병력으로 공격을 시도하지는 않는다. 레쉘이란 말인가? 하지만 무슨 수로 그 먼 거리를 행군하였단 말인가? 레쉘일 개연성은 전혀 없었고, 고뱅에게는 불가능한 일이었다.

랑뜨낙이 급히 말을 몰았다. 중도에서 피난하던 주민들을 만났다. 그들에게 물었으나 그들은 두려움에 사로잡혀 있었다. 미친 사람들처럼 소리칠 뿐이었다. 「청군들! 청군들!」 읍내에 도착해 보니 상황이 좋지 않았다.

그곳에서 일어난 일의 내막은 이러했다.

3
작은 군대와 위대한 전투

이미 말한 바와 같이, 농민들은 돌에 도착한 즉시 시가지로 뿔뿔이 흩어져 각자 멋대로 행동하였다. 방데 사람들의 표현을 빌리자면, 〈우정에 이끌려 복종할〉 경우 그러한 일이 벌어진다. 그러한 형태의 복종이 영웅들을 만들어 내는지는 몰라도 쓸 만한 병사들은 만들지 못한다. 그들은 대포들을 보따리들과 함께 낡은 시장 건물 밑에 쌓아 놓은 다음, 몹시 지쳤던지, 먹고 마시고 기도를 하면서 대로 위에 뒤죽박죽 누웠다. 즉, 그 길을 지키지 않고 자신들로 채웠다. 날이 어두워지자 대부분 사람들이 보따리를 베고 잠을 청하였다. 아내와 나란히 누운 사람들도 있었다. 당시 농사꾼의 아내가 남편을 따라나서는 경우가 잦았다. 방데 지역에서는 임신한 여인들이 간첩 노릇도 하였다. 7월의 평온한 밤이었다. 깊고 검푸른 하늘에서 별들이 반짝이고 있었다. 군대 야영지보다는 대상(隊商)의 휴식처에 더 가까웠던 그 숙영지가 평화롭게 가물가물 졸고 있었다. 문득, 어둠 속을 흐르는 미광 아래, 대포 세 문이 중앙로 입구에서 시가지를 겨누고 있는 것이, 아직 잠들지 않은 사람들의 눈에 띄웠다.

고뱅이었다. 그가 전초병들을 기습하여 제압한 다음, 시가지로 들어와 부대원들과 함께 중앙로 입구를 장악하였다.

농민 하나가 벌떡 일어서며 누구냐고 외치더니, 가지고 있던 총을 발사하였다. 대포 한 방이 총소리에 응수하였다. 그 다음 순간 일제 사격이 미친 듯한 기세로 시작되었다. 잠들었던 무더기가 놀라 벌떡 일어섰다. 심한 충격이었다. 별빛 아래에서 평화롭게 잠들었다가 총탄 세례를 받으며 깨어났으니 말이다.

최초 순간은 무시무시했다. 벼락을 맞은 군중의 굼실거림처럼 비극적인 것은 없다. 그들이 허겁지겁 각자의 무기를 집어 들었다. 고함을 지르기도 하고 달음박질을 하는가 하면, 많은 사람들이 쓰러졌다. 급습을 받은 녀석들은, 자기들이 무슨 짓을 하는지 정신을 수습하지 못한 채, 자기들끼리 서로에게 총을 쏘아 대었다. 몹시 당황하여 집 밖으로 뛰쳐나왔다가 황급히 들어가더니, 다시 나와 넋을 잃은 듯 싸움판 한가운데서 우왕좌왕하는 사람들도 있었다. 가족들이 서로를 부르는 소리가 들렸다. 여인들과 아이들이 뒤섞인 음산한 전투였다. 휙휙 소리를 내는 총탄들이 어둠 속에 어지럽게 선을 그었다. 모든 어두운 구석으로부터 총탄들이 날아왔다. 온통 연기와 굉음뿐이었다. 뒤얽힌 마차들과 짐수레들로 인하여 더욱 혼잡했다. 말들이 길길이 뛰었다. 부상자들을 밟고 지나갔다. 땅바닥에서 처참한 비명 소리가 들렸다. 이쪽에 공포감 때문에 전율하는 사람들이 있는가 하면, 저쪽에 있는 사람들은 아예 넋을 잃었다. 병사들과 장교들이 서로를 찾아 헤맸다. 그 모든 것들 속에 침울한 무심함도 있었다. 여인 하나가

한 자락 벽에 등을 기대고 앉아서, 태어난 지 얼마 아니 되는 아이에게 젖을 빨리고 있었다. 그 같은 자락에, 다리 부러진 남편 역시 등을 기대고 앉아, 피가 흐르는데, 자기의 총에 태연히 실탄을 장전하여 자기 앞 어둠 속을 향하여 쏘아 댔다. 남자들이 배를 깔고 엎드려 수레의 바퀴살 사이로 사격을 하고 있었다. 이따금씩 함성이 들리기도 하였다. 대포의 굉음이 모든 소리를 덮어 버리기도 하였다. 무시무시했다.

마치 벌목장 같았다. 사람들이 쓰러져 쌓였다. 고뱅의 부대원들은 모두들 몸을 감추고 적을 정조준하여 산탄총을 쏘아 댔다. 그리하여 인명의 손실이 적었다.

어느덧, 대담한 농민들이 초기 순간의 무질서에서 벗어나 방어 태세를 취하기 시작하였다. 그들은 넓고 어두운 각면 보루와 같은 중앙 시장 건물 밑으로 퇴각하였다. 돌기둥들이 숲처럼 빽빽한 곳이었다. 그곳에서 그들이 전열을 다시 가다듬었다. 숲과 비슷한 것이면 그것이 무엇이든 그들에게 자신감을 주었다. 이마누스는 최선을 다하여 랑뜨낙을 대신하였다. 그들에게 대포가 있었지만, 그들은 그것을 사용하지 않았다. 그 사실에 고뱅이 몹시 놀랐다. 포병 장교들이 후작과 함께 몽-돌 언덕을 정찰하러 갔기 때문에 생긴 일이었다. 농민들은 대포 사용법을 몰랐다. 하지만 그들은 자기들에게 대포를 쏘아 대는 공화파 군사들에게 총탄을 퍼부었다. 농민들이 산탄포에 일제 사격으로 응수하였다. 이제는 그들이 엄폐된 자리를 차지하게 되었다. 그들은, 이륜마차, 대형 화물 운반용 수레, 보따리들, 시장에 있던 술통 등을 쌓아 높은 바리케이드 하나를 축조하였고, 사이사이에 구멍을 뚫어 그곳으로 총구를 내밀었다. 그 구멍들을 통한 사격으로 인하여 공화파 군

342

대의 인명 손실이 컸다. 그 모든 일이 순식간에 이루어졌다. 단 15분 만에 중앙 시장 건물의 한 면이 난공불락의 장애물로 변하였다.

고뱅에게는 심각한 일이었다. 그 시장 건물이 문득 요새로 둔갑하다니, 예기치 못한 일이었다. 농민들이 그곳에서 견고한 덩어리를 형성하고 있었다. 고뱅이 기습에는 성공하였으나 적을 패주시키지는 못한 것이다. 그가 말에서 내렸다. 팔짱을 끼고 검을 움켜쥔 채, 그의 포대를 밝혀 주고 있던 횃불의 불빛 속에서, 그가 그 검은 덩어리를 주의 깊게 바라보았다.

불빛을 받은 그의 큰 체구가 바리케이드에 있던 사람들의 눈에 훤히 보였다. 그가 곧 표적이었으나, 그는 그 생각을 하지 못하였다.

바리케이드에서 쏘아 대는 실탄들이 새 떼처럼 날아와, 생각에 잠겨 있던 고뱅의 주위에 떨어졌다.

하지만 그에게는 그 모든 소총들과 맞설 대포가 있었다. 포탄이 항상 이기게 되어 있다. 포병 부대를 가지고 있는 편이 승리한다. 그의 포병이, 제대로 사용되기만 하면, 그의 우위를 확보해 줄 수 있었다.

문득, 칠흑처럼 어두운 시장 건물 속에서 섬광이 번쩍하더니, 벼락 치는 소리가 들렸고, 포환 하나가 날아와 고뱅의 머리 위쪽 벽에 구멍을 내었다.

바리케이드가 대포에 대포로 응수한 것이다.

무슨 일이 생긴 것일까? 새로운 국면이 전개된 것이다. 이제는 포병이 한쪽에만 있는 것이 아니다.

첫 번째 포환에 뒤이어 두 번째 포환이 날아와, 고뱅 바로 옆 벽에 처박혔다. 세 번째 포환이 그의 모자를 날려 버렸다.

포환들은 모두 구경 큰 대포가 발사한 것들이었다. 16리브르 포가 발사한 것들이었다.

「대장님을 조준하고 있습니다!」 포병들이 소리쳤다.

그러면서 즉시 횃불을 껐다. 고뱅이 여전히 몽상에 잠긴 채 자기의 모자를 다시 집어 들었다.[80]

어떤 사람이 정말 고뱅을 조준하고 있었는데, 그 사람은 랑뜨낙이었다.

후작이 반대편으로부터 바리케이드에 도착했던 것이다.

이마누스가 그에게로 달려가며 고하였다.

「나리, 기습을 받았습니다.」

「누구로부터?」

「모르겠습니다.」

「디낭 쪽으로 통하는 길은 열려 있는가?」

「그런 것 같습니다.」

「퇴각을 시작해야겠네.」

「벌써 시작하였습니다. 많은 사람들이 도주하였습니다.」

「도주해서는 아니 되네. 퇴각해야 하네. 어찌하여 대포를

---

80 기억 상실증에 걸린 채, 화이아케스인들의 왕국에 표착하여 수평선만 바라보는 오뒷세우스(『오뒷세이아』), 연인 생각에 마상에서 반수면 상태에 든 트리스탄(『트리스탄과 이즈』), 겨울날 창공에서 싸우는 새들을 바라보며 몽상에 잠기는 뻬르스발(『뻬르스발』), 라인 강 너머로 날아가는 철새들을 바라보며 명상에 잠겨, 등 뒤에 와 있는 하겐의 창끝을 의식하지 못하는 지그프리트(『니벨룽엔전』), 연인 생각에 골몰하여 반수면 상태에서 적을 무찌르는 오까쌩(『오까쌩과 니꼴레뜨』), 암살범들의 총이 자신을 겨누고 있는 것도 모르는 채 네빌 아씨 생각에만 골몰하고 있는 오르소(『꼴롬바』) 등 영원한 젊음의 표상들이 고뱅의 모습에 집약되어 있으며, 그윈플레인(『웃는 남자』)이나 마뵈프 영감(『레 미제라블』)의 최후 모습 역시 고뱅의 변조일 뿐이다. 또한 그 모든 인물들의 초월적 무감각은 곧 디오게네스적 무감각으로, 위고 및 다른 예술가(철인)들이 꿈꾸던 궁극적 경지일지도 모른다.

쓰지 않는가?」

「경황이 없었고, 게다가 장교들이 없었습니다.」

「대포는 내가 맡지.」

「나리, 보따리들과 여인들, 그리고 전투에 긴요하지 않은 모든 것들을 최대한 푸제르 방면으로 보냈습니다. 세 아이 포로는 어찌하실 요량이십니까?」

「아! 그 아이들?」

「예.」

「그 아이들은 우리의 볼모일세. 아이들을 뚜르그로 데려가도록 하게.」

그렇게 말하고 후작이 바리케이드로 갔다. 지휘관이 돌아오자 면모가 일신되었다. 바리케이드가 대포를 거치하기에는 적합지 않게 축조되어 있었다. 포 두 문밖에 거치할 수 없었다. 후작은 포안(砲眼)이 마련된 16리브르 포 둘을 준비시켰다. 그가 그 두 문 중 하나 위로 상체를 숙이며 포안을 통하여 적의 포대를 살피는데, 고뱅이 그의 시야에 들어왔다.

「저 녀석이야!」 그가 외쳤다.

그러면서 포탄 장전봉과 충전봉(充塡棒)을 집어 들고 손수 포환을 장전한 다음, 조준대를 설치하고 조준하였다.

그가 세 번이나 연거푸 고뱅을 조준하여 포를 발사하였으나 명중시키지 못하였다. 세 번째 포환이 고작 그의 모자를 벗겼을 뿐이다.

「내 솜씨가 형편없군!」 랑뜨낙이 중얼거렸다. 「조금만 아래로 조준하였어도 머리에 명중하였으련만.」

그 순간 횃불이 꺼졌고, 그의 앞에 보이는 것이라곤 짙은 암흑뿐이었다.

「할 수 없지.」 그렇게 중얼거리더니 농민 포병들을 돌아보며 소리쳤다.

「일제 사격!」

고뱅 또한 심각해졌다. 사태가 위중해지고 있는 것 같았다. 전투의 새로운 양상이 모습을 드러내고 있었으니 말이다. 바리케이드에서 포격을 시작한 것이 그것이다. 바리케이드가 수세로부터 공세로 변하지 않을지 누가 알겠는가? 그의 앞에는, 죽은 자들과 도주한 자들을 제외하더라도, 5천 명이 버티고 있는데, 그에게 남은 가용 인원은 1천2백밖에 되지 않았다. 만약 적이 수적 열세를 감지한다면 공화파 군사들의 운명이 어찌 될 것인가? 역할이 뒤바뀔 것은 뻔하였다. 공격하던 처지가 공격받는 처지로 바뀔 것이다. 바리케이드가 출격하는 경우, 매사가 끝장일 수 있었다.

어찌한단 말인가? 바리케이드를 정면으로 공격할 생각을 해서는 아니 되었다. 그것을 정면에서 급습한다는 것은 환상에 불과했다. 1천2백의 군사가 5천의 군사를 진지로부터 몰아낼 수는 없다. 급습은 불가능했고, 기다리는 것은 치명적일 수 있었다. 서둘러 그 상황을 돌파해야 했다. 하지만 어떻게?

고뱅은 그 지방 출신이었고, 따라서 그 읍의 지리를 잘 알고 있었다. 그는 방데 반란군이 요새로 둔갑시킨 중앙 시장 건물이, 좁고 구불구불한 골목들로 형성된 미로를 등지고 있음을 알고 있었다.

그가 자기의 부관인 용맹한 게샹 대위를 돌아보았다. 훗날, 장 슈앙이 태어난 꽁씨즈 숲을 깨끗이 쓸어버린 것으로, 또한 쉔느 연못으로 통하는 도로를 봉쇄하여 반란군이 부르뇌프를 점령하지 못하도록 한 것으로 유명해진 바로 그 사람이었다. 고뱅이 그에게 말하였다.

「게샹, 지휘를 잠시 당신에게 위임하겠소. 가능한 한 모든 화력을 쏟아부으시오. 대포로 바리케이드에 구멍을 내시오. 나를 위해 저 녀석들을 꽁꽁 묶어 두시오.」

「알겠습니다.」 게샹이 선뜻 대답하였다.

「부대원 전원을 일사불란하게 집결시켜 돌격할 준비를 갖추시오.」

그러고는 게샹의 귀에다 몇 마디를 더 소곤거렸다.

「알겠습니다.」 게샹의 대꾸였다.

고뱅이 다시 말하였다.

「우리의 고수(鼓手)들은 모두 제자리에 있소?」

「그렇습니다.」

「우리의 고수는 총 아홉 명, 두 사람만 귀관 곁에 남겨 두고 일곱은 나에게 주시오.」

고수 일곱 사람이 조용히 고뱅 앞으로 와서 도열하였다.

그러자 고뱅이 힘차게 명령하였다.

「붉은 빵모자 대대는 나를 따르시오!」

열두 사람이 앞으로 나섰고, 그들 중 하나는 중사였다.

「나는 대대 전원을 원하오.」

「이것이 전원입니다.」 중사의 대답이었다.

「열두 사람뿐이라니!」

「잔여 병력 열두 명입니다.」

「좋소.」 고뱅이 간략하게 대답하였다.

그 중사가, 쏘드레 숲에서 만난 세 아이를 대대의 이름으로 입양한, 그 착하고 우락부락한 군인 라두였다.

모두들 기억하다시피, 대대원들 가운데 절반이 에르브-앙-

빠이유에서 학살당하였고, 라두는 다행히도 그들과 함께 있지 않았었다.

건초를 실은 짐수레 하나가 가까이에 있었다. 고뱅이 그것을 손가락으로 가리키며 중사에게 말하였다.

「중사, 부하들로 하여금 짚으로 새끼를 꼬아 그것을 총에 감도록 하시오. 혹시 총들이 서로 부딪칠 경우에도 소리가 나지 않도록 하기 위함이오.」

단 1분이 다 흐르기 전에, 어둠 속에서 소리 없이 명령이 이행되었다.

「완료되었습니다.」 중사가 고하였다.

「병사들이여, 구두를 벗으시오.」 고뱅이 다시 말하였다.

「저희들에게는 구두가 없습니다.」 중사가 대답하였다.

고수 일곱을 합해 열아홉 명이었고, 고뱅이 스무 번째 대원이었다.

그가 명령을 내렸다.

「일렬로 서시오. 나를 따르시오. 고수들이 내 뒤에 서고, 그 뒤를 대대원들이 따르시오. 중사, 당신이 대대원들을 지휘하시오.」

그렇게 일렬종대를 이루어 고뱅이 선두에 섰고, 쌍방이 포격을 주고받는 동안, 그 스무 명은 유령들처럼 미끄러지며 인적 끊긴 골목길로 깊숙이 빠져들어 갔다.

그들은 건물들을 따라 한동안 그렇게 구불구불 뱀처럼 이동하였다. 시가지에는 모든 것이 죽은 것 같았다. 주민들은 모두 지하실 속에 웅크리고 있었다. 빗장 지르지 않은 대문 하나, 덧창 닫히지 않은 창문 하나 보이지 않았다. 어느 곳에도 불빛은 보이지 않았다.

그 적막 속에서도 중앙로는 미친 듯한 폭음을 내고 있었다. 포격전이 계속되고 있었다. 공화파의 포대와 왕당파의 포대가 발광하듯 포탄을 토해 내고 있었다.

어둠 속에서도 확신에 찬 걸음걸이로 길을 찾아 전진하던 고뱅은, 20분 동안을 구불구불 걸은 후 중앙로와 이어진 어느 골목 끝에 도달하였다. 공화파 군사들과 마주한 바리케이드 뒤쪽이었다.

진지의 위치가 바뀐 셈이다. 그쪽에는 방어 시설이 전혀 없었다. 바리케이드를 설치하는 사람들이 항상 저지르는 변함없는 실수이다. 시장 건물이 무방비 상태로 열려 있어, 떠날 준비가 되어 있는 몇몇 짐수레밖에 없던 돌기둥들 사이로 쉽게 진입할 수 있었다. 고뱅과 그의 휘하 열아홉 명 앞에는, 그들을 마주 보고 있는 것이 아니라 그들에게 등을 돌리고 있던 방데 반란군 5천이 있었다.

고뱅이 중사에게 조용히 무슨 말을 하였다. 그러자 일제히 총에 감았던 지푸라기를 풀었다. 열두 척탄병들이 골목 귀퉁이에 전투 대형으로 포진하였다. 그리고 일곱 고수는 북채를 치켜들고 명령을 기다렸다.

포사격은 간헐적이었다. 폭음과 폭음 사이의 정적 속에서, 고뱅이 문득 검을 치켜들더니, 마치 트럼펫 소리처럼 힘찬 음성으로 소리쳤다.

「2백 명은 우측으로, 2백 명은 좌측으로, 나머지 전원은 중앙으로!」

동시에 총 열두 정이 사격을 개시하였고, 일곱 고수가 북을 두드려 대기 시작하였다.

고뱅이 다시 공화파 군사들의 그 무시무시한 고함을 질렀다.

「착검! 돌격!」

결과는 상상을 초월했다.

그 거대한 농민 집단은 자기들이 배후로부터 공격을 받는다고 생각하였으며, 자기들의 등 뒤에 새로운 군대가 있다고 믿었다. 북소리가 들리자, 게상이 지휘하는 맞은편 부대가 움직이기 시작하더니, 그들 역시 요란스럽게 북을 치며 바리케이드를 향해 돌진하였다. 농민들은 자신들이 협공을 받는다고 생각하였다. 공황 상태의 특징은 무엇이든 크게 보인다는 것이다. 공황 상태에서는 권총 소리가 대포 소리로 들리고, 모든 함성이 유령들의 함성처럼 들리며, 개 짖는 소리가 사자의 포효처럼 여겨진다. 게다가 농민들은, 불길이 그들의 초가를 휩싸는 것만큼이나 쉽게 공포감에 휩싸이고, 따라서 초가에 붙은 불이 즉시 대화재로 번지듯, 농민들의 공포감은 궤주(潰走)로 이어진다. 형언할 수 없는 도주가 시작되었다.

단 몇 순간 만에 중앙 시장 건물이 텅 비워졌으니, 두려움에 사로잡힌 농민 녀석들이 스스로 풍화되었기 때문이다. 장교들도 속수무책이었다. 이마누스가 도주하는 자들 두셋을 사살하였으나 소용없었다. 「도망쳐!」 들리느니 그러한 고함뿐이었다. 그 대군이, 체 구멍을 통해 새어 나가듯, 골목길들을 통하여, 마치 질풍에 휩쓸려 가는 구름 덩이처럼, 인근 벌판으로 흩어졌다.

어떤 사람들은 샤또뇌프 쪽으로, 어떤 사람들은 쁠레르게 쪽으로, 또 어떤 사람들은 앙트랭 방면으로 도주하였다.

랑뜨낙 후작이 그러한 궤주 장면을 목격하였다. 그는 손수 대포들의 화문(火門)에 못을 박은 다음, 가장 늦게, 천천히 그리고 냉정하게 퇴각하였다. 그러면서 중얼거렸다. 「정말이지 농사꾼들은 버티지 못하는군. 영국군이 필요해.」

4
두 번째로

승리는 완벽했다.

고뱅이 붉은 빵모자 대대 대원들을 바라보며 말하였다.

「당신들의 인원 비록 열둘에 불과하나, 1천 군사 못지않소.」

지휘관의 칭찬 한마디가 곧 그 시절의 십자 훈장이었다.

고뱅의 명령에 따라 시가지 외곽으로 뛰쳐나간 게샹이, 도
주자들을 추격하여 많은 포로를 잡았다.

또한 횃불을 밝혀 들고 시가지를 샅샅이 수색하였다.

미처 도주하지 못한 사람들이 속속 투항하였다. 화덕들
에 불을 지펴 중앙로를 밝혔다. 그곳에는 시신들과 부상자들
이 무수한 더미를 이루고 있었다. 전투의 끝은 항상 강요되는
법, 절망한 몇몇 무리가 여기저기에서 아직도 저항하고 있었
으나, 그들을 포위하자 즉시 무기를 내려놓았다.

고뱅이 보자니, 고삐 풀린 그 궤주의 와중에 불굴의 사나이
하나가 있었다. 날렵하고 강건한 화우누스[81]를 연상시키는
남자로, 그는 다른 사람들의 도주를 엄호하다가 자신은 미처
피하지 못한 것 같았다. 그 농민은 자기의 소총을 멋지게 사
용하였던 모양이다. 한편 사격을 하며, 다른 한편으로는 개
머리판으로 적을 가격하였던지, 총이 산산조각 나 있었다. 이
제 그의 한 손에는 권총 한 정이, 그리고 다른 한 손에는 군도

81 라틴 신화 속 들판의 신이다(라틴 신화). 그리스 신화의 판Pan과 같은
존재이다.

가 들려 있었다. 아무도 감히 그의 곁으로 다가가지 못하였다. 그가 문득 비틀거리며 중앙로 길가의 돌기둥에 등을 기대는 것이 고뱅의 눈에 띄었다. 부상을 당한 모양이었다. 하지만 그는 권총과 군도를 여전히 움켜쥐고 있었다. 고뱅이 자기의 검을 거둬 겨드랑이에 끼고 그에게로 다가가며 권하였다.

「항복하게.」

사나이가 그를 노려보았다. 그의 상처로부터 피가 흘러 흥건하였다.

「자네는 이제 나의 포로일세.」 고뱅이 다시 말하였다.

사나이는 여전히 묵묵부답이었다.

「자네의 이름이 무엇인가?」

그러자 사나이가 대답하였다.

「내 이름은 당스-아-롱브르[82]요.」

「자네는 진정 용감한 사람일세.」 고뱅이 그렇게 말하며 악수를 청하였다.

그의 말에 응하여 사나이가 소리쳤다.

「국왕 전하 만세!」

그러면서 여력을 모아 두 팔을 동시에 쳐들더니, 고뱅의 심장을 노리고 권총을 발사하는 한편 군도로는 그의 머리를 후려치려 하였다.

그러한 동작이 호랑이처럼 민첩하게 이루어졌다. 하지만 그보다 더 민첩한 사람 하나가 있었다. 말을 타고 막 그곳에 도

---

82 Danse-à-l'Ombre. 물론 별명일 것이다. 〈그늘 속에서의 춤〉이라는 뜻이다. 달밤이면 브르따뉴 숲 속 빈터에 있는 거대한 선돌 아래에서 춤을 추었다는 켈트 여사제들의 모습을 연상시키는 별명이다. 진정한 브르따뉴 사람이라는 뜻인 듯하다.

착하여 잠시 전부터 곁에 서 있었으나 그 누구의 시선도 끌지 못하던 사람이었다. 방데 반란군이 군도와 권총을 치켜드는 것을 보고, 그가 그 반도와 고뱅 사이로 말을 몰아 뛰어들었다. 그 사람이 아니었다면 고뱅이 필시 목숨을 잃었을 것이다. 말은 권총 탄환에 맞았고, 사람은 군도의 가격을 받아, 함께 쓰러졌다. 비명 한마디 지를 시간에 그 모든 일이 일어났다.

방데 반란군 역시 포석 위로 털썩 주저앉았다.

군도가 낯선 사람의 얼굴을 가격하였고, 그 바람에 그 역시 기절하여 쓰러졌다. 말은 절명하였다.

고뱅이 다가서며 물었다.

「이 사람이 누구인가?」

그러면서 쓰러진 사람을 유심히 살폈다. 칼에 찢긴 상처로부터 피가 흘러 부상자의 얼굴을 뒤덮었고, 그리하여 그가 붉은 가면을 쓴 것 같았다. 그의 얼굴을 알아보기가 불가능했다. 그의 모발이 희끗희끗하다는 것은 알 수 있었다.

「이 사람이 나의 목숨을 구해 주었어.」 고뱅이 다시 말하였다. 「이 사람이 누구인지 아는 분 계시오?」

「대장님, 이 사람은 조금 전에 시가지로 들어왔습니다. 그가 도착하는 것을 제가 보았습니다. 뽕또르송으로 이어지는 길을 따라서 왔습니다.」 어떤 병사 하나가 고하였다.

군의관이 의료 기구 가방을 들고 달려왔다. 부상자는 여전히 의식 불명 상태였다. 군의관이 그의 몸을 살피고 나서 말하였다.

「칼에 의한 상처밖에 없습니다. 별것 아닙니다. 스스로 아물 것입니다. 여드레쯤 지나면 회복될 것입니다. 군도의 가격을 받은 것입니다.」

부상자는 망또를 걸쳤고, 삼색 허리띠를 둘렀으며 권총들과 군도를 휴대하고 있었다. 그를 들것 위에 눕혔다. 그런 다음 옷을 벗겼다. 차가운 물 한 통을 가져와 군의관이 상처를 씻었다. 부상자의 얼굴이 모습을 드러내기 시작하자 고뱅이 그를 유심히 바라보았다.

「그가 몸에 신분증을 소지하고 있소?」고뱅이 물었다.

군의관이 옆 주머니를 더듬더니 지갑 하나를 꺼내어 고뱅에게 건넸다.

그러는 동안, 부상자는 차가운 물 덕분에 생기를 되찾아 깨어나고 있었다. 그의 눈꺼풀들이 약하게 움직였다. 고뱅이 지갑을 샅샅이 뒤졌다. 넷으로 접힌 종이 한 장을 발견하였고, 그것을 펴서 읽었다.

〈공안 위원회. 씨뚜와이앵 씨무르댕…….〉

고뱅이 외마디 소리를 질렀다.

「씨무르댕!」

그 소리에 부상자가 다시 눈을 떴다.

고뱅은 넋 잃은 사람처럼 되었다.

「씨무르댕! 당신이군요! 저의 목숨을 두 번째 구해 주셨습니다.」

씨무르댕이 고뱅을 물끄러미 바라보았다. 형언할 수 없는 기쁨의 빛이 그의 피투성이 얼굴을 찬연히 밝혀 주고 있었다.

고뱅이 부상자 앞에 무릎을 꿇으며 외쳤다.

「저의 사부님!」

「너의 아비.」씨무르댕의 대답이었다.

5
차가운 물방울

그들이 여러 해 전부터 서로 보지 못하였으나 그들의 가슴은 결코 서로를 떠나지 않았다. 두 사람은 마치 전날 헤어졌던 것처럼 서로를 즉시 알아보았다.

돌 읍 청사에 임시 야전 병원을 차렸다. 일반 부상병들을 위한 공동 병실 옆에 있는 작은 방의 침대에 씨무르댕을 눕혔다. 상처를 꿰맨 군의관이 두 사람의 격정을 진정시키면서, 씨무르댕이 잠을 자도록 해야 한다는 결론을 내렸다. 고뱅 또한, 승리 다음에 이행해야 할 의무들과 무수한 근심거리들로 인해 한가한 몸이 아니었다. 그리하여 씨무르댕 홀로 방에 남았다. 하지만 그는 잠을 이루지 못하였다. 그는 두 가지 열병에 시달리고 있었다. 상처로 인한 열병과 기쁨으로 인한 열병이었다.

그는 잠을 자고 있지는 않았으나, 그렇다고 깨어 있는 것 같지도 않았다. 도대체 그것이 가능하단 말인가? 그의 꿈이 이루어진 것이다. 씨무르댕은 요행수를 믿지 않는 사람들 중 하나였다. 그런데 그것을 얻은 것이다. 즉, 고뱅을 다시 만난 것이다. 그가 아이일 때 그와 헤어졌는데, 어른이 된 그를 다시 만난 것이다. 크고 무시무시하고 용맹해진 그를 다시 만난 것이다. 당당해진, 그것도 백성의 편에 서서 당당한 그를 다시 만난 것이다. 고뱅은 방데 내전에서 혁명의 받침점이었는데, 그 공화국의 버팀목을 씨무르댕 그가 길러 낸 것이다. 그 승리자가 그의 제자인 것이다. 혹시 공화국의 신전에 들어가도록 예정되어 있을지도 모를 그 젊은 얼굴에 영롱하게 빛나고 있던 것은 씨무르댕 그 자신의 사상이었다. 그의 제자가, 그의 영혼이 낳은 자식이, 벌써 어엿한 영웅이고, 얼마 아니되어 영광의 꽃으로 피어날 것이다. 씨무르댕은 하나의 정령으로 변한 자신의 영혼을 보는 것 같았다. 자신의 두 눈으로 고뱅이 어떻게 전쟁을 수행하는지 분명히 보지 않았던가. 그의 심정은 아킬레우스가 싸우는 모습을 보고 난 케이론의 심정이었다. 사제와 켄타우로이 간에는 신비한 관련이 있는바, 사제는 몸의 반만이 인간이기 때문이다.[83]

그 사건의 모든 우연들이, 상처로 인한 불면증과 뒤섞여, 일종의 신비한 취기로 씨무르댕을 가득 채웠다. 하나의 젊은 운명이 화려한 모습으로 떠오르고 있었으며, 그의 그윽한 기쁨을 배가시켜 준 것은, 그가 그 운명에 대해 절대적인 영향력을 가지고 있다는 사실이었다. 자신이 조금 전에 목격한 그러한 성공을 고뱅이 한 번 더 거둘 경우, 자기가 한마디만 하면 공화국이 고뱅에게 하나의 대군을 맡길 것이 틀림없었다. 모든 것이 갑자기 이루어지는 것을 볼 때의 놀라움만큼 눈부시게 하는 것은 없다. 모두들 각자의 군사적 꿈을 가지고 있던 시절이었다. 각자 장군 하나씩 만들기를 원하였다. 당똥은 베스떼르만을, 마라는 로씨뇰을, 에베르는 롱쟁을 만들려고 하였다. 로베스삐에르는 그렇게 만들어진 장군들을 몽땅 없애려 하였다.[84] 〈고뱅이라 해서 아니 될 이유 없지 않은가?〉 씨무르댕이 스스로에게 한 말이다. 그러고서 다시 몽상에 잠겼다. 그

83 케이론은 켄타우로이들 중 하나로, 난폭하고 미개한 다른 켄타우로이들과는 달리 착하고 지혜로워 아킬레우스의 사부가 되었다. 반인반마의 그 괴물은 또한 아스클레피오스, 헤라클레스, 야손, 팔라메데스 등 다른 영웅들의 사부이기도 하였다. 씨무르댕이 사제임을 다시 부각시키는 언급이다.

84 실제로 그렇게 하였다.

의 앞에 무한이 놓여 있었다. 그는 하나의 가정에서 다른 가정으로 끊임없이 넘어갔다. 그러니까 모든 장애물들이 스스로 사라졌다. 일단 그러한 사다리에 발을 하나 올려놓으면 멈출 수 없는 법. 무한한 상승이 시작되어, 인간 세계에서 출발하여 별에 이른다. 위대한 장군이란 여러 군대의 수장에 불과하지만, 위대한 수령이란 동시에 이념의 수장이기도 하다. 씨무르댕은 고뱅이 위대한 수령이 되는 꿈을 꾸고 있었다. 몽상이란 신속히 움직이는 법, 그는 고뱅이 대양에서 영국군을 쫓는 모습을 눈앞에 떠올렸다. 또한, 라인 강에서 북유럽의 왕들을 징치하고, 피레네 산록에서 에스빠냐를 물리치며, 알프스에서 로마에게 일어서라는 신호를 보내는 모습을 떠올리기도 하였다.[85] 씨무르댕의 내면에는 두 사람이 있었다. 다정한 사람 하나와 음울한 사람 하나였다. 그 두 사람 모두 만족스러워하였다. 준엄함이 그의 이상이었는데, 고뱅이 당당하면서 동시에 무시무시함을 보았기 때문이다. 씨무르댕은 건설하기에 앞서 파괴해야 할 모든 것들을 생각하고 있었으며, 따라서 스스로에게 다짐하기를, 측은한 마음을 품을 때가 아니라고 하였다. 시쳇말로, 고뱅이 〈수준에 있다〉고 생각하였다. 씨무르댕은, 고뱅이 빛의 갑옷을 입고 이마로부터는 유성의 섬광을 발산하면서 암흑을 발로 으스러뜨린 다음, 손에 검을 들고, 정의와 이성과 진보라는 거대한 이상의 날개를 활짝 펴는 모습을, 박멸하는 천사의 모습을 상상하고 있었다.

거의 황홀경에 가까운 그러한 몽상의 절정에 도달하였을 때, 그의 방 곁에 있는 야전 병원 공동 병실에서 하는 말소리가 살짝 열린 문틈을 통하여 들려왔다. 그는 고뱅의 음성임을

85 후에 나타날 나뽈레옹의 모습이다.

즉시 알아차렸다. 여러 해 동안 듣지 못했지만, 그 음성이 항상 그의 귀에 남아 있었고, 아이의 음성은 성인이 된 다음에도 사라지지 않는다. 그가 귀를 기울였다. 발자국 소리가 들렸다. 그리고 뒤이어 병사들이 하는 말소리도 들렸다.

「사령관님, 이 사람이 사령관님을 향하여 총을 쏜 바로 그 사람입니다. 사람들의 감시가 허술한 틈을 타서 어느 지하실로 들어가 있었습니다. 저희들이 그를 다시 찾아내어 데려왔습니다.」

다음 순간, 고뱅과 그 사람 사이의 대화가 들려왔다.

「자네 부상을 입었나?」

「총살당할 만큼은 건강하오.」

「이 사람을 침대에 눕히시오. 그런 다음 상처를 치료해 주도록 하오.」

「나는 죽고 싶소.」

「자네는 죽지 않을 걸세. 자네는 왕의 이름으로 나를 죽이려 하였으되, 나는 공화국의 이름으로 자네를 용서하네.」

씨무르댕의 이마에 한 가닥 그늘이 어렸다. 그가 소스라치듯 몽상에서 깨어났다. 그리고 다음 순간, 일종의 음산한 절망감에 사로잡힌 듯 중얼거렸다.

「관용파라는 말이 정말이군.」

6
치유된 젖가슴, 쓰라린 마음

칼에 베인 상처는 신속히 회복된다. 그러나 그 무렵 어딘가

358

에는 씨무르댕보다 더 심각한 상처를 입은 사람이 있었다. 그 사람은, 뗄마르가 에르브-앙-빠이유의 소작지 농장에서 피 웅덩이로부터 구해 낸, 총 맞은 여인이었다.

미쉘 플레샤르의 용태는 뗄마르가 생각하던 것보다 위중 했다. 그녀의 젖가슴 바로 위에 뚫린 구멍이 견갑골에 뚫린 구멍과 이어져 있었다. 총탄 하나가 그녀의 빗장뼈를 부러뜨 리던 순간, 다른 총탄 하나가 어깨를 관통한 것이다. 하지만 폐가 손상을 입지 않아 그녀가 치유될 수 있었다. 뗄마르는 〈철학자〉였다. 조금은 약사이고 조금은 외과 의사이며 조금 은 마법사인 사람을 가리켜 촌사람들은 〈철학자〉[86]라고 하였 다. 그가 총상 입은 여인을 자기의 소굴에 있는 해초 침대 위 에 눕히고, 흔히들 〈약초〉라고 하는 신비한 것들을 사용하여 그녀를 치료하였다. 그 덕분에 그녀가 목숨을 건졌다.

빗장뼈가 다시 접합되었고, 가슴팍과 어깨의 구멍들도 다 시 아물었다. 그리고 몇 주 후에는 총상 입은 여인이 회복기 로 들어섰다.

어느 날 아침, 그녀가 드디어 뗄마르에 의지하여 그 짐승의 굴로부터 나올 수 있었고, 나무 밑에 앉아 햇볕을 쬐었다. 뗄 마르는 그녀에 대해 아는 것이 거의 없었는데, 흉부의 상처 때 문에 말을 하여서는 아니 되는지라, 그녀가 사경을 헤매던 동 안에 그녀가 할 수 있었던 말은 단 몇 마디에 불과했다. 그녀 가 무슨 말을 하려고 할 때마다 뗄마르가 그녀를 만류하곤

86 우리가 흔히 〈철학자〉라고 옮기는 〈필로소포스*philosophos*〉는 학자 일반을 가리킨다. 뭇 종교의 사제들과 유구한 적대 관계에 있는 사람들이다. 촌사람들이 사용하는 〈철학자〉라는 단어에는 사제들의 그러한 적대감과 규 탄이 숨어 있다.

하였다. 하지만 그녀에게는 고집스러운 상념 하나가 있었고, 뗄마르는 그녀의 눈에서 고통스러운 상념이 끊임없이 오가고 있음을 간파하였다. 그날 아침, 그녀는 기운을 회복하였던지라 거의 홀로 걸을 수 있었다. 치료란 부성(父性)의 발로, 그래서인지 뗄마르는 행복감에 겨워 그녀를 물끄러미 바라보고 있었다. 그 착한 늙은이가 미소를 짓기 시작하였다. 그러면서 그녀에게 말하였다.

「자, 이제 우리가 드디어 일어섰어요. 이제 더 이상 상처가 없어요.」

「마음에밖에.」 그녀의 대꾸였다.

그러고는 다시 말하였다.

「그러니까 그 아이들이 어디에 있는지 전혀 모르신다는 거죠?」

「누구 말씀이오?」 뗄마르가 물었다.

「내 아이들.」

그녀의 〈그러니까〉라는 말이 일단의 생각들을 집약하여 표현하였다. 그 말의 뜻은 대략 이러했다. 〈당신이 그 이야기를 꺼내지 않는 것을 보니, 당신이 그토록 오래전부터 제 곁에 계시면서도 그 아이들에 대해서는 입도 쩍 하지 않으시는 것을 보니, 제가 입을 열려고 할 때마다 침묵을 요구하시는 것을 보니, 제가 그 이야기를 꺼낼까 두려워하시는 듯한 것을 보니 그 일에 대해서는 저에게 하실 말씀이 없다는 뜻이니.〉 신열에 휩싸여 정신 착란 증세 속에서 헤매던 동안에도, 그녀가 자기 아이들의 이름을 자주 불렀고, 그럴 때마다 늙은이가 아무 대꾸도 하지 않았음을 그녀가 간파하였다. 정신 착란 상태에서도 무엇을 나름대로 알아차릴 수 있는 법이다.

사실은 뗄마르도 그녀에게 무슨 말을 해야 좋을지 몰랐다. 한 엄마에게 그녀의 잃어버린 아이들에 관한 이야기를 한다는 것은 쉽지 않다. 게다가, 그가 무엇을 알고 있었던가? 아무것도 없었다. 그가 알고 있던 것이라곤 고작, 어떤 엄마 하나가 총격을 받았고, 땅바닥에 쓰러져 있던 그녀가 그에 의해 발견되었고, 그가 그녀를 수습하였을 때 그녀는 시신과 다름없었고, 그 시신에게 아이 셋이 있었고, 랑뜨낙 후작이 엄마를 총살한 후 그 아이들을 데려갔다는 것뿐이었다. 그가 알고 있던 것들이라곤 그러한 사실들뿐이었다. 그 아이들이 어찌 되었는지, 아직 살아 있기나 한 것인지, 그는 전혀 몰랐다. 이리저리 수소문해 알아낸 것이라곤, 남자아이 둘과 갓 젖을 뗀 여자아이 하나라는 사실뿐이었다. 더 이상 아무것도 알아내지 못하였다. 그 불운한 아이들에 대하여 스스로에게 무수한 질문을 던져 보았으나, 아무 대답도 할 수 없었다. 그의 질문을 받은 그 고장 사람들은 아무 말 없이 고개만 갸우뚱할 뿐이었다. 랑뜨낙 씨에 대해서는 아무도 선뜻 무슨 말을 하려 하지 않았다.

사람들은 랑뜨낙에 대하여 말하기를 즐겨 하지 않았고, 뗄마르에게 말을 건네기를 즐겨 하지 않았다. 촌사람들은 그 두 사람에 대하여 일종의 의구심을 품고 있었다. 그들은 뗄마르를 좋아하지 않았다. 거지 뗄마르가 그들에게 불안감을 안겨 주었다. 그는 왜 항상 하늘을 유심히 바라본단 말인가? 오랫동안 꼼짝도 하지 않는 그 시간에, 그는 무슨 짓을 하며 무슨 생각을 한단 말인가? 물론 그가 기이했던 것은 사실이다. 모든 사람들의 유일한 관심사가 파괴이고, 열중하던 일이 학살이던 고장에서는, 서로 다투어 집을 태우고, 한 가정을 몰살

시키고, 초소 인원들을 학살하고, 마을들을 털고 노략질하는데 혈안이 된 고장에서는, 매복하고, 서로를 덫으로 유인하고, 서로 마구 죽이는 데 여념이 없는 고장에서는, 즉 전쟁과 대소동과 화재로 가득한 고장에서는, 마치 사물의 광막한 평화 속에 잠긴 듯 자연 속에 몰입되어, 온갖 풀들과 기타 식물들을 채집하며 오직 꽃들과 새들과 별들에만 전념하고 있던 그 외톨이가 분명 위험스러운 사람으로 보였을 것이다. 그가 덤불숲 뒤에 매복하여 누구에게 총질을 해야 할 이유가 없었던 것은 사실이었다. 하지만 바로 그러한 점 때문에 사람들이 그에 대하여 불안감을 품고 있었다.

「저 사람은 미쳤어.」 촌사람들이 하던 말이다.

뗄마르는 고립된 사람 이상이었다. 모두들 피하는 사람이었다.

그에게 무엇을 묻는 경우는 전혀 없었고, 그의 말에 대꾸하는 경우 또한 거의 없었다. 따라서 그는 자기가 원하는 만큼 무엇을 알아볼 수가 없었다. 전쟁은 다른 곳으로 번져서 모두들 더 먼 곳으로 싸우러 갔고, 랑뜨낙 후작도 지평선 너머로 자취를 감추었다. 또한 뗄마르가 빠져 있던 그 정신세계에서 그가 전쟁이라는 것을 감지하려면, 그것이 직접 그를 짓눌러야만 했다.

〈내 아이들〉이라는 말을 듣자 뗄마르가 미소를 멈추었고, 엄마도 생각에 잠기기 시작하였다. 그녀의 영혼 속에서 무슨 일이 벌어지고 있었을까? 그녀는 어떤 심연의 밑바닥에 내려가 있는 것 같았다. 별안간 그녀가 뗄마르를 바라보더니, 다시 한 번, 거의 노기 어린 억양으로 소리쳤다.

「내 아이들!」

뗄마르는 마치 죄인처럼 고개를 숙였다.

그는 그 랑뜨낙 후작을 뇌리에 떠올렸다. 후작은 그의 생각을 하지 않을 뿐만 아니라, 아마 그가 존재한다는 사실조차 모르리라는 생각이 들었다. 그러한 사실을 깨닫는 순간 그가 중얼거렸다. 「하나의 나리란 자신이 위험에 처했을 때에만 우리를 아는 척하지. 위험에서 벗어나면 더 이상 우리를 알지 못해.」

그러고는 자신에게 질문을 던졌다. 「그런데 내가 왜 그 나리의 목숨을 구해 주었지?」

그가 자신의 질문에 이렇게 대답하였다. 「하나의 인간이니까.」

자신의 그러한 대답에, 잠시 생각에 잠기는 듯하더니 다시 질문을 던졌다. 「정말 그럴까?」

그러더니 이미 한 바 있는 회한에 찬 말을 하였다. 「만약 내가 알았다면!」

그 사건이 그를 짓눌렀다. 자신이 한 일에서 그가 일종의 수수께끼를 보았기 때문이다. 그는 고통스러운 상념에 잠겼다. 〈하나의 선행이 악행일 수도 있다는 말인가? 늑대를 구출하는 사람은 곧 암양을 죽이는 사람이다. 독수리의 다친 날개를 치료해 주는 사람은 그 발톱에 대한 책임이 있다.〉

그는 정말 자신의 잘못이라고 생각하였다. 그 엄마의 무의식적인 분노가 옳다고 여겼다.

하지만 그 엄마의 생명을 되살려 놓았다는 사실이, 후작의 목숨을 구해 주었다는 죄책감을 다독거려 주었다.

그런데 아이들은?

엄마 역시 생각에 잠겼다. 두 상념이 나란히 펼쳐지고 있었다. 그리고, 서로에게 말은 하지 않았지만, 몽상의 암흑세계 속에서 아마 만나고 있었을 것이다.

그러다 어느 순간, 암흑 같은 어둠 가득한 그녀의 시선이 다시 뗄마르에게로 향하였다.

「일이 그렇게 되어 가도록 내버려 둘 수는 없어요.」 그녀가 말하였다.

「쉿!」 뗄마르가 손가락을 자신의 입술 위에 얹으며 주의를 주었다.

그녀가 말을 계속하였다.

「저의 목숨을 구해 주신 것은 잘못이었어요. 당신이 원망스러워요. 제가 죽었더라면 더 좋았을 것을. 그것들을 볼 수 있을 테니까요. 그것들이 어디에 있는지 알 수 있을 테니까요. 그것들이 저를 볼 수는 없겠지만, 제가 그것들 곁에 있을 테니까요. 죽은 엄마가 아이들을 보호할 수 있을 거예요.」

뗄마르가 그녀의 팔을 잡고 맥을 짚어 보았다.

「진정해요, 다시 열이 심해지겠소.」

그녀가 거의 퉁명스럽게 물었다.

「제가 언제쯤이면 떠날 수 있겠어요?」

「떠나겠다고?」

「예, 걸어서.」

「분별 있게 처신하지 못하면 영영 떠나지 못하고, 현명하게 처신한다면 내일이라도 떠날 수 있소.」

「현명하게 처신한다는 말씀이 무슨 뜻이에요?」

「신을 신뢰한다는 뜻이오.」

「신이라고요! 그 신이 내 아이들을 어디로 데려갔죠?」

그녀는 넋 잃은 사람 같았다. 그녀의 음성이 문득 부드러워졌다.

「이해하시겠지만, 제가 이렇게 죽치고 있을 수는 없어요. 당신은 아이들을 가져 보지 않았지만, 저에게는 아이들이 있어요. 그것이 차이예요. 어떤 일이 무엇인지 모를 경우, 그 일을 판단할 수 없어요. 아이들을 가져 보지 않았지요? 그렇지요?」

「그렇소.」뗄마르가 대답하였다.

「저에게는 그것밖에 없어요. 제 아이들 없이 제가 있겠어요? 지금 제 아이들이 왜 제 앞에 없는지, 누가 설명을 해주었으면 좋겠어요. 무슨 일이 벌어지고 있음을 느낄 수 있어요. 제가 이해할 수 없으니까요. 저의 남편을 죽였고, 저에게 총질을 하였지만, 그래도 무슨 영문인지 모르겠어요.」

「이봐요, 다시 열이 심해져요. 더 이상 아무 말 하지 말아요.」뗄마르가 만류하였다.

그녀가 그를 바라보더니 입을 다물었다.

그날 이후 그녀는 더 이상 아무 말도 하지 않았다.

뗄마르가 원하던 것 이상으로 그녀가 고분고분했다. 그녀는 노목 밑둥치에 웅크리고 앉아, 넋 나간 사람처럼 몇 시간을 보내곤 하였다. 몽상에 잠긴 채 아무 말도 하지 않았다. 슬픔의 음산한 심연을 겪은 순박한 영혼들에게는, 침묵이 무엇인지 모를 피신처를 제공한다. 그녀는 이해하기를 포기한 것 같았다. 절망이 어느 단계에 이르렀을 때에는 절망한 사람이 그것을 인지하지 못한다.

뗄마르는 깊은 연민에 휩싸여 그녀를 유심히 살폈다. 그러한 고통 앞에서 그 노인은 여성적 상념에 젖어 들었다. 그리고 자신에게 중얼거렸다. 「오, 그래, 그녀의 입술은 아무 말 하지 않지만, 그녀의 눈이 말을 하고 있어. 나는 그녀에게 무엇이 있는지 분명히 알 수 있어. 하나의 흔들림 없는 사념이야. 엄마였다가 더 이상 엄마가 아니라는 생각이야! 유모였다가 더 이상 유모가 아니라는 생각이야! 그녀는 도저히 체념할 수 없는 거야. 얼마 전까지 젖을 먹이던 그 어린 딸 생각을 하고 있는 거야. 생각에 생각을 거듭하고 있어. 사실, 장밋빛 작은 입이 여인의 몸속에 있는 영혼을 당기고 빨아내어 그 여인의 생명으로 스스로의 생명을 형성하는 것을 느끼는 것, 그것이 얼마나 황홀하겠는가!」

그 역시 입을 다물었다. 그러한 절망 앞에서 말이 얼마나 무력한지를 깨달았기 때문이다. 흔들림 없는 사념에서 비롯된 침묵은 무시무시하다. 게다가, 한 엄마의 고착된 사념을 무슨 수로 설득한단 말인가? 모성에게는 출구가 없다. 모성을 상대로 해서는 토론을 하는 법이 아니다. 하나의 엄마를 숭고하게 만드는 것은 그녀에게 있는 일종의 수성(獸性)이다. 엄마의 본능은 신성하게 동물적이다. 엄마는 더 이상 여인이 아니다. 그녀는 암컷이다.

그리고 아이들은 새끼들이다.

엄마 속에 추리력보다 열등하며 동시에 우월한 그 무엇이 있는 것은 그 때문이다. 엄마는 하나의 특이한 후각을 가지고 있다. 창조의 암흑으로 감싸인 광대한 의지가 그녀 속에 있으며, 그녀를 인도한다. 통찰력 가득한 실명 상태 그 자체이다.

뗄마르는 이제 그 가엾은 여인에게 말을 시키고자 하였다. 그러나 뜻을 이루지 못하였다. 언젠가 그녀에게 그가 다음과 같이 말하였다.

「불행하게도 내가 늙어 더 이상 걸을 수가 없소. 목적지에 도달하기도 전에 기운이 고갈되오. 15분만 걸어도 다리가 더 이상 말을 듣지 않아 걸음을 멈춘다오. 그렇지 않으면 내가 당신과 동행할 수 있으련만. 사실, 그것은 내가 당신에게 베풀 수 없는 선행이오. 내가 당신에게 유익보다는 위험을 안겨 줄 수 있소. 이곳에서는 사람들이 나를 용납하오. 그러나 공화파 군사들은 내가 촌사람인지라 나를 의심하고, 촌사람들은 내가 마법사라고 의심하오.」

그러고 나서 그녀의 대꾸를 기다렸다. 그녀는 그에게로 눈조차 돌리지 않았다.

하나의 고정 관념은 광증이나 영웅주의로 귀착된다. 하지만 가련한 일개 촌 여인이 어떤 영웅적 행동을 할 수 있겠는가? 아무것도 없다. 그녀가 엄마일 수 있다는 것, 그것이 전부이다. 날이 갈수록 그녀는 자기의 몽상 속으로 점점 더 깊숙이 빠져들어 갔다. 뗄마르는 그녀를 관찰할 뿐이었다.

그가 그녀에게 소일거리를 만들어 주려 궁리하였다. 그러던 끝에 그녀에게 실과 바늘과 골무를 구해다 주었다. 그랬더니 정말, 그 가엾은 거지에게 기쁨을 주려는 듯, 그녀가 바느질을 시작하였다. 깊은 생각에 잠기되 일을 하였다. 건강하다는 징후였다. 그녀가 차츰 기력을 회복하였다. 그리고 그의 이부자리와 옷들과 신발들을 꿰매어 수선하였다. 하지만 그녀의 눈동자는 여전히 흐릿하였다. 바느질을 하면서 그녀는 무슨 뜻인지 모를 노래를 부르곤 하였다. 또한 이름들을 중얼거리기도 하였다. 아이들의 이름이었을 것이다. 하지만 뗄마르가 알아들을 만큼 충분히 선명하지는 않았다. 그녀가 가끔 바느질을 중단하고 새들의 지저귐에 귀를 기울였다. 마치 새들이 그녀에게 전할 소식이라도 가져온 것 같았다. 혹은 날씨를 살피기도 하였다. 그녀의 입술이 움직이곤 하였다. 그녀가 나지막하게 무슨 말을 하였다. 그녀가 자루 하나를 만들어 밤으로 가득 채웠다. 어느 날 아침, 뗄마르가 보자니, 그녀가 시선을 숲 깊숙한 쪽으로 고정한 채 걷기 시작하였다.

「어디에 가시오?」 그가 물었다.

그녀가 대답하였다.

「아이들을 찾으러 가요.」

그는 그녀를 만류하지 않았다.

7
진실의 양극

내란의 소동으로 가득했던 몇 주 후, 푸제르 지역에는 오직 두 사람만의 소문이 파다하였다. 그들 중 하나가 다른 한 사람과 정면으로 대립하였으되, 두 사람은 그럼에도 불구하고 같은 과업에 몰두하고 있었다. 즉, 위대한 혁명의 전투를 나란히 수행하고 있었다.

야만스러운 방데 내전이 계속되고는 있었으나, 방데 반란군 측이 점차 그 지반을 상실하고 있었다. 특히 일르-에-빌렌느 지역에서는, 1천5백의 공화파 군대로 6천의 왕당파 군대를 돌에서 격퇴한 젊은 지휘관 덕분에, 반란군이 완전히 소멸되지는 않았다 하더라도 그 세력이 미미해지고 활동 영역이 극도로 축소되어 있었다. 돌 전투 이후 성공적인 공격이 여러 차례 연속적으로 이루어졌고, 그 거듭된 승리로 인하여 새로운 상황이 조성되었다.

모든 국면이 바뀌었다. 그러나 기이한 분규 현상이 문득 모습을 드러냈다.

방데 내전이 벌어지고 있던 그 전 지역에서 공화국이 승세를 잡고 있었으며, 그것은 의심의 여지가 없었다. 하지만 어떤 공화국이었던가? 윤곽이 잡히고 있던 그 승리에 두 형태의 공화국이 모습을 드러냈다. 공포의 공화국과 관용의 공화국이었는데, 하나는 공포감으로 상대를 제압하려 하였고, 다른 하나는 너그러움으로 상대를 복속시키려 하였다. 어느 공화국이 우세할 것인가? 그 두 형태를, 즉 화해의 형태와 무자비한 형태를, 각각 영향력과 권위를 가진 두 사람이 대변하고 있었는데, 그 하나는 군 지휘관이었고, 다른 하나는 민간인 감독관이었다. 그 두 사람 중 누가 우위를 점하게 될 것인가? 그 두 사람 중 하나, 즉 파견된 민간인 감독관은, 무시무시한 배후를 가지고 있었다. 그는 일찍이 빨리 혁명 정부가 쌍떼르 휘하에 있던 부대들에게 내렸던 명령을 가지고 그곳에 도착했던바, 그 명령의 내용은 이러하였다. 〈자비도 유예도 없다!〉 그는 모든 것을 자기의 권한 밑에 둘 수 있도록 하기 위하여 〈포로가 된 반군 수괴를 석방하거나 탈출시킨 자는 누구를 막론하고 사형에 처한다〉는 혁명 의회의 포고령과, 공안 위원회가 위임한 전권, 그리고 파견된 그에게 복종하라는, 로베스삐에르와 당똥과 마라가 공동 서명한 특별 명령서를 가지고 있었다. 반면 다른 한 사람은, 즉 군인은, 자기의 우군으로 자비라는 그 힘밖에 가지고 있지 않았다.

그에게는 적을 무찌르던 자신의 팔과, 적들에게 자비를 베풀던 자신의 가슴밖에 없었다. 그는 자기가 승리하였을 경우, 패자들의 목숨을 살려 줄 수 있는 권리가 자기에게 있다고 믿었다.[87]

87 전통적인 기사도의 철칙이다.

두 사람 사이의 잠재적인, 그러나 깊은 갈등이 그것에서 비롯되었다. 그들 두 사람은 각자 다른 구름 속에 있었던지라, 두 사람 모두 반란군을 상대로 싸우고 있었으되 한 사람은 승리라는 벼락을, 다른 한 사람은 공포라는 벼락을 가지고 있었다.

보까주 전 지역에서는 오직 그 두 사람에 대한 이야기들만 하였다. 그리고 그들을 바라보던 시선들의 불안감을 증대시켜 주던 것은, 정면으로 상반된 그 두 사람이 또한 밀접하게 결합되어 있다는 사실이었다. 그 두 적대적인 관계에 있던 사람들이 친구라고 하였다. 일찍이 그보다 더 고결하고 깊은 친화력이 두 가슴을 근접시킨 예는 없을 것이라 하였다. 표독스러운 사람이 너그러운 사람의 목숨을 구해 주었으며 그러다가 얼굴에 상처를 입기도 하였다는 것이다. 그 두 사람 중 하나는 죽음의 화신이었고 다른 하나는 생명의 화신이라 하였다. 하나는 무시무시한 원칙이었고 다른 하나는 평화로운 원칙이었는데, 그 둘이 서로를 사랑한다는 것이다. 기이한 현상이라고들 하였다. 자비로운 오레스테스와 냉혹한 필라데스를 상상해 보라고들 하였다. 아리만과 오르무스 형제[88]를 상상해 보라고도 하였다.

또한, 그 두 사람 중 〈무자비하다〉고들 하던 사람이 비할 데 없는 박애주의자였다는 사실도 부언해 두자. 그는 부상자들의 상처에 손수 붕대를 감아 주고, 환자들을 간호하고, 야전 병원이나 구호소에서 밤낮을 가리지 않고 사람들을 돌보고, 거지 아이들을 가엾게 여기고, 자신은 아무것도 소유하지

88 아리만은 옛 페르시아 종교와 조로아스터 경전에 등장하는 암흑세계의 신 혹은 악마들의 두령이며, 오르무스의 쌍둥이 형제라고 한다.

않으며 모든 것을 가난한 사람들에게 주었다. 전투가 벌어지면 즉시 현장으로 달려갔다. 그리고 부대의 선봉이 되어 격전장으로 뛰어들곤 하였는데, 무장을 하였으되 무장을 하지 않은 것과 마찬가지였다. 왜냐하면 허리띠에 권총과 군도를 찼으되 그가 군도를 빼어 들거나 권총에 손을 대는 것을 아무도 보지 못하였기 때문이다. 그는 가격당하여도 결코 반격하지 않았다. 사람들 말로는 그가 일찍이 사제였다고 하였다.

그 두 사람 중 하나는 고뱅이었고, 다른 하나는 씨무르댕이었다.

그 두 인간 사이에는 정의(情誼)가 있었으되, 그들이 고수하던 두 원칙 사이에는 증오가 있었다. 마치 둘로 잘려 나뉜 하나의 영혼과 같았다. 실제로 고뱅은 씨무르댕으로부터 그 영혼의 반쪽을 물려받았다. 하지만 그것은 자비로운 반쪽이었다. 고뱅이 백색 광선을 받았고 씨무르댕은 자기의 몫으로 검은 광선을 간직하고 있는 것 같았다. 내밀한 불화가 그것에 기인하였다. 그 은연한 전쟁은 언제고 터지지 않을 수 없었다. 어느 날 아침 두 사람 사이에 전투가 시작되었다.

씨무르댕이 고뱅에게 물었다.

「지금 전황이 어찌 되어 가는가?」

고뱅이 대답하였다.

「저 못지않게 그것을 잘 알고 계십니다. 제가 랑뜨낙의 무리들을 사분오열시켜 놓았습니다. 이제 그의 휘하에는 몇 사람밖에 없습니다. 그는 지금 푸제르 숲 속에 몰려 있습니다. 그는 여드레 안에 포위될 것입니다.」

「그리고 보름 후에는?」

「잡힐 것입니다.」

「그러면?」

「저의 벽보를 보시지 않았습니까?」

「보았지. 그래서?」

「그는 총살형에 처해질 것입니다.」

「지나친 관용일세. 그는 참수되어야 하네.」

「저는 군대식 처형이 옳다고 생각합니다.」

「나는 혁명적 처형을 주장하네.」

그러더니 고뱅의 얼굴을 뚫어지게 바라보며 다시 물었다.

「쌩−마르끄−르−블랑 수녀원의 수녀들을 왜 석방하였나?」

「저는 여인들을 상대로 전쟁을 하지 않습니다.」 고뱅의 대꾸였다.

「그 여인들은 백성을 증오하네. 그런데 증오에 있어서는 여인 하나가 남자 열 못지않네. 그리고, 루비녜에서 잡은 그 광신적인 늙은 사제들 떼거리를 왜 혁명 재판에 회부하지 않겠노라 하였는가?」

「저는 노인들을 상대로 전쟁을 하지 않습니다.」

「늙은 사제가 젊은 사제보다 더 악랄하네. 백발들이 선동하는 반란이 더 위험하다네. 주름살들을 믿기 때문이지. 고뱅, 그릇된 연민을 품지 말게. 시역자들이 진정한 해방자들이네. 땅쁠르의 탑에서 눈을 떼지 말게.」

「땅쁠르의 탑! 제가 그곳으로부터 세자를 나오게 하겠습니다. 저는 아이들을 상대로 전쟁을 하지 않습니다.」[89]

씨무르댕의 눈빛이 준엄해졌다.

「고뱅, 여인이라 할지라도 그녀의 이름이 마리−앙뚜와네

---

89 1792년 루이 17세가 땅쁠르 기사단 본부에 유폐되었을 때, 그의 나이 여덟 살이었다. 그리고 3년 후에 죽은 것으로 전한다.

뜨일 경우, 늙은이라 할지라도 그 이름이 교황 피우스 6세[90] 일 경우, 그리고 아이라 할지라도 그 이름이 루이 까뻬라면, 그들을 상대로 전쟁을 해야 한다는 것을 명심하게.」

「사부님, 저는 정치인이 아닙니다.」

「위험한 사람이 되지 않도록 노력하게. 꼬쎄의 수비대를 공격할 때, 반군 쟝 트르똥이 궁지에 몰려 더 이상 가망이 없자 군도를 빼어 들고 홀로 공화파 군대를 향해 발악적으로 덤벼들었네. 그 꼴을 보고 자네가 병사들에게 호령하여, 포위망을 풀고 그대로 보내 주게 하였네. 왜 그랬는가?」

「사람 하나를 죽이기 위하여 1천5백 명이 덤비는 법이 아니기 때문입니다.」

「까이예트리 다스띠예에서, 부상을 입고 기운 없이 기어가던 방데 반군 죠제프 베지에를 자네의 병사들이 죽이려 하자, 자네가 이렇게 소리쳤지. 〈계속 전진! 내가 처리하겠어!〉 그런 다음 자네는 권총 한 발을 허공에다 발사하였네. 왜 그랬나?」

「땅바닥에 쓰러진 사람은 죽이지 않는 법이기 때문입니다.」

「하지만 자네의 실수였네. 두 사람 모두 지금 떼거리들의 두령이 되었네. 무스따슈라고 하는 자가 바로 죠제프 베지에이고, 쟝브−다르쟝이라는 자가 곧 쟝 트르똥일세. 자네는 그 두 사람의 목숨을 구해 주면서 공화국에 적 둘을 안겨 주었네.」

「분명한 것은, 제가 공화국의 친구들을 만들려 하였지, 적을 만들려 하지 않았다는 점입니다.」

「랑데앙에서 승리를 거둔 후, 포로가 된 농민 3백 명을 왜

90 제248대 교황(1717~1799, 재위 1775~1799). 프랑스의 교회 및 사제 조직을 개편된 행정 구획에 예속시킨다는 제헌 국민 의회의 법령(1790년 7월 12일)에 반대한 사람이다.

총살하지 않았는가?」

「봉샹이 공화파 포로들에게 자비를 베풀었던지라, 저 또한 공화국이 왕당파 포로들에게 자비를 베풀었다는 소문이 돌기를 바랐습니다.」

「그렇다면 만약 랑뜨낙을 잡을 경우, 자네는 그에게도 자비를 베풀 것인가?」

「아닙니다.」

「그건 왜? 자네가 농민 3백 명에게 자비를 베풀지 않았는가?」

「농민들은 무지한 사람들인 반면, 랑뜨낙은 자신이 무슨 짓을 하고 있는지를 잘 압니다.」

「하지만 랑뜨낙은 자네의 혈족 아닌가?」

「프랑스는 모두의 조상입니다.」

「랑뜨낙도 노인일세.」

「랑뜨낙은 외국인입니다. 그에게는 나이가 없습니다. 랑뜨낙은 영국인들을 불러들이려 하고 있습니다. 랑뜨낙은 곧 침범입니다. 랑뜨낙은 조국의 적입니다. 그와 저 사이의 싸움은 그가 죽거나 제가 죽어야 끝납니다.」

「고뱅, 지금 한 그 말을 잊지 말게.」

「언약드립니다.」

잠시 침묵이 흘렀고, 두 사람이 서로를 물끄러미 쳐다보았다. 그러다가 고뱅이 다시 말하였다.

「지금 우리가 보내고 있는 이 93년도는 유혈 낭자한 해가 될 것입니다.」

「조심하게.」 씨무르댕이 문득 언성을 높였다. 「끔찍한 의무들도 존재하는 법이라네. 전혀 비난할 수 없는 것을 비난하지 말게. 도대체 언제부터 질환이 의사의 탓이란 말인가? 그래, 엄청난 금년을 특징짓는 것은 금년이 무자비하다는 것이지. 왜 그럴까? 위대한 혁명의 해이기 때문이야. 우리가 보내고 있는 이해가 혁명을 구현하고 있네. 혁명에게는 적 하나가 있는데, 그것이 낡은 세상이고, 따라서 혁명이 그것에게 무자비한 것일세. 암 덩이라는 외과 의사의 적에게 외과 의사가 무자비한 것이나 마찬가지일세. 혁명은 왕 속에 있는 왕권을, 귀족 속에 있는 귀족 정치를, 군인 속에 있는 독재를, 사제 속에 있는 미신을, 판관 속에 있는 야만을, 한마디로 모든 유형의 폭군 속에 있는 모든 폭정을 그 뿌리째 뽑아낸다네. 수술이 두려움을 주지만, 혁명은 그것을 확신 넘치는 손으로 감행한다네. 수술이 희생시키는 건강한 살의 양에 관해서는, 그것에 대하여 어찌 생각하는지 부르하버[91]에게 물어보게. 절단해야 할 종양 중 피의 손실을 수반하지 않는 것 있는가? 꺼야 할 화재 중 불의 몫을 요구하지 않는 것 있는가? 그 두려운 필요가 바로 성공의 조건일세. 외과 의사는 푸주한과 유사하다네. 그리하여 치료사가 망나니와 같은 인상을 주는 것이라네. 혁명은 자기의 숙명적인 과업에 흔연히 헌신한다네. 혁명이 팔이나 다리를 자르지만 목숨을 구한다네. 말이나 되는가! 병균을 위하여 혁명에게 자비를 요청하다니! 독성 강한 것에 대하여 혁명이 관대하기를 바라다니! 혁명은 들은 체도 하지 않네. 과거를 수중에 넣었으니 그것의 숨통을 끊을 걸세. 혁명은 문명을 깊게 절개하고, 그 절개한 부분에서 인류의 건강이 비롯될 것일세. 고통스럽다고? 의심할 여지 없지.

91 Hermann Boerhaave(1668~1738). 홀랜드의 화학자이며 의사(1668~1738)로, 생체 및 생체 활동을 기계적 현상으로 여겼던 사람들 중 하나라고 한다.

그것이 얼마 동안이나 지속될 것이냐고? 수술이 진행되는 동안. 그다음에는 살 수 있을 걸세. 혁명은 세상의 사지를 절단하는 수술을 감행한다네. 93년이라는 출혈이 그것에서 비롯되었네.」

「외과 의사는 온화한데, 제 눈에 보이는 사람들은 난폭합니다.」 고뱅이 말하였다.

「혁명은 자기를 돕는 일꾼들이 사납기를 바란다네.」 씨무르댕이 반박하였다. 「그리하여 두려움에 떠는 손은 배척한다네. 혁명은 오직 준엄한 사람들만을 신뢰한다네. 당똥은 무시무시한 사람이고, 로베스삐에르는 꿋꿋한 사람이고, 쌩─쥐스뜨는 요지부동한 사람이고, 마라는 가차 없는 사람이지. 고뱅, 조심하게. 그러한 이름들이 필요하다네. 그들이 우리들에게는 많은 군대 못지않게 중요하다네. 그들이 유럽을 두려움에 떨게 할 걸세.」

「그리고 아마 미래도.」 고뱅이 덧붙였다.

그가 잠시 멈추었다가 계속하였다.

「또한 사부님께서는 오해를 하고 계십니다. 저는 그 누구도 비난하지 않습니다. 제 생각으로는 책임의 부재가 혁명의 진정한 모습입니다. 즉, 아무도 무고하지 않고, 아무에게도 죄가 없습니다. 루이 16세는 사자들 사이로 던져진 한 마리 양입니다. 그는 도망치려 하고 피신하려 하고 자신을 방어하려 합니다. 가능하다면 그가 물어뜯을 수도 있을 것입니다. 하지만 원한다고 모두 사자가 되는 것은 아닙니다. 그의 부질없는 생각이 범행으로 간주됩니다. 그 화난 양이 이빨을 드러냅니다. 〈반역자!〉 사자들이 말합니다. 그러면서 양을 먹어치웁니다. 그런 다음 자기들끼리 싸웁니다.」

「양은 일개 짐승일세.」

「그러면 사자들은 무엇입니까?」

그러한 반박에 씨무르댕이 생각에 잠겼다. 그가 다시 고개를 쳐들며 말하였다.

「그 사자들은 양심일세. 그 사자들은 이념일세. 그 사자들은 원칙일세.」

「그들은 공포를 조성합니다.」

「언젠가는 혁명이 공포의 무죄를 증명할 걸세.」

「공포가 곧 혁명에 대한 비난의 명분이 되지 않을까 염려하셔야 할 것입니다.」

고뱅이 잠시 멈추었다가 계속하였다.

「자유와 평등과 박애는 평화와 화합의 교조입니다. 그런데 왜 그것들에게 무시무시한 모습을 부여합니까? 우리가 원하는 것이 무엇입니까? 모든 사람들을 설득하여 만인이 화합하는 공화 체제로 이끌어 오는 것입니다. 그러니 그 사람들에게 두려움을 안겨 주지 맙시다. 그들을 위협하여 얻는 것이 무엇입니까? 새들처럼, 백성들 역시 허수아비에는 매력을 느끼지 못합니다. 선을 행한다는 명분으로 악행을 저질러서는 아니 됩니다. 왕들의 옥좌를 뒤엎는 것이 단두대를 세우기 위해서는 아닙니다. 왕들에게는 죽음을 안겨 주되 국민에게는 생명을 주어야 합니다. 왕관들은 가차 없이 타도하되 머리들은 보존합시다. 혁명은 화합이지 공포가 아닙니다. 다정한 이념들이 관대하지 못한 사람들에 의해 오용되고 있습니다. 저에게는 용서라는 말이 인간의 언어 중 가장 아름다운 단어입니다. 제가 피를 흘려야 할 불가피한 처지에 놓일 경우를 제외하고는, 그 누구의 피도 흐르게 하고 싶지 않습니다. 게다가 제가 아는 것은 전투뿐, 저는 일개 병사에 불과합니다. 하지만, 용서할 수 없다면 승리할 필요조차 없습니다. 전투 중에는 우리가 적들의 적이되, 승리를 거둔 후에는 그들의 형제가 됩시다.」

「조심하게, 고뺑. 자네가 나에게는 아들 이상이야. 조심하게!」 씨무르댕이 세 번이나 같은 말을 하였다.

그러고는 다시, 깊은 생각에 잠겨, 한마디 덧붙였다.

「우리가 살고 있는 이러한 시절에는 자비 또한 반역의 한 형태일 수 있다네.」

그 두 사람이 주고받는 말을 누가 들었다면, 그것이 검과 도끼[92]의 대화라고 생각하였을 것이다.

8
돌로로싸[93]

한편 그동안 엄마는 아이들을 찾아 헤매고 있었다.

그녀는 무작정 앞만 바라보고 걸었다. 그녀가 어떻게 삶을 영위하였느냐고? 알 길이 없다. 그녀 자신도 모르고 있었을 것이다. 그녀는 여러 날 여러 밤을 걷기만 하였다. 그러면서 구걸도 하고 풀을 뜯어 먹기도 하였다. 땅바닥에 누워, 한데

92 검은 기사 내지 정규군의 무기를, 도끼는 야만인들의 무기 내지 단두대를 가리킨다.

93 Dolorosa. 예수가 십자가에서 처형될 때, 그 장면을 지켜보던 마리아가 감당하였을 슬픔과 아픔을 묘사한 기도문의 첫 구절에서 인용한 단어이다. 13세기 이딸리아의 어느 프란체스코회 사제가 지었다는 그 기도문의 첫 구절은 이러하다. ⟨*Stabat Mater dolorosa*(슬픔과 고통 가득하신 모친이 서 계시니)······⟩

서, 덤불 밑에서, 별을 바라보며, 때로는 비와 찬바람을 맞으며 잠들곤 하였다.

이 마을에서 저 마을로, 이 소작지에서 저 소작지로 끊임없이 배회하였다. 그러다가 아무 집 대문 앞에서나 걸음을 멈추었다. 그녀의 옷은 갈갈이 찢긴 누더기였다. 어떤 집에서는 그녀를 받아들였고, 어떤 집에서는 그녀를 내쫓았다. 아무 집에서도 받아 주지 않으면 숲 속으로 들어갔다.

그녀는 그 고장의 지리를 전혀 몰랐다. 아는 곳이라곤 씨꾸와냐르와 아제 소교구뿐, 따라서 여정도 없었다. 이미 갔던 길을 다시 헤매거나 되돌아오는 경우도 있었다. 어떤 때에는 도로를 따라 걷다가 마찻길로 들어서기도 하고, 잡목림 속으로 뚫린 오솔길로 접어들기도 하였다. 그렇게 살아가는 동안 그녀의 남루한 옷이 다 해졌다. 처음에는 신발을 신고 걸었으나 얼마 아니 되어 맨발이 되었고, 벗은 발에서 피가 흘렀다.

전쟁과 총격전 사이를 뚫고 헤매었으나, 아무것도 보지도 듣지도 못하였고, 따라서 아무것도 피하지 않았으며, 오직 아이들만 찾았다. 온 고장이 반란에 휩쓸렸던지라 헌병도, 읍장도, 그 어떤 관리도 없었다. 그녀가 상대할 사람이라곤 행인들밖에 없었다.

아무에게나 말을 건네 묻곤 하였다.

「혹시 어린아이 셋 보셨어요?」

행인들이 고개를 쳐들고 자기를 바라보면 다시 물었다.

「남자아이 둘과 여자아이 하나인데……」

그런 다음 계속 물었다.

「르네-쟝, 그로-알랭, 죠르제뜨, 그 세 아이 못 보셨어요?」

그러면서 다시 덧붙였다.

「큰아이는 네 살 반, 제일 어린 여자아이는 태어난 지 스무 달 되었어요.」

다음으로 한마디 더 하였다.

「그 아이들이 어디에 있는지 아세요? 누가 저에게서 그 아이들을 빼앗아 갔어요.」

모두들 그녀를 물끄러미 바라볼 뿐이었다.

사람들이 자기의 말을 알아듣지 못하는 것을 깨닫고 그녀가 다시 말하였다.

「모두 제 아이들이에요. 그래서 여쭙는 거예요.」

행인들은 무슨 뜻인지 모르겠다는 표정으로 각자 가던 길로 가버렸다. 그럴 때마다 그녀는, 걸음을 멈춘 채 더 이상 아무 말도 하지 않고 손톱으로 자신의 가슴팍을 쥐어뜯을 뿐이었다.

그런데 어느 날 촌사람 하나가 그녀의 말에 귀를 기울였다. 그 사람이 잠시 생각에 잠기는 듯하더니 그녀에게 물었다.

「그러니까 세 아이를 찾는단 말씀이시오?」

「예.」

「남자아이 둘을?」

「그리고 여자아이 하나.」

「당신이 그 아이들을 찾으시오?」

「예.」

「어떤 나리 한 분이 아이 셋을 데리고 계시다는 말을 들은 적이 있소.」

「그 사람이 어디 있지요?」 그녀가 고함치듯 물었다. 「그들이 어디에 있지요?」

촌사람이 대답하였다.

「라 뚜르그에 가보시오.」

「그곳에 가면 제 아이들을 만날 수 있을까요?」

「아마 그럴 거요.」

「어디라고 하셨지요……?」

「라 뚜르그.」

「라 뚜르그라는 것이 무엇이에요?」

「그런 곳이 있다오.」

「그것이 마을 이름인가요? 어떤 성의 이름인가요? 혹은 소작지 농가인가요?」

「나도 그곳엔 가본 적이 없소.」

「그곳이 먼가요?」

「가깝지는 않소.」

「어느 쪽인가요?」

「푸제르 쪽이라 하오.」

「그곳에 가려면 어디를 거쳐야 하나요?」

「지금 계신 이곳이 보또르뜨이니까, 에르네를 왼편에 두고 꼬그젤은 오른편에 둔 채 로르샹을 지나 르루를 통과하시오.」

그러면서 촌사람이 손을 쳐들어 서쪽을 가리켰다.

「해가 지는 쪽을 바라보며 계속 앞으로 가시오.」

촌사람이 쳐들었던 손을 다시 내리기도 전에 그녀는 이미 걷기 시작하였다.

촌사람이 그녀에게 소리쳤다.

「하지만 조심하시오. 그쪽 방면에서 싸움이 한창이오.」

그녀는 그의 말에 고개 한 번 돌리지 않은 채 앞만 보고 내달았다.

9
지방의 어떤 요새

I. 라 뚜르그

40년 전에 어떤 나그네가 레뉼레 쪽으로 해서 푸제르 숲으로 들어갔다가 빠리녜 방면으로 다시 나왔다면, 그는 그 깊은 수림 변두리에서 몹시 음산한 것과 마주쳤을 것이다. 숲에서 나오는 순간 라 뚜르그가 그의 앞을 불쑥 막아섰을 것이기 때문이다.

물론 살아 있는 라 뚜르그가 아니라 죽은 라 뚜르그였을 것이다. 금이 가고 구멍과 칼자국투성이에 방어 시설이 다 무너진 라 뚜르그였을 것이다. 폐허와 건축물의 관계는 유령과 인간의 관계와 같다. 라 뚜르그보다 더 음산한 풍경은 없을 것이다. 눈앞에 나타난 것은 강도처럼 숲 한구석에 홀로 서 있는, 높다란 원주형 탑이었다. 깎아지른 듯한 암석 위에 수직으로 서 있던 그 탑은 거의 로마적 풍모를 가지고 있었다. 그만큼 단정하고 견고했기 때문이며, 그 튼튼한 덩어리 속에 강력함과 폐허가 섞여 있었기 때문이다. 사실 그 탑이 약간은 로마적이었으니, 그것이 로마네스크 양식[94]이었기 때문이다. 그 탑의 축조가 9세기에 시작되어 제3차 십자군 원정 후인 12세기에 완성되었다. 창구(窓口)들의 귀처럼 돌출한 홍예 받침대들이 그 축조 시기를 말해 주고 있었다. 그곳으로 다가

[94] 어원적 의미는 〈로마인들의 방법〉이라는 뜻이다. 9세기 카롤루스 왕조 말부터 고딕식 건축 양식이 유행하기 시작하던 12세기까지, 중세 서유럽에서 유행하던 건축 양식을 가리키며, 따라서 고딕식과 혼용되는 경우도 많다.

가서 절벽을 기어오른 다음, 틈 하나를 발견하여 위험을 무릅쓰고 그 속으로 들어가 보면, 그 안은 텅 비어 있었다. 땅바닥에 세워 놓은, 돌로 깎은 나팔의 내부 비슷한 그 무엇이었다. 상단으로부터 하단에 이르기까지 어떤 가로막도 없었다. 지붕도 천장도 마루도 없었다. 떨어져 나간 원형 천장과 벽난로의 흔적들, 다양한 높이에 뚫어 놓은 소형 포안(砲眼)들, 일련의 화강석 까치발들, 각 층들의 흔적인 들보들, 그 위에 쌓인 밤새들의 배설물, 하단부의 두께는 15삐에이고 상단부 두께는 12삐에쯤 되는 벽 등이 보이는데, 벽 여기저기에 틈들과, 문들이었던 구멍들이 있고, 그것들을 통하여 어두운 벽 안쪽의 층계들이 언뜻 보였다. 그곳을 지나던 나그네가 밤에 그 속으로 들어가면 올빼미, 쏙독새, 해오라기 등의 소리가 들렸고, 그의 발밑에는 가시덤불, 돌덩이들, 파충류들이 있었으며, 그의 머리 위로는 거대한 우물의 아가리를 방불케 하는 탑 상단부의 검은 원을 통하여 별들이 보였다.

그 고장 전설에 의하면, 탑의 상층부에는 유다 왕들의 무덤에 있는 것과 같은 거대한 회전식 돌문들이 있었고, 그것들이 닫히면 벽면 속으로 감쪽같이 사라지곤 하였다고 한다. 십자군 원정 시절에, 첨두홍예와 함께 동방으로부터 들어온 건축 유행이라고 한다. 그 문들이 닫히면, 그것들이 벽면과 어찌나 완벽하게 이가 맞던지, 그 흔적조차 찾을 수 없었다고 한다. 오늘날에도, 티베리우스 황제 시절에 열두 도시를 뒤흔든 대지진을 면한 안티-레바논[95] 지역의 신비한 도시들에서는 그러한 문들을 볼 수 있다고 한다.

95 레바논과 시리아의 국경을 이루고 있는 산맥이다.

II. 돌파구

그 폐허로 들어가는 돌파구는 발파(發破)에 의해 생긴 구멍이었다. 에라르, 싸르디, 빠강 등[96]과 같은 이론에 밝은 전문가들의 눈에는 그 발파가 매우 정교하게 이루어진 것으로 보였다. 사제의 삼각모 형태로 만든 약실의 크기는, 구멍을 내어야 할 탑의 견고함에 상응하도록 정확히 계산되었다. 그 약실에 적어도 화약 2깽딸[97]이 들어갔을 것이다. 그 지점에 접근하기 위하여 구불구불한 수로를 이용하였는데, 그러한 수로가 곧은 수로보다 이용에 편했다. 발파가 이루어져 돌들이 찢겨 나간 자리에 도화선이 드러났는데, 그 지름이 달걀의 지름만 하였다. 발파로 인하여 석벽에 깊은 상처가 생겼고, 그 틈으로 공격하던 군사들이 진입할 수 있었을 것이다. 그 탑은 여러 시대에 걸쳐 전투 규정에 따른 포위 공격을 무수히 받았고, 또 굳건히 버티었음에 틀림없다. 그 탑에는 산탄의 흔적이 체의 구멍들처럼 촘촘한데, 그것들이 같은 시대에 생긴 것 같지는 않았다. 각 포탄은 방어벽에 특유의 흔적을 남긴다. 모든 포탄들이 그 탑에 각자 고유의 할퀸 자국을 남겼다. 14세기의 석포환으로부터 18세기의 철포환에 이르기까지, 종류가 다양했다.

96 에라르(1554~1610)와 싸르디, 빠강(1604~1665) 모두 공병 장교였다. 에라르는 보루 축조술 및 도시 포위 공격의 이론가였고, 역시 보루 축조 이론가였던 빠강은 프랑스 왕국의 주요 요새에 보루를 축조하는 데 결정적인 역할을 했던 보방(1633~1707)의 스승이기도 하다.
97 *quintal*. 옛 중량 단위로 1백 리브르(약 50킬로그램)에 해당했다. 근대에 이르러서는 곡식의 중량 단위로 사용되며, 1백 킬로그램에 해당한다. 〈*q*.〉를 약자로 쓴다.

돌파구는 탑의 맨 아래층에 해당하는 실내로 들어가는 입구였을 듯하다. 그 돌파구 맞은편 내벽에 지하실로 통하는 협문 하나가 뚫려 있었다. 지하실은 암석을 쪼아 내어 판 것이고, 그것이 탑 밑까지, 즉 맨 아래층 실내 밑까지 연장되어 있었다.

4분의 3쯤 메꾸어졌던 그 지하실을, 베르네 시의 골동품상 오귀스뜨 르 프레보 씨가 주선하여 1855년에 말끔히 복원하였다.

III. 지하 감옥

그 지하실은 지하 감옥이었다. 모든 주루(主樓)에는 지하 감옥이 있다. 그 지하실 역시, 같은 시절 형벌을 위해 축조하였던 많은 지하실들처럼 두 층으로 이루어져 있었다. 협문을 통해 들어가게 되어 있던 그 지하실의 위층은, 천장이 둥근 상당히 넓은 방이었고, 탑의 맨 아래층과 동일 평면에 있었다. 그 방의 내벽에는, 한 벽면으로부터 천장을 거쳐 다른 벽면으로 이어지며 평행을 이루는 수직의 고랑 둘이 파여 있고, 천장에도 역시 깊은 자국이 있는데, 그 고랑들이 마치 바퀴자국을 연상시켰다. 실제로 바퀴자국이었다. 바퀴 둘에 의해 파인 고랑들이었다. 옛날, 봉건 시절에, 죄수의 몸을 넷으로 찢는 형벌이 그 방에서 이루어졌는데, 말 네 필을 이용하던 것보다는 덜 소란스러웠다. 그 방에는 말 대신 바퀴 둘이 있었는데, 그것들이 하도 커서 벽과 천장에 닿았다. 죄수의 팔과 다리 하나씩을 한쪽 바퀴에 묶고 나머지 팔과 다리를 반대쪽 바퀴에 묶은 다음, 두 바퀴를 각각 반대 방향으로 돌리게 하여 죄수의 몸을 찢었다. 격렬한 힘이 가해졌던 모양이다. 그리하여 바퀴가 스친 벽면과 천장에 그러한 자국이 파인 것 같다. 오늘날에도 그러한 처형실을 비안덴[98]에서 볼 수 있다.

그 방 밑에 다른 방 하나가 있었다. 그것은 진정 망각의 방, 즉 지하 감옥이었다. 그곳에 들어갈 때에는 문을 통하지 않고, 구멍으로 빠져 들어갔다. 위층 방바닥 포석 한가운데 뚫어 놓은 일종의 환기구를 통하여, 알몸인 죄수의 겨드랑이에 밧줄을 걸어 아래 방으로 내려보냈다. 그가 그 속에서도 고집스럽게 목숨을 부지할 경우, 그 구멍을 통하여 먹을 것을 던져 주곤 하였다. 그러한 구멍을 오늘날에도 부이용[99]에서 볼 수 있다.

그 구멍을 통하여 위층으로 바람이 들어왔다. 그 지하의 방은, 방이라고 하기보다는 우물이라 하는 것이 옳을 것이다. 그 방은 상당량의 물에 잇닿아 있었고, 차가운 바람이 그 방을 가득 채우고 있었다. 아래층에 있던 죄수를 죽이던 그 바람이, 위층에 있던 죄수의 생명을 구했다. 그 바람 덕분에 위층 감옥에서 숨을 쉴 수 있었다. 위층에 있던 죄수가 공기를 얻을 수 있었던 것은 오직 그 구멍을 통해서였다. 게다가, 그 속에 들어가거나 떨어진 사람은 영영 다시 나오지 못하였다. 어둠 속에서 조심을 해야 하는 것은 죄수의 몫이었다. 위층에 있던 죄수가 발을 한 번 헛디디면 아래층 죄수로 변하였다. 그가 알아서 할 일이었다. 그가 생명에 애착할 경우 그 구멍은 그에게 하나의 위험이었고, 삶이 역겨울 경우 하나의 좋은 탈출구였다. 위층은 감옥이었고 아래층은 무덤이었다. 그 당

---

98 룩셈부르크와 도이칠란드 국경에 있는 작은 도시로, 1871년 빅또르 위고가 벨기에로부터 추방되어 그곳에 잠시 살았다고 한다.
99 벨기에 – 룩셈부르크 – 프랑스의 접경 지역에 있는 작은 도시이다.

시 사회를 닮은 중첩 현상이었다.

우리의 선조들께서 〈깊은 구덩이의 밑바닥〉이라고 부르시던 것이 바로 그것이다. 사물이 사라졌으니, 그것을 가리키던 명칭이 우리에게는 더 이상 아무 의미도 없다. 혁명 덕분에, 그러한 단어들을 누가 입에 담아도 우리들은 그것들을 무심히 듣는다.

주탑의 외벽에, 40년 전에는 유일한 입구였던 그 돌파구 위쪽에, 다른 것들보다 더 넓은 포안 하나가 뚫려 있었고, 그곳에 구멍이 뚫리고 뽑힌 쇠창살 하나가 걸려 있었다.

IV. 다리 위의 작은 성

그 주탑에, 돌파구가 있는 반대편에, 교호(橋弧) 셋으로 이루어져 있고 별로 손상을 입지 않은 돌다리 하나가 있었다. 다리 위에는 원래 일단의 건축물이 있었는데, 그 잔해 몇 토막만 남았다. 화재의 흔적이 선명한 그 건축물의 뼈대만이 검게 변한 채 남아 있고, 그 앙상한 유해 사이로 햇살이 통과하는데, 주탑 곁에 서 있는 모습이 마치 유령 옆에 서 있는 해골 같았다.

그 폐허조차 오늘날에는 완전히 무너져, 그 흔적마저 사라졌다. 여러 세기에 걸쳐 여러 왕들이 이루어 놓은 것을 파괴하는 데는 단 하루의 시간과 농민 한 사람이면 족하다.

촌사람들이 축약하여 〈라 뚜르그〉라고 하는 그 말은 〈뚜르-고뱅〉[100]을 뜻한다. 〈라 쥐뻴〉이 〈쥐뻴리에르〉[101]를 뜻하

---

100 〈고뱅 가문의 주탑〉이라는 뜻이다.
101 Jupellière. 브르따뉴 일르-에-빌렌느 지역에 있는 울리에르 가문의 성이다.

고, 꼽추 산적 두목의 이름 〈뼁송-르-또르〉가 〈뼁송-르-또르뛰〉[102]를 뜻하는 것과 같은 현상이다.

40년 전에는 하나의 폐허였고 오늘날에는 유령으로 변한 라 뚜르그가, 1793년에는 하나의 요새였다. 그것은 푸제르 숲을 서쪽에서 방어하던 고뱅 가문의 오래된 요새였는데, 이제는 그 숲마저 겨우 흔적만 남았다.

마이엔느와 디낭 사이 지역에 흔한 거대한 편암(片岩) 덩어리 위에다 일찍이 그 보루를 세웠다. 그 편암 덩어리들은 총림 속이나 황무지 할 것 없이 어디에나 흩어져 있어, 마치 티탄들이 거대한 포석들을 서로의 머리로 던지며 싸우던 흔적 같았다.

탑이 요새의 전부였다. 탑 밑에 암석이 있고, 암석 밑으로는 1월에 급류를 이루어 흐르다가 6월이면 마르는 개천 한 줄기가 지난다.

그토록 간소화된 요새가 중세에는 거의 난공불락이었다. 그곳에 덧붙여 세운 돌다리가 요새를 약화시켰다. 고딕 시절[103]의 고뱅 가문이 그 요새를 세울 때에는 다리가 없었다. 요새로 접근하기 위해서는 흔들거리는 줄사다리를 이용하였는데, 도끼질 한 번으로 끊을 수 있는 것이었다. 고뱅 가문이 자작 신분이었을 때에는 그러한 요새가 마음에 들었던지, 그 상태로 만족하였다. 하지만 그들이 후작 신분이 되어 동굴을 떠나 궁정을 드나들게 되었을 때, 그들은 개천 위로 교호 셋 갖춘 다리를 놓았고, 그로 인해, 그들이 국왕 곁으로 접근할 수 있게 되었듯

102 〈구부러진(혹은 심보 비뚤어진) 방울새〉라는 뜻이다.
103 〈고트족과 관련된〉, 즉 야만스럽다는 뜻이다. 중세의 것을 비하적으로 지칭하던 말이다.

이 들판 쪽으로도 접근할 수 있게 되었다. 17세기의 후작들과 18세기의 후작들은 난공불락이라는 점을 더 이상 중요시하지 않았다. 선조들의 전통을 계승하는 대신 베르사이유를 모방하게 되었다.[104]

탑의 서쪽 맞은편에, 들판과 잇닿아 있던 상당히 높직한 언덕 하나가 있었다. 상단이 평평한 그 언덕이 탑에 닿을 만큼 가까이 있었고, 그 사이를 좁은 협곡 하나가 갈라놓았으며, 몹시 깊은 협곡 바닥으로 꾸에농 강의 지류 하나가 흘렀다. 요새와 언덕 사이의 연결선이었던 그 다리는 교각들 위에 높직하게 놓여 있었다. 그리고 교각들 위에다, 슈농쏘 성에 있는 것과 같은 망사르풍의 건축물 하나를 세웠는데, 그곳이 탑보다는 거처로 삼기에 더 좋았다. 하지만 풍습은 여전히 사나워서, 그곳 나리들은 감옥과 같은 탑 속에 살던 전통을 고수하였다. 그리고 다리 위에 축조한 그 작은 성에는 긴 복도를 만들어 입구로 삼았으며, 그곳을 가리켜 경비실이라 하였다. 일종의 중이층과 같았던 그 경비실 위에는 서재 하나를 꾸몄고, 서재 위에 곳간이 있었다. 보헤미아산 유리를 끼운 작은 창문들이 길게 이어져 있었고, 창문들 사이의 벽기둥에는 인물들의 얼굴이 메달 모양의 원형으로 양각되어 있었다. 3층으로 이루어진 그 작은 성의 맨 아래층에는 미늘창들과 화승총들, 중간층에는 책들, 맨 위층에는 귀리 포대들이 있었다. 그 모든 것들이 조금 사나워 보이기는 했지만 또한 매우 고결했다.

곁에 있던 주탑은 반면 몹시 사나워 보였다.

주탑이 그 멋쟁이 건축물을 자신의 음산한 높이로 위압하고 있었다. 언덕으로부터는 다리를 공격하기가 쉬웠다.

104 독립적인 영주권의 약화와 중앙 집권적 왕권의 강화 현상을 암시한다.

하나는 무뚝뚝하고 다른 하나는 예의 바른 그 두 건축물이, 나란히 있기보다는 충돌하는 형국이었다. 두 양식이 전혀 조화를 이루지 못하였다. 비록 두 반원이 같을 것이라 여겨지긴 하지만, 로마네스크식의 완전한 반원형 아치와 고전적 홍예 창틀처럼 서로 닮지 않은 것도 없을 것이다. 베르사이유 궁에 어울릴 그 다리에게는 숲에나 어울릴 그 주탑이 매우 낯선 이웃이었다. 알랭 바르브-또르뜨[105]가 루이 14세와 팔짱을 끼고 있는 모습을 상상해 보시라. 두 건축물의 어우러진 모습이 공포감을 자아냈다. 뒤섞인 두 장엄함으로부터 무엇인지 모를 사나움이 발산되고 있었다.

군사적 관점에서 본다면, 다시 강조하거니와, 다리가 탑을 내어 주는 격이었다. 다리가 탑을 아름답게 꾸미면서 무장 해제시켰다. 탑이 장식물을 얻는 대신 힘을 잃었다. 다리가 탑을 언덕과 평행선 위에 놓이게 하였다. 탑을 숲 쪽에서는 여전히 공략할 수 없었으나, 그 탑이 이제 벌판 쪽으로는 약점을 드러내게 되었다. 전에는 탑이 언덕을 호령하였으나 이제는 언덕이 탑을 호령하게 되었다. 어떤 적이 언덕을 차지하면 다리를 손쉽게 장악할 수 있었을 것이다. 서재와 다락방이 공격하는 측에 가담하여 탑의 적으로 둔갑할 수 있었다. 서재와 곳간은, 책들과 지푸라기가 모두 연료라는 점에서 유사하다. 화공(火攻)을 택한 공격군에게는, 호메로스의 책들이건 건초한 단이건, 그것들이 잘 타기만 하면 그만이다. 프랑스인들이 하이델베르크의 도서관을 태우면서 알레마니아인들에게 그

---

105 바이킹족(노르망)이 브르따뉴를 침범하였던 어린 시절 잉글랜드로 피신하였다가, 936년에 돌아와 돌과 쎙-브리윽에서 바이킹을 격파하였다는 브르따뉴의 마지막 왕(910~952)이라고 한다.

사실을 입증해 보였고, 알레마니아인들이 스트라스부르의 도서관을 태우면서 프랑스인들에게 그 사실을 입증해 보였다. 라 뚜르그에 덧붙여진 그 다리가 따라서 전략적으로는 하나의 실수였다. 하지만 꼴베르와 루부와가 국정을 주도하던 17세기에는 고뱅 대공들이, 로앙이나 트레무이유 가문 대공들처럼, 자신들이 누구의 포위 공격을 받으리라고는 생각하지 않았다.[106] 그렇건만 다리를 세운 사람들이 몇몇 비상 대비책을 마련하였다. 우선 그들은 화재에 대비하였다. 그리하여 하류 쪽 세 창문 밑에, 반세기 전까지도 볼 수 있었던 꺾쇠에, 튼튼한 비상 탈출용 사다리 하나를 비스듬히 걸어 두었는데, 사다리의 길이는 다리 위 건축물의 아래 두 층 높이와 맞먹었고, 그것은 일반 건축물의 세 층 높이와 비슷했다. 둘째, 그들은 불시의 강습에도 대비하였다. 그리하여 묵직하고 낮은 철문으로 다리를 탑으로부터 분리시켜 놓았다. 그 문은 아치형이었다. 굵은 열쇠로 문을 잠그게 되어 있었는데, 그 열쇠는 오직 주인만이 아는 은닉처에 감추었으며, 문이 일단 닫히면 그 문이 파성추쯤은 우습게 여겼으며, 포탄 앞에서도 꿋꿋하게 버티었다.

그 문에 이르려면 다리를 거쳐야 했고, 탑 안으로 들어가려면 그 문을 통과해야 했다. 다른 입구는 없었다.

---

106 꼴베르(1619~1683)와 루부와(1639~1691)는 루이 14세 치세기에 각각 경제와 군대 개혁에 착수하여 차츰 모든 국정 분야의 혁신을 도모하고 중앙 집권 체제를 공고히 하는 데 핵심적인 역할을 한 사람들이다. 고뱅, 로앙, 트레무이유 등 브르따뉴의 왕손 가문들이 더 이상 프랑스의 왕과 다툴 처지가 아니었다는 뜻일 것이다.

V. 철문

교각 때문에 불쑥 올라간 다리 위 작은 성의 두 번째 층은 주탑의 두 번째 층과 수평을 이루고 있었다. 그 높이에 철문을 설치한 것은 더욱 안전을 기하기 위해서였다.

철문을 열면 다리 쪽으로는 서재가 나타났고, 탑 쪽으로는 중앙에 기둥이 있고 천장이 둥근 커다란 방이 나타났다. 이미 말한 바와 같이 그 방은 주탑의 두 번째 층이었다. 그 방은 탑처럼 원형이었고, 들판 쪽으로 길게 뚫어 놓은 총안들을 통해 들어온 빛이 실내를 밝혀 주었다. 벽들은 사나웠고, 헐벗었으며, 그 무엇도 돌들을 가리지 않았는데, 돌들은 균형 잡히게 이가 잘 맞았다. 벽 속에 달팽이관 모양으로 뚫어 놓은 층계를 통하여 그 방에 도달할 수 있었다. 벽의 두께가 15뻬에이니, 그 속에 그러한 층계를 뚫을 수 있는 것은 당연하다. 중세에는 도시 하나를 점령할 때 길들을 하나씩 빼앗았으며, 길 하나를 빼앗기 위하여 건물들을 하나씩 빼앗았고, 건물 하나를 빼앗기 위하여 방 하나씩을 차례로 빼앗았다. 마찬가지로 어떤 요새를 점령할 때에는 한 층씩 차례로 빼앗았다. 그러한 점을 고려할 때, 라 뚜르그는 매우 교묘하게 설계되어 있었고, 점령하기에 몹시 어려웠다. 한 층에서 다음 층으로 올라가려면 달팽이관 모양의 층계를 이용해야 했고, 그곳으로의 접근이 매우 불편했다. 입구의 문들이 비스듬히 뚫려 있었고, 문의 높이가 사람의 키보다 낮아 그것을 통과하려면 머리를 숙여야 했다. 그런데 그러한 곳에서 머리를 숙인다는 것은 머리가 박살 나는 것을 뜻하였고, 각 문에서는 수비군이 침입자를 기다렸다.

그 둥근 방 아래쪽에는 유사한 방들이 있었는데, 하나는 첫

째 층이었고, 다른 하나는 바닥 층이었다. 그리고 위쪽으로 세 층이 더 있었다. 그렇게 포개진 여섯 개의 방 상단부를 돌 뚜껑으로 덮었는데, 그것이 평면 지붕이었다. 그리고 그 지붕에 도달하려면 좁은 구멍 초소를 통과해야 했다.

15삐에 두께의 벽을 뚫고 그 가운데에 철문을 세운지라, 문이 긴 아치형 문틀에 감싸여 있었다. 그리하여 철문이 닫혔을 때에는, 다리 쪽에서 보건 탑 쪽에서 보건, 현관의 깊이가 7~8삐에에 달했다. 그리고 문이 열렸을 때에는 양쪽의 현관이 하나로 이어져 입구의 천장을 이루었다.

다리 쪽 현관 밑 벽에, 서재 아래층 복도로 이어지는 나선형 층계[107]의 입구인 협문 하나가 뚫려 있었다. 그것 또한 침입자들에게는 하나의 장애물이었다. 다리 위 작은 성의 언덕 방향 끝은 깎아지른 벽뿐이었고, 다리 또한 그곳에서 끊겼다. 낮은 출입문 하나에 잇닿아 있는 도개교 하나가 성과 언덕을 연결시켜 주었는데, 그 도개교는 언덕의 높이 때문에 항상 기울어져 있었고, 경비실이라고 부르던 긴 복도로 통해 있었다. 침입자가 그 복도를 장악한다 할지라도, 철문에 도달하기 위해서는 탑의 두 번째 층으로 올라가는 나선형 층계를 전력을 다해 빼앗아야 했다.

VI. 서재

서재는 그 길이와 넓이가 다리와 일치하는 길쭉한 방이었

---

107 작가는 〈쌩−질르 수도원의 나선형 층계vis-de-Saint-Gilles〉라는 표현을 사용하였으나, 〈나선형 층계〉로 축약하여 옮긴다. 그 수도원에 있는 달팽이관 모양의 층계가 상당히 유명한 모양이다.

고, 문은 하나뿐이었는데 철문이었다. 그 문은 초록색 천을 씌운 쪽문으로, 주탑 입구의 아치형 문틀을 가리고 있었다. 서재의 벽은, 바닥으로부터 천장에 이르기까지, 17세기 목공예의 아름다운 취향으로 짠, 유리창을 끼운 책장들로 덮여 있었다. 양쪽 교호 위에 셋씩 뚫은 창문 여섯이 서재 안을 밝혀 주었다. 밖으로부터, 즉 언덕 위로부터, 그 창문들을 통하여 서재 안을 들여다볼 수 있었다. 창문과 창문 사이의 벽에, 대리석 흉상 여섯이 떡갈나무 받침대 위에 서 있었다. 비잔티온의 헤르몰라우스,[108] 노크라티스의 문법학자 아테나이오스,[109] 수에이다스,[110] 까조봉,[111] 프랑스의 왕 끌로비스, 그 왕 치세기의 대법관 아나칼루스 등의 흉상이었는데, 끌로비스가 왕권을 제대로 행사하지 못하였듯이, 아나칼루스 또한 대법관 행세를 제대로 하지 못하였다.[112]

그 서재에는 평범한 책들이 많았다. 그것들 중 한 권이 유명했다. 판화들을 곁들인 4절판 고서였는데, 굵은 글씨로 인쇄된 제목은 『바르톨로메오 성자』였고, 다음과 같은 부제가 붙어 있었다. 〈바르톨로메오 성자에 의한 복음서 및 그 복음

108 어떤 인물인지 밝히지 못하였다. 비잔티온은 오늘날의 이스탄불(비잔티움)이다.

109 노크라티스는 오늘날의 알렉산드리아 인근 지역이다. 아테나이오스(2~3세기)는 그리스 문법학자이며 수사학자이다.

110 Suidas 혹은 Sudas. 그리스어 사전을 편찬한 사람이라고도 하고, 그 사전 자체를 가리키는 말이라고도 한다.

111 Isaac Casaubon(1599~1614). 고대 그리스 문헌 연구로 유명했던 사람이다.

112 프랑크 왕국의 끌로비스 1세(재위 481~511)가 랭스의 주교인 레미의 영향을 강하게 받았다는 사실은 널리 알려졌으나, 아나칼루스라는 인물은 어떤 사람인지 확인하지 못하였다.

서가 위경(僞經)으로 간주되어야 하는지, 그리고 바르톨로메오가 나타나엘과 같은 인물인지에 대한,[113] 예수교 철학자 판토이누스의 논설문〉 이 세상에 단 한 권밖에 없다고 여겨지던 그 책이, 서재 중앙에 있는 책상 위에 놓여 있었다. 지난 세기에는 사람들이 그 책을 구경하러 오곤 하였다.

VII. 다락방

서재처럼 다리의 길쭉한 모양을 닮은 다락방은 지붕 골격 밑에 있던 단순한 공간이었다. 지푸라기와 건초가 수북하고 지붕창 여섯을 통해 빛이 들어오는 넓은 방이었다. 문 위에 조각된 바르나부스 성자의 얼굴 이외에 다른 장식품은 없었는데, 그 조각 밑에 다음과 같은 구절이 보였다.

바르나부스 성자가 낫으로 하여금 풀 사이로 나아가게 하도다.

높고 내부가 넓은 탑 하나가 그렇게 서 있었는데 총 여섯 층으로 이루어졌고, 여기저기 총안들이 뚫려 있으며, 유일한 출입구는 다리 위의 작은 성 쪽으로 난 철문 하나였고, 그 작은 성도 도개교로 닫혀 있었다. 탑 뒤에는 숲이 있고 앞에는 히드 무성한 언덕이 있었는데, 언덕이 다리보다는 높고 탑보다는 낮았다. 다리 밑에는, 즉 탑과 언덕 사이에는 깊고 좁은 협곡이 있었는데, 가시덤불 그득한 그 협곡이, 겨울이면 급류

---

113 「요한의 복음서」 1장 및 21장에 등장하는 나타나엘과 바르톨로메오를 같은 인물로 간주하는 사람들이 많다고 한다.

로 넘치고 봄이면 실개천을 이루며 여름이면 돌투성이 해자
로 변하였다. 흔히들 〈라 뚜르그〉라 부르던 고뱅 가문의 탑이
그러했다.

10
인질들

7월이 흘러가고 8월이 왔다. 영웅적이고 사나운 숨결 한
가닥이 프랑스 위로 스쳐 지나갔다. 유령 둘이 지평선을 가로
질러 사라졌다. 옆구리에 단검이 박힌 마라와 머리 없는 샤를
로뜨 꼬르데였다.[114] 모든 것이 무시무시해졌다. 한편, 큰 전
투에서 패한 방데 반란군은 소규모로 흩어져 전투를 벌이고
있었는데, 이미 말한 바와 같이 그것이 더 위협적이었다. 그
전쟁이 무수한 숲들 속으로 점점이 흩어져 광범위한 전장을
형성하였다. 카톨릭 및 친위군이라고들 부르던 그 대군의 패
색이 짙어지기 시작하였다. 마인츠 주둔군을 방데 내전에 투
입한다는 포고령이 내려졌다. 방데 반란군 8천 명이 앙스니
에서 죽었다. 그들이 낭뜨에서 격퇴당하였고, 몽떼귀에서 거
점을 잃었고, 뚜아르에서 추방당하였고, 누와르무띠에로부
터 축출되었고, 쏠레와 모르따뉴와 쏘뮈르 등지에서 곤두박
질하였다. 그들이 빠르뜨네로부터 퇴각하였고, 끌리쏭을 내
동댕이쳤으며, 샤띠용에서 저항하다가 물러섰다. 쌩-일레르
에서 군기 하나를 잃었고, 뽀르닉, 싸블르, 퐁뜨네, 두에, 샤

114 샤를로뜨 꼬르데가 마라를 공포 정치의 원흉으로 지목하여, 단검으
로 그를 찔러 죽인 후 체포되어 단두대의 이슬로 사라진 것이 1793년 7월의
일이었다.

또-도, 뽕-드-쎄 등지에서 연패하였다. 뤼쑝에서 궁지에 몰렸고, 샤뗴뉴레에서 퇴각하였고, 로슈-쉬르-용에서 패주하였다. 하지만 그들이 로셸을 위협하고 있었으며, 다른 한편으로는 크레이그 장군이 지휘하는 영국 함대가 가장 뛰어난 프랑스 해병대 장교들이 포함된 여러 연대들을 승선시킨 채, 건지 섬 해역에서 랑뜨낙 후작의 신호만 기다리며 상륙 태세를 갖추고 있었다. 그 상륙 작전이 왕당파 반란군에게 다시 승리를 안겨 줄 수도 있었다. 게다가 피트는 국가에 해를 끼치는 악동이었다. 무구(武具) 일습에 단검도 끼여 있듯이 정치에는 배신이라는 것이 있다. 피트는 단검으로 우리 나라를 찌름으로써 자신의 조국을 배반하였다. 조국의 명예를 실추시키는 것이 곧 조국에 대한 반역이니 말이다.[115] 영국은 그의 주도하에 교활한 전쟁을 하고 있었다. 염탐과 기만과 거짓말도 서슴지 않았다. 밀렵도 위조도 마다하지 않았고, 지극히 사소한 일에도 증오심을 드러냈다. 1리브르에 5프랑 하는 비계까지 국가가 독점하였다. 릴르에서, 피트가 방데에 파견한 요원 프리전트의 편지를 어느 영국인으로부터 압수하였는데, 그 편지에 다음과 같은 구절이 있었다. 〈간청하거니와 돈을 아끼지 마시오. 우리가 기대하는 바는, 암살이 신중하게 진행되리라는 것이며, 변장한 사제들과 여인들이 그 일에 가장 적합할 것이오. 루앙에 6만 리브르 그리고 깡에는 5만 리브르를 보내시오.〉 그 편지를 8월 1일 혁명 의회에서 바레르가 낭독하

115 피트(1759~1806)가 초기에는 프랑스 혁명에 대하여 중립적인 태도를 견지하였으나, 1793년부터는 혁명의 이념적 여파를 두려워하였음인지, 1679년 영국 의회에서 가결된 〈인신 구속에 대한 법령〉을 무시하기에 이르렀다고 한다.

였다. 그러한 간교함에 빠랭의 사나움이, 그리고 얼마 후 까리에의 잔혹함이 반격을 가하였다. 메츠의 공화파들과 남부 지역 공화파들이 반란군 지역으로 진격하겠다고 나섰다. 보까주 지역의 모든 생울타리들과 작은 숲들을 태워 버릴 목적으로, 스물네 개 공병 중대를 새로 창설하라는 명령이 내려졌다. 전대미문의 위기였다. 한 지점에서 전투가 멈추면 곧이어 다른 지점에서 시작되었다. 〈자비는 없다! 포로도 없다!〉 쌍방이 외치던 구호이다. 무시무시한 어둠으로 뒤덮이던 시절이었다.

그 8월에 라 뚜르그가 포위당하였다.

어느 날 저녁, 별들이 떠오를 무렵, 한여름 황혼 녘의 고요 속에서, 숲에서는 나뭇잎 하나 움직이지 않고 벌판에서는 풀 한 줄기 파르르 떨지 않는데, 내려앉고 있던 어둠의 적막을 가르고 사냥용 나팔 소리가 들렸다. 그 사냥용 나팔 소리는 탑의 꼭대기로부터 들려왔다.

그 사냥용 나팔 소리에 응하여 아래쪽으로부터 기병 트럼펫 소리가 들렸다.

탑 상단에 무장한 사람 하나가 있었고, 저 아래 그늘 속에는 진영 하나가 있었다.

고뱅 가문의 탑 주변 어둑한 곳에서 검은 형체들이 굼실거리는 것이 희미하게 보였다. 그 굼실거림은 야영하는 진지였다. 숲의 나무들 아래와 언덕 위 평지의 히드들 사이에 불빛이 나타나기 시작하더니, 마치 대지도 하늘과 동시에 자기 표면에 별들을 뿌리려는 듯, 어둠 속 여기저기에 반짝이는 점들을 박고 있었다. 전쟁의 음산한 별들이었다! 언덕 쪽 야영 진지는 벌판까지 이어졌고, 숲쪽 진지는 총림까지 뻗어 나갔다.

라 뚜르그는 완전히 봉쇄되었다.

야영 진지의 규모로 보아 포위하고 있던 부대원들의 수가 많았던 것 같다.

포위군의 진지가 요새를 압박하고 있었다. 탑 쪽으로는 탑 밑의 암석까지 와 있었고, 다리 쪽으로는 협곡까지 와 있었다.

두 번째 사냥용 나팔 소리가 들렸고, 뒤이어 두 번째 기병 트럼펫 소리가 들렸다.

사냥용 나팔 소리는 묻고 기병 트럼펫은 대답하였다.

사냥용 나팔 소리는 탑 측이 포위군에게 말을 건네도 좋겠느냐고 묻는 것이었고, 트럼펫 소리는 좋다는 대꾸였다.

그 시절 혁명 의회가 방데 반군들을 당당한 교전 상대로 인정하지 않았고, 따라서 그 〈산적들〉과의 군사(軍使) 교환을 법으로 금지하였기 때문에, 정규전에서는 허용되었으되 내전에서는 금지된 소통의 방법을 궁여지책으로 찾아내게 되었다. 그리하여, 경우에 따라, 농민군의 사냥용 나팔과 군용 트럼펫 사이에 대화가 이루어졌다. 첫 번째 부름은 접촉 시도였고, 두 번째 부름은 이러한 뜻이었다. 〈우리의 말을 들어 보시겠는가?〉 그 두 번째 부름에 기병 트럼펫이 입을 다물면, 그것은 대화를 거절한다는 뜻이었다. 만약 응답이 있으면 그것은 동의한다는 뜻이었다. 즉, 잠시 휴전한다는 뜻이 내포되어 있었다.

트럼펫이 두 번째 부름에 응답했던지라, 탑 상단에 있던 남자가 말을 하기 시작하였고, 사람들의 귀에 들려온 것은 이러하였다.

「내 말을 듣고 계신 이들이여, 나는 구즈-르-브뤼앙, 당신들을 무수히 박멸하였다 하여 브리즈-블르라는 별명을 얻었고, 또한 차후에는 이미 죽인 것보다 더 많은 사람들을 죽일 것인지라 이마누스라는 별명도 얻었소. 나는 그랑빌을 공격하던 중 총을 잡고 있던 손에 군도를 맞아 손가락 하나를 잃었소. 또한 그대들이 라발에서 나의 아버지와 어머니, 그리고 나이 열여덟인 나의 누이 쟈끌린느를 기요면느로 참수하였소. 이상 나에 대해 소개하는 바이오.

나는 지금, 퐁뜨네 자작이시고 브르따뉴 대공이시며 일곱 숲의 영주이신, 나의 주공 고뱅 드 랑뜨낙 후작의 이름으로 그대들에게 말하는 것이오.

나의 주공이신 후작께서는, 그대들이 포위하고 있는 이 탑으로 진입하시기 전에, 휘하의 여섯 두령들로 하여금 각자에게 맡겨진 지역에서 전쟁을 수행토록 해놓으셨소. 델리에르에게는 브레스트로 이어지는 도로와 에르네로 이어지는 도로 사이의 지역을, 트르똥에게는 로에와 라발 사이의 지역을, 따이유훼르라는 별명을 가진 쟈께에게는 오-멘느의 변두리 지역을, 그랑-삐에르라는 별명을 가진 골리에에게는 공띠에 성을, 크랑 시는 르꽁뜨에게, 푸제르는 뒤부와-기 공에게, 그리고 마이엔느 전 지역은 로샹보 공에게 맡기셨소. 따라서 그대들이 이 요새를 점령한다 해도 그대들이 이루는 것은 아무것도 없을 것이며, 심지어 나의 주공이신 후작께서 작고하신다 해도, 신께서 그리고 국왕 전하께서 돌보시는 방데는 결코 죽지 않을 것이오.

내가 이러한 말을 하는 것은 그대들에게 경고하기 위함이오. 나의 주공께서는 내 곁에 계시오. 나는 그분의 말씀을 전하는 입이오. 우리를 포위하고 있는 이들이여, 조용히 하시오.

그대들이 긴히 들어 두어야 할 것은 이러하오.

그대들이 우리들을 상대로 벌이고 있는 전쟁이 전혀 정당하지 못하다는 사실을 잊지 마시오. 우리는 우리의 땅에 사는 사람들이고, 따라서 우리가 싸우는 것은 정당하며, 우리는 풀이 이슬 아래 살듯 신의 뜻에 따르는 소박하고 순수한 사람들이오. 우리를 공격한 것은 공화국이오. 공화국이 우리의 전원으로 와서 우리들을 들쑤셔 놓았소. 우리의 집들과 농작물을 잿더미로 만들고 우리의 농가에 총탄을 퍼부어, 우리의 아내들과 자식들은, 아직 겨울 꾀꼬리가 노래하던 계절에, 맨발로 달음질쳐 숲 속으로 피신할 수밖에 없소.

지금 여기에서 내 말을 듣고 계신 그대들은 우리들을 숲 속으로 몰아넣은 다음, 우리가 이 탑으로 피신하자 다시 이 탑을 에워싸고 있소. 그대들은 우리와 함께하던 사람들을 죽이거나 뿔뿔이 흩뜨려 놓았소. 그대들에게는 대포가 있소. 그대들은 모르땡, 바랑뚱, 떼이웰, 랑디비, 에브랑, 땡뜨니악, 비트레 등지의 수비대들을 주력 부대에 합류시켰고, 그리하여 우리를 공격하고 있는 병력이 4천5백에 달하오. 반면 그에 맞서고 있는 우리의 인원은 도합 열아홉에 불과하오.

우리에게는 식량과 탄약이 충분하오.

그대들이 발파용 화약을 이용하여 바위 한 조각과 탑의 벽한 귀퉁이를 깨뜨리는 데 성공하였소.

그리하여 탑 발치에 구멍 하나가 생겼고, 그것이 그대들의 돌파구로 이용될 수 있을 것이오. 하지만 돌파구 안으로 들어선다 하여도 하늘은 보이지 않을 것이고, 여전히 견고하게 서있는 탑이 돌파구 내면을 두터운 천장으로 덮고 있을 것이오.

그대들은 지금 돌파 작전을 준비하고 계시오.

그런데 우리들, 우선 브르따뉴 대공이시며, 왕비 쟌느께서 매일 특별 미사를 올리도록 제정하신 쌩뜨-마리 드 랑뜨낙 수도원의 세속 수도원장이신 후작님을 비롯하여, 전장에서 그랑-프랑꿰르라는 별명을 얻으신 뛰르모 신부님, 깡-베르의 지휘관인 나의 동료 기누와조, 아부완느 진지 사령관인 나의 동료 샹뜨-앙-이베르, 후르미 진영 사령관인 나의 동료 뮈제뜨, 그리고 모리앙드르 개천이 흐르는 당 읍내에서 태어난 농사꾼인 나 등, 우리 모두가 그대들에게 한 가지 할 말이 있소.

이 탑 발치에 계신 이들이여 잘 들으시오.

우리들 수중에 포로 셋이 있는데, 그들 모두 어린아이들이오. 그대들의 어느 대대가 아이들을 입양하였소. 따라서 그대들의 아이들이오. 우리가 아이들을 그대들에게 돌려주겠소.

다만 조건이 하나 있소.

그것은 우리가 이곳을 자유롭게 빠져나갈 수 있도록 보장해 달라는 것이오.

만약 우리의 제안을 거절할 경우, 잘 들으시오, 그대들은 두 가지 방법으로밖에 우리들을 공격할 수 없소. 숲 쪽에서 공격할 경우 돌파구를 통하는 것이고, 언덕으로부터 공격할 경우 다리를 거쳐야 하오. 다리 위의 건물은 세 층으로 이루어졌소. 맨 아래층에는, 지금 그대들에게 말하고 있는 나 이마누스가 직접 지시하여, 역청(瀝靑) 여섯 통과 마른 히드 1백 다발을 들여놓게 하였소. 맨 위층에는 지푸라기가 가득하오. 그리고 중간층에는 책들과 많은 종이가 있소. 다리에서 탑으로 통하는 철문은 닫혀 있고, 그 열쇠는 나의 주공께서 가지고 계시오. 내가 철문 밑에 구멍 하나를 뚫고, 그 구멍을 통하여 유황 먹인 심지 한 가닥을 내보내어 그 끝을 역청 통에 담가 놓는 한편, 다른 한끝은 탑 안에, 즉 내 손이 닿을 수 있는 곳에 놓아두었소. 내가 언제라도 필요하다고 판단되면 그 심지에 점화하겠소. 만약 그대들이 우리를 내보내지 않을 경우, 세 아이들은 역청 통들이 있고 심지가 연결되어 있는 층과 지푸라기 가득한 층 사이에 있는 중간층에 놓이게 될 것이고, 아이들을 그곳으로 내보낸 후 철문은 다시 잠길 것이오. 만약 그대들이 다리 쪽에서 공격하면, 다리 위 건물에 불을 지른 방화범은 그대들일 것이며, 돌파구로 공격해 올 경우에는 우리들이 불을 지르겠소. 또한 양쪽에서 동시에 공격할 경우, 그대들과 우리들 모두 방화범이 될 것이오. 따라서 어떠한 경우이든 세 아이는 죽게 될 것이오.

이제 우리의 제안을 수락하든지 거절하든지, 단안을 내리시오.

그대들이 수락한다면 우리는 이곳을 떠나겠소.

만약 거절한다면 아이들은 죽을 것이오.

내 말은 이상과 같소.」

탑 상단에서 말을 하던 사람이 입을 다물었다.

탑 아래에서 음성 하나가 외쳤다.

「거절하오.」

그 음성은 간략하고 냉랭하였다. 그보다는 덜 냉정하나 못지않게 단호한 음성 하나가 덧붙였다.

「당신들에게 스물네 시간을 주겠으니, 그 안에 항복하시오.」

잠시 침묵이 흐른 후 같은 음성이 이어졌다.

「내일 이 시각까지 항복하지 않으면 공격하겠소.」

그러자 먼저 대답했던 음성이 덧붙였다.

「그럴 경우 가차 없이 처단하겠소.」

그 사나운 음성에, 탑 상단으로부터 다른 음성 하나가 대꾸하였다. 그 순간, 두 총안 사이로 아래를 굽어보는 당당한 그림자 하나가 별빛을 받아 어렴풋이 보였는데, 그것이 무시무시한 랑뜨낙 후작의 모습임을 즉시 알아챌 수 있었고, 어둠 속에서 누구를 찾는 듯하던 그 모습이 문득 소리쳤다.

「이런, 자네군, 사제!」

「그렇소, 나요, 반역자 양반!」 아래로부터 냉엄한 음성이 대꾸하였다.

11
고대의 끔찍한 비극

가차 없는 음성의 주인은 정말 씨무르댕이었다. 더 젊고 비교적 덜 단호한 것은 고뱅의 음성이었다.

랑뜨낙 후작이 씨무르댕 사제를 알아봄에 착오가 없었다.

단 몇 주 만에, 내란으로 인해 유혈 낭자해진 그 고장에서, 씨무르댕은 매우 유명해졌다. 그의 명성만큼 음산한 평판은 없었다. 〈빠리의 마라, 리용의 샬리에, 방데의 씨무르댕〉이라는 말이 떠돌 지경이었다. 지난날 씨무르댕 〈신부님〉에게로 향하던 사람들의 존경심이 퇴색되었다. 뒤집힌 사제의 복장[116] 때문이었다. 씨무르댕이 사람들에게 혐오감을 주었다. 준엄한 이들은 불운한 사람들이다. 그들의 행위를 보는 이들은 그들을 단죄하지만, 그들의 양심을 볼 이들은 아마 그들을 용서할 것이다. 설명되지 않은 뤼쿠르고스는 티베리우스와 유사하게 보인다.[117] 여하튼, 랑뜨낙 후작과 씨무르댕 사제라는 두

116 사상적 전향을 의미한다.

404

인간이, 증오의 중량을 측정하는 저울판 위에서는 그 무게가 비등했다. 왕당파들이 씨무르댕에게 내리던 저주와 공화파들이 랑뜨낙에 대해 품고 있던 혐오감이 균형을 이루고 있었다. 두 사람 모두 각각 상대방 진영의 눈에는 괴물로 보였다. 그것이 어찌나 심하였던지, 프리외르 들라 마른느가 그랑빌에서 랑뜨낙의 목에 현상금을 걸고 그를 수배하고 있을 때, 샤레뜨는 누와르무띠에에서 씨무르댕의 목에 현상금을 거는 진기한 일도 벌어졌다.

다시 말해 두거니와, 후작과 사제 그 두 사람이 어느 선까지는 같은 사람이었다. 내전의 청동 가면은 두 옆모습을 가지고 있는바, 하나는 과거를 향해 고개를 돌리고 다른 하나는 미래를 향해 고개를 돌리고 있는데, 둘 모두 비극적이다. 랑뜨낙은 그 첫 번째 옆모습이었고 씨무르댕은 두 번째 것이었다. 다만 랑뜨낙의 씁쓸한 웃음은 그늘과 어둠으로 덮여 있었고, 씨무르댕의 숙명적 이마에는 여명의 미광이 어려 있었다.

포위된 라 뚜르그가 한숨 돌릴 수 있게 되었다.

이미 보았듯이, 고뱅의 개입 덕분에, 스물네 시간 동안의 휴전 비슷한 것에 합의하였다.

이마누스가 수집한 정보는 정확했다. 씨무르댕이 징집령을

117 뤼쿠르고스(B.C. 390~B.C. 324)는 플라톤의 제자로, 선동과 시기심과 질투로 얼룩진 아테네의 민주주의가 엉망이던 시절, 아테네의 치안과 재무 총책을 맡아 12년간 직무를 수행하면서 드라콘에 비유될 만큼 추상같은 법을 적용하였다고 한다. 한편 티베리우스 황제(재위 14~37)에 대한 평가는 타키투스(55?~120) 등 고대 학자들과 후세 학자들의 것이 다르고, 그가 내치에 전념하여 제국의 기틀을 다졌음은 물론 스토아 철학에 심취하였다는 사실 등으로 보아, 작가의 비유가 적합한지 모르겠다. 뤼쿠르고스와 티베리우스의 행적을 자세히 들여다보면 오히려 유사점이 큰바, 두 사람 모두 선동꾼들을 상대로 싸웠다는 사실이다.

발동하여 병력을 보강한 덕분에, 고뱅의 휘하 병력이 4천5백에 이르렀고, 그 병력 중에는 국민병과 전방 부대에서 차출된 군인들도 있었다. 고뱅은 그 병력으로 랑뜨낙을 포위하여 라 뚜르그 속으로 몰아넣었고, 대포 열두 문이 요새를 조준하도록 할 수 있었다. 그것들 중 여섯 문은 숲 언저리 참호에 포대를 설치하였고, 다른 여섯 문의 포대는 언덕 높직한 곳에 설치하였다. 또한 폭파용 화약을 이용하여 탑의 발치에 돌파구를 여는 데 성공하였다.

그리하여 스물네 시간의 휴전이 끝나면 다음과 같은 상태에서 전투가 전개될 판이었다.

언덕 위와 숲에 포진한 병력 4천5백.

탑 속에서 저항하는 병력 열아홉.

포위 공격을 받던 그 열아홉 명의 이름은 그들로부터 법의 보호를 박탈한다는 벽보에서 발견될 것이다. 우리도 아마 그 이름들을 접하게 될 것이다.

거의 1개 군(軍) 규모에 이르는[118] 그 4천5백 병력을 지휘함에 있어, 씨무르댕은 고뱅에게 준장 계급을 부여하고 싶어 하였다. 그러나 고뱅이 사양하며 말하였다. 「랑뜨낙이 잡힌 후에 생각해 보시지요. 제가 아직은 아무 공도 세우지 못하였습니다.」

미미한 계급장을 달고 큰 전투를 지휘하는 것이 또한 공화적 기풍이기도 하였다. 훗날, 보나빠르뜨 역시 포병대 대장이면서 동시에 이딸리아 원정군 총사령관이었다.[119]

118 물론 오늘날의 군 편제를 기준으로 한다면 1개 연대 남짓한 병력이다. 사랑하는 제자를 대견스러워하는 씨무르댕의 과장된 시각을 반영한 언급인 듯하다.

고뱅 가문의 탑이 기이한 운명에 놓였다. 고뱅 가문의 한 사람이 탑을 공격하고, 같은 가문의 다른 한 사람이 그것을 방어하게 되었다. 공격에 어느 정도의 삼감이 있었던 것은 그 때문이었다. 그러나 방어에 있어서는 그렇지 않았다. 랑뜨낙 씨가 우선 그 무엇도 삼가지 않는 사람들 중의 하나였고, 게다가 주로 베르사이유에 머물렀던지라 라 뚜르그에 대한 맹목적인 애착이 없었으며, 그 탑을 잘 알지도 못하였다. 다른 피신처가 없어 그곳으로 피한 것뿐이다. 그리하여, 필요하다고 여겨질 경우, 그 탑을 허무는 데 주저하지 않았을 것이다. 반면 고뱅은 일종의 경외심을 간직하고 있었다.

　요새의 취약 지점은 다리였다. 그러나 다리 위에 있는 서재에는 가문의 문서들이 보관되어 있었다. 그쪽으로 공격을 감행할 경우 다리 위에서 화재가 발생할 것은 뻔한 일이었다. 가문의 고문서 보관소를 태우는 것이 고뱅에게는 선조들을 공격하는 것으로 보였다. 라 뚜르그는 영주였던 고뱅 가문의 성이었고, 따라서 브르따뉴의 모든 봉토가 그 주탑의 뜻에 따라 이동하였던바, 프랑스의 모든 봉토가 루브르 궁 주탑의 뜻에 따라 움직였던 것과 같다. 고뱅 가문의 모든 추억이 그곳에 있었다. 그 자신도 그곳에서 태어났다. 삶의 굴곡 심한 숙명이 성장한 그를 그곳으로 이끌어 와, 어린 시절에 그를 보호해 주던 그 존경스러운 탑을 공격해야 할 처지에 던져 놓았다. 그 거처를 잿더미로 만들어 버릴 만큼 불경한 자가 될 것인가? 고뱅 자신의 요람이 서재 한구석에 아직도 있을지도

119 나뽈레옹은 1794년에 준장으로 승진하여 이딸리아 원정군 포병 사령관직을 맡았으며, 그가 이딸리아 원정군 총사령관으로 임명된 것은 1796년 3월의 일이다.

모르는 일이었다. 어떤 사념들은 그것들이 곧 감동이다. 고뱅은 자기 가문의 고색창연한 집 앞에서 가슴이 뭉클해짐을 느꼈다. 그가 다리 쪽을 공격하지 않은 것은 그 때문이었다. 그는 그쪽 출구로 누가 나가거나 도망치는 것이 불가능하도록 포대로 하여금 그곳을 감시토록 하는 것으로 만족하고, 그 반대쪽을 공격 지점으로 택하였다. 탑 발치를 폭파한 것도 그 때문이었다.

씨무르댕은 그가 하는 대로 내버려 두었다. 그러면서 스스로를 나무랐다. 그의 모진 성품이 그 야만적인 골동품들 앞에서 눈살을 찌푸렸고, 기념물들이라 해서 사람들보다 더 관대하게 대접하고 싶지 않았기 때문이다. 하나의 성이라 해서 곰살궂게 대한다면, 그것이 곧 관용의 시작이었다. 그런데 관용이 고뱅의 약점이었다. 모두들 아는 바와 같이, 씨무르댕은 그를 감시하고 있었으며, 그가 보기에 치명적인 그 비탈로 고뱅이 미끄러지지 않도록 그를 막고 있었다. 하지만 씨무르댕 자신 역시, 그러한 사실을 스스로에게 고백할 때마다 역정이 났지만, 라 뚜르그를 다시 보는 순간 은밀하고 깊은 전율을 느꼈다. 그는, 자신이 고뱅에게 최초로 읽도록 한 책들이 고스란히 쌓여 있는 그 공부방 앞에 서는 순간, 자신의 마음이 누그러짐을 느꼈다. 그는 일찍이 이웃 마을 빠리녜의 교구 사제였다. 그 자신이 다리 위에 지은 성의 다락방에서 살았으며, 그곳 서재에서 어린 고뱅을 자신의 무릎 위에 앉혀 놓고 알파벳을 외우게 하였다. 그의 사랑하는 제자이며 동시에 자기 영혼의 아들인 고뱅이 어른으로 성장하고 지혜가 성숙하는 것을, 그 고색창연한 네 벽들 사이에서 보며 살았다. 그 서재, 그 작은 성, 아이에게 자신이 내리던 축복들로 가득한 그

벽들을 이제 벼락으로 후려쳐 태워 버릴 것인가? 그것들에게 그 또한 자비를 베풀었다. 물론 가책감은 지울 수 없었다.

그리하여 고뱅이 반대쪽에서 공격하도록 내버려 두었다. 라 뚜르그는 야만스러운 측면과 문명적인 측면을 가지고 있었던바, 탑과 서재였다. 씨무르댕은 고뱅이 야만스러운 측면만을 맹렬히 공격하는 것을 묵과하였다.

그런데 고뱅 가문 사람 하나가 공격하고 같은 가문의 다른 사람이 방어하던 그 낡은 거처는, 프랑스 혁명이 한창 전개되던 시절에 자기 특유의 봉건적 행태를 되찾고 있었다. 혈족들 간의 전쟁이 중세 역사의 전부이다.[120] 에테오클레스와 폴뤼네이케스[121] 같은 이들은 그리스적인 만큼 중세적이며, 햄릿은 엘시노어에서 오레스테스가 아르고스에서 저지른 짓과 같은 짓을 저지른다.[122]

12
윤곽이 잡히는 구출 작전

쌍방은 전투를 준비하며 밤을 지새웠다.

조금 전에 우리가 들은 그 음산한 협상이 끝나기가 무섭게,

120 특히 메로베 왕조의 역사가 그 대표적인 예이다.
121 두 사람 모두 오이디푸스와 그의 모친 이오카스테 사이에서 태어난 아들인데, 두 사람이 테바이 왕국을 매년 번갈아 통치한다는 협약을 무시하고 에테오클레스가 옥좌를 계속 차지하자, 폴뤼네이케스가 아르고스 왕국의 힘을 빌려 테바이를 공격한다. 두 형제가 결투를 벌이다 모두 죽는다.
122 덴마크의 왕자 햄릿이, 형을 죽이고 옥좌를 찬탈한 후 왕비인 형수마저 수중에 넣은 그의 숙부 클라우디우스를 살해하고(셰익스피어), 오레스테스는 부왕 아가멤논을 살해한 자기의 모친 클리템네스트라와 공모자 에기스토스를 죽인다(아이스퀼로스).

고뱅은 서둘러 자기의 부관을 불렀다.

조금은 설명이 필요하거니와, 그의 부관 게샹은 정직하고, 용감하고, 평범하고, 지휘관이기보다는 훌륭한 병사이고, 더이상 이해하지 말아야 할 한계까지만 철저히 영리하고, 결코 감동하지 않고, 어떠한 형태의 부패도 범접할 수 없는, 그리하여 양심을 부패시키는 금전의 유혹 앞에서처럼, 정의를 부패시키는 자비 앞에서도 마음이 흔들리지 않는, 2등급 인간이었다. 그의 영혼과 심장 위에는 규율과 명령이라는 두 차양이 있었는데, 그것들이 마치 말의 두 눈에 씌운 눈가리개 같았으며, 따라서 그는 그 눈가리개가 허용하는 공간을 따라 앞으로만 나아갔다. 그의 걸음걸이는 직선을 이루었으며, 따라서 그가 가는 길은 좁았다.

또한 믿을 만한 사람이었다. 명령은 준엄했고 복종은 철두철미했다.

고뱅이 다급한 음성으로 게샹에게 말하였다.

「게샹, 사다리 하나 준비하시오.」

「사령관님, 저희들에게는 그것이 없습니다.」

「그것이 하나 있어야 하오.」

「공격용입니까?」

「아니오, 구출용이오.」

게샹이 잠시 생각하다가 대답하였다.

「알겠습니다. 하지만 용도에 합당하려면 그것이 매우 높아야 합니다.」

「적어도 3층 높이는 되어야 하오.」

「예, 대략 그 높이입니다.」

「또한 그 높이를 초과해야 하오. 성공을 확신할 수 있어야 하니까 말이오.」

「물론입니다.」

「사다리를 준비하지 않았다니, 어찌 된 일이오?」

「사령관님께서는 언덕 쪽에서 라 뚜르그를 공격하는 것이 마땅치 않다고 판단하셨고, 따라서 그쪽은 봉쇄하는 것으로 만족하셨습니다. 그리고 다리를 통해서가 아니라 탑을 직접 공격하려 하셨습니다. 그리하여 저희들은 폭파용 화약 조달에만 전념하고, 사다리를 이용한 돌파 작전은 포기하였습니다.」

「즉각 사다리 하나를 만들라고 지시하시오.」

「3층 높이의 사다리를 즉석에서 만들 수는 없습니다.」

「짧은 사다리 여러 개를 연결하라 하시오.」

「우선 짧은 사다리들이 있어야 합니다.」

「그것들을 구해 오시오.」

「구할 수 없을 것입니다. 어디엘 가나 농민들이 사다리들을 파괴합니다. 수레들을 부수고 교량들을 끊는 것과 같은 짓입니다.」

「사실이오, 그들이 공화국을 마비시키려 하오.」

「그들은 우리가 수레 하나 끌고 갈 수 없고, 강 하나 건널 수 없으며, 담장 하나 넘을 수 없는 처지에 빠지길 바랍니다.」

「하지만 사다리가 하나 있어야 하오.」

「생각해 보니 푸제르 근처 쟈브네라는 곳에 커다란 목공소 하나가 있습니다. 그곳에 가면 하나 구할 수 있을 것입니다.」

「단 1분도 허송할 시간이 없소.」

「사다리를 언제까지 대령하면 되겠습니까?」

「늦어도 내일 이 시각까지는 그것이 준비되어야 하오.」

「제가 특사 한 사람으로 하여금 쟈브네를 향해 급히 달려

가도록 하겠습니다. 그가 징발령을 가지고 갈 것입니다. 쟈
브네에 기병 파견대 하나가 있으니, 그들이 호송원들을 제공
할 것입니다. 사다리는 내일 해 지기 전에 이곳에 도달할 것입
니다.」

「좋소, 그러면 충분할 것이오. 어서 서두르시오.」

10쯤 후에 게샹이 돌아와 고뱅에게 말하였다.

「특사가 쟈브네로 출발하였습니다.」

고뱅이 언덕 위로 올라가, 협곡을 가로질러 세워진 다리와
그 위의 작은 성에 시선을 고정한 채 오랫동안 머물렀다. 쳐
들린 도개교로 막힌 낮은 입구 이외의 다른 창구가 없는, 작
은 성의 합각머리가 협곡의 절벽을 마주하고 있었다. 언덕으
로부터 교각들의 발치에 도달하기 위해서는 그 절벽을 타고
내려가야 했다. 군데군데 덤불 무더기들이 있어 불가능한 일
은 아니었다. 그러나 일단 협곡 바닥에 내려간 다음에는, 세
층으로부터 쏟아질 발사물들 앞에 노출될 수밖에 없을 것 같
았다. 고뱅이 결론 내리기를, 그 단계에 이른 포위 작전에서는
탑에 뚫린 돌파구를 공격하는 것이 최선이라고 하였다.

그는 어떠한 탈출도 불가능하도록 모든 조치를 취하였다.
라 뚜르그의 밀착 봉쇄를 완료하였다. 아무것도 새어 나가지
못하도록 전투 부대들의 그물코를 다시 죄었다. 고뱅과 씨무
르댕이 요새 공략을 분담하였다. 고뱅이 숲 쪽을 맡고, 평원
쪽은 씨무르댕에게 맡겼다. 고뱅이 게샹의 지원을 받으며 탑
의 돌파구를 공격하는 동안, 씨무르댕은 포대의 모든 도화선
에 점화할 준비를 갖추고 다리와 협곡을 감시하기로 합의하
였다.

13
후작의 거조

밖에서 공격 준비에 만전을 기하고 있는 동안, 안에서는 저항할 만반의 태세를 갖추고 있었다.

하나의 탑이 진정한 유사성 없이 통의 측판(側板)이라고 불리는 것은 아니다. 끌로 통의 널판에 구멍을 뚫듯, 발파용 화약으로 탑에 일격을 가하는 경우가 가끔 있다. 그러면 탑의 벽에 마개 열린 통처럼 구멍이 난다. 라 뚜르그에 그러한 일이 닥쳤다.

화약 2~3깽딸의 폭발력이 가한 강력한 끌질에 그 두꺼운 벽이 관통되었다. 탑의 발치에서 시작된 그 구멍이, 가장 두꺼운 벽을 통과한 후, 요새의 맨 아래층 내부에 이르러 불규칙한 형태의 아케이드를 만들어 놓았다. 그리고 밖에서는, 돌파 작전에 편리하도록 공격군 측에서 포격을 가하여 입구를 넓히고 다듬었다.

그 돌파구가 뚫린 맨 아래층은 커다란 원형 방이었고, 아무 장식도 없었으며, 중앙에 홍예머리 돌을 받치는 기둥 하나가 있었다. 주탑에서 가장 큰 그 방의 지름은 40삐에를 상회하였다. 탑의 각 층은 유사한 그러나 더 좁은 방들로 이루어졌고, 총안들 앞에는 좌석들이 마련되어 있었다. 맨 아래층에는 총안도, 환기창도, 채광창도 없었다. 무덤 속만큼의 빛과 공기밖에 없었다.

목재보다 철을 더 많이 사용하여 짠, 지하 감옥으로 통하는 입구의 문 역시 그 층에 있었다. 그 방의 다른 문 하나를 열면 위층으로 통하는 층계가 나타났다. 모든 층계들은 벽

속에 뚫어 놓았다.

자기들이 뚫어 놓은 돌파구를 통하여 공격군들이 도달할 수 있던 곳은 그 방이었다. 하지만 그 방을 점령한 다음에도, 그들에게는 빼앗아야 할 탑 전체가 고스란히 남을 것이다.

일찍이 그 방에서 호흡을 제대로 한 사람이 없었다. 질식하지 않고 스물네 시간을 넘긴 이 아무도 없었다. 하지만 이제 돌파구 덕분에 그 속에서도 목숨을 보존할 수 있게 되었다.

포위당한 사람들이 돌파구를 메워 막지 않은 것은 그 때문이다.

또한 그런다고 무슨 소용 있었겠는가? 대포가 즉시 다시 열었을 것이다.

그들은 벽에 철제 횃불 꽂이 하나를 박은 다음 횃불 하나를 꽂았고, 그것이 맨 아래층 실내를 밝혔다.

이제 그곳에서 어떻게 스스로를 방어한단 말인가?

돌파구를 메우는 일은 쉬웠다. 그러나 아무 소용 없는 일이었다. 퇴각 보루 하나가 더 유용했다. 퇴각 보루란 요각형(凹角型) 방어 진지의 하나로, 일종의 V 자형 바리케이드이며, 공격자들에게 사격을 집중시킬 수 있게 해준다. 따라서 밖에서 보면 돌파구가 열렸으되, 그것을 안에서 틀어막을 수 있다. 그들에게 자재가 부족하지는 않았다. 그들은 퇴각 보루를 축조하면서 총신(銃身)이 드나들 수 있는 틈을 만들었다. 퇴각 보루의 꼭짓점은 중앙의 기둥이었고, 두 날개는 양쪽 벽에 닿아 있었다. 그렇게 보루를 축조한 다음 여러 적당한 구석에 지뢰를 부설하였다.

후작이 모든 일을 지휘하였다. 영감을 주고, 정돈하고, 이끌고, 주도하는 무시무시한 영혼이었다.

414

랑뜨낙은 팔순 나이에도 도시들을 구출하던 18세기 전사들의 족속에 속하는 사람이었다. 그는 나이 거의 1백 세에 리가로부터 폴란드의 왕을 쫓아낸 알베르크 백작과 비슷한 사람이었다.

「용기를 내시게, 벗들이여. 금세기 초, 즉 1713년에 카를 12세는 벤데르에서 한 건물 속에 고립되어서도, 스웨덴 병사 3백 명과 함께 터키군 2만 명에 맞섰다네.」[123] 후작이 하던 말이었다.

아래 두 층에 바리케이드를 설치하고, 방들을 요새화하였다. 알꼬바들에 총안들을 뚫고, 나무망치로 들보들을 문들에 박아 버팀목으로 사용하였다. 다만 모든 층들로 연결되는 나선형 층계들만은 막지 않았다. 자유롭게 통행할 수 있어야 했기 때문이다. 그곳에 공격군을 막으려고 장애물을 설치한다면 공격받는 사람들에게도 장애가 될 수 있었기 때문이다. 요새 방어 작전에는 항상 그러한 약점이 수반된다.

지칠 줄 모르고 젊은이처럼 강건한 후작은, 들보들을 마주들거나 돌들을 운반하기도 하면서 몸소 시범을 보였고, 직접 작업을 하는 한편 지휘하고, 돕고, 우의를 다지고, 웃으면서 그 사나운 무리와 어울렸으되, 그는 여전히 고귀하고, 친근하고, 우아하고, 사나운 영주였다.

그에게 어떤 이의도 제기해서는 아니 되었다. 그가 자주 이렇게 말하곤 하였다. 「만약 그대들 중 절반이 내 뜻을 거역한다면, 나는 나머지 절반으로 하여금 그들을 총살하도록 할 것이며, 그 나머지 사람들과 함께 이곳을 방어할 것이로다.」 그러한 것들로 인하여 사람들은 자기네 두령을 숭배한다.

123 스웨덴 제국의 마지막 황제 카를 12세(1682~1718)는 매우 뛰어난 전사였다고 한다.

14
이마누스가 맡은 일

후작이 탑과 돌파구에 전념하고 있는 동안 이마누스는 다리 쪽에서 분주히 움직이고 있었다. 포위 공격이 시작되기 무섭게, 두 번째 층 창문 밑 외벽에 수평으로 걸려 있던 구조용 사다리를, 후작의 명령에 따라 이마누스가 서재 안으로 옮겨 놓았다. 고뱅이 구하려 했던 사다리가 아마 그것을 대체할 것이었을 것이다. 경비실이라 불리던 첫 번째 층은, 즉 중이층은, 돌 속에 깊숙이 박힌 삼중의 쇠창살들이 방어하고 있어서, 그 창문들로는 나갈 수도 들어갈 수도 없었다.

서재의 창문들에는 쇠창살이 없었으나, 창문들이 매우 높았다.

이마누스는, 자기처럼 무슨 일이든 할 수 있고 또 모든 것을 각오하고 있던, 다른 세 사람의 도움을 받고 있었다. 그 세 사람이란 부랑슈−도르라는 별명을 가지고 있는 우와나르와 삐끄−앙−부와 형제였다. 이마누스가 감등(龕燈) 하나를 들고 철문을 연 다음, 다리 위 작은 성의 세 층을 세밀하게 살폈다. 브랑슈−도르 우와나르 역시, 그의 형제 하나가 공화파 군사들에게 죽임을 당했던지라, 이마누스 못지않게 깊은 앙심을 품고 있었다.

이마누스는 건초와 지푸라기가 잔뜩 쌓인 꼭대기 층과, 역청 통들에 부가하여 근처에 가져다 놓은 인화 물질 항아리들이 있던 맨 아래층을 세심하게 점검하였다. 또한 마른 히드 다발들을 역청 통들 가까이에 쌓도록 하는 한편 유황 먹인, 그리고 한끝은 다리 위에 다른 한끝은 탑 안에 당겨 놓은 도

화선의 상태를 손수 확인하였다. 그는 통들과 히드 다발들 밑
바닥에 역청을 흥건하게 쏟아 늪지처럼 만든 다음, 유황 먹인
도화선이 그 속에 잠기게 하였다. 그런 다음, 역청이 있던 아
래층과 지푸라기 가득한 꼭대기 층 사이에 있던 서재에다, 깊
은 잠에 빠진 르네-쟝과 그로-알랭과 죠르제뜨 등이 누워
있는 요람 셋을 가져다 놓게 하였다. 세 어린것들이 깨지 않
도록 요람을 조심스럽게 옮겼다.

　작은 구유 모양의 소박한 어린이용 침대였다. 버들가지로
짠 일종의 바구니로, 바닥에 놓는 매우 낮은 것이어서, 아이가
누구의 도움 없이도 쉽사리 바구니 밖으로 나올 수 있게 만든
것들이었다. 이마누스는 각 요람 곁에 죽 그릇 하나와 나무
로 깎은 숟가락 하나씩을 놓아두게 하였다. 갈고리 쇠에 걸려
있던 구조용 사다리는, 이미 걷어 올려 서재 벽에 기대어 눕혀
놓았다. 그 벽 맞은편 벽을 따라, 이마누스가 요람 셋의 각 끝
을 잇대어 길게 늘어놓았다. 그런 다음, 통풍이 잘 되어야 한
다고 판단하여, 서재의 창문 여섯을 모두 활짝 열어 놓았다.
푸르스름하고 대기 미지근한 여름밤이었다.

　그는 삐끄-앙-부와 형제를 보내어 아래층과 꼭대기 층의
창문들도 열어 놓게 하였다. 그러고 나서 보자니 건축물의 동
쪽 벽면에, 말라서 부싯깃색[124]으로 변한 커다란 담쟁이 한 그
루가 다리와 그 위 건물의 한 면을 뒤덮으며 창문들을 감싸고
있었다.[125] 그는 그 담쟁이가 일에 해를 끼치지는 않을 것이라

---

124 옛 프랑스인들은 떡갈나무나 너도밤나무 둥치에 자라는 버섯을 말
려, 그것에서 부싯깃을 추출하였다고 한다. 따라서 황갈색일 듯하다.
125 작가가 방향을 착각한 듯하다. 앞에 묘사된 사실들에 입각해 보면,
다리 위 작은 성의 창문들은 북쪽과 남쪽을 향해야 한다.

고 생각하였다. 이마누스가 마지막으로 모든 곳을 점검하였다. 그런 다음 네 사람이 작은 성을 떠나 주탑 안으로 돌아갔다. 이마누스는 무거운 철문을 다시 닫은 다음 열쇠를 두 번돌려 잠근 후, 거대하고 무시무시한 자물쇠를 주의 깊게 살폈다. 또한 자기가 뚫은 구멍을 통하여 밖으로 나간 유황 먹인 도화선, 이제 탑과 다리 사이의 유일한 연결 수단인 그 선을 들여다보면서 만족스러운 표정으로 고개를 끄덕였다. 그 도화선이 원형 방을 떠나 철문 밑을 통과한 다음, 문틀 밑으로 해서 다리 위 건물의 맨 아래층으로 연결된 층계를 따라 나선형을 이룬 계단들 위로 구불구불 내려가, 중이층 복도 바닥 위로 기어간 다음, 마른 히드 다발들 밑에 흥건한 역청으로 연결되어 있었다. 이마누스는 탑 안에서 점화된 도화선이 서재 밑에 흥건한 역청까지 이르는 데 15분이 걸릴 것이라고 계산하였다. 그 모든 조치를 취하고 다시 모든 것을 확인한 후, 그는 철문의 열쇠를 다시 랑뜨낙 후작에게 가져갔고, 후작은 열쇠를 자기의 호주머니에 넣었다.

포위하고 있던 적의 모든 움직임을 감시하는 일이 중요했다. 이마누스는 사냥용 나팔을 허리띠에 매달고 옥상에 있는 초소로 가서 경계 근무에 임하였다. 한 눈으로는 숲을, 그리고 다른 한 눈으로는 언덕을 감시하면서, 그는 초소의 감시구 창틀 위에 배 모양의 화약통 하나와 실탄 가득한 자루 하나를 올려놓은 채, 헌 신문지를 찢어 약포를 만들었다.

다음 날 아침 해가 다시 뜨자, 허리에 군도를 차고 등에 탄약 주머니를 걸친 채 착검한 총을 들고 돌격할 준비를 마친 여덟 개 대대 병력이 숲 속에 포진해 있는 것이 보였다. 또한 언덕 위 평지에는, 탄약 운송용 수레들과 약포들 및 산탄 철환들을 갖춘 포대 하나가 보였다. 요새 안에서는 열아홉 사람이 산탄총과 기병용 단총, 권총, 노루 사냥용 엽총 등에 실탄을 장전하고 있었다. 그리고 세 요람에는 세 아이가 잠들어 있었다.

제3권

바르톨로메오 성자를 학살하다[126]

1

아이들이 잠에서 깨어났다.

막내 여자아이가 제일 먼저 깨어났다.

아이들의 깨어남이란 곧 꽃봉오리의 열림이다. 그 싱싱한 영혼들로부터 어떤 향기가 발산되는 듯하다.

셋 중 막내이며, 태어난 지 스무 달밖에 아니 되었고, 지난 5월까지 젖을 빨던 죠르제뜨가, 자기의 작은 머리를 쳐들고 요람 속에서 일어나 앉더니, 자기의 발들을 쳐다보다가 재잘거리기 시작하였다.

126 내용은 아이가 『바르톨로메오 성자』라는 책에서 성자의 그림을 찢어내고, 다른 아이가 그것을 다시 발기발기 찢는 이야기이다. 그러나 위고가 사용한 표현⟨Le massacre de Saint-Barthélemy⟩은 통상적으로 1572년 8월 23일 밤과 24일에 걸쳐 빠리에서 벌어진 신교도 학살 사건을 가리킨다. 많은 의미적 국면을 내포하고 있는 표현이며, 책을 ⟨학살⟩하는 아이의 천진스러운 행동에서는, 성자들에 관한 각종 유치한 전설들과 그러한 미신에 현혹된 광신도들에 대한 위고의 경멸과 격렬한 노기도 느껴진다. 위고의 표현을 통용 개념에 따라 옮기면 ⟨바르톨로메오 성자 축일 전야의 학살⟩이 될 것이나, 그것이 작품의 내용과 외면적으로 너무 동떨어진 듯하여 직역한다.

아침 햇살 한 가닥이 그녀의 요람 위에 걸쳐 있었다. 죠르제뜨의 발과 여명 중 어느 것이 더 발그레한지 가늠하기란 어려운 일이었다.

다른 두 아이는 아직도 자고 있었다. 남자들이 더 둔중하다. 명랑하되 잔잔한 죠르제뜨가 재잘거리고 있었다.

르네—쟝의 머리는 갈색이었고, 그로—알랭의 머리는 밤색이었으며, 죠르제뜨의 머리는 황금빛이었다. 어린 시절의 나이에 어울리던 그 머리 색깔들이 뒤에 가서는 바뀔 수 있다. 르네—쟝은 어린 헤라클레스의 기색이었다. 그는 두 주먹 위에 얼굴을 묻은 채 엎드려 자고 있었다. 그로—알랭의 두 다리는 그의 작은 요람 밖으로 나와 있었다.

세 아이 모두 누더기를 걸치고 있었다. 붉은 빵모자 대대가 그들에게 준 옷들인데, 이미 넝마가 되어 있었다. 그들이 몸에 걸치고 있던 것들은 더 이상 셔츠 구실도 못 하였다. 두 남자아이는 거의 벌거숭이 상태였고, 죠르제뜨는 치마였을 성싶은 누더기를 괴상하게 걸쳤는데, 소매 없는 부인용 의복만도 못하였다. 그 아이들을 누가 돌보았을까? 아무도 알 수 없었을 것이다. 그들에게는 엄마가 없었다. 그 야만스러운 농민 전사들이, 그들을 이 숲 저 숲으로 끌고 다니면서, 자기들 몫의 끼닛거리를 나누어 먹였을 것이다. 그것이 전부였다. 어린 것들이 그렇게 살아남았다. 모든 사람들이 그들의 주인이었으되, 그 주인들 중 아버지는 없었다. 하지만 아이들의 누더기에는 빛이 가득하다. 그들은 매력적이었다.

죠르제뜨가 재잘거리고 있었다.

새가 노래하는 것을 아이는 재잘거린다. 그 둘은 같은 찬가이다. 불분명하고 더듬거리는, 그러나 심오한 찬가이다. 아이가 새보다 더 가지고 있는 것이 있으니, 그것은 아이 앞에 놓여 있는 인간의 음울한 운명이다. 아이의 노래를 듣는 어른들의 슬픔은 그것에서 연유하며, 노래하는 아이의 기쁨에는 그 슬픔이 섞여 있다. 이 지상에서 들을 수 있는 가장 숭고한 찬가는, 아이의 입술에서 웅얼거리는 인간 영혼의 노래이다. 아직은 본능에 불과한 한 사념의 모호한 속삭임 속에는, 영원한 정의로 향한 무엇인지 모를 무의식적인 호소가 내포되어 있다. 그것은 아마 들어오기 전에 문지방에서 토로하는 항변일지도 모른다. 겸허하며 가슴 에는 항변이다. 그 무지가 무한[127]에게 미소를 지으면서, 약하고 무장 해제된 존재를 위해 마련된 운명 속으로 창조 작업 전체를 위험스럽게 이끌어 들인다. 따라서, 불운이라는 것이 닥친다면, 그것은 배신행위가 될 것이다.

아이의 웅얼거림은 언어 이상이면서 동시에 그 이하이다. 그것은 음표가 아니되 노래이다. 그것은 철자가 아니되 언어이다. 그 웅얼거림의 시작은 하늘에 있으며, 그것이 지상에서 끝나지 않을 것이다. 그것은 출생 이전에 시작되어 계속되는 하나의 지속이다. 그 웅얼거림은 아이가 천사일 때 말하던 것과 성인이 되어 말할 것들로 구성되어 있다. 무덤에게 내일이 있듯 요람에게는 어제가 있다. 그 내일과 그 어제가 그 모호한 재잘거림 속에 자기들의 두 미지를 혼용한다. 그 무엇도, 그 발그레한 영혼 속에 있는 기막힌 모호함만큼 절대 신과 영원과 책임과 운명의 이원성을 입증하지 못한다.

죠르제뜨가 더듬거리던 것이 그녀를 슬프게 하지 않았다.

127 〈무한*l'infini*〉이 완전무결한 조물주(창조자)를 가리킨다는 점은 앞에서 이미 언급하였다.

그녀의 얼굴이 온통 미소였으니 말이다. 그녀의 입, 눈, 보조개가 미소를 짓고 있었다. 그 미소로부터 아침을 받아들이겠다는 신비한 승낙이 발산되고 있었다. 영혼[128]은 햇살을 신뢰한다. 하늘은 푸르렀고 따뜻했으며, 날씨는 청명했다. 그 여린 생명이, 아무것도 모르는 채, 아무것도 알려고 하지 않으면서, 아무것도 이해하지 못한 채, 사유하지 않는 몽상 속에 나른하게 잠겨서, 그 자연 속에서, 그 정직한 나무들 속에서, 그 진지한 녹음 속에서, 그 순수하고 평화로운 전원 속에서, 그 보금자리들의 바스락거림 속에서, 샘물들과 파리들과 나뭇잎들의 소음 속에서, 그 모든 것들 위에서 휘황하게 반짝이는 태양의 광막한 순진무구함 아래에서, 안온함을 느끼고 있었다.

쬬르제뜨에 뒤이어 맏이인 르네-쟝이, 나이 네 살이 지난 큰아이가, 잠에서 깨어났다. 그가 벌떡 일어서더니 씩씩하게 요람 밖으로 성큼 나왔고, 자기의 대접을 발견하고는 당연한 일이라 생각하는 듯 바닥에 털썩 앉아 자기의 죽을 먹기 시작하였다.

쬬르제뜨의 재잘거림도 그로-알랭을 깨우지 못하였으나, 대접에 부딪친 숟가락 소리에 그가 놀란 듯 몸을 뒤척이더니 눈을 번쩍 떴다. 그로-알랭의 나이는 세 살이었다. 그가 자기의 죽 그릇을 발견하였다. 그가 팔을 뻗더니 대접을 집어, 요람 밖으로 나오지도 않고, 자기의 무릎 위에 올려놓은 다음, 숟가락을 움켜잡고, 르네-쟝처럼 먹기 시작하였다.

쬬르제뜨는 그 소리들을 듣지 못하였다. 그녀의 재잘거리는 음성의 기복이 어떤 몽상의 일렁임과 조화를 이루고 있는 것

128 âme. 어원적 의미인 〈생명anima〉으로 읽어야 할 듯하다.

같았다. 크게 뜬 그녀의 두 눈이 높은 곳을 바라보고 있었는데, 그것들이 신성해 보이기까지 했다. 그녀의 머리 위에 있던 천장이 어떤 것이었건, 그녀의 눈에 투영된 것은 하늘이었다.

르네-쟝이 먹기를 마치고, 숟가락으로 대접 바닥을 긁은 다음, 한숨을 내쉬면서 의젓하게 한마디 하였다.

「식사를 마쳤어.」

그 소리에 죠르제뜨가 몽상에서 깨어났다.

「뿌뿌쁘.」[129] 그녀가 한 말이었다.

그러더니, 르네-쟝은 이미 다 먹었고, 그로-알랭도 한창 먹고 있는 것을 보자, 그녀 역시 곁에 있던 죽 그릇을 집어 들고 먹기 시작하였다. 하지만 숟가락이 그녀의 입보다는 귀로 더 자주 갔다.

그녀가 이따금씩 문명을 포기하고 손가락으로 먹었다.

그로-알랭 또한, 자기의 형처럼 대접 바닥을 긁은 다음, 형 곁으로 가서 그의 뒤를 따라 뛰어다녔다.

2

문득 밖에서, 숲이 있는 쪽 아래로부터, 오만하고 준엄한 취주악 소리 같은 트럼펫 소리가 들렸다. 그 소리에 응하여, 탑 꼭대기로부터 사냥용 나팔 소리가 들렸다.

이번에는 트럼펫이 불렀고, 사냥용 나팔이 그 부름에 답하였다.

두 번째 트럼펫 소리가 들렸고, 그에 이어 두 번째 사냥용 나팔 소리가 들렸다.

129 *poupoupe*. 죽(식사, 끼니)을 가리키는 아이들의 말인 듯하다.

그러더니 숲 언저리로부터 멀지만 선명한 음성 하나가 들렸고, 다음과 같이 외치는 소리가 선명했다.

「도적들은 들어라! 경고이니라. 만약 그대들이 일몰 전에 항복하지 않으면 우리가 공격할 것이니라.」

천둥처럼 으르렁거리는 음성 하나가 주탑 옥상에서 대꾸하였다.

「공격하시게.」

밑으로부터 음성이 다시 들렸다.

「공격 시작 30분 전에 마지막 경고로 대포 한 발을 발사할 것이니라.」

그러자 위로부터 같은 음성이 들렸다.

「공격하시게.」

그 음성들이 아이들에게까지는 들리지 않았다. 그러나 기병용 트럼펫과 사냥용 나팔 소리는 더 높이 그리고 더 멀리까지 들렸으며, 그리하여 죠르제뜨가 최초의 트럼펫 소리에 고개를 쳐들면서 먹기를 멈추었다. 그리고 사냥용 나팔 소리가 들리자 숟가락을 대접 속에 놓았다. 두 번째 트럼펫 소리에는 오른손의 작은 집게손가락을 쳐들어 올렸다 내렸다 하면서 그 취주악에 박자를 맞추었으며, 두 번째 사냥용 나팔 소리가 그것을 연장시켰다. 트럼펫과 사냥용 나팔 소리가 멈추자, 그녀는 손가락을 쳐든 채 생각에 잠겼으며, 잠시 후 나지막하게 중얼거렸다.

「미지끄.」

그녀가 하고자 하던 말은 〈뮈지끄〉[130]였을 것이다.

130 〈음악〉을 뜻하는 〈뮈지끄musique〉가 어린아이들에게는 발음하기 어려울 것이다.

두 오라비 르네-쟝과 그로-알랭은 사냥용 나팔 소리와 트럼펫 소리에 관심을 보이지 않았다. 그들은 다른 것에 몰두해 있었다. 쥐며느리 한 마리가 서재를 가로질러 가고 있었다.

그로-알랭이 그것을 발견하고 소리쳤다.

「벌레 한 마리.」

르네-쟝이 달려왔다.

그로-알랭이 다시 말하였다.

「쏠 거야.」

「건드리지 마.」 르네-쟝이 말하였다.

그러더니 두 아이가 그 나그네를 유심히 바라보기 시작하였다.

그러는 동안 죠르제뜨가 자기의 죽을 다 먹고, 눈을 두리번거리며 오라비들을 찾았다. 르네-쟝과 그로-알랭은 창틀 옆에서 웅크리고 앉아 심각한 표정으로 쥐며느리를 내려다보고 있었다. 두 아이의 이마가 맞닿아 머리카락이 뒤섞여 있었다. 그들은 경이로움에 사로잡힌 듯, 숨을 죽이며 벌레를 유심히 살폈고, 벌레는 그러한 찬미가 불만스러운 듯, 멈추어 선 채 꼼짝도 하지 않았다.

죠르제뜨도 오라비들이 들여다보고 있는 것이 무엇인지 알고 싶어졌다. 그들이 있는 곳까지 가는 일이 쉽지는 않았으나 과감히 시도하였다. 중도에 많은 난관들이 도사리고 있었다. 바닥에는 온갖 잡동사니들이 널려 있었다. 뒤집혀 있는 등받이 없는 걸상들, 서류 뭉치들, 못을 뽑은 빈 궤짝들, 상자들, 지나가야 할 물건들의 무더기들이 암초 군도를 이루고 있었다. 하지만 죠르제뜨는 위험을 무릅쓰고 감히 나섰다. 우선 그녀는 요람 밖으로 나왔다. 최초의 관문이었다. 그

426

런 다음 암초들 사이로 접어들어, 해협들을 따라 구불구불 이동하였고, 걸상 하나를 밀었고, 두 궤짝 사이를 기었고, 종이 뭉치 하나를 넘었으며, 그러면서 기어오르다간 반대편으로 굴러 내렸고, 그러다가 자기의 가엾은 벌거숭이 몸을 드러내기도 하였다. 그렇게 드디어, 선원들이 자유로운 바다라고 부를 만한 곳, 즉 더 이상 장애물도 위험도 없는 상당히 넓은 바닥에 이르렀다. 그러자 그녀가 돌진하기 시작하여, 그 방의 지름에 해당하는 공간을 고양이처럼 빠르게 네발로 가로질러 창문 근처에 도달하였다. 그곳에 무시무시한 장애물 하나가 있었다. 벽을 따라 누워 있으며, 그 끝이 창틀 구석보다 조금 더 길게 늘어진 사다리였다. 그 사다리 끝이, 죠르제뜨와 오라비들 사이에, 넘어야 할 일종의 곶을 이루고 있었다. 그녀가 흠칫 멈추더니 생각에 잠겼다. 그러다가 내면의 독백을 마친 듯 결단을 내렸다. 그녀가 발그레한 손가락들로 사다리의 가로 막대들 중 하나를 단호하게 움켜잡았다. 사다리가 지주 하나를 받침으로 하여 누워 있었기 때문에, 가로 막대들은 수평이 아니라 수직으로 서 있었다. 그녀가 일어서려하다가 주저앉았다. 두 번을 다시 시도하였으나 실패하였다. 세 번째 시도에 드디어 성공하였다. 그러자 똑바로 서더니, 가로 막대들을 차례로 하나씩 잡으면서 사다리를 따라 걷기 시작하였다. 사다리 끝에 도달하자 더 이상 그녀가 짚을 곳이 없었다. 한순간 비척거리더니, 그 작은 손으로 사다리의 굵은 지주 끝을 움켜잡으면서 몸을 다시 세웠고, 그 갑(岬)을 돌아 서며 르네-쟝과 그로-알랭을 빤히 바라보았다. 그러고는 웃었다.

3

바로 그 순간, 쥐며느리를 관찰한 결과에 만족한 듯, 르네-쟝이 고개를 다시 쳐들면서 말하였다.

「암컷이야.」

죠르제뜨가 웃는 것을 보고 르네-쟝이 웃었고, 르네-쟝의 웃음이 그로-알랭을 웃게 하였다.

죠르제뜨가 오라비들과 합류하는 데 성공하자, 바닥에 털썩 주저앉은 작은 모임이 이루어졌다.

그러나 쥐며느리는 이미 사라졌다.

죠르제뜨가 웃는 틈을 타서 바닥의 구멍 속으로 몸을 감춘 것이다.

쥐며느리의 뒤를 이어 다른 사건들이 닥쳤다.

우선 제비들이 지나갔다.

그것들의 둥지가 아마 추녀 밑에 있었던 모양이다. 제비들이 창문 아주 가까이에서 날아다니고 있었다. 아이들 때문에 조금 불안해하는 듯하면서도 허공에 커다란 원들을 그렸고, 봄날의 부드러운 지저귐을 쏟아 내고 있었다. 그 바람에 세 아이의 눈이 하늘로 향하였고, 쥐며느리는 즉시 잊혔다.

죠르제뜨가 손가락으로 제비들을 가리키며 소리쳤다.

「꼬꼬!」[131]

르네-쟝이 나무라듯 한마디 하였다.

「마무와젤,[132] 꼬꼬라 하지 않고 데 조조[133]라고 하는 거예요.」

---

131 coco. 닭을 가리키는 아이들 말이다.
132 Mamoiselle. 〈아가씨〉 혹은 〈아씨〉를 뜻하는 〈마드무와젤Mademoiselle〉의 아이들 발음이다.

「조조.」 죠르제뜨가 따라 말하였다.

그러고서 세 아이가 함께 제비들을 바라보았다.

얼마 후 꿀벌 한 마리가 들어왔다.

그 무엇도 꿀벌처럼 영혼을 닮은 것은 없다. 하나의 영혼이 이 별 저 별로 옮겨 다니듯이, 꿀벌 또한 이 꽃 저 꽃으로 옮겨 다니며, 영혼이 별에서 빛을 가져오듯 꿀벌은 꿀을 가져온다.

꿀벌이 들어오면서 큰 소리를 냈다. 큰 소리로 붕붕거리는데, 이렇게 말하는 것 같았다. 〈내가 왔어. 조금 전 장미꽃들을 보았는데, 이제 아이들을 보러 오는 거야. 여기에 무슨 일이 있지?〉

꿀벌은 살림꾼 가정부이다. 그리하여 노래를 부르면서도 꾸짖는 소리를 낸다.

꿀벌이 들어와 있는 동안에는 세 아이가 그것에서 눈을 떼지 않았다.

꿀벌은 서재 안을 돌아다니며 구석구석 샅샅이 뒤졌고, 마치 자기 집인 벌통 안에 들어와 있기라도 한 듯, 날개를 파르르 떨면서 가볍게 또 선율적으로 책장들 주위를 선회하였다. 또한 자기가 지성인이기라도 한 듯, 유리를 통하여 책들의 제목을 유심히 들여다보기도 하였다.

그렇게 방문을 마치고 꿀벌이 다시 떠났다.

「자기의 집으로 갔어.」 르네-쟝이 말하였다.

「저건 벌레야.」

「아니야, 저건 파리야.」 르네-쟝이 대꾸하였다.

「뮈슈.」[134] 죠르제뜨가 말하였다.

133 *des oseaux.* 〈새들〉을 뜻하는 〈데 좌조*des oiseaux*〉의 서툰 발음이다.
134 *muche.* 큰 오라비 르네-쟝이 한 말 〈무슈*mouche*(파리)〉를 서툰 발음으로 따라 한 것이다.

마침 그 순간, 한끝에 매듭이 지어진 노끈 하나를 발견한 그로-알랭이, 엄지손가락과 집게손가락으로 매듭 반대쪽 끝을 잡더니, 노끈을 바퀴처럼 휘두르면서 매듭이 있는 끝을 유심히 바라보았다.

한편, 다시 네발 가진 짐승이 되어 마루 위를 이리저리 멋대로 돌아다니기 시작한 죠르제뜨는, 융단을 씌운 그러나 좀이 군데군데 쏠은 고풍스러운 안락의자 하나를 발견하였는데, 안락의자의 여러 구멍들로부터는 짐승의 갈기들이 삐죽삐죽 나와 있었다. 그녀가 안락의자 앞에 멈추었다. 그러더니 구멍을 헤집고 갈기들을 정성스럽게 뽑아내었다.

문득 그녀가 손가락 하나를 쳐들었다. 그 뜻은 이러하였다. 〈잘 들어 봐.〉

두 오라비가 고개를 돌렸다.

불분명하고 멀찍한 굉음이 밖으로부터 들려왔다. 공격군이 아마 숲 속에서 전략적 이동에 착수하였던 모양이다. 말들이 힝힝거리고, 북을 치고, 운송용 마차들이 움직이고, 쇠사슬들이 부딪치고, 신호 나팔 소리가 서로 호응하는 등, 사나운 소음들이 몽몽한데, 그것들이 뒤섞이며 일종의 화음을 만들어 내고 있었다. 아이들이 매혹된 듯 그 소리에 귀를 기울였다.

「맙소사[135]가 저러는 거야.」 르네-쟝이 중얼거렸다.

135 〈le mondieu〉를 직역한 것이다. 경악스러운 일 앞에서 어른들이, 특히 엄마가 〈맙소사(신이시여mon Dieu)!〉라고 하던 말을 기억해 낸 모양이다. 결국, 〈맙소사가 저러는 것〉이라고 한 아이의 말은 〈저것이 모두 신의 짓〉이라는 뜻이다. 선하다고들 하는 신에 대한 신랄한 야유이다.

4

소음이 멈추었다.

르네–쟝은 여전히 몽상에 잠긴 기색이었다.

그 작은 뇌수들 속에서 사념들이 어떻게 분해되고 또 어떻게 재구성되는가? 아직은 그토록 혼란스럽고 짧은 기억들의 신비한 꿈틀거림의 정체가 무엇이란 말인가? 사념에 잠긴 그 온순한 뇌리에서, 〈맙소사〉와 기도와 합장한 손과 전에는 있었으되 지금은 없어진 미소 등이 뒤섞였고, 그 순간 르네–쟝이 나지막하게 속삭였다.

「마망.」[136]

「마망.」 그로–알랭도 따라 했다.

「므–망.」 죠르제뜨가 웅얼거렸다.

그러고 나서 르네–쟝이 깡충거리기 시작하였다.

그것을 보고 그로–알랭도 깡충거렸다.

그로–알랭은 르네–쟝의 모든 동작을 따라 하였다. 죠르제뜨는 덜하였다. 세 살배기는 네 살배기의 모든 짓을 따라 한다. 그러나 스무 달 아이는 비교적 독립적이다.

죠르제뜨는 가끔 한마디씩 흥얼거리며 앉아 있었다. 죠르제뜨는 말의 마디들을 하나의 구절로 이을 줄 몰랐다.

그 아이는 사상가와 같아서 격언 형태로 말을 하였다. 그녀는 단음절어만 구사하였다.

하지만 잠시 후, 그녀 역시 따라 하고 싶은 생각이 들었음인지, 두 오라비처럼 하려 애를 썼고, 맨발 세 쌍이, 오래되고 반들반들한 떡갈나무 마루 위 먼지 속에서, 그리고 대리석 흉

136 *maman*. 〈엄마〉라는 뜻의 아이들 말이다.

상들의 근엄한 시선 아래에서, 춤추고 달리고 비틀거리기 시작하였는데, 죠르제뜨는 가끔 흉상들에게 불안한 눈길을 던지며 중얼거리곤 하였다. 「모몸므!」

죠르제뜨의 언어 체계에서 〈모몸므〉는, 사람을 닮긴 했지만 사람이 아닌 모든 것을 가리켰다. 아이에게는 모든 존재가 환영과 뒤섞여 나타난다.

죠르제뜨는 걷기보다 오히려 비틀거리면서 오라비들을 따라다녔으며, 특히 무엇보다도 네발로 다니기를 좋아하였다.

창문으로 다가갔던 르네-쟝이 문득 고개를 쳐들었다가 다시 숙이더니, 창틀 옆 벽의 구석으로 몸을 피하였다. 자기를 바라보는 어떤 사람 하나를 발견하였던 것이다. 휴전을 틈타, 그리고 아마 명령을 조금 어기며, 서재가 들여다보이는 협곡 절벽 언저리까지 우연히 왔던, 언덕 위에 진을 친 공화파 부대 소속 병사였다. 르네-쟝이 몸을 피하자 그로-알랭 또한 몸을 피해 르네-쟝 곁으로 와서 웅크리며 앉았고, 죠르제뜨는 그들 뒤에 숨었다. 그들은 아무 말 하지 않고 또 꼼짝도 하지 않은 채 그곳에 머물러 있었으며, 죠르제뜨는 손가락으로 자신의 입술을 지그시 눌렀다. 잠시 후, 르네-쟝이 위험을 무릅쓰고 고개를 쳐들었다. 병사가 아직도 그곳에 있었다. 르네-쟝이 황급히 머리를 다시 숙였고, 세 어린것들은 숨도 감히 쉬지 못하였다. 그렇게 상당히 오랜 시간이 흘렀다. 드디어, 그러한 공포감이 싫었던지, 죠르제뜨가 과감히 밖을 내다보았다. 병사는 더 이상 그곳에 없었다. 세 아이는 다시 뛰어다니며 놀기 시작하였다.

비록 르네-쟝을 모방하고 찬미하면서도, 그로-알랭은 자기만의 특기를 가지고 있었던바, 그것은 무엇이든 잘 찾아내는 버릇이었다. 그의 형과 누이가 보자니, 어디에 묻혀 있던 것이었는지 모를 네 바퀴 달린 작은 수레 하나를 끌며, 말처럼 정신없이 이리 뛰고 저리 뛰는 것이었다.

인형 태우는 그 장난감 수레는 여러 해 전부터 먼지 속에 묻혀, 잊힌 채, 천재들의 책들과 현인들의 흉상과 이웃하고 있었다. 아마 고뱅이 어린 시절에 가지고 놀던 장난감들 중 하나였을 것이다.

그로-알랭은 자기가 들고 있던 노끈으로 채찍을 만들어 휘둘렀다. 그러면서 매우 자랑스러워하였다. 모든 발명가들이 그러하다. 아메리카 대륙을 발견하지 못하면 작은 수레라도 발견한다. 항상 그러한 법이다.

하지만 찾아낸 것을 나누어야 했다. 르네-쟝은 자기가 말처럼 수레를 끌겠다 하였고, 죠르제뜨는 수레에 타겠다고 하였다.

그녀가 수레 위에 겨우 앉았다. 르네-쟝은 말이었다. 그로-알랭은 마부였다. 하지만 마부가 자기의 일을 어떻게 하는지 몰랐다. 그리하여 말이 마부에게 그것을 가르쳐 주었다.

르네-쟝이 그로-알랭에게 소리쳤다.

「〈위……!〉라고 해.」

「위……!」 그로-알랭이 따라 하였다.

마차가 뒤집혔다. 죠르제뜨가 마루 위로 굴렀다. 천사들도 비명을 지른다. 그녀가 비명을 질렀다.

그러더니 곧 울상이 되었다.

「마무와젤, 당신은 너무 커요.」 르네-쟝이 말하였다.

「나는 커.」 죠르제뜨가 따라 하였다.

그리고 크다는 말에 위안을 받았다.

창문들 밑 외부 돌출 두겁대가 상당히 넓었다. 히드가 우거진 언덕 위 평원에서 날아오른 먼지가 그곳에 쌓였고, 그것이 비를 맞아 다시 흙으로 변하였다. 각종 씨앗들이 바람에 실려와 그 흙 위에 떨어졌는데, 나무딸기 한 그루가 그 얼마 아니되는 흙에 뿌리를 내렸다. 그 나무딸기는 흔히들 〈여우 오디〉라고들 하는 생명력 강한 품종이었다. 계절이 8월이었던지라 나무가 딸기들로 뒤덮여 있었고, 가지 하나가 창문을 통해 안으로 들어와 있었다. 그 가지는 거의 마룻바닥에까지 늘어져 있었다.

노끈과 작은 수레를 발견한 그로−알랭이 그 나무딸기도 발견하였다. 그가 다가갔다.

딸기 하나를 따서 먹었다.

「배고파.」 르네−쟝이 말하였다.

그러자 죠르제뜨도 무릎과 손을 이용하여 급히 기어왔다.

셋이서 그 가지를 약탈하듯 딸기들을 몽땅 먹어 치웠다. 세 아이는 도취한 듯 딸기를 허겁지겁 입에 쑤셔 넣었고, 그러다 보니 얼굴이 딸기 범벅으로 변하였다. 또한 딸기의 주홍빛으로 뒤덮인 그 세 세라핌은 세 화우누스로 변신하였다. 단떼가 보았으면 놀랐을 것이고, 비르길리우스가 보았다면 매력을 느꼈을 것이다. 세 아이가 서로를 바라보며 깔깔거렸다.

딸기나무 가시가 그들의 손가락을 찌르기도 하였다. 하지만 개의치 않았다.

죠르제뜨가 핏방울 맺힌 손가락을 르네−쟝에게 내밀어 보였고, 딸기나무를 가리키며 말하였다.

「찔러.」

역시 가시에 찔린 그로−알랭이 경계하는 눈빛으로 딸기나무를 흘겨보며 말하였다.

「벌레야.」

「아니야, 막대기야.」 르네 - 쟝이 말하였다.

「막대기는 심술쟁이야.」 그로 - 알랭이 대꾸하였다.

죠르제뜨는 이번에도 울상이 되었다. 그러나 미소를 짓기 시작하였다.

5

그러는 동안에도, 동생 그로 - 알랭이 이것저것 찾아낸 것을 시샘하였던지, 르네 - 쟝은 나름대로 엄청난 계획을 세우고 있었다. 얼마 전부터, 딸기를 따고 또 가시에 손가락이 찔리는데도, 그의 눈은 서재 중앙에 기념물처럼 하나의 회전축 위에 올려져 있는 보면대 탁자 쪽으로 빈번하게 향하였다. 그 유명한 판본 『바르톨로메오 성자』가 놓여 있던 곳이 그 보면대였다.

그것은 정말 멋지고 기념할 만한 4절판 책이었다. 그 『바르톨로메오 성자』는 쾰른에서 1682년에 유명한 예수교 경서 출판업자 블뢰프(라틴어 이름은 코이시우스)에 의해 출간되었다. 그것은 지극히 근면하고 철저한 인쇄공들에 의해 만들어졌다. 또한, 홀랜드산 종이가 아닌 아라비아의 그 멋진 종이, 비단과 무명을 섞어 만들어 변색되지 않고, 에드리시[137]가 그토록 칭찬하던 그 종이에 인쇄하였다. 표지는 금박 입힌 가죽이었고, 잠금쇠는 은이었다. 간지(間紙)는 양피지로 만들었는데, 빠리의 양피지 상인들이 맹세하기를, 〈결코 다른 곳이 아

137 12세기 아라비아의 지리학자라고 한다.

닌〉쌩-마뛰렝 시장에서 구입한 양피지라 하였다. 그 책에는
목재 및 구리 판화들과 많은 나라의 지도들이 가득했다. 책의
권두언에는, 〈가죽과 맥주, 발굽 갈라진 가축들, 바닷물고기,
종이〉 등에 세금을 부과토록 한 1635년 칙령에 대한 인쇄업
자들, 종이 장수들, 서적상 등의 항의문이 실려 있었다. 속표
지 이면에는 그리프 가문에게 바치는 헌사가 실려 있었는데,
그 가문이 리용에서는 엘제비어 가문이 암스테르담에서 누리
는 명성을 누린다.[138] 그 모든 것으로 인하여, 모스끄바에 있
는 『아포스톨로스』[139]만큼이나 희귀하고 찬연한 책 한 권이
탄생하였다.[140]

그 책의 외양이 아름다웠다. 르네-쟝이 지나칠 정도로 그
것을 유심히 바라본 것은 그 때문이었다. 책은 공교롭게도,
바르톨로메오 성자가 자기의 껍질을 들고 서 있는 장면[141]을
그린 커다란 판화가 인쇄된 부분이 펼쳐져 있었다. 그 판화는
마룻바닥에서도 보였다. 딸기를 다 먹은 후, 르네-쟝이 그

138 엘제비어Elzévirs(엘제비르)는 16~17세기에 명성을 떨쳤던 홀랜드
의 출판업자 가문이다. 특히, 여행자들을 위한 12절판 소형 책을 처음으로
고안한 것으로 유명하다. 한편 그리프Gryphes 가문에 대해서는 별로 알려
진 바가 없다.

139 예배서인 듯하다. 그리스어로 그 의미는 〈신이 보낸 자〉이다.

140 『바르톨로메오 성자』라는 책에 대한 묘사가 매우 기이하다. 화려한
표지와 잡동사니 내용 간의 대조가 두드러진다. 일종의 풍자처럼 느껴진다.
화려한 신전과 복장과 의식이 유치하고 천한 교리를 장식하지 않는가.

141 바르톨로메오는 아르메니아에서 산 채로 껍질을 벗겨 처형되었다고
한다. 처형당한 후 그가 자신의 껍질을 들고 서 있는 장면은 미켈란젤로 「최
후의 심판」의 심판자 왼쪽 발치에 등장한다. 몽마르트르에서 참수당한 빠
리의 초대 주교 드니 성자(250년경)도, 목이 잘린 직후 땅바닥에 나뒹군 자
기의 목을 얼른 집어 들었다고 한다. 빠리의 노트르-담므 교회당 정문에 그
조각상이 있다. 유치한 〈기적〉의 전형들이다.

판화를 무시무시하도록 열정적인 시선으로 바라보았고, 눈으로 오라비의 시선을 따라가던 죠르제뜨가 판화를 보면서 말하였다.

「지마쥬.」[142]

그 말이 르네-쟝으로 하여금 결단을 내리게 하였던 것 같다. 그 말을 들은 후, 그는 그로-알랭이 기겁할 정도로 엄청난 일을 감행하였다.

서재 한구석에 떡갈나무로 짠 크고 투박한 의자 하나가 있었다. 르네-쟝이 그 의자로 다가가더니, 그것을 움켜잡고 혼자서 보면대까지 끌고 왔다. 그런 다음, 의자가 보면대에 닿자, 의자 위로 올라서서 두 주먹을 책 위에 올려놓았다.

그 정상에 이르자 그는 멋져 보이고 싶은 욕구를 느꼈다. 그리하여, 죠르제뜨가 〈지마쥬〉라고 하던 것의 상단 귀퉁이를 잡고 조심스럽게 찢었다. 바르똘로메오 성자의 그 찢김이 비스듬히 이루어졌으나, 그것이 르네-쟝의 잘못은 아니었다. 그는 옛 위경 저자의 눈 하나와 약간의 배광이 포함된 왼쪽 부분을 책에 남겨 둔 채, 성자의 나머지 다른 부분과 그의 가죽 껍데기 전부를 죠르제뜨에게 바쳤다. 죠르제뜨가 그러한 성자를 받아 들고 말하였다.

「모몸므.」[143]

「나도!」 그로-알랭이 소리쳤다.

최초로 찢긴 페이지는 최초의 유혈 사태와 같다. 그 최초의

142 *gimage.* 〈영상, 모습, 그림〉 등을 의미하는 단어 〈이마쥬*image*〉를 말하고자 했을 것이다. 아이가 아마 복수형 관사와 연음된 형태 〈레 지마쥬*les images*〉를 기억하고 있었던 모양이다.

143 사람 비슷하되 사람 아닌 것을 가리키는 죠르제뜨 특유의 언어이다.

피가 학살 행위를 유발한다.

르네-쟝이 책장을 넘겼다. 성자 뒤에 해설자 판토이누스가 있었다. 르네-쟝은 판토이누스를 그로-알랭에게 바쳤다.

그동안 죠르제뜨는 오라비가 준 큰 쪽지를 두 조각으로 찢은 다음, 그것을 다시 네 조각으로 찢었다. 그러니 역사는, 바르톨로메오가 아르메니아에서 산 채로 껍질이 벗겨진 다음 브르따뉴에서 능지처참되었다고 말할 수 있을 것이다.

6

능지처참형을 마친 후, 죠르제뜨가 르네-쟝에게 손을 내밀면서 말하였다.

「또!」

성자와 해설자 다음에 무뚝뚝한 얼굴들이 나타났다. 주석자들이었다. 제일 먼저 나타난 것이 가반투스였다. 르네-쟝이 그 페이지를 찢어 죠르제뜨의 손에 쥐여 주었다.

바르톨로메오 성자의 위경에 주석을 붙인 모든 주석자들이 그러한 운명에 처해졌다.

무엇을 준다는 것은 일종의 우월함이다. 르네-쟝은 아무 것도 아끼지 않았다. 그로-알랭과 죠르제뜨가 그를 찬미하는 눈빛으로 바라보았다. 그것이면 족했다. 그는 관객의 찬사로 만족했다.

고갈되지 않을 만큼 후한 르네-쟝이 그로-알랭에게 화브리치오 삐냐멜리를, 죠르제뜨에게는 스틸팅 사제를 바쳤다. 그로-알랭에게 알폰소 또스따를 주는가 하면, 죠르제뜨에게는 코르넬리우스 아라피데를 주었다. 그로-알랭이 앙리 아몽을 얻을 때 죠르제뜨는 로베르띠를 얻었는데, 그가 1619년에 태어난 도시 두에의 풍경도 곁들여 있었다.[144] 그로-알랭은 종이 장수들의 항변이 인쇄된 페이지를, 죠르제뜨는 그리프 가문에게 바치는 헌사가 인쇄된 페이지를 받았다. 지도들도 있었다. 르네-쟝은 그것들도 나누어 주었다. 그로-알랭에게는 에티오피아를 주고, 죠르제뜨에게는 뤼카오니아를 주었다. 그런 다음 책을 바닥으로 던졌다.

무시무시한 순간이었다. 그로-알랭과 죠르제뜨는, 르네-쟝이 눈썹을 찡그리고 오금을 뻣뻣이 펴며 두 주먹을 불끈 쥔 채, 그 육중한 4절판 책을 보면대에서 밀어 떨어뜨리는 모습을 바라보면서, 공포감 섞인 희열에 잠겼다. 장엄한 책이 몸가짐이 흐트러진 채 당황하는 꼴은 비극적이다. 안장을 벗어난 육중한 책이, 잠시 매달려 있다가 주춤거리고 흔들거리다가 우르르 굴렀으며, 끊어지고 구겨지고 찢기고 장정이 벗겨지고 잠금쇠가 풀린 채, 마루 위에 처량하게 엎어졌다. 다행히 그것이 아이들 위로 떨어지지 않았다.

아이들은 경탄하며 눈이 부실 지경이었되, 그 책에 압살당하지는 않았다. 정복자들의 전쟁이 모두 그토록 멋진 결말에 이르지는 못한다.

모든 다른 영광들처럼, 그 일 또한 커다란 소음과 먼지구름을 일으켰다.

책을 바닥에 패대기친 다음 르네-쟝이 의자에서 내려왔다.

침묵과 공포의 한순간이 흘렀다. 승리도 공포를 일으키는 그 무엇을 수반한다. 세 아이는 파괴된 거대한 책을 유심히

144 이상 열거한 사람들은 프랑스, 플랑드르, 잉글랜드, 에스빠냐, 이딸리아 등지의 신학자들이다. 지역적으로 골고루 분포되었다.

바라보면서 서로 손을 잡고 멀찌감치 물러서 있었다.

하지만 잠시 몽상에 잠겼다가, 그로-알랭이 힘차게 책에 게로 다가가더니 발길질을 한 번 하였다.

책은 이미 끝장나 있었다. 그러나 파괴 욕구는 별도이다. 르네-쟝도 발길질을 하였다. 죠르제뜨도 발길질을 하였다. 그 바람에 그녀가 털썩 주저앉았다. 그녀는 내친김에 『바르톨로메오 성자』에게로 덤벼들었다. 성자의 모든 위세가 자취를 감추었다. 르네-쟝이 허겁지겁 덤벼들었다. 그로-알랭은 자신을 그 위로 던졌다. 그러더니 즐겁게, 미친 듯이, 의기양양하게, 무자비하게, 판화들을 발기발기 찢으면서, 종이들을 한 장씩 구기면서, 서표(書標) 끈들을 뽑으면서, 장정을 할퀴면서, 금박 입힌 가죽의 표면을 벗기면서, 귀퉁이 은장식의 못을 뽑으면서, 양피지를 벗기면서, 엄숙한 글월을 잘게 찢으면서, 발과 손과 손톱과 이빨 등을 몽땅 동원하면서, 발그레하고 웃음 가득하며 동시에 사나워진 포식자 천사 셋이, 무방비 상태인 전도자를 덮쳤다.

그들은 성자의 유골이 있다는 아르메니아, 유대, 베네벤또 등 지역들과, 바르톨로메오와 아마 같은 인물일지도 모를 나타나엘, 바르톨로메오-나타나엘의 복음이 위경이라고 선언한 교황 겔라시우스,[145] 모든 인물들과 모든 지도들을 아예 가루로 만들어 없애 버렸으며, 그 고서의 잔혹한 처형에 어찌나 골몰하였던지, 곁으로 생쥐 한 마리가 지나가는 것도 알아채지 못하였다.[146]

그것은 하나의 박멸 작업이었다.

145 49대 교황(492~496)으로, 예수교 경전 목록을 확정하여 선포한 사람이다.

440

역사와, 전설과, 학문과, 진실한 혹은 거짓된 기적들과, 교회의 라틴어와, 미신들과, 광신주의와, 신비들을 잘게 저미어 부수고, 하나의 종교를 위로부터 밑까지 몽땅 찢어발기는 일, 그것은 세 거인의 작업이로되, 세 아이가 할 수 있는 작업이기도 하다. 그 고된 작업을 하는 동안 몇 시간이 흘렀지만, 아이들은 작업을 완료하였고, 바르톨로메오 성자 중 아무것도 남지 않았다.

작업이 끝나자, 마지막 페이지가 떨어져 나가자, 마지막 판화가 바닥에 던져지자, 앙상한 가죽 장정 속에 조각난 글월들과 그림들만 남자, 르네-쟝이 벌떡 일어서더니 잡동사니 쪽지들이 수북한 마룻바닥을 잠시 응시하고 나서 손뼉을 쳤다.

그로-알랭도 손뼉을 쳤다.

죠르제뜨는 바닥에 있던 종이 한 장을 주워 들더니, 자기의 턱이 겨우 닿는 창틀에 기대어 선 채, 그것을 점점이 찢기 시작하였다.

그것을 보고, 르네-쟝과 그로-알랭 역시 합세하였다. 그들은 몇 번이고 거듭하여 종이들을 주워, 죠르제뜨처럼 잘게 찢어 창문 밖으로 날려 버렸다. 그리하여, 한 페이지 한 페이지씩, 그 악착스러운 작은 손가락들에 의해 부스러기로 변한, 그 고서의 거의 전부가 바람에 실려 날아갔다. 죠르제뜨는 생각에 잠긴 채, 그 벌 떼처럼 날다가 흩어지는 하얀 쪽지들을 바라보며 중얼거렸다.

「나비들.」

146 그렇게 소란을 피우고 있는데 생쥐가 나타났을 리 없다. 그런데 작가는 왜 생쥐를 등장시켰을까? 생쥐가 무엇을 얻으러 그곳에 나타났단 말인가? 폐허로 변한 신전을 암시하는 것일까?

그리하여 학살은 창공 속으로의 사라짐으로 막을 내렸다.[147]

7

이미 구세주 예수 49년에 처음 순교한 바르톨로메오 성자의 두 번째 처형이 그렇게 시행되었다.

그러는 동안 해가 기울고 있었다. 열기가 증대되고 오후의 혼곤함이 대기에 퍼지고 있었다. 죠르제뜨의 두 눈이 몽롱해졌다. 르네-쟝이 자기의 요람으로 가서 매트로 사용하는 거적을 꺼낸 다음, 그것을 창문 가까이로 끌고 가 그 위에 누우면서 말하였다.

「이제 자자.」

그로-알랭이 르네-쟝의 몸에 머리를 기대었고, 죠르제뜨가 머리를 그로-알랭의 몸에 기대었으며, 세 악당은 그러한 상태로 잠들었다.

미지근한 바람결이 열린 창문들로 들어왔다. 협곡과 구릉들로부터 날아오른 온갖 야생화 향기들이, 저녁나절의 숨결에 뒤섞여 떠다니고 있었다. 허공은 고요하고 인자하였다. 모든 것이 빛을 발산하고 모든 것이 잔잔해졌으며 모든 것이 모든 것을 사랑하고 있었다. 태양이 빛으로 만물을 애무하고 있

---

147 바르톨로메오라는 사람에 관한 유치한 전설을 가루로 만들어 날려 버리는 이 일화는, 프랑스 문예사에서 거의 유례를 찾아보기 어려울 만큼 격렬한 이야기이다. 요람을 산산이 부수어 버리는 어린 빵따그뤼엘을 연상시키기도 하는 격렬함은, 특히 싸드의 『밀실의 철학』 중 다음 구절에서 느껴지는 근본주의적 의지를 내포하고 있다. 〈오, 손에 낫을 들고 있는 그대들, 그 미신의 나무에 최후의 일격을 가하시오. 가지를 쳐내는 것으로 만족하지 마시오. 전염성 강한 그 식물의 뿌리를 완전히 뽑아 버리시오…….〉

었다. 모든 기공(氣孔)으로부터 뭇 사물의 거대한 부드러움이 발산되는 것을 감지할 수 있었다. 무한 속에 모성이 있었다. 창조는 한창 피어나는 경이로움이고, 그것의 거대함을 자신의 선함으로 완결한다. 보이지 않는 누군가가 신비한 대비책을 세워, 피조물들의 무시무시한 분규 속에서도, 강한 것들로부터 여린 것들을 보호하고 있음을 느낄 수 있을 것 같았다. 동시에 그것이 아름다웠다. 장려함이 너그러움과 대등하였다. 형언할 수 없을 만큼 혼곤히 잠든 풍경 속에, 그들과 빛이 이동하면서 초원과 개천들 위로 그려 놓은 장엄한 물결무늬가 펼쳐져 있었다. 몽상들이 환영들을 향해 오르듯, 연기 가닥들이 구름을 향해 피어오르고 있었다. 새들이 라 뚜르그 위에서 선회하고 있었다. 제비들이 창문을 통해 안을 들여다보곤 하였다. 아이들이 잘 자고 있는지 보러 온 것 같은 기색이었다. 아이들은 미동도 하지 않고 반은 벌거벗은 채 쿠피도의 자세로 우아하게 뒤엉켜 있었다. 그들은 사랑스럽고 순결하였다. 세 아이의 나이를 합쳐도 아홉 살이 채 아니 되었다. 그들은 낙원의 꿈에 잠겨 있었고, 그 꿈들이 어렴풋이 미소 짓는 입들에 어려 있었다. 신이 아마 그들의 귀에 무슨 말을 속삭이고 있었을 것이다. 그들이 바로, 이 세상의 모든 언어들이 약하고 축복받은 존재라고 지칭하는 그 아이들이었다. 그들이 바로 숭배할 만한 순결한 존재들이었다. 그들의 가슴에서 발산되는 부드러운 숨결이 우주 전체의 가장 중요한 일이고, 따라서 만물이 그 숨결에 귀를 기울이고 있기라도 한 듯, 모든 것이 침묵을 지켰다. 나뭇잎들도 바스락거리지 않았고, 풀들도 전율하지 않았다. 별들 가득한 광대한 세계조차, 천사처럼 잠든 그 보잘것없는 세 어린것을 방해하지 않으려 숨을 멈춘 것 같았다. 자연이 그토록 작은 것에 대하여 표하는 광대한 예의만큼 숭고한 것은 없다.

태양이 곧 지려는 듯 지평선에 거의 닿아 있었다. 문득, 그 평온 속에서, 숲으로부터 나온 번개가 번쩍하였고, 곧이어 사나운 소리 하나가 뒤따랐다. 대포 한 발을 발사한 것이다. 그 소리가 반향을 일으켜 굉음이 되었다. 구릉에서 구릉으로 연장된 으르렁거림이 괴물의 노호 같았다. 그 소리가 죠르제뜨를 깨웠다.

그녀가 머리를 조금 쳐들고 작은 손가락을 세우며 귀를 기울이더니, 이렇게 말하였다.

「뿜!」[148]

소음이 멈추었다. 모든 것이 다시 정적 속으로 들어갔다. 죠르제뜨가 다시 머리를 그로-알랭의 몸에 기대고 잠 속으로 돌아갔다.

---

148 *poum*. 우리네의 〈펑〉이나 〈빵〉, 〈픽〉 등에 해당하는 의성어이다.

제4권
엄마

1
죽음이 지나가다

정처 없이 길을 떠난 그 엄마가 그날도 하루 종일 걸었다. 앞만 보고 걸으며 절대로 멈추지 않는 것, 그것이 매일 반복되는 그녀의 일이었다. 새들이 걸리는 대로 모이를 쪼듯이 아무 데서나 생기는 대로 먹는 것을 식사라 할 수 없는 것처럼, 아무 구석에서나 피곤에 겨워 잠에 빠져드는 것을 가리켜 휴식이라 할 수 없다. 그녀는 지쳐 쓰러져 죽지 않을 만큼만 먹고 잤다.

지난밤은 버려진 헛간에서 보냈다. 내란이 그러한 누옥들을 만들어 낸다. 그녀는, 황량한 들판에 서 있는 벽 넷과 열린 문 하나와 한 귀퉁이만 남은 지붕 밑에서 약간의 지푸라기를 발견하고 그 지푸라기 위에 누워, 그 속으로 미끄러져 지나가는 쥐들을 느끼는가 하면, 지붕을 통해 별들을 바라보기도 하였다. 그렇게 몇 시간 잔 다음, 한밤중에 일어나 길을 떠나곤 하였다. 한낮의 더위가 기세를 떨치기 전에 조금이라도 더 가기 위함이었다. 여름에 걸어서 여행하는 사람에게는 자정이 정오보다 더 관대하게 여겨진다.

그녀는 보또르뜨의 농사꾼이 대충 가리킨 길을 열심히 따라갔다. 즉, 서쪽을 향해서만 걸었다. 만약 누가 그녀의 곁에 있었다면, 그녀가 끊임없이 중얼거리던 다음 말을 들었을 것이다. 「라 뚜르그.」 세 아이의 이름 이외에 그녀가 알고 있던 것은 그 말뿐이었을 것이다.

걸으면서 그녀는 생각에 잠기곤 하였다. 자기가 겪은 일들을 생각해 보았다. 마지못해 감수한 일들과 기꺼이 수락한 일들을 뇌리에 떠올렸다. 마주친 사람들, 더러운 일들, 제시되었던 조건들, 자기에게 제안되었고 또 불가피하게 수락하였던 거래들, 어떤 때에는 잠자리 때문에, 어떤 경우에는 빵 한 조각 때문에, 어떤 때에는 단지 길을 묻기 위해 수락했던, 그 모든 일들을 뇌리에 떠올렸다. 가난한 여인이 가난한 남자보다 더 불운하다. 여자가 쾌락의 도구이기 때문이다. 끔찍한 방랑이었다! 하지만 아이들만 다시 찾을 수 있다면 무슨 일이든 상관없었다.

그날 그녀가 처음 만난 것은 대로변에 있는 어느 마을이었다. 먼동이 겨우 틀 무렵이었다. 모든 것이 아직은 야음에 잠겨 있을 때였다. 하지만 마을의 대로변에 있는 몇몇 대문들은 벌써 살짝 열려 있었고, 호기심 많은 얼굴들이 창문을 통해 보였다. 불안해진 벌통처럼 주민들이 부산스러웠다. 바퀴들과 철물들의 요란한 소음을 들었기 때문이다.

교회당 앞 광장에서는, 놀라서 어리둥절해진 사람들 한 무리가, 구릉 위로부터 마을로 이어지는 도로를 따라 내려오고 있던 무엇인가를 바라보고 있었다. 말 다섯 필이 끄는 바퀴

넷 달린 짐수레였다. 수레 위에는 긴 들보용 목재 더미 같은 것이 쌓여 있고, 그것들 사이에 형태 불분명한 무엇이 있었다. 그 모든 것들이 염포(殮布) 비슷한 커다란 물막이 덮개에 감싸여 있었다. 말 탄 사람 열이 수레 앞에 있었고, 다른 열 사람이 뒤를 따랐다. 그 사람들 모두 삼각모를 썼고, 그들의 어깨 위로 뾰족한 것들이 보였는데, 뽑아 든 군도들 같았다. 천천히 전진하는 그 행렬이 지평선 위에 까맣게 부각되었다. 수레도, 말들도, 말 탄 사람들도 모두 까맣게 보였다. 아침이 그들 뒤에서 창백한 빛을 드러내고 있었다.

그 무더기가 마을로 접어들어 광장을 향해 다가왔다.

수레가 언덕길을 내려오는 동안 조금 더 밝아져, 행렬이 더 선명히 보였지만, 행렬은 여전히 유령들의 행진 같았다. 단 한 마디 말도 들리지 않았기 때문이다.

말을 탄 사람들은 헌병들이었다. 그들은 정말 군도를 뽑아 들고 있었다. 물막이 덮개의 색은 검정이었다.

그 수레와 헌병들이 광장에 도착하던 순간, 가엾은 떠돌이 엄마 역시 마을로 접어들어, 촌사람들이 모여 있던 곳으로 다가갔다. 모여 있는 사람들 사이에서 속삭이듯 묻고 대답하는 소리가 들렸다.

「저것이 무엇이오?」

「기요띤느를 운반하는 것이라오.」

「어디에서 오는 거요?」

「푸제르에서 오는 것이오.」

「어디로 가는 거요?」

「모르겠소. 빠리네 근처에 있는 성으로 간다고들 하오.」

「빠리네로!」

447

「어디로 가든 상관없지만, 이곳에만 멈추지 않으면 좋겠소!」

일종의 염포로 덮은 짐을 실은 그 육중한 수레, 말들, 헌병들, 쇠사슬 소리, 호송하는 사람들의 침묵, 미명의 시각 등, 그 모든 것들이 유령을 연상시켰다.

그 무리가 광장을 가로질러 마을 밖으로 벗어났다. 마을은 내리막길과 오르막길 중간 움푹한 곳에 있었다. 15분쯤 후, 그 자리에 응고된 듯 머물러 있던 촌사람들이 보자니, 서쪽 구릉 고갯마루에 그 음산한 행렬이 다시 모습을 드러냈다. 길에 깊숙이 파인 바큇자국 때문에 수레가 심하게 흔들렸고, 말들을 수레에 매단 쇠사슬 소리가 아침 바람에 실려 찰칵거렸으며, 군도들이 번쩍거렸다. 태양이 떠오르고 있었다. 도로가 굽이를 틀었고, 모든 것이 사라졌다.

그 순간이 바로, 서재 안에서, 죠르제뜨가 아직 잠들어 있던 오라비들 곁에서 깨어나, 자기의 발그레한 두 발에 아침 인사를 하던 무렵이었다.

2
죽음이 말하다

엄마는 그 모호한 것이 지나가는 것을 바라보았으나, 그것이 무엇인지 이해하지 못하였고, 이해하려 하지도 않았다. 그녀의 눈앞을 가리는 다른 광경, 즉 암흑 속에 사라진 자기의 아이들이 있었기 때문이다.

행렬이 지나간 후 얼마 아니 되어, 그녀 역시 마을을 벗어나 같은 길을 따라 걸으며, 두 번째 헌병 분대의 뒤에서 상당한 거리를 두었다. 문득 〈기요띤느〉라는 말이 그녀의 뇌리에 되살아났다. 「기요면느.」 그 말을 중얼거려 보았다. 그 원시의 여자 미쉘 플레샤르는 그것이 무엇인지 알지 못하였다. 그러나 본능이 그녀에게 경고를 보냈다. 왜 그런지는 알 수 없었으나 그녀는 전율을 느꼈고, 그 물건의 뒤를 따라가는 것이 끔찍하게 여겨졌다. 그리하여 대로 왼쪽으로 벗어나 나무들 밑으로 들어갔다. 푸제르 숲이었다.

한동안 그렇게 헤매다 보니 종각 하나와 지붕들이 나타났다. 숲 변두리에 있는 마을이었다. 그녀는 마을로 향하였다. 몹시 시장하였기 때문이다.

그 마을은 공화파 군대가 수비대를 설치한 곳들 중 하나였다. 그녀는 읍사무소가 있는 광장까지 들어갔다.

그 마을 역시 흥분과 불안으로 가득했다. 읍사무소 입구인 몇 계단으로 이루어진 층계 앞에 사람들이 잔뜩 모여 있었다. 그 층계 상단에, 병사들 몇의 호위를 받으며 한 사람이 서 있었는데, 그는 커다란 벽보 한 장을 펴서 들고 있었다. 그 사람의 오른쪽에는 고수 하나가, 왼쪽에는 풀 통과 붓을 든 벽보 부착 담당자 하나가 서 있었다.

출입문 위 발코니에는, 농사꾼 복색에 삼색 휘장을 걸친 읍장이 서 있었다.

벽보를 들고 있던 사람은 포고령 공표인이었다.

그는 관리들이 지방을 순회할 때 휴대하는 멜빵을 걸치고 있었으며, 그 멜빵에 작은 가방 하나가 매달려 있었다. 차림새로 보아 그는 이 마을 저 마을로 순회하는 사람이었고, 그 고장 구석구석까지 알려야 할 것을 가지고 있는 듯하였다.

미쉘 플레샤르가 다가갔을 때, 그는 막 벽보를 펴서 낭독을 시작하였다. 그가 큰 소리로 말하였다.

「프랑스 공화국. 유일하고 분할할 수 없는.」

북이 한 차례 둥둥 울렸다. 그 순간 군중 사이에 일종의 파동이 일었다. 어떤 사람들은 공손히 빵모자를 벗어 드는 반면, 어떤 사람들은 중절모를 깊이 눌러썼다. 그 시절, 그 고장에서는, 모자만 보고도 그 사람의 정치적 견해를 거의 짐작할 수 있었다. 중절모를 쓴 사람들은 왕당파였고, 빵모자를 쓴 사람들은 공화파였다. 부산한 웅성거림이 멈추었고, 다시들 귀를 기울였다. 포고령 공표인이 낭독을 계속하였다.

「······우리들에게 부여된 명령과 공안 위원회가 우리들에게 위임한 권한에 따라서······.」

북이 두 번째로 둥둥 울렸다. 포고령 공표인이 계속하였다.

「······무기를 손에 든 채 체포된 역도들로부터 법의 보호권을 박탈하며, 그러한 자들에게 피신처를 제공하거나 도주케 한 자는 누구든 극형에 처하라는 혁명 의회의 포고령을 시행하기 위하여······.」

어떤 농사꾼 하나가 자기 옆에 있던 사람에게 속삭이듯 물었다.

「극형이란 것이 무엇이지?」

이웃이 대답하였다.

「모르겠어.」

포고문 공표자가 벽보를 흔들어 보이며 다시 음성을 높였다.

「······파견 감독관과 부감독관에게 역도들을 처리할 전권을 부여하는 4월 30일 자 법령 제17조에 의거하여······.」

그가 잠시 멈추었다가 계속하였다.

「······다음과 같은 이름과 별명으로 지목된 자들로부터는 법의 보호권을 박탈한다······.」

모여 있던 모든 사람들이 잔뜩 귀를 기울였다.

포고령 공표자의 음성이 벼락같이 변하였다.

「……랑뜨낙, 산적.」

「우리의 영주님이야.」 어떤 농사꾼 하나가 중얼거렸다.

또한 군중 속 여기저기에서 속삭이는 소리가 들렸다.

「영주님이야.」

포고령 공표자가 계속하였다.

「……랑뜨낙, 지난날의 후작, 산적. ……이마누스, 산적……」

농사꾼 둘이 서로에게 곁눈질을 하며 말하였다.

「구즈-르-브뤼앙이야.」

「그래, 브리즈-블르야.」

포고령 공표자가 계속하여 명단을 읽었다.

「……그랑-프랑꾀르, 산적……」

군중이 웅성거렸다.

「그 사람은 사제야.」

「그래, 뛰르모 사제님이야.」

「맞아, 샤뻴 숲 근처 어느 곳의 교구 사제야.」

「그런데 산적이지.」 빵모자 쓴 다른 한 사람이 덧붙였다.

포고령 공표자가 낭독을 계속하였다.

「……부와누보, 산적. ……삐끄-앙-부와 형제, 산적들. ……우자르, 산적……」

「그분은 껠랑 씨야.」 농사꾼 하나가 말하였다.

「……빠니에, 산적……」

「그분은 쎄페르 씨야.」

「……쁠라쓰-네뜨, 산적……」

「쟈무와 씨야.」

포고령 공표자는 그러한 언급들을 못 들은 체하고 낭독을
계속하였다.

「……기누와조, 산적. ……샤뜨네, 일명 로비, 산적……」

농사꾼 하나가 속삭였다.

「기누와조는 르 블롱과 같은 사람이고, 샤뜨네는 쌩−우웽
출신이야.」

「……우와나르, 산적……」 포고령 공표자가 다시 읽기 시
작하였다.

그러자 군중 속에서 수군거리는 소리가 들렸다.

「그 사람 뤼이예 출신이야.」

「그래, 브랑슈 도르라고도 하지.」

「그의 형제 하나가 뽕또르송 공격 때 죽임을 당하였지.」

「맞아, 우와나르−말로니에르라고 하지.」

「나이 겨우 열아홉에 불과한 잘생긴 청년이었어.」

「잘 들으시오, 나머지 사람들의 명단이오.」 포고령 공표자
가 언성을 높였다.

「……벨−비누, 산적. ……라 뮈제뜨, 산적. 싸브르−뚜, 산
적. ……브랭−다무르, 산적……」

소년 하나가 곁에 있던 소녀의 팔꿈치를 툭 쳤다. 소녀가
미소를 지었다.[149]

포고령 공표자가 계속하였다.

「……샤뜨−앙−이베르, 산적. ……르 샤, 산적……」

농사꾼 하나가 말하였다.

「그 사람 물라르야.」

149 산적이라는 사람의 별명 브랭−다무르Brin-d'Amour가 〈사랑의 실
오라기〉라는 뜻이기 때문인 듯하다.

452

「……따부즈, 산적……」

다른 농사꾼이 말하였다.

「저건 고프르야.」

「그들은 둘이야, 고프르 형제.」 어떤 여인이 덧붙였다.

「모두 좋은 사람들이야.」 어떤 사나이가 언짢은 기색으로 웅얼거렸다.

포고령 공표자가 벽보를 한 번 흔들고, 고수가 북을 한 번 쳤다.

포고령 공표자가 다시 낭독을 시작하였다.

「……이상 호명된 자들은, 어느 곳에서 체포되든, 신원이 확인되는 즉시 사형에 처해질 것이오.」

청중들이 움찔하였다.

포고령 공표자가 계속하였다.

「……그들에게 피신처를 제공하거나 그들의 탈출을 돕는 자는, 누구를 막론하고 군법 회의에 회부되어 처형될 것이오. 서명인……」

쥐 죽은 듯 조용해졌다.

「서명인, 공안 위원회 대리관, 씨무르댕.」

「사제군.」 농사꾼 하나가 중얼거렸다.

「지난날의 빠리녜 교구 사제일세.」 다른 농사꾼이 말하였다.

읍내 상인 하나가 덧붙였다.

「뙤르모와 씨무르댕이라. 백색 사제와 청색 사제군.」

「둘 다 검다네.」[150] 다른 읍내 사람이 말하였다.

---

150 일시적이고 피상적인 차이일 뿐이라는 말이다. 즉, 그 〈검은〉 속성 — 복색뿐만 아니라 다른 의미적 국면도 내포되어 있는 — 은 변하지 않으며, 〈각 신분 고유의 악습이 있다〉는 싸드의 말을 연상시키는 비아냥거림이다.

발코니 위에 있던 읍장이 자기의 중절모를 벗으며 소리쳤다.

「공화국 만세!」

북소리가 둥둥 울렸다. 포고령 공표자가 아직 말을 끝내지 않았다는 신호였다. 정말 그가 손짓을 하며 말하였다.

「잘 들으시오. 정부의 벽보 중 마지막 네 줄은 다음과 같소. 북쪽 연안군 소속 원정군 사령관 고뱅 부대장이 서명한 것이오.」

「잘들 들으시오!」 청중 사이에서 여러 사람이 소리쳤다.

그러자 포고령 공표자가 읽기 시작하였다.

「어길 경우 사형에 처하리니…….」

모두들 입을 다물었다.

「……이상 언급된 명령의 이행을 위하여, 지금 라 뚜르그에 포위되어 있는 반도 열아홉 사람에게 도움을 주거나 그들을 구출하는 행위가 금지되었노라.」

「뭐라고?」 어떤 음성 하나가 들렸다.

여인의 음성이었다. 그 엄마의 음성이었다.

3
촌사람들의 웅성거림

미쉘 플레샤르는 군중 속에 섞여 있었다. 그녀가 아무것에도 귀를 기울이지 않았으나, 귀를 기울이지 않아도 들리는 것이 있는 법이다. 〈라 뚜르그〉라는 말이 그녀의 귀에 들렸다. 그녀가 머리를 오똑 세웠다.

「뭐라고? 라 뚜르그?」 그렇게 되뇌었다.

사람들이 그녀를 쳐다보았다. 그녀는 넋 나간 사람의 기색이었다. 게다가 누더기를 걸치고 있었다. 수군거리는 소리가 들렸다. 「계집 산적 같군.」

바구니에 메밀 빵을 담아 가지고 있던 촌 여인 하나가 그녀에게 다가와 나지막하게 말하였다.

「아무 말 하지 말아요.」

미쉘 플레샤르가 그 여자를 물끄러미 쳐다보았다. 이번에도 그녀는 영문을 알 수 없었다. 라 뚜르그라는 명칭이 번개처럼 그녀를 스치고 지나간 다음, 다시 어둠이 사방을 뒤덮었다. 그것에 대하여 알아보아서는 아니 된다는 말인가? 도대체 사람들이 왜 자기를 그토록 빤히 바라본단 말인가?

그러는 동안 고수가 마지막으로 북을 한 번 쳤고, 벽보 부착 담당자가 벽보를 붙였고, 읍장은 읍사무소로 다시 들어갔고, 포고령 공표자는 다른 마을로 가기 위하여 떠났으며, 군중이 흩어지고 있었다.

사람들 한 무리가 벽보 앞에 남아 있었다. 미쉘 플레샤르가 그들에게로 다가갔다.

법으로부터의 피보호권을 박탈당한 사람들에 대하여 이런저런 이야기들을 하고 있었다.

그들 중에는 농민들도 있었고 읍내 사람들도 있었다. 다시 말해 왕당파도 있었고 공화파도 있었다.

농민 하나가 말하였다.

「결국 마찬가지야. 그들이 모든 사람들을 잡아들일 수는 없어. 열아홉 사람이라 했지. 그저 열아홉 명일 뿐이야. 그들은 프리우를 잡지 못하였어. 방쟈맹 물랭도 잡지 못하였어. 앙두이예 교구의 구뻬도 잡지 못하였어.」

「몽샹의 로리월도 잡지 못하였지.」 다른 농민이 말하였다.

455

또 다른 농민들도 덧붙였다.

「브리쓰—드니도 잡지 못하였어.」

「프랑수와 뒤두에도.」

「그래, 맞아, 라발 출신이지.」

「로네—빌리에르의 위에도.」

「그레지도.」

「삘롱도.」

「휘웰도.」

「메니쌍도.」

「게아레도.」

「로주레 세 형제도.」

「르샹들리에 드 삐에르빌 씨도.」

「멍청이들 같으니라고!」 근엄하게 생긴 백발 노인이 말하였다. 「랑뜨낙을 잡으면 모든 사람을 잡은 것이나 마찬가지일세.」

「하지만 그들이 아직 그를 잡지 못하였어.」 젊은이들 중 하나가 중얼거렸다.

노인이 반박하였다.

「랑뜨낙이 잡히면 영혼이 잡힌 것이나 마찬가지일세. 랑뜨낙이 죽으면 방데가 죽은 것이야.」

「그 랑뜨낙이란 자가 도대체 어떤 인물이오?」 읍내 사람 하나가 물었다.

다른 읍내 사람이 대답하였다.

「지난날의 귀족이라오.」

그러자 또 다른 사람 하나가 다시 말하였다.

「여자들을 총살하는 자들 중 하나지.」

미쉘 플레샤르가 그 말을 듣고 무심코 중얼거렸다.

「정말이에요.」

사람들이 그녀에게로 고개를 돌렸다.

그녀가 한마디 더 하였다.

「나를 총살하였으니까.」

그 말이 몹시 기이하게 들렸다. 멀쩡하게 살아 있는 여자가 자기는 죽었다고 하는 것과 같았다. 사람들이 그녀를 의혹 가득한 눈으로 살피기 시작하였다.

모든 것에 덜덜 떨고, 질겁하고, 경련하고, 야수적 불안감에 사로잡히고, 하도 겁에 질려 오히려 무시무시한 그녀가, 사실은 보는 사람에게 불안감을 안겨 주었다. 여인의 절망 속에는 무엇인지 모를 무시무시한 나약함이 있다. 운명의 끝자락에 매달린 한 존재를 보는 느낌이다. 그러나 촌사람들은 그러한 현상을 더 심각한 일로 여긴다. 그들 중 하나가 퉁명스럽게 중얼거렸다.

「저 여자가 첩자일 수도 있어.」

「제발 아무 말 하지 말고 이곳을 떠나요.」 이미 그녀에게 말을 건넨 바 있는 착한 촌 여인이 나지막하게 속삭였다.

미쉘 플레샤르가 대꾸하였다.

「나는 아무에게도 해를 끼치지 않아요. 내 아이들을 찾고 있을 뿐이에요.」

착한 촌 여인이, 미쉘 플레샤르를 유심히 살피고 있던 사람들을 바라보며, 자기의 손가락으로 자신의 이마를 한 번 툭 치고 나서, 눈을 찡긋하며 말하였다.

「순진한 여자예요.」

그런 다음 그녀를 한구석으로 데리고 가 메밀 빵 하나를 주었다.

미쉘 플레샤르는 고맙다는 인사 한마디 없이, 게걸스럽게 빵을 입에 쑤셔 넣었다.

「그래, 그녀가 짐승처럼 먹는군. 순진한 여자야.」

그리하여, 남아 있던 사람들도 흩어져 하나씩 그곳을 떠났다.

빵을 다 먹은 다음, 미쉘 플레샤르가 촌 여인에게 말하였다.

「좋아요, 내가 먹었어요. 이제 라 뚜르그가 어디에 있는지 가르쳐 줘요.」

「또 그 소리!」 촌 여인이 소리쳤다.

「나는 라 뚜르그에 가야 해요. 라 뚜르그로 가는 길을 가르쳐 줘요.」

「절대 안 돼요!」 촌 여인이 대답하였다. 「죽으려고 그러시지요, 그렇지 않아요? 여하튼 나도 길을 몰라요. 아, 이런, 정말 미치셨어요? 이것 보세요, 가엾은 여인이여, 몹시 지쳐 보여요. 우리 집에서 잠시나마 쉬었다가 가시지 않겠어요?」

「저는 쉴 수가 없어요.」

「두 발의 살갗이 온통 벗겨졌는데.」 촌 여인이 중얼거렸다.

미쉘 플레샤르가 다시 말하였다.

「말씀드렸다시피 누가 제 아이들을 훔쳐 갔어요. 작은 여자아이 하나와 작은 남자아이 둘이에요. 저는 숲 속에 있는 나무 밑 굴에 있었어요. 뗄마르-르-께망에게 물어보시면 알 거예요. 그리고 저쪽 들판에서 제가 만난 사람도 알아요. 거지가 저를 치료해 주었어요. 저의 몸 어딘가가 부러졌던 것 같아요. 그 모든 일들이 사실이에요. 그리고 라두 중사도 있어요. 그에게 물어보세요. 그가 다 이야기해 줄 거예요. 숲 속에서 그가 우리들을 만났으니까요. 셋이에요. 다시 말씀드리

458

는데, 아이가 셋이에요. 큰 아이의 이름은 르네-쟝이에요. 정말이에요. 다른 남자 아이는 그로-알랭이에요. 그리고 또 다른 아이는 죠르제뜨예요. 제 남편은 죽었어요. 누가 그를 죽였어요. 그는 씨꾸와냐르에 사는 소작인이었어요. 댁은 착한 여인처럼 보여요. 저에게 길을 가르쳐 주세요. 저는 미친 여자가 아니고 아이들의 엄마예요. 제가 아이들을 잃었어요. 그래서 그 아이들을 찾고 있어요. 그게 전부예요. 저는 제가 어디에서 왔는지 정확히 몰라요. 지난밤에는 어느 헛간의 지푸라기 위에서 잤어요. 라 뚜르그, 제가 그곳으로 가는 중이에요. 저는 도둑질하는 여자가 아니에요. 제가 사실대로 말한다는 것을 잘 아실 거예요. 제 아이들을 다시 찾을 수 있도록, 모두들 저를 도와주셔야 해요. 저는 이 고장 사람이 아니에요. 제가 총살당했었는데, 하지만 그곳이 어디인지 몰라요.」

촌 여인이 어이없다는 듯이 머리를 갸우뚱하였다. 그러고는 말하였다.

「나그네 여인이여, 제가 드리는 말씀 잘 들어요. 혁명의 시절에는 사람들이 알아듣지 못하는 말을 해서는 안 돼요. 자칫 잡혀갈 수도 있어요.」

「하지만 라 뚜르그!」 엄마가 소리쳤다. 「부인, 아기 예수와 낙원에 계신 착한 처녀의 이름으로 부탁드리는데, 부인, 이렇게 애걸하고 간청하는데, 라 뚜르그에 가려면 어떤 길을 따라가야 하는지 가르쳐 주세요!」

촌 여인이 역정을 내기 시작하였다.

「나는 길을 몰라요! 또한 안다 하더라도 가르쳐 드리지 않겠어요! 좋지 않은 곳이에요. 아무도 그쪽으로는 가지 않아요.」

「하지만 저는 그리로 가요.」 엄마의 대꾸였다.

그러더니 다시 길을 떠났다.

그녀가 멀어지는 것을 바라보며 촌 여인이 중얼거렸다.

「하지만 요기는 해야지.」

그녀가 뛰어서 미쉘 플레샤르를 따라가더니, 메밀 빵 하나를 손에 쥐여 주었다.

「이것으로 오늘 저녁에 요기해요.」

미쉘 플레샤르는 메밀 빵을 받아 들었으나 아무 말도 하지 않았다. 고개조차 돌리지 않았다. 그러고는 계속 걸었다.

그녀가 마을을 벗어나고 있었다. 마지막 집들 앞을 지나려는데, 누더기를 걸치고 신발도 신지 않은 아이 셋이 나타났다. 그녀가 아이들에게 다가가더니 홀로 중얼거렸다.

「이 아이들은 여자 둘에 남자 하나야.」

그러더니, 아이들이 자기의 손에 있는 빵을 바라보고 있는 것을 알아차렸다. 그녀가 빵을 아이들에게 주었다.

아이들은 빵을 받으면서도 두려워하였다.

그녀가 숲 속으로 사라졌다.

4
잘못 짚은 표적

한편 같은 날 먼동이 트기 전, 숲의 어둠 속에서, 샤브네로부터 레꾸쓰로 이어지는 길 위에서, 다음과 같은 일이 벌어졌다.

보까주 지역의 길들은 모두 움푹하다. 그리고 특히 샤브네로부터 레꾸쓰를 거쳐 빠리녜로 이어지는 길은 마치 양편이 둑을 쌓아 놓은 듯 험하다. 게다가 굴곡이 심하다. 길이라기보다는 협곡에 더 가깝다. 그 길은 비트레에서 시작되며, 일

찍이 쎄비녜 부인의 사륜 포장마차를 심하게 덜거덕거리도록
한 영광을 누린 바 있다.[151] 길 양편에 마치 울타리가 있는 것
같다. 매복하기에 더 좋은 곳은 없다.

그날 아침, 숲의 다른 지점에서, 미셸 플레샤르가 헌병들이
호송하던 수레의 음산한 출현을 목격한 그 마을에 도착하기
한 시간쯤 전, 쟈브네로부터 오는 길이 통과하는 총림 속, 꾸
에농으로 건너가는 다리 근처에, 잘 보이지 않는 사람들이 뒤
죽박죽 섞여 있었다. 나뭇가지들이 모든 것을 감추고 있었다.
그 사람들은 모두 농민들이었고, 〈그리고〉[152]라고 부르는 소
매 없는 모피 상의를 입고들 있었다. 6세기에는 브르따뉴의
왕들이 입던 옷으로, 18세기에는 농민들이 입게 되었다. 그
사람들이, 더러는 소총으로, 더러는 도끼로 무장을 하고 있었
다. 도끼로 무장한 사람들이 숲 속 공터에 마른 가지들과 통
나무 토막들로 일종의 화형대를 만들어 놓았고, 언제든 불을
붙일 수 있게 준비해 두었다. 소총으로 무장한 사람들은 길
양편에 대기하는 자세로 포진해 있었다. 나뭇잎들 사이로 자
세히 들여다보았다면, 방아쇠에 얹어 놓은 손가락들과, 나뭇
가지들로 이루어진 총안들에 소총의 총신들이 걸쳐진 것을
사방에서 발견하였을 것이다. 그 사람들은 숨어서 기다리는
중이었다. 새벽빛을 받아 하얀색으로 변하고 있던 도로를 모
든 총들이 일제히 겨누고 있었다.

그 침침한 속에서 나지막한 음성들이 오고 갔다.

---

151 쎄비녜 부인(1626~1696)이 남편 사후에, 비트레(일르-에-빌렌느
지역) 근처에 있는 쎄비녜 가문의 성에 칩거하면서 빠리 사교계에 자주 나타
났다고 한다.

152 *grigo*. 브르따뉴 지방의 토속어인 듯하다.

「자네 정말 그러리라 확신하나?」

「젠장, 그렇다고들 한다네.」

「그것이 지나갈까?」

「이 지역에 들어섰다고들 하네.」

「그것이 빠져나가서는 아니 되네.」

「그걸 태워 버려야 해.」

「우리 세 마을 사람들이 그것 때문에 온 걸세.」

「하지만 호송대원들은?」

「호송대원들은 죽일 걸세.」

「하지만 그것이 이 길로 지나갈까?」

「그럴 거라고들 하네.」

「그러면 그것이 비트레에서 온다는 말인가?」

「그러지 말아야 할 이유라도 있나?」

「하지만 그것이 푸제르에서 온다고들 하니 말일세.」

「그것이 푸제르에서 오건 비트레에서 오건, 마귀로부터 오는 것은 틀림없네.」

「그래, 옳은 말이야.」

「그것이 그러면 빠리녜로 가나?」

「그런 것 같네.」

「그곳에 이르지 못할 거야.」

「물론이지.」

「절대 가지 못해!」

「쉿! 조심하게.」

정말 입을 다무는 것이 이로울 것 같았다. 날이 조금씩 밝아 오기 시작하였기 때문이다.

매복하고 있던 사람들이 문득 숨소리를 죽였다. 수레바퀴와 말발굽 소리가 들렸다. 그들이 나뭇가지들 사이로 보자니, 움푹 파인 길에 긴 수레 한 대와 말을 탄 호송대원들, 그리고 수레에 실린 물건이 어렴풋이 보였다. 그것들이 그들 쪽으로 다가오고 있었다.

「저기 나타났다!」 우두머리인 듯한 사람이 말하였다.

「그렇소, 호송대와 함께 오고 있소.」 정탐대원들 중 하나가 대꾸하였다.

「호송대원들이 몇이오?」

「열둘이오.」

「스물이라고 하였는데.」

「열둘이건 스물이건 모두 죽입시다.」

「그들이 사정거리 안으로 들어올 때까지 기다립시다.」

잠시 후, 수레와 호송대원들이 길모퉁이에 모습을 드러냈다.

「국왕 전하 만세!」 우두머리 농민이 힘차게 외쳤다.

총 1백 정이 일시에 발사되었다.

화약 연기가 걷혔을 때에는 호송대원들도 사라졌다. 그들 중 일곱이 말에서 떨어졌고, 다섯은 도망쳐 버렸다. 농민들이 수레 있는 곳으로 달려갔다.

「이런, 기요띤느가 아닐세. 이건 사다리야.」 우두머리가 놀라 소리쳤다.

수레에 실려 있던 것은 정말 긴 사다리 하나뿐이었다.

말들은 부상을 입고 쓰러져 있었다. 마부도 살해되었는데, 그것은 의도했던 바가 아니었다.

「여하튼 마찬가지야. 호송대까지 동반한 사다리는 수상해. 더구나 빠리녜 쪽으로 가고 있었어. 틀림없이 라 뚜르그를 공격하는 데 쓸 물건이야.」

463

「사다리를 태워 버립시다.」 농민들이 외쳤다.

그러고는 즉시 사다리를 불에 태웠다.

그들이 기다리던 그 음산한 수레는 다른 길로 가고 있었으며, 이미 2리으 더 멀리에, 즉 미쉘 플레샤르가 동틀 녘에 그것이 지나가는 것을 본 그 마을에 가 있었다.

5
광야에서 들리는 음성 하나[153]

세 아이들에게 자기의 빵을 주고 그들 곁을 떠난 미쉘 플레샤르는, 무턱대고 숲을 가로질러 걸었다.

아무도 그녀에게 길을 가르쳐 주려 하지 않으니, 그녀가 홀로 길을 찾아야 했다. 그녀는 가끔 주저앉았다가 다시 일어섰고, 그러다가 다시 주저앉았다. 처음에는 근육에 스며들다가, 그다음 뼛속으로 침투하는 음산한 피곤을 느꼈다. 노예가 느끼는 피곤이었다. 실제로 그녀는 노예였다. 잃어버린 아이들의 노예였다. 그 아이들을 다시 찾아야 했다. 흘러가는 한순간이 곧 아이들의 죽음일 수 있었다. 그러한 의무를 가진 사람에게는 어떠한 권리도 없는바, 잠시 숨을 돌리는 것조차 금지되었다. 하지만 그녀는 정말 지쳐 있었다. 그 단계의 고갈 상태에서는 한 걸음 더 옮겨 놓는 것도 커다란 일이다. 한 걸음 더 옮겨 놓는 것이 가능할지 매 순간 자문하게 된다. 그녀는 이른 새벽부터 걸었다. 더 이상 마을 하나, 심지어 외딴집 한 채 만나지 못하였다. 처음에는 옳은 오솔길로 접어들었다

153 Vox in deserto. 〈아무도 들어 주지 않는 외로운 목소리〉라는 뜻으로 「요한의 복음서」 중 한 구절인 *Vox clamantis in deserto*를 염두에 둔 듯하다.

가, 엉뚱한 길로 빠지기도 하였다. 그리하여, 모두 비슷해 보이는 나뭇가지들 속에서 길을 잃곤 하였다. 그녀가 목적지에 접근하고 있었을까? 수난의 끝에 다가가고 있었을까? 그녀는 수난의 길에 있었고, 그 성로(聖路)의 마지막 역참에서 느끼는 피로에 짓눌려 있었다. 그 길에서 쓰러져 마침내 숨을 거둘 것인가? 어떤 순간에는 앞으로 더 나아가는 것이 불가능해 보였다. 해가 기울고 있어 숲은 점점 어두워지는데, 오솔길들은 잡초에 덮여 자취를 감추었다. 그녀는 어찌할 바를 몰랐다. 그녀에게는 이제 신밖에 없었다. 그녀가 외쳐 부르기 시작하였으나 아무도 대꾸하지 않았다.

그녀가 주위를 살폈다. 가지들이 살문처럼 흰한 지점이 보였다. 그쪽으로 다가갔다. 문득 그녀가 숲 밖으로 나와 있는 자신을 발견하였다.

그녀 앞에 참호처럼 좁은 골짜기 하나가 나타났고, 골짜기 바닥에는 돌들 사이로 실개천 한 줄기가 흐르고 있었다. 그녀는 그제서야 자기가 타는 듯한 갈증에 시달리고 있음을 깨달았다. 실개천으로 다가가서 무릎을 꿇고 물을 마셨다.

그녀는 기왕 무릎을 꿇은 김에 기도도 하였다.

다시 일어서며 자기가 갈 방향을 잡았다.

실개천을 건넜다.

좁은 골짜기 건너편에는 키 작은 덤불로 덮인 경사면이 끝없이 펼쳐져 있었는데, 실개천으로부터 완만한 경사를 이루며 이어진 그 경사면이 지평선을 몽땅 채우고 있었다. 숲이 적막했던 반면, 그 경사면은 황량했다. 숲 속에서는, 수북한 잡목림 뒤에 숨어 있던 누군가와 맞닥뜨릴 가능성이나마 있었다. 그러나 경사면에 나오니, 시선이 닿을 수 있는 곳까지 아무리 살펴도 아무것도 보이지 않았다. 새 몇 마리가 도망치는 기색으로 날아가 히드 우거진 곳에 숨었다.

그러자 그 광막한 저버림 앞에서, 자신의 무릎이 휘어짐을 느끼면서, 마치 실성한 듯, 제정신을 잃은 엄마가 그 광막한 고요를 향하여 기이한 고함을 질렀다. 「여기 누구 없어요?」

그러고 나서 대답을 기다렸다.

누군가가 응답하였다.

은은하고 깊은 음성 하나가 터져 나왔다. 그 음성은 지평선 끝으로부터 메아리와 메아리로 이어져 들려왔다. 그것이 대포 소리가 아니라면 천둥소리와 비슷했다. 또한 그 음성이 엄마의 질문에 대답하는 것 같았고, 또한 그렇다는 대답 같았다.

그런 다음 다시 고요해졌다.

엄마가 생기를 얻어 다시 일어섰다. 누가 있었던 것이다. 이제 말을 건넬 상대가 생긴 것 같았다. 조금 전에 물을 마시고 기도까지 하였다. 그녀의 원기가 회복되고 있었다. 거대하고 먼 음성이 들려오던 쪽을 향하여 그녀가 경사면을 기어오르기 시작하였다.

어느 순간 문득 지평선 끝에 높은 탑 하나가 불쑥 솟은 것이 보였다. 그 황량한 경개 속에 오직 탑 홀로였다. 석양이 탑을 붉게 물들이고 있었다. 그것은 1리으 이상 멀리 있었다. 그 탑 뒤에는, 넓게 펼쳐진 녹음이 안개 속으로 사라지고 있었다. 푸제르 숲이었다.

그 탑은, 그녀에게 마치 하나의 부름처럼 여겨지던 그 우르 릉거림이 들려오던 곳과 같은 지점에서 모습을 드러내고 있었다. 그 탑이 그 소리를 내었을까?

미쉘 플레샤르가 경사면 상단에 도달하였다. 그녀의 앞에는 평원밖에 없었다.

그녀가 탑을 향하여 걸었다.

6
전황

그 순간이 도래하였다.

막무가내가 무자비함을 쥐고 있었다.

씨무르댕이 랑뜨낙을 수중에 넣고 있었다.

늙은 왕당파 역도가 그의 소굴에 갇혀 있었다. 물론 그는
도망칠 수 없었다. 그리고 씨무르댕은 후작이 그의 소굴에서,
현장에서, 그의 영지에서, 또한 어떤 의미로는 그의 집에서 참
수되기를 바라고 있었다. 봉건적 거처가 봉건적 인간의 머리
가 떨어지는 것을 목격하고, 따라서 그러한 예가 기억할 만한
것이 되도록 하기 위함이었다.

그가 푸제르로 사람을 보내어 기요띤느를 가져오게 한 것
은 그 때문이었다.

랑뜨낙을 죽이는 것은 방데 반란을 죽이는 것이었고, 방데
반란을 죽이는 것은 곧 프랑스를 구출하는 것이었다. 씨무르
댕은 주저하지 않았다. 그는 표독스러운 의무 이행을 편안함
으로 여기는 사람이었다.

후작은 파멸된 사람이나 다름없었다. 그 점에 대해서는 씨
무르댕이 안심하였다. 하지만 그는 다른 측면 때문에 불안해
하였다. 전투는 틀림없이 처절할 것이다. 고뱅이 전투를 지휘
할 것이고, 아마 자신도 전투에 뛰어들려 할 것이다. 그 젊은
지휘관 속에는 병사의 기질이 있었다. 그는 그 난투극에 기꺼

이 자신을 내던질 사람이었다. 그 속에서 죽임을 당하지만 않는다면 얼마나 좋을까! 고뱅! 그의 자식! 이 지상에서 그가 애정을 쏟는 유일한 대상! 이제까지는 행운이 고뱅과 함께하였다. 그러나 행운도 싫증을 낸다. 그러한 생각에 씨무르댕이 몸서리를 쳤다. 그의 운명이 기이하여, 그는 두 고뱅 사이에 놓이게 되었다. 그가 죽이려고 하는 고뱅과 살리려고 하는 고뱅 사이에 놓이게 되었다.

요람 속에 있던 죠르제뜨를 뒤흔들어 놓고 적막 깊은 곳으로부터 엄마를 부른 대포 소리가, 그 두 일만 한 것은 아니다. 우연이었는지 혹은 포병 조준수의 의도였는지는 모르나, 철환이, 경고용에 불과했던 철환이, 탑의 첫 번째 층 포안을 감추며 막고 있던 철 막대들을 가격하여, 그것들을 부수거나 반쯤 뽑아 놓았다. 농성군에게는 그 파손된 부분을 보수할 시간이 없었다.

농성군 측이 실은 허세를 부린 것이었다. 그들에게는 탄약이 극소량밖에 없었다. 거듭 언급해 두거니와, 그들의 처지는 포위군이 짐작하고 있던 것보다 훨씬 더 심각했다. 그들에게 충분한 화약이 있었다면, 그들은 적이 진입할 경우 적과 함께 그 속에서 라 뚜르그를 폭파하려 하였을 것이다. 하지만 그러한 자폭은 꿈에 불과하였다. 예비 탄약이 바닥나 있었으니 말이다. 한 사람에게 겨우 실탄 서른 발 발사할 만큼의 화약밖에 없었다. 그들에게는 나팔총 및 권총 등 많은 총기류가 있었으나 탄약이 거의 없었다. 그들은 연속적인 사격이 가능하도록 모든 총들을 장전해 두었다. 하지만 그 사격이 얼마 동안이나 계속될 수 있을까? 총들에 탄약을 공급하고 동시에 절약해야 할 처지였다. 그것이 어려운 일이었다. 다행히 ―

음산한 행운이지만 ── 전투는 군도와 단검을 주로 사용하는 일대일의 백병전이 될 공산이 컸다. 서로를 향해 총질을 하기보다는 맞붙어 드잡이질할 가능성이 더 컸다. 서로에게 도끼를 휘두르는 것, 그것이 바로 그들의 희망이었다.

탑의 내부는 도저히 공략할 수 없을 듯 보였다. 돌파구가 뚫린 맨 아래층에는 랑뜨낙의 지휘하에 교묘하게 축조한, 진입을 어렵게 하는 바리케이드, 즉 퇴각 보루가 있었다. 퇴각 보루 안쪽에 놓인 긴 탁자 위에는, 나팔총 및 기병용 단총 등 장전된 화기들과 군도, 도끼, 단검 등이 쌓여 있었다. 그 맨 아래층과 통하는 지하 감옥을 탑의 폭파에 활용할 수 없었던지라, 후작이 그 지하실의 입구를 아예 닫아 버렸다. 맨 아래층 바로 위가 첫 번째 층의 원형 방이었는데, 〈쌩―질르의 나사〉라고 하는 몹시 좁은 달팽이관 모양의 층계를 통하지 않고는 그곳에 도달할 수 없었다. 맨 아래층처럼, 바로 집어 사용할 수 있는 장전된 화기들로 덮인 탁자 하나가 놓여 있던 그 방은, 조금 전 철환이 날아와 뚫어 놓은 포안을 통해 들어오는 빛으로 밝혀져 있었다. 역시 달팽이관 같은 층계를 통하여 올라가게 되어 있는 그 위층 방에는, 다리 위의 작은 성으로 통하는 철문이 있었다. 그 두 번째 층을 〈철문 있는 방〉 혹은 〈거울 있는 방〉이라 부르기도 하였다. 벽의 돌에 박힌 오래된 녹슨 못에 마구 걸어 놓은 무수한 작은 거울들 때문에 그러한 명칭이 붙었는데, 야만스러움과 혼합된 괴이한 멋 부리기의 산물이었다. 그 위층들은 효율적으로 방어할 수 없었던지라 그 거울 있는 방은, 요새 전문가였던 만느쏭―말레[154]가 〈농

154 루이 14세 시절에 지도 제작자 겸 토목 기사로 활약하였던 알랭 만느쏭―말레(1630~1706)를 가리키는 듯하다.

성자들이 항복할 마지막 초소〉라고 부르던 그러한 곳이었다. 이미 말한 바와 같이, 포위군이 그곳까지 이르는 것을 막는 것이 관건이었다.

그 두 번째 층의 둥근 방이 총안이나 포안들을 통하여 빛을 받아들였으나, 그곳에는 횃불 하나가 점화되어 있었다. 맨 아래층에 있는 횃불 꽂이와 비슷한 철제 횃불 꽂이에 꽂혀 있던 횃불은 이마뉴스가 점화하였는데, 그는 바로 그 옆에 유황 먹인 도화선을 놓아두었다. 세심한, 그러나 소름 끼치는 준비였다.

맨 아래층 안쪽에는, 호메로스의 동굴 속에서처럼,[155] 긴 사각대 위에 먹을 것들이 진열되어 있었다. 쌀밥, 휘르라고 하는 메밀 죽, 고드니벨이라고 하는 잘게 썬 송아지 고기, 밀가루와 삶은 과일들을 섞어 빚은 롱도 드 우이슈뽀뜨라고 하는 반죽 덩이들, 바드레 등이 커다란 접시들에 담겨 있었고, 사과주 단지들도 곁들여 있었다.[156] 누구든 원하면 먹고 마실 수 있었다.

---

155 『오뒷세이아』 제9장, 트로이아에서 귀환하던 오뒷세우스와 그의 동료들이 외눈박이 거인 퀴클로페스의 동굴에 들어가게 되는데, 동굴 안쪽에 있는 긴 받침대 위에 그 거인(기가스)이 치즈 및 포도주 등 자기의 식품들을 얹어 놓은 것이 그의 눈에 띈다. 야만스럽되 순박한 — 퀴클로페스는 양치기 거인이다 — 퀴클로페스의 동굴에 라 뚜르그를 비유한 것은, 그 농민 반군들이나 그들의 두령인 랑뜨낙 후작을 향한 작가의 정서적 일면을 암시하기도 한다. 퀴클로페스-랑뜨낙, 오뒷세우스-씨무르뎅, 그러한 연상 작용이 가능할 듯도 하다. 오뒷세우스의 계략에 넘어가 외눈을 잃는 퀴클로페스에 대하여 연민을 품지 않을 수 있겠는가. 오뒷세우스의 기지와 과감성에 갈채를 보내면서도, 그가 저지른 행위의 잔혹성에 불편한 심기를 느끼지 않을 수 있겠는가. 또한 방데 지역 농민 반군들 역시 목가적으로 순박한 사람들 아닌가.

156 휘르*fur*, 고드니벨*godnivelle*, 롱도 드 우이슈뽀뜨*rondeaux de houichepote*, 바드레*badrée* 등은 오늘날의 프랑스어 사전이나 브르따뉴어 사전에서도 찾아볼 수 없는 단어들이다.

대포 소리가 그들을 모두 긴장시켰다. 그들 앞에는 반 시간 밖에 여유가 없었다.

이마누스가 탑의 꼭대기에서 포위군의 접근을 감시하고 있었다. 랑뜨낙은 그들이 접근하도록 내버려 두고 절대 발포하지 말라는 명령을 내려 두었다. 그러면서 이렇게 말하였다. 「그들의 수가 4천 5백에 달하느니라. 밖에 있는 그들을 죽임은 무익하니라. 탑 안으로 들어서는 자들만 죽이라. 탑 안에서라야 다시 평등해지리라.」

그러더니 웃으면서 덧붙였다. 「평등, 박애.」

적이 기동하기 시작하면 이마누스가 사냥용 나팔로 알려주기로 되어 있었다.

모두들 침묵에 잠겨, 퇴각 보루 뒤나 층계 계단에 자리를 잡고, 한 손은 총 위에, 다른 한 손은 로자리오 묵주 위에 얹은 채, 기다리고 있었다.

전황이 구체화되고 있었으며, 그것은 이러했다.

포위군이 할 일은 돌파구를 통해 기어오르고, 바리케이드 하나를 점령하고, 격전을 감수하며 중첩된 세 방들을 하나씩 탈취하고, 쏟아지는 총탄 세례를 무릅쓰며 나선형 층계 둘을 한 계단씩 수중에 넣는 것 등이었다. 반면, 농성군이 할 일은 죽는 것뿐이었다.

7
예비 조치

한편 고뱅 또한 나름대로 공격을 준비하고 있었다. 그는, 모두들 기억하다시피, 공격에 참가하지 않고 언덕 쪽을 경계하기로 한 씨무르댕과, 주력 부대와 함께 숲 속 진영에서 추이를 관망하게 되어 있는 게샹에게 마지막 훈령을 내리고 있었다. 숲 속의 포대도, 언덕 위의 포대도, 적의 출격이나 탈출 시도가 없는 한 발포하지 않기로 합의를 보았다. 고뱅은 돌파구 공격 부대의 지휘를 자기의 몫으로 남겨 두었다.

해가 막 졌다.

황량한 벌판에 있는 요새는 난바다에 떠 있는 함선과 같다. 따라서 같은 방법으로 공격해야 한다. 강습보다는 접현(接舷)을 시도해야 한다. 대포는 사용하지 말아야 한다. 그보다 더 부질없는 짓은 없을 것이다. 두께가 15삐에나 되는 성벽에다 포를 쏘아 댄들 무슨 소용이 있겠는가? 현창(舷窓)에 구멍이 하나 생기면, 도끼와 단검과 권총과 주먹과 이빨까지 동원하여 한편에서는 그 구멍을 돌파하려 하고, 상대편은 그것을 막으려 한다.

고뱅은 라 뚜르그를 탈취할 다른 방법이 없다고 느꼈다. 서로 상대방 눈의 흰자위를 들여다보며 공격하는 것보다 더 살벌한 싸움은 없다. 그는 어린 시절 탑 안에 들어가곤 하였던지라, 그 무시무시한 내부를 잘 알고 있었다.

그가 깊은 생각에 잠겼다.

그러는 동안, 그의 부관 게샹은 그로부터 몇 걸음 떨어진 곳에서 망원경을 들고 빠리녜 쪽 지평선을 살피고 있었다. 게샹이 문득 소리쳤다.

「아! 드디어!」

그 탄성이 고뱅을 그의 몽상으로부터 이끌어 냈다.

「게샹, 무슨 일이오?」

「사령관님, 사다리가 옵니다.」

「구출용 사다리 말씀이오?」

「그렇습니다.」

「그 무슨 말씀이오? 그것이 아직 도착하지 않았다는 말씀이오?」

「도착하지 않았습니다. 그래서 근심하고 있던 차였습니다. 제가 쟈브네로 보냈던 특사는 이미 돌아왔습니다.」

「알고 있소.」

「그가 쟈브네의 목공소에서 필요한 규격의 사다리를 발견하였고, 그것을 징발하였고, 그것을 수레에 싣게 하였고, 기병대원 열두 명으로 구성된 호송대를 차출하였고, 사다리와 수레가 호송대와 함께 빠리네 방면으로 출발하는 것을 확인하였노라고 저에게 알렸습니다. 그런 다음 그가 전속력으로 말을 달려 귀환하였습니다.」

「그리고 우리들에게 그가 직접 그러한 사항들을 보고하였소. 또한 그가 덧붙이기를, 좋은 말들이 수레를 끌고 게다가 새벽 2시에 출발하였으니, 수레가 이곳에 일몰 전에 도착할 것이라 하였소. 그 모든 사항들을 내가 이미 알고 있소. 그런데?」

「그런데, 사령관님, 해는 조금 전에 졌고, 사다리를 운송하는 수레는 아직 도착하지 않았습니다.」

「그것이 있을 수 있는 일이오? 하지만, 공격을 개시해야 하오. 시각이 되었소. 만약 지체하면, 농성자들은 우리가 꽁무니를 뺀다고 생각할 것이오.」

「사령관님, 공격할 수 있습니다.」

「하지만 구출용 사다리가 필요하오.」

「물론입니다.」

「하지만 우리에게 그것이 없소.」

「있습니다.」

「무슨 말씀이오?」

「제가 〈아! 드디어!〉라고 말한 것은 그 때문입니다. 수레가 도착하지 않기에, 제가 저의 망원경을 집어 들고 빠리녜에서 라 뚜르그로 이어지는 길을 살폈습니다. 그런데, 사령관님, 제가 문득 기뻐하였습니다. 수레가 호송대와 함께 저기에 오고 있습니다. 언덕길을 내려오고 있습니다. 보십시오.」

고뱅이 망원경을 들고 바라보았다.

「정말이군. 거의 다 왔군. 더 이상 환하지 않아 모든 것을 볼 수는 없소. 하지만 호송대는 보이는군, 틀림없소. 다만, 게상, 호송대원들의 수가 당신이 말씀하신 것보다 더 많은 것 같소.」

「제가 보기에도 그렇습니다.」

「이곳으로부터 약 4분의 1리으쯤 되는 지점에 와 있소.」

「사령관님, 구출용 사다리가 15분 후면 이곳에 도착할 것입니다.」

「이제 공격할 수 있소.」

도착하고 있던 수레는 정말 다른 것이었지, 그들이 생각하던 수레가 아니었다.

고뱅이 돌아서며 보자니, 그의 뒤에 라두 중사가 꼿꼿이 서서 눈을 아래로 향한 채 군례를 갖춘 자세로 서 있었다.

「무슨 일인가, 라두 중사?」

「사령관 씨뚜와이앵, 저희들 붉은 빵모자 대대 소속 부대원들이 사령관님께 간청드릴 것이 있습니다.」

「무슨 간청이오?」

「저희들이 죽을 수 있도록 해주십사 하는 것입니다.」

「아!」

「그러한 호의를 베풀어 주시겠습니까?」

「하지만…… 그것은…….」

「감히 아뢰겠습니다. 돌 전투 이후 사령관님께서는 저희들을 지나치게 아끼십니다. 저희들은 아직도 열둘이나 됩니다.」

「그래서?」

「그것이 저희들에게는 모욕스럽습니다.」

「당신들은 예비 병력이오.」

「저희들은 선두에 서기를 더 좋아합니다.」

「하지만 나에게는, 전투가 끝날 무렵, 승리를 확정 지을 때, 당신들이 필요하오. 그래서 당신들을 각별히 아껴 두는 것이오.」

「지나치게 아끼십니다.」

「마찬가지라 생각하오. 당신들이 이 부대에 배속되었으니, 당신들도 진격하는 것이오.」

「하지만 꽁무니만 지키고 있습니다. 선두에 서는 것은 빠리의 권리입니다.」

「생각해 보겠소, 라두 중사.」

「오늘 생각하십시오, 사령관님. 저희들에게는 좋은 기회입니다. 심한 다리 걸어 넘어뜨리기가 벌어질 것입니다. 요란할 것입니다. 라 뚜르그가 자기에게 접근하는 사람들의 손가락을 사정없이 태울 것입니다. 저희들은 그러한 사람들 중 하나 되는 특혜를 요청합니다.」

중사가 잠시 말을 중단하더니, 자기의 코밑수염을 한 번 말아 비틀고 나서, 격앙된 음성으로 다시 계속하였다.

「그리고 아시다시피, 사령관님, 저 탑에는 저희의 어린것들이 있습니다. 저곳에 우리의 자식들이, 우리 대대의 자식들이, 우리의 세 아이가 있습니다. 브리즈-블르라고 하는, 이 마누스라고 하는, 그리부이유-몽-퀼-뜨-베즈[157]의 그 끔찍한 상판이, 그 구즈-르-브뤼앙이, 그 부즈-르-그뤼앙이, 그 푸즈-르-트뤼앙[158]이, 그 마귀가 보낸 신의 벼락과 같은 인간이, 우리의 아이들을 위협하고 있습니다. 사령관님, 우리의 자식들, 우리의 빵 부스러기[159]들입니다. 모든 지진들이 한꺼번에 일어나 개입한다 해도, 저희들은 그 아이들에게 불행이 닥치도록 내버려 두지 않겠습니다. 이해하시겠습니까, 사령관님? 우리는 결코 용납하지 않습니다. 오늘 오후, 전투가 중단된 틈을 타서, 제가 언덕 위에 올라가 보았습니다. 그리고 창문을 통하여 그들을 살폈습니다. 아이들이 정말 그곳에 있었습니다. 협곡 언저리에서 그들을 볼 수 있습니다. 그래서 제가 고것들을 보았는데, 그 쿠피도들이 저를 보고 겁을 먹었습니다. 사령관님, 그 케루빈들의 작은 머리통에서 만약 머리카락 하나라도 떨어지는 일이 생긴다면, 신성하다고 하는 수천 가지 이름들을 걸고 맹세하거니와, 저는 영원한 아버지의 해골을 원망할 것입니다. 저의 대대원들이 이렇게 말합니다. 〈우리들이 아이들을 구출해 내거나, 그러지 못하면 우리 모두 죽어야 해.〉 그것은 우리들의 권리입니다, 빌어먹을! 그렇습니다. 모두 죽는 것입니다. 이상입니다.」

고뱅이 라두에게 악수를 청하며 말하였다.

---

157 *gribouille-mon-cul-te-baise*. 〈똥투성이 내 볼기짝에 입맞춤할 놈〉 정도의 의미를 가진 욕설이다.

158 연속하여 나열된 세 마디 욕설은 모두 사나운 멧돼지와 연관된 표현들이다.

159 〈꼬마들〉을 지칭하는 은어 *mioche*를 어원적 의미대로 옮긴 것이다. 이미 통용어가 되었다.

「진정 용맹하신 분들이오. 당신들 모두 돌격대에 편입될 것이오. 내가 당신들을 두 조로 나누겠소. 그런 다음 여섯은 전위를 맡도록 하고, 다른 여섯은 후위를 맡도록 하겠소. 공격을 이끄는 한편 후퇴를 막기 위함이오.」

「제가 전처럼 열두 사람을 지휘해도 좋겠습니까?」

「물론이오.」

「그러면, 사령관님, 감사드립니다. 제가 전위를 맡겠습니다.」

라두가 다시 군례를 올리고 대열로 돌아갔다.

고뱅이 자기의 회중시계를 꺼내었다. 그러고는 게샹의 귀에다 대고 무슨 말을 하였다. 돌격대가 대형을 갖추기 시작하였다.

8
언사와 포효

한편, 언덕 위의 자기 위치로 아직 가지 않고 고뱅 곁에 남아 있던 씨무르댕이, 나팔수에게 다가가서 말하였다.

「트럼펫을 불어 사냥용 나팔에 신호를 보내게.」

트럼펫 소리가 울렸고, 사냥용 나팔이 응답하였다.

트럼펫 소리와 사냥용 나팔 소리가 다시 한 번 교환되었다.

「이게 무엇이오?」 고뱅이 게샹에게 물었다. 「씨무르댕이 왜 저러시오?」

씨무르댕은 이미 흰 손수건 하나를 치켜들고 탑 밑으로 가 있었다.

그가 음성을 가다듬어 소리쳤다.

「탑 속에 계신 분들, 나를 알아보시겠소?」

음성 하나가, 이마누스의 음성이, 탑 꼭대기에서 대꾸하였다.

「그렇소.」

그러자 두 음성이 서로에게 말을 하고 또 대꾸하였으며, 들려온 대화는 이러했다.

「나는 공화국이 파견한 사람이오.」

「자네는 지난날의 빠리네 교구 사제야.」

「나는 공안 위원회로부터 전권을 위임받은 사람이오.」

「자네는 일개 사제일 뿐이야.」

「나는 법을 대표하는 사람이오.」

「자네는 배교자야.」

「나는 혁명 위원회의 특별 위원이오.」

「자네는 변절자야.」

「나는 씨무르뎅이오.」

「자네는 악마야.」

「당신들이 나를 아시오?」

「우리는 자네를 몹시 증오하지.」

「내가 당신들의 수중으로 들어가면 만족하시겠소?」

「자네의 목을 얻을 수 있다면, 여기에 있는 우리들 열여덟 사람의 목을 몽땅 내놓을 수도 있네.」

「좋소, 내가 나 자신을 당신들의 수중에 넘기려고 왔소.」

탑 꼭대기에서 사나운 폭소가 터졌고, 외치는 소리가 들렸다.

「어서 오게!」

고뱅의 진영에는 기다림의 깊은 정적이 감돌았다.

씨무르뎅이 다시 말하였다.

「조건이 하나 있소.」

「무슨 조건?」

「잘 들으시오.」

「어서 말하게.」

「나를 증오하시오?」

「그렇소.」

「나는 당신들을 사랑하오. 나는 당신들의 형제요.」

탑 꼭대기의 음성이 그 말에 대꾸하였다.

「아무렴, 카인.」

씨무르댕이 기이한 억양으로 대답하였다. 그 억양은 높으
며 동시에 부드러웠다.

「맘껏 모욕하시오. 그러나 잘 들으시오. 나는 이곳에 군사
(軍使)의 자격으로 왔소. 그렇소, 당신들은 모두 나의 형제
요. 당신들은 길 잃은 가엾은 사람들이오. 나는 당신들의 친
구요. 나는 빛이고, 내가 무지를 향하여 말하고 있소. 빛 속에
는 항상 형제애가 내포되어 있소. 게다가, 우리 모두 조국이
라는 같은 어머니를 가지고 있지 않소? 자, 이제 내 말을 잘
들으시오. 당신들도 훗날, 혹은 당신들의 자식들도, 아니면
그 자식들의 자식들도, 지금 이곳에서 일어나고 있는 모든 일
들이 저 높은 곳의 율법에 의한 것이며, 대혁명 속에 있는 것
이 곧 절대 신이라는 사실을 깨닫게 될 것이오. 모든 양심들
이, 심지어 당신들의 양심까지도 이해하고 모든 광신주의가,
심지어 우리들의 광신주의까지도 모두 소멸될 순간을 기다
리는 동안, 그리고 위대한 광명이 도래할 순간을 기다리는 동
안, 아무도 당신들의 암흑을 불쌍히 여기지 않는단 말이오?
내가 자발적으로 당신들에게로 와서 내 목을 바칠 뿐만 아니
라, 한 걸음 더 나아가, 당신들에게 화해의 손길을 내미는 바
이오. 간청하거니와, 나를 죽여 당신들의 목숨을 구출하시

오. 나에게 전권이 위임되었으니, 내가 말하는 모든 것을 내가 시행할 수 있소. 지금은 최후의 순간, 내가 마지막 노력을 기울이는 중이오. 그렇소, 당신들에게 말하고 있는 이 사람은 하나의 국민이고, 이 국민 속에, 그렇소, 사제 하나가 있소. 국민은 당신들을 상대로 싸우고 있으되, 사제는 당신들에게 애원하고 있소. 내가 하는 말 잘 들으시오. 당신들 중 대부분에게는 처자가 있소. 나는 당신들 처자의 편이오. 나는 그들의 편을 들면서 당신들과 맞서고 있소. 오! 나의 형제들이여······.」

「계속 설교해라!」 이마누스가 야유하며 낄낄거렸다.

씨무르댕이 계속하였다.

「내 형제들이여, 가증할 시각이 다가오도록 내버려 두지 마시오. 이곳에서 장차 서로의 목을 따려 하오. 여기 당신들 앞에 있는 우리들 중 많은 사람들이 내일의 태양을 보지 못할 것이오. 그렇소, 우리들 중 많은 이들이 목숨을 잃을 것이고, 당신들은 예외 없이 모두 죽을 것이오. 당신들 자신에게 자비를 베푸시오. 그것이 부질없는 짓인데, 왜 그 모든 피를 흘리려 하오? 두 사람만 죽으면 그만인데, 왜 그토록 많은 사람들을 죽이려 하오?」

「두 사람?」 이마누스가 물었다.

「그렇소, 두 사람이오.」

「그들이 누구지?」

「랑뜨낙과 나요.」

그러면서 씨무르댕이 음성을 높였다.

「성가신 두 사람이오. 랑뜨낙은 우리들에게, 나는 당신들에게. 이제 내가 제안하는바, 그 제안을 수락하면 당신들 모두 무사할 것이오. 우리들에게 랑뜨낙을 넘겨주고 그 대신 나를 수중에 넣으시오. 그러면 랑뜨낙은 참수될 것이고, 나는 당신들이 뜻대로 처분하시오.」

「사제, 우리가 자네를 잡으면 산 채로 약한 불에 천천히 굽겠네.」 이마누스가 포효하듯 소리쳤다.

「달게 받아들이겠소.」 씨무르댕이 대답하였다.

그런 다음 다시 말하였다.

「탑 속에 계신 사형 언도받은 이들이여, 당신들 모두 한 시간 이내에 생명을 되찾고 자유로워질 수 있소. 내가 당신들에게 구원을 가져왔소. 그것을 받아들이시겠소?」

이마누스가 폭소를 터뜨렸다.

「자네가 간악한 범인일 뿐만 아니라 미치기까지 하였군. 아, 이런, 왜 우리에게 와서 귀찮게 구는가? 우리에게 말을 건네라고 누가 자네에게 부탁하였는가? 우리에게 우리의 주공을 넘기라니! 도대체 원하는 것이 무엇인가?」

「그의 수급이오. 그러면 내가 당신들에게…….」

「자네의 껍데기를 주겠다 이거지. 씨무르댕 사제, 우리가 자네의 껍데기를 개처럼 벗길 테니까. 그런데 아니 되겠네. 자네의 껍데기가 그분의 머리 값에 못 미치니까. 그만 꺼지게.」

「끔찍한 일이 벌어질 거요. 마지막으로 다시 한 번 심사숙고해 보시오.」

탑 안에서도 밖에서처럼 들리던 그 음산한 말들이 오가는 동안, 날이 어두워지고 있었다. 랑뜨낙 후작은 입을 다문 채 수수방관하였다. 우두머리들에게는 그러한 이기주의가 있다. 그것은 책임에 수반된 권리들 중 하나이다.

이마누스가 씨무르댕을 향하여 힘차게 말하였다.

「우리를 공격하는 이들이여, 우리는 그대들에게 우리의 제안을 명백히 밝혔고, 그것을 추호도 변경할 생각이 없소. 그 제안을 수락하시오. 그러지 않을 경우, 불운을 면치 못할 것이오! 동의하겠소? 우리는 그대들에게 이곳에 있는 세 아이를 돌려주겠소. 그대들은 우리 모두가 이곳을 안전하게 빠져나가도록 보장해 주시오.」

「한 사람만을 제외하고 모두.」 씨무르댕이 대답하였다.

「누구?」

「랑뜨낙.」

「주공을! 우리 주공을 넘기라고! 절대 아니 되오.」

「우리에게는 랑뜨낙이 필요하오.」

「절대 아니 되오.」

「그러한 조건 아니면 협상할 수 없소.」

「그러면 공격을 시작하시오.」

침묵이 흘렀다.

이마누스는 사냥용 나팔을 불어 전투 개시를 알린 후 다시 아래로 내려왔다. 후작이 검을 뽑아 들었다. 농성군 열아홉 사람은, 맨 아래층에 있는 퇴각 보루 뒤에서, 묵묵히 무릎을 꿇었다. 어둠 속에서 탑으로 다가오는 돌격 부대의 조심스러운 발소리가 그들의 귀에 들려왔다. 그 소음이 가까워지고 있었다. 어느 순간, 그 소리가 문득 아주 가까이에서, 즉 돌파구 입구에서 들리는 것 같았다. 그러자 일제히, 무릎을 꿇은 채, 퇴각 보루의 틈을 통하여 총들을 겨누었고, 그들 중 하나인 그랑-프랑꾀르가, 즉 사제 뛰르모가, 벌떡 일어서더니, 오른손에는 시퍼런 군도를 빼어 들고 왼손에는 십자가를 든 채, 엄숙한 음성으로 말하였다.

482

「아버지와 아들과 성령의 이름으로!」

일제히 총을 발사하였고, 난투극이 시작되었다.

9
기가스들에 맞선 티탄들[160]

정말 무시무시했다.

백병전은 상상할 수 있었던 모든 것 이상이었다.

유사한 무엇을 발견하려면 아이스퀼로스가 묘사한 거창한 싸움[161]이나 먼 옛날의 봉건적 살육 행위들로 거슬러 올라가야 할 것이다. 요새에 침투하려면 권양기(捲楊機)에 매달려 〈짧은 무기〉로 공격하던, 그리고 17세기까지 잔존했던, 그 전투 양상을 뇌리에 떠올려야 할 것이다. 비극적인 돌격이다. 그러한 돌격에서는, 알렌떼호[162] 지방의 어느 늙은 하사관이 말하였듯이, 〈화약 갱(坑)이 폭발하여 효과를 드러낸 후, 포위군들이 창과 칼을 막는 둥근 방패와 탄환 막이 방패를 갖추고 수류탄을 잔뜩 지닌 채, 적의 날카로운 창과 칼이 고슴도치털처럼 박힌 판자를 앞세우고 진격하며, 그러면 요새를 방어

160 티탄들은 우라노스와 가이아 사이에서 태어난 여섯 아들을 가리키며, 가장 유명한 존재들은 제우스의 아버지인 크로노스와 프로메테우스의 아버지인 이아페토스, 오케아노스 등이다. 한편 기가스들은, 우라노스가 크로노스에 의해 거세될 때 흘린 피가 가이아 속에 스며들어 잉태된, 사납고 야만적인 거인들을 가리킨다.

161 「쇠사슬에 묶인 프로메테우스」나 「테바이에 맞선 일곱 장수」등을 염두에 둔 언급일 듯하다. 하지만 그 두 작품 모두 적대 관계 그 자체(프로메테우스와 제우스, 폴뤼니케스와 에테오클레스)를 부각시키고 있을 뿐이다.

162 뽀르뚜갈의 남부 지역.

하던 군사들이 방어 진지 혹은 퇴각 보루를 버리게 되고, 그러한 농성군을 거세게 몰아낸 포위군이 요새의 주인이 된다〉.

공격 지점은 보기에도 끔찍했다. 그것은 전문 용어로 〈천장 밑구멍〉이라고들 부르는 돌파구였다. 다시 말해, 모두들 기억하다시피, 벽을 관통하는 틈이었을 뿐 하늘이 훤하게 보이는 파열공이 아니었다. 화약이 나사송곳 역할을 하였을 뿐이다. 하지만 그 발파용 화약의 위력이 어찌나 맹렬했던지, 발파 지점으로부터 40뼘에 높이까지 갈라져 있었다. 그러나 도마뱀 문양의 균열이었을 뿐이다. 주탑 맨 아래층으로 통하는 돌파구로 이용될 수 있을 그 찢긴 상처는, 깊게 파고 쪼개는 도끼질에 의한 것이 아니라 창으로 찔러서 낸 것 같았다.

그것은 탑의 옆구리에 뚫어 놓은 하나의 구멍이었다. 내부로 깊숙이 들어간 파열공이었다. 수평으로 눕혀 놓은 우물 비슷한 것이었다. 두께 15뼘에의 벽을 통과하는 내장처럼 구불거리며 올라가는 복도였다. 장애물들과 덫과 폭약 등으로 가득한 형태 불분명한 원통이었고, 그곳으로 들어서면 이마가 화강석에, 발이 건축 폐기물에, 눈이 암흑에 걸렸다.

공격하는 군사들 앞에는 그 검은 현관이 놓여 있었다. 위아래 턱뼈가 모두 점점이 부서진 성벽의 돌들로 이루어진, 심연의 아가리가 그들 앞에 있었다. 상어의 아가리도, 그 무시무시하게 파인 구멍보다는 더 많은 이빨을 가지고 있지 않을 것이다. 그 구멍을 통해 들어가고 또 그곳으로부터 나와야 했다.

안쪽에서는 집중 사격이 이루어졌고, 외부에는 퇴각 보루가 버티고 서 있었다. 외부란 물론 맨 아래층 방 안의 퇴각 보루 바깥을 말한다.

적진을 향해 갱도를 파면서 전진하던 쌍방의 공병대원들

이 마주쳐 벌이는 전투나, 해전 도중 적의 함선에 접현하여 중갑판에서 도끼를 휘두르며 펼치는 도살장의 살풍경 등에서나 그곳의 사나움을 발견할 수 있을 것이다. 참호 속에서의 전투, 그것은 참혹함의 극단이다. 머리 바로 위에 천장을 이고 서로를 죽이는 짓, 참으로 끔찍한 일이다. 포위군의 첫 물결이 넘쳐 들어오는 순간, 퇴각 보루 전체가 섬광으로 뒤덮였다. 마치 지하에서 벼락이 터지는 것 같았다. 공격하는 벼락이 포위당한 벼락에 반격을 가하였다. 폭음들이 서로 맹렬히 응수하였다. 고뱅이 외치는 소리가 들렸다. 「전진!」 뒤이어 랑뜨낙의 고함이 들렸다. 「굳건히 지키라!」 그리고 이마누스가 소리쳤다. 「멍청이들 모두 덤벼!」 뒤이어 군도와 군도 부딪치는 소리, 닥치는 대로 죽이는 사격이 꼬리를 물었다. 벽에 꽂은 횃불이 그 모든 끔찍한 장면을 희미하게 밝혀 주고 있었다. 하지만 그 무엇도 선명하게 분간할 수 없었다. 모두들 불그레한 어둠 속에 있었다. 누구든 그 속으로 들어가는 즉시 귀가 먹고 눈이 멀었다. 소음에 귀먹고 연기에 눈멀었다. 더 이상 싸울 수 없게 된 사람들은 잔해 무더기 속에 쓰러져 있었다. 시신들을 밟고 지나가는가 하면 부상자들을 짓밟았으며, 부러진 팔이나 다리를 짓이길 때마다 비명이 터져 나왔다. 죽어 가면서 다른 사람들의 발을 깨물기도 하였다. 가끔, 소음보다 더 소름 끼치는 정적이 감돌기도 하였다. 그러다가 다시 상대방의 목덜미를 움켜잡았고, 무수한 입들에서 터져 나오는 무시무시한 숨결 소리가 들렸고, 뒤이어 이를 가는 소리, 헐떡거리는 소리, 저주하는 소리 등과 함께 천둥이 다시 시작되었다. 피가 내를 이루어 돌파구 밖으로 흘러, 어둠 속에서 흥건히 퍼져 나갔다. 그 검은 웅덩이가 풀밭 속에서 모락모락 김을 발산하였다.

탑 자체가 피를 흘리는 것 같았고, 그 암컷 기가스[163]가 부상을 당한 것 같았다.

놀라운 일은, 소음이 밖에서는 거의 들리지 않았다는 점이다. 밤이 몹시 어두웠고, 따라서 공격당하던 탑 주위의 벌판과 숲에는 슬픈 평온이 감돌고 있었다. 탑 속은 지옥이었고, 밖은 무덤 속이었다. 암흑 속에서 서로를 박멸하려는 사람들의 그 충돌, 그 총소리, 고함 소리, 미친 듯 헐떡거리는 소리 등, 그 모든 소음이 두꺼운 벽과 천장 속에서 사그라졌다. 소리를 전달하는 공기가 부족했기 때문이다. 그리하여 살육 행위에 질식 현상까지 가세하였다. 탑 밖에서는 그러한 소음이 거의 들리지 않았다. 그 시각, 아이들은 자고 있었다.

치열함이 증대되었다. 퇴각 보루가 굳건히 버티었다. 안쪽으로 들어갈수록 좁아지는, 엎어 놓은 V 자형 바리케이드를 무너뜨리는 것보다 어려운 일은 없다. 농성군이 다수를 상대하고 있었던 반면, 그들은 유리한 위치를 점하고 있었다. 공격군의 인명 손실이 컸다. 탑 외부 발치에 길게 도열해 있던 부대가 돌파구 속으로 천천히 빨려들었고, 그런 다음, 굴속에 돌아온 문어처럼 대열이 짧아졌다.

젊은 사령관답게 조심성 없던 고뱅은, 그 육박전이 벌어지던 곳 한가운데에 있었다. 그의 주위로 총탄이 비 오듯 쏟아졌다. 단 한 번도 부상을 당한 적이 없는 사람의 자신감이 그에게 있었다는 점도 덧붙여 이야기해 두자.

그가 어떤 명령을 내리려고 돌아서는 순간, 마침 발사된 총

---

163 물론 기가스들은 가이아의 〈아들〉들이다. 그러나 프랑스어에서는 탑이 여성 명사이기 때문에 그러한 비유가 가능할 듯하다.

486

의 섬광이, 그의 곁에 있던 얼굴 하나를 선명하게 비추었다.

「씨무르댕!」그가 놀라 소리쳤다. 「여기엔 무엇하러 오셨습니까?」

정말 씨무르댕이었다. 씨무르댕이 대답하였다.

「자네 곁에 있으려고 왔네.」

「하지만 자칫 죽임을 당하실 수도 있습니다!」

「그러면 자네는 도대체 여기에서 무얼 하고 있나?」

「저는 이곳에 있어야 할 사람입니다. 하지만 사부님은 아닙니다.」

「자네가 여기에 있으니 나도 있어야 하네.」

「아닙니다, 사부님.」

「아들아, 당연히 그래야지!」

그러면서 씨무르댕은 고뱅 곁에 머물렀다.

바닥 포석 위에 시신들이 점점 더 쌓였다. 퇴각 보루가 아직 무너지지는 않았지만, 결국에는 함락될 수밖에 없었다. 공격군은 노출되어 있었고 공격받는 측은 엄폐되어 있었으며, 그리하여 농성군 하나를 상대하던 포위군 열이 쓰러졌다. 그러나 포위군은 즉시 보충되었다. 또한 포위군의 수는 끊임없이 증가하는 반면, 농성군의 수는 줄어들고 있었다.

농성군 열아홉 모두 퇴각 보루 뒤에 있었다. 그들 중에서도 사상자가 발생하였다. 하지만 전투를 수행하는 인원이 아직도 열다섯은 되었다. 가장 사나운 자들 중 하나인 샹뜨-앙-이베르는 끔찍한 부상을 입었다. 그는 체구 땅딸막하고 곱슬머리인 브르따뉴 출신이었다. 작고 날쌘 유형이었다. 그의 눈 하나가 빠졌고, 턱뼈가 부서졌다. 그러나 아직 걸을 수 있었다. 그는 다친 몸을 이끌고 달팽이관 모양의 층계로 이동한 다음, 첫 번째 층으로 올라갔다. 그곳에서 기도를 한 다음 죽을 생각이었다.

그는 총안 근처 벽에 등을 기대고 앉아 숨을 조금 돌리려 하였다.

아래층의 퇴각 보루 앞에서는 살육전이 점점 더 끔찍해지고 있었다. 싸움이 잠시 주춤하는 틈을 이용하여 씨무르댕이 언성을 높였다.

「농성하고 있는 이들이여! 왜 더 이상 피를 흘리려 하시는가? 당신들은 이미 잡힌 몸들이오. 항복하시오. 우리들 4천5백 명이 당신들 열아홉을 상대하고 있다는 사실을 상기하시오. 다시 말해, 당신들은 한 사람이 2백 명 이상을 대적하고 있소. 항복하시오.」

「그 허튼소리 집어치우시게.」 랑뜨낙 후작의 대꾸였다.

그리고 동시에 총탄 스무 발이 씨무르댕의 말에 화답하였다.

퇴각 보루의 상단이 천장에까지는 닿아 있지 않았다. 따라서 그 상단에서 사격을 할 수 있었다. 그러나 또한, 그렇기 때문에 공격군이 보루를 기어오를 수도 있었다.

「퇴각 보루를 향하여 돌격!」 고뱅이 소리쳤다. 「보루를 정면으로 돌파할 사람 없소?」

「제가 하겠습니다.」 라두 중사가 나섰다.

10
라두

그다음 순간, 공격하던 군사들이 대경실색하였다. 라두는 공격 부대의 선봉을 맡아 자기의 대원들 다섯 사람을 앞세우고 돌파구를 통해 들어왔으며, 그 빠리 대대원 여섯 사람 중 이미 넷이 쓰러졌다. 그런데 자기가 하겠다고 소리친 다음, 그는 전진하는 것이 아니라 뒷걸음질을 하였다. 그러고는 상체를 숙여 몸을 낮춘 다음, 군사들의 다리 사이로 거의 기다시피 하면서, 돌파구로 돌아가 밖으로 나갔다. 도주하는 것이었을까? 그러한 사람이 도주를? 그것이 무슨 뜻이었을까?

돌파구 밖으로 나온 라두는, 연기 때문에 아직도 잘 보이지 않는 듯, 눈에서 끔찍한 장면과 어둠을 털어 내기 위함이었는지 자신의 눈을 부볐고, 그런 다음, 별들의 미광에 의지하여 탑의 외벽을 유심히 살폈다. 그러다가 만족스러운 기색으로 고개를 끄덕였는데, 마치 이렇게 말하는 것 같았다. 〈내 생각이 틀리지 않았군.〉

라두는, 화약 폭발로 인하여 생긴 깊은 균열이 돌파구 위에서 시작되어, 앞서 발사한 대포의 철환이 뚫고 또 철 막대들을 뽑아 놓은 첫 번째 층의 총안까지 이어졌음을 이미 보아 두었다. 부러진 철 막대들의 망(網)이 반쯤 뽑혀 매달려 있었고, 사람 하나가 능히 총안을 통해 들어갈 수 있을 것 같았다.

사람 하나가 통과할 수는 있으되, 사람이 그곳까지 올라갈 수 있을까? 균열을 이용하여 그럴 수 있다고 하자. 그러나 고양이여야 한다는 조건이 충족되어야 한다.

라두가 바로 그러한 사람이었다. 그는 핀다로스가 〈날렵한 투사〉라고 지칭한 사람들 부류에 속하였다. 백전의 용사이면서 동시에 젊은이일 수 있다. 일찍이 왕실 친위대원이었으되, 라두의 나이 아직 마흔 미만이었다. 그는 날렵한 헤라클레스였다.

라두는 자기의 단총을 땅바닥에 내려놓은 다음, 몸에 걸치

고 있던 가죽 장비들을 벗어 놓았다. 그러고는, 권총 두 자루
만을 바지 허리띠에 매단 후, 군도를 칼집에서 뽑아 이빨로
물었다. 두 자루 권총의 손잡이가 허리띠 위로 불쑥 솟았다.

그렇게 불필요한 물건들을 떨쳐 버려 몸을 가볍게 한 다음,
아직 돌파구 안으로 들어가지 않은 포위군들의 눈이 어둠 속
에서 일제히 그를 주시하는 가운데, 그는 외벽의 균열을 따라
마치 층계의 계단을 오르듯 석벽을 기어오르기 시작하였다.
그에게 구두가 없었다는 것이 오히려 유익했다. 기어오르기
에 맨발만큼 편한 것이 없다. 그는 발가락으로 돌의 틈을 움
켜잡았다. 두 손으로 몸을 끌어 올리고, 두 무릎으로 몸을 석
벽에 밀착시켰다. 몹시 힘든 등반이었다. 마치 긴 톱날을 따
라 오르는 것 같았다. 〈다행히 첫 번째 층에는 아무도 없어.
만약 누가 있다면, 내가 이렇게 기어오르도록 내버려 두지 않
겠지.〉 그의 뇌리를 스친 생각이었다.

그가 그러한 식으로 기어 올라가야 할 높이가 적어도 40뼤
에는 되었다. 불거져 오른 권총들의 손잡이 때문에 조금 불편
한 자세로 기어오르는데, 그가 오를수록 균열 부위의 틈새가
점점 좁아져, 등반이 그만큼 더욱 어려워졌다. 발밑 낭떠러지
가 깊어질수록 추락의 위험이 점증되었다.

드디어 총안 가장자리에 도달하였다. 포탄을 맞아 구겨지
고 뽑힌 쇠창살을 젖혀 몸이 통과할 수 있을 만한 공간을 확
보한 다음, 자신의 몸을 힘차게 추켜올리면서 무릎을 창틀 돌
출부 위에 올려놓았다. 그러고는 신속하게, 오른손으로 오른
쪽 철 막대를, 왼손으로는 왼쪽 철 막대를 움켜잡으면서, 여
전히 군도는 이빨로 문 채, 상반신을 벌떡 세워 총안구와 마
주 서게 하였다. 그의 몸이 두 손에 의지하여 심연 위에 매달

린 격이었다.

이제 한 걸음만 더 옮겨 놓으면 첫 번째 층 실내로 들어설 수 있게 되었다.

하지만 바로 그 순간, 총안에 얼굴 하나가 불쑥 나타났다.

어둠 속으로부터 무시무시한 무엇이 불쑥 앞에 나타나는 것이 라두의 눈에도 보였다. 한쪽 눈이 파여 나가고 턱이 으스러진, 피투성이 가면 하나였다.

눈동자 하나밖에 없는 그 가면이 그를 주시하고 있었다.

그 가면에게도 손 둘이 있었다. 그 두 손이 어둠 속으로부터 나와 라두에게로 접근하였다. 그러더니 손 하나가 그의 권총 두 정을 순식간에 움켜쥐고, 다른 손 하나는 그의 이빨 사이에 있던 군도를 뽑았다.

라두가 무장 해제를 당한 것이다. 그의 무릎이 경사진 창틀 돌출부 위에서 자꾸 미끄러지고, 철 막대를 잔뜩 움켜쥔 두 손 만이 그의 몸을 겨우 지탱해 주는데, 그의 뒤는 높이 40삐에의 낭떠러지였다.

그 가면과 두 손은 샹뜨-앙-이베르 바로 그 사람이었다.

아래층으로부터 올라오는 연기에 질식할 지경이 되었던 샹뜨-앙-이베르가, 총안이 뚫린 벽으로 다가가는 데 성공하였고, 그곳에 이르자 바깥 공기가 죽어 가던 그를 되살려 놓았으며, 밤의 선선함이 흐르던 피를 엉기게 하는 한편, 그가 활력을 조금이나마 되찾았다. 그런데 바로 그 순간, 라두의 상체가 총안 밖에 불쑥 나타난 것이다. 라두는 두 손으로 철 막대를 잡고 있었던지라, 낭떠러지로 떨어지든가 고분고분 무장 해제를 당하든가, 두 길밖에 없었다. 그리하여 그 무시무시한 샹뜨-앙-이베르가, 그의 허리띠에 있던 권총들과 그의 이빨 사이에 있던 군도를 느긋이 수중에 넣을 수 있었던 것이다.

다음 순간, 전대미문의 결투가 시작되었다. 무장 해제를 당한 자와 부상자 간의 결투였다.

치명상을 입은 측의 승리가 뻔한 형국이었다. 라두를 그의 밑에서 입을 딱 벌리고 있던 심연 속으로 처박기 위해서는, 권총 실탄 한 발이면 족했다.

그러나 라두에게는 다행스러운 일이었던바, 샹뜨-앙-이베르가 권총 두 정을 모두 한 손에 들고 있었던지라 권총을 발사할 수 없었으며, 따라서 군도를 사용할 수밖에 없었다. 그가 군도로 라두의 어깨를 찔렀다. 그 일격이 라두에게 부상을 입히기는 하였으나, 그것이 오히려 그를 살렸다.

무기는 없으되 기력 왕성했던지라 라두는 자신이 입은 상처를 하찮게 여겼고, 또 상처가 뼈에까지는 이르지 못하였다. 그가 잡고 있던 철 막대를 놓으며 펄쩍 몸을 날려 안으로 뛰어들었다.

그곳에서 샹뜨-앙-이베르와 딱 마주쳤고, 샹뜨-앙-이베르는 이미 군도를 자기 뒤로 던져 버리고 양손에 권총 한 정씩을 들고 있었다.

무릎을 꿇은 채 라두의 몸에 거의 닿도록 총구를 들이대고 있던 샹뜨-앙-이베르는, 약해진 팔이 떨려서였는지, 권총을 즉시 발사하지 못하였다.

그 순간을 틈타 라두가 너털웃음을 터뜨리며 한마디 하였다.

「이런 흉물이 있나! 요즘 유행하는 그 황소 아가리 모양으로 나에게 겁을 주려는 건가? 빌어먹을, 자네의 그 귀여운 상판을 누더기로 만들어 놓았군!」

492

샹뜨-앙-이베르가 권총으로 그를 조준하려 애를 썼다.

라두가 계속하였다.

「내가 헛소리하는 게 아닐세. 산탄총이 자네의 이무깃돌을 아주 예쁘게 구겨 놓았어. 가엾은 녀석, 벨로나 여신께서 자네의 상판을 아예 으깨어 놓으셨군. 자, 어서, 신사분, 자네의 두 번째 권총도 가래를 뱉도록 해보시지.」

권총이 발사되었고, 실탄이 그의 머리통을 어찌나 가까이 스치고 지났던지, 라두의 한쪽 귀가 반쯤 잘려 나갔다. 샹뜨-앙-이베르가 장전된 권총을 들고 있던 다른 팔을 쳐들었다. 하지만 이번에는 라두가 그에게 조준할 시간을 주지 않았다.

「나의 귀 하나 줄여 준 것으로 족하네. 자네가 나에게 두 번이나 부상을 입혔어. 귀여운 것, 이번에는 내 차례일세!」

그렇게 소리치면서 라두가 샹뜨-앙-이베르에게 달려들더니, 권총을 들고 있던 팔을 허공으로 밀쳐 버렸다. 권총이 발사되었다. 그러나 실탄은 아무 곳으로나 날아가 버렸다. 라두가 그를 움켜잡더니, 이미 와해된 그의 턱뼈를 조금 주물러 주었다.

샹뜨-앙-이베르가 비명을 지르면서 기절하였다.

라두가 총안 앞에 쓰러진 그의 몸뚱이를 성큼 넘어서며 한마디 덧붙였다.

「이제 내가 자네에게 나의 최후통첩을 보냈으니, 더 이상 꼼짝하지 말게. 못된 땅강아지, 그 자리에 있게. 이제는 내가 자네를 학살하며 즐거워하지 않으리라 생각하겠지. 나의 헌 신짝과 벗할 친구, 땅바닥 위를 멋대로 기어다니게. 그러다 죽게나. 그것이 변함없는 진실이지. 자네 고향의 교구 사제

녀석이 자네에게 멍청한 헛소리만 지껄였다는 사실을 곧 깨닫게 될 걸세. 촌 양반, 그 위대한 신비[164] 속으로 꺼지시게.」

그러더니 방 한가운데로 들어서며 중얼거렸다.

「아무것도 보이지 않는군.」

샹뜨-앙-이베르가 경련하듯 몸을 뒤척이며 단말마의 비명을 질러 대기 시작하였다. 라두가 돌아서며 말하였다.

「쉿, 조용히! 씨뚜와이앵, 자신의 신분도 모르겠지만,[165] 그 주둥이 좀 닥치게. 내가 더 이상 자네의 일에는 참견하지 않겠네. 자네를 끝장내는 짓 따위는 나도 멸시한다네. 그러니 귀찮게 굴지 말게.」

그러더니, 문득 불안한 기색으로 샹뜨-앙-이베르를 유심히 내려다보면서 자기의 머리를 긁적거렸다.

「아, 젠장, 이제 어찌하지? 다 잘되었는데, 내 손에 무기가 없군. 권총을 두 번 쏠 수 있었는데, 자네가 허비해 버렸어. 짐승 같은 녀석! 게다가 이놈의 연기 때문에 못 견디겠군!」

그러고는 자기의 찢긴 귀를 만지면서 가볍게 소리를 질렀다.

「아야!」

그러더니 계속하여 지껄였다.

「나의 귀 하나를 압수하다니, 자네 너무 심했어! 하지만 실은, 그것 하나 잃는 것이 다른 것 잃는 것보다는 낫지. 귀라는 것이 치장물에 불과하니까. 자네가 내 어깨도 긁어 놓았어. 하지만 그것은 아무것도 아니야. 촌 녀석, 어서 숨을 거두게, 내가 자네를 용서하네.」

---

164 사제들이 말하는 사후 세계를 가리킨다.
165 샹뜨-앙-이베르도 이제 더 이상 신민(臣民)이 아니고 공화국 국민이라는 사실을 모를 것이라는 말이다.

그가 귀를 기울였다. 바닥 층에서 들려오는 소음이 무시무시했다. 싸움이 광기를 띠고 있었다.

「저 아래에서는 잘되어 가고 있군. 녀석들이 국왕 전하 만세를 아가리가 찢어져라 외쳐 대고 있지만, 그건 상관없어. 고상하게들 뒈지고 있군.」

그의 발이 바닥에 떨어져 있던 그의 군도를 밟았다. 그가 군도를 집어 들었다. 그런 다음 더 이상 움직이지 않는, 혹은 이미 죽었을지도 모르는 샹뜨-앙-이베르에게 말하였다.

「알겠어? 숲 속의 인간아, 내가 하려던 일에는 이 군도가 있건 없건 마찬가지야. 내가 이것을 회수하는 것은 우정 때문이지. 하지만 내 권총들은 필요했던 물건이야. 마귀에게나 잡혀가게, 야만인! 아, 젠장, 이제 어찌해야 하나? 내가 이곳에 들어와 아무짝에도 쓸모없게 되어 버렸군.」

그가 실내를 살피고 방향을 가늠하며 발걸음을 옮겼다. 문득, 어슴푸레한 빛 속에서, 중앙의 원주 뒤에 긴 탁자 하나가 보였고, 그 위에서 무엇이 희미하게 번쩍이고 있었다. 그가 탁자 위에 있는 것들을 더듬어 보았다. 나팔총, 권총, 기병용 단총 등 화기들이 가지런히 놓여 있었고, 누가 사용해 주기만을 기다리고 있는 것 같았다. 제2단계 돌파 작전에 대비하여 농성군이 준비해 두었던 무기들이었다. 그야말로 병기창이나 다름없었다.

「잘 차린 뷔페군!」 라두가 감탄을 금치 못하였다.

그러면서 황홀한 듯 그것들을 덮쳤다.

다음 순간 그의 모습이 무시무시해졌다.

위층과 아래층으로 통하는 층계의 문이 보였고, 탁자로부터 가까이에 있던 그것이 활짝 열려 있었다. 라두가 군도를 내던진 다음 두 손으로 권총 둘을 집어 들었다. 그것들을 문 아래쪽 나선형 층계를 향하여 동시에 발사하더니, 즉시 노루 사냥용 짧은 나팔총을 집어 같은 방향으로 발사한 다음, 실탄 여러 발이 장전된 긴 나팔총 역시 발사하였다. 단번에 실탄 열다섯 발을 토해 내는 긴 나팔총이 발사되자, 마치 산탄 포탄이 터지는 것 같았다. 그런 다음 라두가 층계로 들어섰고, 그곳에서 호흡을 가다듬으며 천둥처럼 소리쳤다.

「빠리 만세!」

그런 다음, 먼저 발사한 것보다 구경이 더 큰 나팔총을 집어 들더니 나선형 층계의 천장 밑에서 아래를 감시하며 기다렸다.

바닥 층에 야기된 혼란은 형언할 수 없을 지경이었다. 그 예측하지 못한 충격이 저항을 일시에 붕괴시켰다.

라두가 연거푸 세 차례 발사한 총탄들 중 두 발이 명중하였는데, 그 한 발은 삐끄-앙-부와 형제 중 맏이를, 다른 한 발은 우자르라고들 부르던 껠랑 씨를 죽였다.

「놈들이 위에 있다!」 후작이 소리쳤다.

그 고함 소리가 퇴각 보루를 포기하는 데 결정적인 역할을 하였다. 궤주에 있어서는, 새 떼가 날아오르는 동작도 그것보다는 더 신속하지 못하였을 것이다. 그리하여 각자 서둘러 층계 속으로 뛰어들었다. 후작이 탈출을 독려하였다.

「서두르라!」 그가 소리쳤다. 「피신하는 것이 곧 용기이니라. 모두들 두 번째 층으로 올라가자! 그곳에서 다시 시작할 것이니라.」

그가 마지막으로 퇴각 보루를 떠났다.

그러한 용기가 그의 목숨을 구했다.

그 시각 라두는, 층계의 첫 번째 층 꼭대기에 잠복하여, 손가락을 나팔총의 방아쇠에 올려놓은 채, 패주하는 적을 노리고 있었다. 나선형 층계의 굴곡부에 선두로 나타난 사람들이, 안면에 총탄 세례를 받고 벼락 맞은 이들처럼 쓰러졌다. 후작이 그들의 일원이었다면 그도 목숨을 잃었을 것이다. 라두가 미처 다른 무기를 집어 들기 전에 나머지 사람들이 매복처 앞을 지나갔고, 후작은 다른 이들보다 천천히 마지막으로 통과하였다. 그는 첫 번째 층이 포위군들로 가득한 줄로 믿었고, 그리하여 그 앞에서 조금도 머뭇거리지 않은 채 곧장 두 번째 층의 방, 〈거울의 방〉으로 올라갔다. 철문이 있던 곳이 그 방이었다. 유황 먹인 도화선 끝도 그곳에 있었다. 항복하든가 죽든가 단안을 내려야 할 곳도 그 방이었다.

층계로부터 들려오는 폭발음에 농성군 못지않게 놀란 고뱅은, 그러한 응원의 실상을 미처 파악할 겨를도 없이, 아무 영문도 모르는 채, 부하들과 함께 퇴각 보루를 돌파하였고, 검 끝으로 농성군들의 옆구리를 찌를 기세로 그들을 급히 몰아치며 첫 번째 층에 이르렀다.

그곳에서 라두를 만났다.

라두가 군례를 올리고 나서 말하였다.

「잠시 아뢰겠습니다. 모두 제가 한 일입니다. 돌에서 수행한 작전을 뇌리에 떠올렸습니다. 사령관님처럼 하였습니다. 적을 양면에서 공격한 것입니다.」

「훌륭한 학생이오.」 고뱅이 미소를 지으며 대꾸하였다.

어둠 속에서 일정 시간을 보내면 우리의 눈이 밤새들의 눈처럼 변한다. 그리하여 라두의 피투성이 모습이 고뱅의 눈에도 보이게 되었다.

「동지, 자네 부상을 입었군!」

「괘념치 마십시오, 사령관님. 귀 하나 더 있고 없는 것이 무슨 문제이겠습니까? 군도로 일격을 당하기도 하였습니다만 저는 별로 신경 쓰지 않습니다. 유리창이 깨져도 그것 때문에 상처를 입는 것이 보통입니다. 게다가 저만 피를 흘리는 것이 아닙니다.」

라두가 점령한 첫 번째 층에서 잠시 정지하였다. 등불 하나를 가져왔다. 씨무르댕도 고뱅과 합류하였다. 두 사람이 숙의를 시작하였다. 사실 심사숙고해야 할 이유가 있었다. 포위군 측은 농성군의 실태를 전혀 모르고 있었다. 그들은 농성군의 군수품이 부족하다는 사실을 모르고 있었다. 요새 방어군의 탄약이 거의 바닥나 있음을 몰랐다. 그런데 두 번째 층은 저항의 마지막 보루였다. 따라서 공격하던 측은 층계에 폭약이 부설되었으리라 믿을 수밖에 없었다.

확실했던 것은, 적이 빠져나갈 수 없었다는 점이다. 아직 죽지 않은 자들은 그 속에 모두 갇혀 있었다. 랑뜨낙 또한 쥐덫 속에 들어가 있었다.

그러한 확신이 서 있었던지라, 최선의 결말을 위해 약간의 시간이나마 내어 숙의를 할 수 있었다. 이미 많은 사람이 죽었다. 따라서 이 마지막 공격에서는 너무 많은 인명의 손실을 보지 않도록 노력해야 했다.

그 최후의 공격에 수반될 위험이 클 것 같았다. 초기의 강력한 화력을 감당해야 할 것이 분명했다.

전투가 중단된 상태였다. 바닥 층과 첫 번째 층을 장악한 포위군이 사령관의 명령을 기다리고 있었다. 고뱅과 씨무르댕이 숙의를 계속하였다. 라두는 묵묵히 두 사람의 대화를 들고 있었다.

그러던 중, 다시 군례를 올리면서 조심스럽게 입을 열었다.

「한 말씀 드려도 좋겠습니까?」

「무슨 일인가, 라두?」

「제가 작은 보상이나마 받을 권리를 가지고 있습니까?」

「물론이지. 원하는 것이 있으면 서슴지 말고 요구하게.」

「제가 선봉으로 올라가기를 바랍니다.」

그 청은 거절할 수 없었다. 설사 거절하였다 해도, 그는 자기의 뜻대로 하였을 것이다.

11
절망한 이들

첫 번째 층에서 숙의가 계속되는 동안, 두 번째 층에서는 방책을 쌓고 있었다. 성공은 하나의 열광이고, 패배는 하나의 광증이다. 두 층이 미친 듯이 충돌하게 되어 있었다. 승리에 도달하는 것, 그것은 하나의 도취이다. 아래층에는 희망이 있었다. 절망이라는 것이 존재하지 않는다면 그것이 가장 큰 인간의 힘일 것이다.

절망은 위층에 있었다. 고요하고 차가우며 음산한 절망이었다.

그 피신처에 도착하기 무섭게, 그 너머에는 그들을 받아 줄 곳이 없었던지라, 농성군이 제일 먼저 한 일은 입구를 막는 것이었다. 출입문을 막는 것은 소용없는 일이었다. 층계에 장애물을 쌓는 것이 나았다. 그러한 경우, 완전히 닫히는 문보다는 틈으로 적을 관찰하며 싸울 수 있는 장애물이 나았다.

이마누스가 유황 먹인 도화선 근처 벽에 꽂아 놓은 햇불이 그들을 밝혀 주고 있었다.

그 두 번째 층에는, 서랍 달린 가구가 고안되기 이전 시절 각종 의복들을 채곡채곡 넣어 보관하던, 떡갈나무로 짠 육중 한 궤짝 하나가 있었다.

그들은 그 궤짝을 끌어다가 층계로 통하는 문 앞에 세워 놓았다. 그것을 문틀에 꼭 맞게 고정시켜 입구를 막았다. 그 리고 궤짝과 천장 사이에, 사람 하나 드나들 수 있는 공간만 남겨 두었다. 침입자들을 하나씩 죽이기에 좋은 공간이었다. 감히 그곳을 통하여 침입할 엄두를 낼 사람이 있을 것 같지 않았다.

입구를 막은 덕에 그들 또한 잠시 숨을 돌릴 수 있었다.

그들이 잔여 인원을 헤아려 보았다.

총 열아홉 사람들 중, 이마누스를 포함하여 일곱밖에 남지 않았다. 또한, 이마누스와 랑뜨낙을 제외하고는 모두 부상을 입었다.

부상자 다섯 사람은 로비라는 별명을 가진 샤뜨네, 기누와 조, 우와나르 브랑슈−도르, 브랭−다무르, 그리고 그랑−프 랑꾀르였는데, 모두 활기 넘쳤다. 전투의 열기 속에서는, 비록 부상을 입더라도, 그것이 치명상이 아닐 경우 모두들 성한 사 람처럼 움직인다. 나머지 모든 사람들은 목숨을 잃었다.

그들에게는 더 이상 탄약이 없었다. 모든 탄약 주머니가 텅 비어 있었다. 남은 실탄을 헤아려 보았다. 그들 일곱 사람에 게 남은 실탄이 몇 발이나 되었을까? 네 발이었다.

추락할 수밖에 다른 도리가 없는 순간에 도달해 있었다. 아가리를 딱 벌리고 있는 무시무시한 심연 위 벼랑에 몰려 있었다. 그보다 더 극단으로 몰릴 수는 없었을 것이다.

그러는 동안 공격이 다시 시작되었다. 하지만 느렸고, 그만큼 더 자신감 넘쳤다. 층계의 계단 하나하나를 개머리판으로 두드리며 확인하는 포위군들의 소리가 들렸다.

도주할 방법은 전혀 없었다. 서재를 통해서? 언덕 위에는 발사 준비를 갖춘 대포 여섯 문이 그쪽을 조준하고 있었다. 위층 방으로? 무슨 소용이겠는가? 그곳 방들은 옥상으로 통하게 되어 있었다. 옥상에 이르면, 탑의 상단에서 탑의 발치로 투신하는 방법은 있었다.

그 영웅적인 무리의 일곱 생존자들은, 자신들을 보호해 주며 동시에 적에게 넘기는 그 두꺼운 장벽에 잡혀, 옴짝달싹 못 하도록 갇힌 처지가 되었음을 깨달았다. 그들이 아직 적의 수중으로 들어가지는 않았으되, 그들은 이미 포로였다.

후작이 음성을 가다듬었다.

「나의 벗들이여, 모든 것이 끝났소.」

그러고는 잠시 침묵을 지키다가 덧붙였다.

「그랑—프랑꾀르는 이제 다시 뛰르모 신부로 돌아가시오.」

모두들 로자리오 묵주를 손에 들고 무릎을 꿇었다. 공격하는 군사들의 개머리판 소리가 점점 가까워지고 있었다.

두개골을 스쳐 지나간 실탄에 머리 가죽이 벗겨져 피투성이가 된 그랑—프랑꾀르가, 오른손으로 자기의 십자가를 높이 쳐들었다. 내심 교리를 믿지 않았지만, 후작 또한 무릎 하나를 바닥에 꿇었다.

「각자 저지른 잘못을 큰 소리로 고백하시오.」 그랑—프랑꾀르가 말하였다. 「먼저 주공께서 말씀하소서.」

「내가 사람을 죽였소.」

「살인하였습니다.」 우와나르가 말하였다.

「살인하였습니다.」 기누와조가 말하였다.

「살인하였습니다.」 브랭-다무르가 말하였다.

「살인하였습니다.」 샤뜨네가 말하였다.

「살인하였습니다.」 이마누스가 말하였다.

그러자 그랑-프랑꾀르가 계속하였다.

「지극히 신성하신 삼위일체의 이름으로 그대들의 죄를 사하노라. 그대들의 영혼이 평화롭기를 기원하노라.」

「그렇게 이루어지이다.」 모든 음성이 일제히 화답하였다.

후작이 다시 일어섰다.

「이제 죽읍시다.」 그가 말하였다.

「그리고 죽입시다.」 이마누스의 말이었다.

출입구를 막고 있던 궤짝이 개머리판들의 충격에 흔들리기 시작하였다.

「오직 신만을 생각하시오. 이 지상 세계는 더 이상 당신들의 것이 아니오.」 사제가 말하였다.

「그렇소, 우리들은 이미 무덤 속에 들어와 있소.」 후작이 대꾸하였다.

모두들 고개를 숙이고 각자 자기의 가슴을 주먹으로 두드렸다. 후작과 사제 두 사람만이 서 있었다. 모두들 시선을 바닥에 고정시킨 채, 사제도 농민들도 기도에 열중하였다. 후작은 명상에 잠겼다. 궤짝이, 마치 육중한 망치의 가격을 받은 듯 음산한 진동음을 냈다.

그 순간, 그들 뒤에서 발랄하고 힘찬 음성 하나가 느닷없이 터지듯 들려왔다.

「나리, 제가 분명히 말씀드렸습니다!」

모든 머리들이 일제히 그쪽을 향하였고, 넋을 잃은 기색이
었다.

벽에 구멍 하나가 막 뚫렸다.

다른 것들과 완벽하게 맞물렸으되 접합되지는 않은 돌 하
나가, 그 상단과 하단에 막대 모양의 돌기를 가지고 있어, 그
돌기를 축으로 삼아 회전문처럼 돌았고, 그러면서 벽에 출입
구 하나를 만들었던 것이다. 축이 고정된 채 돌이 선회하였기
때문에 그 좌우에 하나씩 통로 둘이 생겼으며, 통로가 좁았으
나 사람 하나 지나가기에는 충분했다. 그 뜻밖의 문 저쪽으
로 나선형 층계의 첫 계단들이 보였다. 그 출구에 사람의 얼
굴 하나가 선명한 모습을 드러냈다.

후작은 그가 알말로임을 즉각 알아보았다.

12
구원자

「자네인가, 알말로?」

「저입니다, 나리. 보시다시피 회전하는 돌이 정말 있고, 이
곳을 통해 나갈 수 있습니다. 제가 때맞춰 도착했습니다. 서
두르십시오. 10분 안에 숲 한가운데에 도달하실 것입니다.」

「신께서는 위대하시오.」 사제가 말하였다.

「나리, 어서 피신하소서.」 모든 음성이 일제히 소리쳤다.

「우선 자네들 먼저.」 후작이 말하였다.

「나리께서 먼저 피하소서.」 뛰르모 사제가 말하였다.

「나는 마지막으로 나가겠소.」

그러더니 후작이 다시 엄한 음성으로 말하였다.

「서로 양보하며 다투지 마시오. 우리에게는 관용을 베풀 시간이 없소. 그대들 모두 부상당한 몸이오. 내 그대들에게 명령하는 바이오. 각자 목숨을 보존해 도망치시오. 신속히! 저 출구를 이용하시오. 고맙네, 알말로.」

「후작님, 이렇게 헤어지는 겁니까?」 뛰르모 사제가 물었다.

「아래에 내려가서는 그래야 할 거요. 도피할 때에는 반드시 홀몸이어야 하오.」

「나리께서 저희들에게 재집결 장소를 지정해 주시겠습니까?」

「좋소. 숲 속의 공터요. 삐에르-고벤느라고 하는 곳이오. 위치를 아시오?」

「저희들 모두 잘 압니다.」

「내가 내일 정오에 그곳으로 가겠소. 걸을 수 있는 사람들은 모두 그곳으로 오시오.」

「그곳에 집결하겠습니다.」

「그런 다음 우리는 전쟁을 다시 시작할 것이오.」 후작이 말하였다.

한편 알말로는, 회전하는 돌을 무심히 눌러 보던 중, 그것이 더 이상 움직이지 않음을 알아차렸다. 즉, 열린 구멍을 다시 닫을 수 없었다.

「나리, 서두르십시오, 돌이 말을 듣지 않습니다. 제가 통로를 열었으나, 그것을 다시 닫을 수는 없을 것 같습니다.」 알말로가 아뢰었다.

오랜 세월 사용하지 않았던 탓인지, 돌이 정말 경첩 속에 박혀 경직된 것 같았다. 아무리 힘을 가해도 꿈쩍하지 않았다.

「나리.」 알말로가 다시 아뢰었다. 「통로를 다시 닫을 생각이었습니다. 그러면 공화파 녀석들이 들어와서 아무도 없음을 보고 어안이 벙벙하여, 우리가 모두 연기로 변해 사라졌을 것이라고 믿으리라 생각하였습니다. 그런데 돌이 그것을 원치 않습니다. 적들이 출구를 보면 즉시 추격할 것입니다. 단 1분이라도 허송하지 마십시오. 모두들 서둘러 층계로 내려가십시오.」

이마누스가 알말로의 어깨에 손을 얹으며 물었다.

「동지, 이 통로를 지나 숲 속에 안전하게 도달하려면 시간이 얼마나 걸리겠소?」

「중상자는 없습니까?」 알말로가 물었다.

그들이 한꺼번에 대답하였다.

「없소.」

「그럴 경우 15분이면 족합니다.」

「그렇다면 적이 이곳에 15분 안에 들어오지만 않으면…….」 이마누스가 다시 말하였다.

「그 후에는 그들이 우리들을 추격한다 해도 소용없을 것입니다.」

「하지만 저들은 이곳에 단 5분 안에 들어올 것이오. 저 낡은 궤짝이 저들을 오랫동안 방해하지는 못할 것이오. 개머리판으로 몇 번 더 두드리면 끝장날 것이오. 15분이라! 누가 저들을 15분 동안이나 저지할 수 있단 말이오?」 후작의 말이었다.

「제가.」 이마누스가 선뜻 대답하였다.

「자네, 구즈-르-브뤼앙이?」

「제가 하겠습니다, 나리. 제 말씀 들어 보십시오. 저 이외의 여섯 분 중 다섯 분이 부상을 당하셨습니다. 반면 저의 몸에는 생채기 하나 없습니다.」

「나 또한 그러하네.」 후작이 대꾸하였다.

「나리께서는 사령관이십니다. 반면 저는 병사입니다. 사령
관과 병사 합해서 둘입니다.」

「나도 아네, 우리는 각자 다른 의무를 가지고 있지.」

「아닙니다, 나리. 우리는, 나리와 저는, 같은 의무를 가지고
있습니다. 그것은 나리를 구출하는 것입니다.」

이마누스가 동료들에게로 고개를 돌리며 말하였다.

「동지들, 적들을 꼼짝 못 하게 만들어 그들의 추격을 최대
한 지연시키는 것이 관건이오. 잘 들으시오. 나는 피를 단 한
방울도 흘리지 않아 기력이 왕성하오. 그리고 부상을 당하지
않았으니 그 누구보다도 오래 견딜 수 있을 것이오. 모두들
떠나시오. 그리고 무기를 나에게 남겨 주시오. 그것들을 유
익하게 사용하겠소. 내가 적들을 반 시간 이상 지체시키겠소.
장전된 권총이 모두 몇 정이나 되오?」

「네 자루.」

「그것들을 바닥에 내려놓으시오.」

모두들 그의 뜻에 따랐다.

「좋소. 내가 남겠소. 그들은 자기들이 누구를 상대하게 되
었는지 알게 될 것이오. 이제 서둘러 떠나시오.」

급박한 상황에서는 감사의 말도 생략한다. 겨우 악수를 나
눌 시간밖에 없었다.

「곧 다시 만나세.」 후작이 그에게 말하였다.

「아닙니다, 나리. 그러지 않기를 바랍니다. 곧 다시 뵈올 수
는 없을 것입니다. 저는 곧 죽을 테니까요.」

모두들 한 사람씩 차례로 좁은 층계로 들어섰다. 부상자들
을 먼저 들여보냈다. 그들이 층계로 내려가는 동안, 후작이
자기의 수첩 갈피에서 연필을 꺼내더니, 통로를 열어 준 후 더

이상 움직이지 않는 돌에 몇 마디를 적었다.

「어서 오십시오, 나리만 남으셨습니다.」 알말로가 소리쳤다.

그러면서 알말로도 내려가기 시작하였다.

후작이 그의 뒤를 따랐다.

이마누스 홀로 남았다.

13
망나니

권총 네 정은 포석 위에 놓여 있었다. 그 방에는 마루가 없었기 때문이다. 이마누스가 그것들 중 둘을 양손에 하나씩 들었다.

그런 다음, 육중한 궤짝이 막고 있던 층계 입구로 비스듬히 다가갔다.

포위군 측에서는, 승자와 패자 모두에게 큰 재앙을 안겨 주는 최후의 폭발 등과 같은, 뜻하지 못한 기습을 우려하고 있는 것이 분명했다. 초기 공격이 맹렬했던 것과는 대조적으로, 최후의 공격은 느리고 신중했다. 그들은 궤짝을 우격다짐으로 부술 수 없었는데, 아마 그러기를 원치 않았을 것이다. 그들은 궤짝의 밑바닥을 개머리판으로 두드려 부수었고, 뚜껑을 대검으로 쑤셔 그곳에 구멍들을 내었다. 그런 다음, 실내로 진입하기 전에, 그 구멍들을 통하여 안을 들여다보려 하였다.

그들이 층계를 밝히기 위하여 켜놓은 초롱의 불빛이 그 구멍들을 통하여 안으로 들어왔다.

그 구멍들 중 하나를 통하여 실내를 살피던 눈동자 하나가 이마누스에 의해 포착되었다. 그가 권총 하나를 갑작스럽게 눈동자 앞으로 들이대며 방아쇠를 당겼다. 실탄이 발사되었고, 이마누스는 끔찍한 비명 소리를 들으며 즐거워하였다. 실탄이 눈을 후벼 판 다음 두개골을 관통하였고, 실내를 살피던 병사가 층계 위에서 뒤로 나자빠졌다.

공격군들이 궤짝 뚜껑 아래쪽 두 군데에 상당히 큰 홈집을 내어, 그곳에 일종의 총안 둘이 생겼다. 이마누스가 그것들 중 하나를 통해 팔을 밖으로 뻗은 다음, 층계에 무더기처럼 집결해 있던 공격군들을 향해 두 번째 권총을 발하였다. 실탄이 아마, 물수제비 뜰 때 조약돌이 수면에서 튀어 오르듯 마구 튀며 날았던 모양이다. 마치 서너 사람쯤 죽거나 다친 것처럼 비명 소리 여럿이 들렸으니 말이다. 곧이어, 더 이상 버티지 못하고 뒤로 물러서는 사람들의 소음이 들렸다.

이마누스는, 이미 사용한 권총 두 정을 던져 버린 다음, 나머지 둘을 움켜쥐고 궤짝 구멍을 통하여 층계를 살폈다.

그러면서 첫 공격의 결과를 확인하였다.

공격군들이 모두 층계 아래로 다시 내려간 것 같았다. 몇몇 죽어 가는 사람들이, 계단 위에 걸쳐 늘어진 채 꿈틀거리고 있었다. 층계가 달팽이관 모양이었던지라, 그 모퉁이로 인하여 계단이 서넛밖에는 보이지 않았다.

이마누스는 조용히 기다렸다.

〈이만큼 시간을 번 거야.〉 그의 뇌리를 스친 생각이었다.

그러한 생각에 잠겨 있는데, 어떤 자 하나가 층계 계단에 자신의 배를 걸치고 기어오르는 것이 보였고, 동시에, 더 아래쪽 모퉁이 뒤로 병사의 얼굴 하나가 어른거렸다. 이마누스가 그 얼굴을 조준하며 권총을 발사하였다. 비명 소리가 들리는 순간 병사가 쓰러졌다. 이마누스는 마지막 실탄이 장전된 권총을 왼손으로부터 오른손으로 옮겨 잡았다.

바로 그 순간 그가 끔찍한 통증을 느꼈으며, 이번에는 그가 비명을 질렀다. 군도 하나가 그의 내장을 후비고 있었다. 손아귀 하나가, 계단 위를 기어오르던 사람의 손아귀 하나가, 궤짝 뚜껑 아래쪽에 뚫린 다른 구멍을 통하여 안으로 들어왔고, 그 손이 군도 하나를 이마누스의 복부에 깊숙이 처박은 것이다.

상처가 무시무시했다. 복부가 횡으로 갈라져 있었다.

그러나 이마누스는 쓰러지지 않았다. 그가 이를 갈았다. 그러면서 중얼거렸다.

「좋아!」

그러더니, 비틀거리면서 자신의 몸을 질질 끌듯 뒷걸음질하여, 철문 옆에 있는 횃불 곁으로 갔다. 그리고, 권총을 바닥에 내려놓은 다음 횃불을 움켜잡았다. 왼손으로는 꿰져 나오려는 창자를 감싸 쥐고, 오른손으로는 횃불을 유황 먹인 도화선에 가져다 대었다.

도화선에 불이 붙었다. 이마누스가 횃불을 놓아 버렸다. 그것이 바닥에서 계속 탔다. 이마누스가 다시 권총을 집어 들었다. 그러고는, 포석 위에 쓰러진 채, 하지만 상체를 일으키려 애를 쓰면서, 얼마 남지 않은 숨결로 도화선을 훅훅 불어 불꽃을 돋우었다.

불꽃이 도화선을 타고 신속히 이동하여 철문 밑을 지난 다음, 다리 위의 작은 성에 이르렀다.

그러자, 그 가증스러운 성공을 바라보며, 자신의 용기보다는 자기가 저지른 그 범행에 더 만족스러워하는 듯, 조금 전까지는 영웅이었으되 이제는 일개 살인범에 불과해진 그 사람이 조용히 미소를 지었다.

「놈들이 나를 기억할 것이로다. 내가 우리의 어린 분을 위하여, 땅빨르 감옥에 갇히신 우리의 국왕 전하를 위하여, 놈들의 어린것들에게 복수하는 것이로다.」 그가 중얼거렸다.

14
이마누스 또한 탈출하다

그 순간, 요란한 소리가 들리더니 궤짝이 격렬하게 밀리며 무너졌고, 그렇게 열린 통로에 군도를 손에 든 사람 하나가 나타나 소리쳤다.

「나 라두가 여기 왔느니라. 누가 덤비겠느냐? 기다리는 건 딱 질색이야. 이판사판이다. 내가 조금 전에 한 녀석의 배때기를 갈라놓았지. 자, 이제 너희들 모두를 상대해 주마. 내 뒤를 누가 따르건 말건 나는 상관하지 않느니라. 여하튼 내가 왔다. 자네들 모두 합해 몇이냐?」

정말 라두였고, 그는 단신이었다. 이마누스가 층계에 있던 병사를 살해한 후, 고뱅은 혹시 지뢰가 부설되어 있지 않을까 저어하며 병사들로 하여금 물러서게 한 다음, 씨무르댕과 대책을 숙의하고 있었다.

거의 꺼져 가고 있던 횃불이 겨우 미광 한 줄기를 던질 뿐 온통 캄캄한 그 암흑 속에서, 라두가 군도를 뽑아 든 채 입구에 서서 다시 호령하듯 물었다.

「나 홀로 왔느니라. 자네들 도합 몇인가?」

아무 소리도 들리지 않자 그가 앞으로 걸음을 내디뎠다. 죽어 가는 불이 이따금씩 토해 내는 빛 한 줄기가, 빛의 흐느낌이라고도 할 수 있는 가냘픈 밝음이, 횃불로부터 분출되면서 실내 전체를 비추었다.

라두가 벽에 걸린 거울들 중 하나를 발견하고 그것에 다가가서, 피투성이가 된 자신의 얼굴과 대롱대롱 매달린 귀를 들여다보며 중얼거렸다.

「흉악스럽게 망가졌군.」

그러고 나서 돌아서더니, 실내가 텅 빈 것을 알아차리고 깜짝 놀랐다.

「아무도 없어!」 그가 소리쳤다.

그다음 순간, 돌려세워진 돌과 통로와 층계가 그의 눈에 포착되었다.

「아! 알겠어, 내뛰었어. 모두들 어서 오시게. 동지들, 어서 와 보시오! 놈들이 떠나 버렸어. 줄행랑을 놓았어. 증발해 버렸어. 비실비실 새버렸어. 꺼져 버렸어. 이 낡은 탑 단지에 갈라진 틈이 있어. 녀석들이 빠져나간 이 구멍을 좀 보시게. 개새끼들! 이따위 장난들을 치니, 피트와 코부르크[166]를 어느 세월에 끝장낸담! 마귀의 착한 신이 녀석들을 도우러 왔던 모양이야! 더 이상 아무도 없어!」

그 순간 권총이 발사되었고, 실탄 한 발이 그의 팔꿈치를 스치고 지나가 벽을 때리며 납작하게 되었다.

「아니야, 누가 있군! 도대체 어떤 분께서 착하게도 나에게 이런 예의를 표하시는가?」

「나다.」 음성 하나가 들렸다.

라두가 고개를 앞으로 내밀며 자세히 보니, 어둠 속에 무엇

166 작센-코부르크 공작 프리드리히(1737~1815)를 가리킨다. 1792년 프랑스를 침범하려던 오스트리아군의 총사령관이었다. 그 시절, 잉글랜드의 피트와 함께 그의 이름이 프랑스 사람들에게 널리 알려졌었다고 한다.

인가가 있었다. 이마누스였다.

「아! 하나 잡았다.」 그가 소리쳤다. 「다른 녀석들은 모두 도망쳤다만, 너는 빠져나가지 못할 것이니라.」

「그렇게 생각하는가?」 이마누스의 대꾸였다.

라두가 한 걸음 더 다가가서 멈추었다. 그러면서 물었다.

「이보게, 바닥에 있는 분, 자네 누구신가?」

「바닥에 있는 사람일세. 그리고 서 있는 이들을 하찮게 여기는 사람이지.」

「자네 오른손에 무엇을 들고 있나?」

「권총 한 자루일세.」

「그리고 왼손에는?」

「내 창자들이라네.」

「자네를 나의 포로로 삼겠네.」

「어디 해보시지.」

그러더니 이마누스가, 타고 있던 도화선으로 상체를 숙여 마지막으로 훅 불며 숨을 거두었다.

잠시 후, 고뱅과 씨무르댕 및 다른 모든 이들이 실내에 모였다. 모든 사람들이 출구를 보았다. 모든 구석들과 층계를 샅샅이 뒤졌다. 층계는 협곡으로 이어진 출구에 닿아 있었다. 모두 탈출한 것을 확인하였다. 이마누스의 몸을 흔들어 보았다. 이미 숨이 끊어져 있었다. 고뱅이 손에 등을 하나 들고, 농성군에게 출구를 제공한 돌을 유심히 살폈다. 그 역시 일찍이 회전한다는 그 돌 이야기를 들은 적 있으나, 그 또한 그 전설을 터무니없는 객담으로 여겼다. 돌을 유심히 살피는데, 연필로 써놓은 듯한 무엇이 보였다. 등을 가까이 가져다 대고 보니 다음과 같은 구절이었다.

또 봅시다, 자작님.

랑뜨낙

게샹이 고뱅 곁으로 돌아왔다. 추격은 말할 나위 없이 부질 없는 짓이었다. 탈출이 노련하고 완벽했기 때문이다. 그 지역 전체, 잡목림, 협곡, 덤불숲, 그곳 주민들, 모두가 도망자들의 편이었다. 그들은 이미 멀리 갔을 것이 틀림없었다. 그들을 다시 찾아낼 방도가 없었다. 푸제르 숲 전체가 하나의 광막한 은둔처였다. 어찌할 것인가? 모든 일을 처음부터 다시 시작 해야 할 형편이었다. 고뱅과 게샹이 서로에게 실망감을 토로 하며 이런저런 추측들을 해보았다.

씨무르댕은 근엄한 표정으로 그들의 대화에 귀를 기울일 뿐, 아무 말도 하지 않았다.

「참, 게샹, 사다리는?」 고뱅이 물었다.

「오지 않았습니다.」

「하지만 헌병들이 호송해 오던 수레를 우리가 직접 보았는데.」 게샹이 조심스럽게 대답하였다.

「수레에는 사다리가 실려 있지 않았습니다.」

「그러면 도대체 무엇을 가져왔는가?」

「기요띤느일세.」 씨무르댕이 대답하였다.

<h2 align="center">15
시계와 열쇠를 같은 호주머니에 넣지 않다</h2>

랑뜨낙 후작은 그들이 생각하던 것처럼 그렇게 멀리 가 있 지 않았다.

그렇다 하여 그가 완벽하게 안전하지 않았던 것도 아니며, 그들의 손끝을 벗어나지 않았던 것도 아니다.

그는 알말로의 뒤를 따랐다.

알말로와 그가 다른 탈출자들의 뒤를 따라 내려간 층계는 협곡과 교호들 가까이에서, 그 복도가 자연적으로 깊게 갈라진 지각의 균열과 연결되어 있었으며, 그 깊은 균열의 한쪽 끝은 협곡에 닿아 있었고, 다른 한쪽 끝은 숲에 닿아 있었다. 사람들의 시야에서 완전히 사라진 그 균열이, 도저히 침투할 수 없는 온갖 식물들 밑에 구불구불 뱀처럼 뻗어 있었다. 어떤 사람이 그 속으로 들어갈 경우, 그를 다시 찾아내기란 불가능했다. 어떤 도주자가 일단 그 균열에 도달하면, 율모기처럼 태연히 도주할 수 있었다. 그는 더 이상 찾을 수 없는 사람이었다. 층계로부터 비밀 복도로 들어가는 입구가 촘촘한 가시나무들로 막혀 있었기 때문에, 그 복도를 축조한 사람들조차 입구를 다른 식으로 밀봉할 필요가 없다고 판단하였다.

이제 후작은 그곳을 떠나기만 하면 그만이었다. 새삼 변장을 해야 할 일도 없었다. 브르따뉴에 도착한 이래, 단 한 번도 농사꾼의 옷을 벗은 적이 없었기 때문이다. 그러한 차림새가 더 위대한 영주의 풍모를 드러낸다고 생각하였다.

휴대하고 있던 검을 버리는 것으로 그쳤다. 그리고 그것을 차는 데 사용하던 허리띠의 조임쇠를 풀어 허리띠를 던져 버렸다.

알말로와 후작이 복도로부터 균열 사이로 들어섰을 때, 다른 다섯 사람들은, 즉 기누와조, 우와나르 브랑슈-도르, 브랭-다무르, 샤뜨네, 그리고 뛰르모 사제 등은 이미 그곳에 없었다.

「별로 지체하지 않고 모두들 날아가 버렸습니다.」 알말로가 중얼거렸다.

「자네도 그들처럼 하게.」 후작이 말하였다.

「제가 나리 곁을 떠나기를 바라십니까?」

「물론이지. 내가 이미 자네에게 말하였네. 단신이어야만 성공적으로 탈출할 수 있네. 한 사람이 통과하는 곳을 둘이서는 통과할 수 없네. 함께 이동하면 적의 주의를 끌 수 있네. 그러면 자네로 인해 내가 죽고, 나로 인해 자네가 죽을 수 있네.」

「나리께서는 이 고장을 잘 아십니까?」

「잘 아네.」

「나리께서는 뻬에르-고벤느에서의 회동을 기억하십니까?」

「내일 정오일세.」

「그곳으로 가겠습니다. 우리 모두 그곳으로 모일 것입니다.」

알말로가 잠시 멈칫하다가 다시 말하였다.

「아! 나리, 저와 나리가 함께 난바다에 있었고, 나리와 저 둘뿐이었고, 제가 나리를 죽이려 하였고, 나리께서 저의 영주이시며 또 그 사실을 저에게 말씀하실 수 있었는데, 나리께서는 그 말씀을 하지 않으셨습니다! 정말 놀라운 분이십니다!」

후작이 다시 말하였다.

「영국이야. 더 이상 다른 타개책은 없느니라. 영국인들이 보름 이내에 프랑스에 도착해야 하는데.」

「나리께 보고드릴 것들이 많습니다. 분부하신 일들을 모두 마쳤습니다.」

「그 모든 이야기는 내일 하도록 하게.」

「나리, 그럼 내일 뵙겠습니다.」

「참, 자네 시장하지?」

「그런 것 같습니다, 나리. 하도 서둘러 왔던지라 제가 오늘 요기를 하였는지 모르겠습니다.」

후작이 호주머니에서 초콜릿 한 조각을 꺼내 반으로 자른 다음, 그 한 동강을 알말로에게 주고 나머지 한 동강을 자신이 먹기 시작하였다.

「나리, 지금 서 계신 오른편에 협곡이 있고, 왼편에 숲이 있습니다.」 알말로가 일러 주었다.

「알았네. 이제 나는 내버려 두고 자네 갈 길이나 어서 서두르게.」

알말로가 즉시 분부를 따랐다. 그가 어둠 속으로 빠져들어 갔다. 잡목 부스럭거리는 소리가 잠시 들리더니, 이내 아무 소리도 더 이상 들리지 않았다. 단 몇 초가 지나지 않아 그의 종적이 묘연해졌다. 보까주 지역의 가시투성이 땅은 탈주자를 돕는 보조자였다. 그곳에서는 사람이 사라지지 않고 유령처럼 스러진다. 우리의 군대가, 항상 물러서는 그 방데 반군 앞에서 머뭇거리고, 그토록 기막히게 도주하는 전사들 앞에서 주춤거리는 것은, 그토록 신속하게 흩어져 버리는 능력 때문이다.

후작은 꼼짝도 하지 않고 서 있었다. 그는 어떠한 일에서나 격정을 느끼지 않으려 애를 쓰는 사람들 중 하나였다. 그러나 그 역시, 그 숱한 피와 살육 속에 묻혔다가 자유로운 공기를 호흡하는 순간, 감동을 피할 수 없었다. 완전히 파멸되었다가 완전히 구출되었다고 느끼는 것, 그토록 가까이에서 무덤을 보다가 완벽한 안전을 확보하게 되는 것, 죽음에서 빠져나와 삶으로 되돌아오는 것 등은 랑뜨낙과 같은 사람에게도 커다란 심리적 충격이었다. 그리하여, 비록 그가 유사한 일들을 이미 겪었다 할지라도, 그의 냉정한 영혼이 잠시나마 흔들리는 것은 피하지 못하였다. 그는 자신이 만족스러워하고 있음을 스스로 고백하였다. 하지만 기쁨과 거의 유사한 그 심적 동요를 서둘러 진정시켰다. 그가 시계를 꺼내어 들여다보았다. 몇 시나 되었을까?

그가 몹시 놀랐다. 겨우 10시였다. 우리가 살아가다 조우하며 또 모든 것이 걸린 뜻밖의 돌발 사건을 겪고 난 직후, 우리는 그토록 팽배했던 순간들도 다른 순간들보다 더 길지 않다는 사실에 항상 놀란다. 경고의 포격이 일몰 조금 전에 있었고, 반 시간 후, 7시와 8시 사이, 어둠이 내릴 때 돌격대가 라뚜르그로 접근하였다. 그렇게, 그 거창한 전투가 8시에 시작되어 10시에 끝났다. 그 엄청난 영웅전(英雄傳)이 겨우 120분 지속되었다. 때로는 번개의 신속함이 대재앙에 개입한다. 사건들은 그러한 종류의 놀라운 축도(縮圖)를 가지고 있다.

하지만 곰곰이 생각해 보면, 그 반대의 측면에 놀랄 수도 있을 것이다. 그토록 적은 병력이 그토록 많은 병력에 맞서 두 시간이나 버티었다는 것은 특이한 일이며, 4천 병력에 맞서 열아홉 사람이 벌이던 전투가 분명 짧지도 않았고, 신속히 끝나지도 않았다.

그러는 동안 어느덧 떠날 때가 되었다. 알말로는 이미 멀리 갔을 것이다. 그리하여 후작은 그곳에 더 오래 머물 필요가 없다고 생각하였다. 그가 시계를 상의 주머니에 다시 넣었다. 그러나 앞서 넣었던 그 주머니에는 다시 넣지 않았다. 이마누스가 다시 가져다준 철문 열쇠와 시계가 호주머니 속에서 끊임없이 부딪침을 간파하였고, 시계의 유리가 열쇠의 충격에 깨질 수 있다고 생각하였기 때문이다. 그런 다음 그 역시 숲으로 접어들 채비를 하였다. 그가 왼쪽으로 길을 잡아 나아가려는데, 일종의 희미한 광선이 그가 있는 곳까지 침투하는 것 같았다.

그가 돌아섰다. 붉은 배경 위로 선명하게 드러나, 문득 그 가장 미세한 부분까지도 보이게 된 덤불 사이로, 협곡에 있는 커다란 섬광 덩이가 그의 시야에 들어왔다. 그가 있던 곳으로부터 협곡까지는 몇 걸음밖에 되지 않았다. 그가 협곡을 향해 걷다가 즉시 생각을 바꾸었다. 그러한 밝음 속에 자신을 노출시키는 것이 부질없는 짓이라 여겼기 때문이다. 그 섬광의 정체가 무엇이든, 그것이 결국 그의 일은 아니라고 생각하였다. 그는 알말로가 가리킨 방향으로 다시 접어들어 숲을 향해 몇 걸음을 내디뎠다.

문득, 가시덤불 밑에 깊숙이 숨겨진 그의 머리 위로, 무시무시한 고함 소리가 들려왔다. 그 고함은 협곡 위 평지의 언저리에서 들리는 것 같았다. 후작이 눈을 들어 그쪽을 바라보며 걸음을 멈추었다.

제5권
인 다이모네 데우스[167]

1
찾았으되 잃어버린

미쉘 플레샤르가 석양빛에 붉어진 탑을 발견한 순간, 그녀는 탑으로부터 1리으 이상 떨어져 있었다. 그녀는 한 걸음 겨우 내딛기도 어려운 형편이었으나, 그 1리으라는 먼 거리 앞에서 조금도 주저하지 않았다. 여인들은 약하나 엄마들은 강하다. 그녀는 힘차게 걸었다.

해가 지고 황혼이 짙어지더니 깊은 어둠이 뒤덮었다. 그녀는 걸으면서도 멀리 보이지 않는 종각으로부터 들려오는 종소리를 들었다. 8시를 알리고, 그다음 9시를 알리는 종소리를 들었다. 아마 빠리녜의 종각으로부터 들리던 종소리였을 것이다. 그녀가 이따금씩 걸음을 멈추고 일종의 은은한 충격음 같은 것에 귀를 기울였다. 그러면서 야간의 몽몽한 소음일

167 In dæmone Deus. 〈악마 속에 신 하나〉 혹은 〈마귀 속에 절대 신이 계시다〉라는 뜻이다. 랑뜨낙 후작을 가리키며, 라두가 그를 〈착한 신〉이라고 부른다(제5권 3장). 고뱅 또한 같은 시각을 가지고 있다(제6권 2장).

519

것이라 생각하였다.

　그녀는 피투성이가 된 발로 황야의 온갖 가시나무들을 짓
밟으며 앞만 바라보고 걸었다. 까마득히 멀리 보이는 탑에서
발산되는 희미한 빛의 인도를 받으며 걸었는데, 그 희미한 빛
이 탑의 모습을 선명하게 드러냈고, 어둠 속에서 그 탑을 신
비한 반짝임으로 감싸고 있었다. 그 빛은 충격음이 선명할 때
마다 더 강렬해지곤 했고, 그러다가 이내 지워졌다.

　미쉘 플레샤르가 걷고 있던 광막한 평원은 온갖 잡초와 히
드로만 덮여 있었고, 집 한 채 나무 한 그루 없었다. 평원은 완
만한 오르막 경사를 이루며 끝없이 펼쳐져 있었고, 평원의 곧
고 경직된 표면이, 별들 점점이 박힌 어두운 지평선에 까마득
히 걸쳐 있었다. 그녀가 그 경사면을 오를 수 있도록 그녀를
지탱해 준 것은, 그녀의 시야를 떠나지 않던 탑이었다.

　그녀는 탑이 서서히 커지고 있음을 깨달았다.

　탑으로부터 나오던 억제된 폭음과 창백한 섬광은, 조금 전
에 말한 바와 같이 간헐적이었다. 폭음과 섬광이 중단되었다
가는 다시 계속되면서, 절망에 빠진 가엾은 엄마에게 무엇인
지 모를 비통한 수수께끼를 던지곤 하였다.

　별안간 폭음과 섬광이 멈추었다. 소음과 빛이 모두 꺼졌
다. 팽배된 적막의 한순간이 지속되었다. 일종의 음산한 평온
이었다.

　미쉘 플레샤르가 평원의 가장자리에 도달한 것은 바로 그
순간이었다.

　그녀는 자기의 발밑에 협곡이 있음을 간파하였다. 협곡의
바닥은 짙은 어둠 속으로 사라져 보이지 않았다. 그곳으로부
터 조금 떨어진 곳 언덕 위에는 바퀴들과 비스듬한 단면들 및

구멍들이 뒤얽혀 있었는데, 그것은 포대(砲臺)였다. 또한 그녀 정면에는 암흑으로 축조된 듯한 거대한 건축물이 점화된 도화선들의 불빛 덕분에 희미한 모습을 드러내고 있었는데, 그 축조물은 그것을 둘러싸고 있던 어둠보다도 더 검었다.

그 축조물은, 교호(橋弧)들이 협곡 속에 잠긴 다리 하나와, 다리 위에 세워진 일종의 성으로 구성되어 있었고, 다리와 성 모두 높고 어두운 원통에 자신들을 의지하고 있는 것 같았다. 그 높은 원통은 탑이었고, 그것을 향해 엄마가 그토록 멀리서부터 걸어온 것이다.

탑의 빛들이 분주히 오가는 것이 창틀을 통하여 보였다. 또한, 탑으로부터 나오는 웅성거림으로 보아, 그 속에 사람들이 가득한 것 같은데, 그 몇몇 윤곽들이 탑의 옥상까지 넘쳤다.

포대 가까이에 군사들의 야영지 하나가 있었고, 미쉘 플레샤르의 눈에 초병들도 보였다. 그러나 그녀는 어둠과 덤불 덕분에 그들의 눈에 띄지 않았다.

그녀는 언덕의 가장자리에 도달해 있었고, 또 어찌나 다리에 가까이 다가갔던지, 그것에 손이 닿을 것 같았다. 하지만 깊은 협곡이 그녀와 다리를 갈라놓았다. 그녀는 어둠 속에서도 다리 위 성이 세 층으로 이루어졌음을 알 수 있었다.

그녀는 한동안 그곳에 머물렀다. 하지만 얼마 동안인지는 알 수 없었다. 아가리를 딱 벌리고 있는 협곡과 암흑 같은 축조물 앞에서 말없이 한 가지 생각에만 몰두하였던지라, 시간의 장단이 그녀의 뇌리에서 사라졌기 때문이다. 저것이 무엇일까? 저 속에서 무슨 일이 벌어지고 있는 것일까? 저것이 그라 뚜르그일까? 그녀는 도착이나 떠남과 유사한 막연한 기다림의 순간에 느끼는 현기증에 사로잡혔다. 그리고 자신이 왜 그곳에 와 있는지 자문하였다.

그녀가 유심히 바라보며 귀를 기울였다.

문득 그녀의 눈에 아무것도 보이지 않았다.

그녀와 그녀가 바라보고 있던 것 사이로 연기 너울 한 폭이
치솟았던 것이다. 또한 연기의 심한 자극 때문에 그녀가 눈을
질끈 감았다. 눈을 감자마자, 그녀의 눈꺼풀이 온통 주홍색으
로 변하고, 그곳에 밝은 빛이 작열하였다. 그녀가 얼른 눈을
다시 떴다.

그녀 앞에 나타난 것은 더 이상 밤이 아니었다. 하지만 불
길한 낮, 불에서 나온 낮이었다. 그녀의 눈앞에서 화재가 시
작되고 있었다.

검은색을 띠던 연기가 진주홍으로 변하였고, 연기 속에서
거대한 불길이 널름거렸다. 그 불길은 번개나 독사처럼 사납
게 용틀임을 하면서, 나타났다 사라지곤 하였다.

그 불길은 사나운 짐승의 아가리 비슷한 그 무엇으로부터
널름거리며 나오는 혀 같았다. 그 아가리 같은 것은 화염 가
득한 창문이었다. 이미 붉어진 철 막대들이 막고 있던 그 창
문은, 다리 위에 지은 성의 맨 아래층 창문들 중 하나였다. 전
체 건물 중 그 창문만 보였다. 연기가 모든 것을, 심지어 언덕
까지 뒤덮었다. 그리하여 붉은 불길이 드러낸 협곡의 검은 가
장자리만 보였다.

미쉘 플레샤르는 놀라움에 사로잡혀 그저 바라볼 뿐이었
다. 연기는 구름이고, 구름은 꿈이다. 그녀는 자기 눈에 보이
는 것이 무엇인지 더 이상 알 수 없었다. 도망쳐야 할까? 그
자리에 머물러 있어야 할까? 그녀는 자신이 거의 현실 밖에
나와 있다는 사념에 휩싸였다.

바람 한 가닥이 지나가며 연기 장막을 갈라놓았다. 그러자 그 찢어진 사이로, 주탑과 다리와 그 위의 작은 성 등 요새 전체가 문득 가면을 벗어 던지고 자신의 모습을 몽땅 드러내는데, 꼭대기로부터 발치까지 불빛을 받아, 화재가 금박이라도 입힌 듯 눈부시며 동시에 끔찍했다. 미쉘 플레샤르는 불에 기인한 음산한 선명함 속에 있던 모든 것을 볼 수 있었다.

다리 위에 세운 성의 맨 아래층이 타고 있었다.

그 위의 두 층이 선명하게 보였고, 아직 아무 해도 입지 않은 그 두 층은 마치 화염 바구니에 담긴 것 같았다. 미쉘 플레샤르가 서 있던 언덕 끝자락으로부터, 불과 연기가 교차되는 사이로 성의 내부가 희미하게 보였다. 모든 창문들이 열려 있었다.

두 번째 층의 매우 큰 창문들을 통하여 미쉘 플레샤르는 벽을 따라 세워 놓은 가구들을 발견하였는데 가구들마다 책들이 가득 꽂혀 있는 것 같았다. 그리고 어느 창문 앞 바닥 어둑한 곳에, 윤곽이 분명치 않고 새 둥지나 한 배의 병아리들처럼 뭉쳐 있는, 어수선하고 작은 무리 하나가 보였는데, 그 모습이 그녀를 이따금씩 뒤흔들었다.

그녀가 그 무리를 바라보고 또 바라보았다.

저 작은 그림자들 무리가 무엇일까?

그것들이 살아 있는 형체들을 닮았다는 생각이 가끔 그녀의 뇌리를 스쳤다. 그녀에게는 신열이 있었다. 아침부터 아무것도 먹지 못하였다. 잠시도 쉬지 않고 걸었던지라 기진한 상태였다. 그녀는 자신이 일종의 환각 상태에 있다고 느꼈으나, 본능적으로 그것을 경계하였다. 하지만 점점 더 고정된 그녀의 두 눈은, 화재가 난 곳 바로 위쪽 방의 마루에 널브러져 있으며 외견상 꼼짝도 하지 않는, 따라서 아마 무생물일지도 모르는 그 희미한 무더기로부터 떠날 줄을 몰랐다.

문득 화염이, 마치 어떤 의도라도 가지고 있었던 듯, 미쉘 플레샤르가 바라보고 있던 벽면을 덮은 마른 담쟁이덩굴로, 밑으로부터 불길 한 가닥을 던졌다. 마치 불길이 그 마른 가지들을 발견하고 기뻐하는 것 같았다. 불똥 하나가 그것들을 게걸스럽게 점령하더니 잔가지들을 타고 오르기 시작하는데, 그 날렵함이 화약의 도화선 같았다. 불길이 눈 깜짝할 사이에 두 번째 층으로 번졌다. 그리고 그 실내를 환하게 밝혔다. 그러자 강렬한 빛이 잠든 세 어린것을 또렷하게 보여 주었다.

매력적인 작은 무더기였는데, 팔과 다리가 뒤섞이고, 눈꺼풀은 감겨 있었으며, 금발의 얼굴들이 미소를 짓고 있었다.

엄마가 자기의 아이들을 알아보았다.

그녀가 무시무시한 고함을 질렀다.

그 형언할 수 없는 괴로움의 고함은 엄마들에게만 주어진 것이다. 그것보다 더 사나운 것도, 더 폐부를 찌르는 것도 없다. 한 여인이 고함을 지르면 그것이 암늑대 소리로 들리고, 암늑대가 고함을 지르면 그것이 여인의 소리로 들린다.

미쉘 플레샤르가 지른 그 고함은 개나 늑대의 울부짖음이었다. 〈헤카베[168]가 짖었다.〉 호메로스가 한 말이다.

랑뜨낙 후작이 들은 것이 바로 그 고함이었다.

그리하여 이미 말한 바와 같이 그가 걸음을 멈추었다.

후작은 알말로가 그에게 가르쳐 준 통로의 출구와 협곡 중간에 있었다. 그는, 자기 머리 위에 엉클어져 있는 덩굴들 사

168 트로이아의 왕 프리아모스의 아내로, 자식들이 죽어 가는 광경을 목격해야 했던 비극적 여인이다. 슬픈 엄마의 상징이다.

이로 화염에 휩싸인 다리와 반사광에 붉게 물든 라 뚜르그를 보았고, 역시 자신의 머리 위 건너편 언덕 언저리에, 즉 타고 있던 성 맞은편에, 다시 말해 화재로 인해 대낮처럼 환해진 곳에, 살벌하며 동시에 처량한 얼굴로 한 여인이 협곡을 향해 상체를 기울이고 있는 것을 보았다.

그에게 들린 고함은 그녀가 지른 것이었다.

그녀의 모습 또한 더 이상 미쉘 플레샤르가 아니라 고르고였다. 극도로 비참한 이들은 무시무시하다. 촌 여인의 모습이 복수의 여신상으로 변해 있었다. 그 이름 없고, 거칠고, 무지하고, 아무 의식 없는 촌 여인이, 별안간 영웅전 속의 절망을 표상하였다. 커다란 고통들이란 영혼의 거대한 팽창이다. 그 엄마는 곧 모성 그 자체였다. 인간적인 것을 집약하고 있는 것, 그것은 모두 초인적이다. 그녀는 그 협곡 언저리에, 그 이글거리는 화재 현장 앞에, 그 범행 앞에, 무덤에서 치솟아 오른[169] 세력처럼 우뚝 서 있었다. 그녀의 고함은 야수의 포효였고, 동작은 여신의 몸짓이었다.[170] 그녀의 얼굴에서 저주가 쏟아져 내렸고, 그 얼굴은 불꽃 넘실거리는 가면 같았다. 눈물에 젖은 그녀의 눈에서 발산되는 번개보다 더 지엄한 것은 없었다. 그녀의 시선이 화재에 벼락을 치고 있었다.

후작이 귀를 기울였다. 그 소리가 그의 머리 위로 떨어지고 있었다. 그에게 들려오는 것은 음절의 마디가 불분명하고 폐부를 찢는 그 무엇으로, 말이라기보다는 흐느낌과 더 유사했다.

「아! 맙소사! 내 아이들! 내 아이들이야! 도와주세요! 불

169 〈죽음을 초월한〉의 의미일까?
170 그러한 존재의 대표적인 예가 앞에서 언급한 고르고일 것이다. 〈복수의 여신〉 또한 마찬가지이다.

이야! 불이야! 불! 당신들 모두 산적들이야! 아무도 없어요? 내 아이들이 불에 타겠어요! 아! 이럴 수가! 죠르제뜨! 내 아이들! 그로-알랭, 르네-쟝! 도대체 이게 어찌 된 영문이야? 누가 내 아이들을 저 속에 데려다 놓았어? 저것들이 자고 있어. 내가 미쳤어! 있을 수 없는 일이야. 도와주세요!」

한편 같은 시각, 탑 속과 언덕 위에서는 요란한 움직임이 시작되었다. 모든 부대원들이 조금 전에 발생한 화재 현장 주위로 달려왔다. 포위군은 적의 총탄을 상대하다가, 이제 화재와 맞서게 되었다. 고뱅과 씨무르댕과 게샹이 연속적으로 이런저런 명령을 내렸다. 하지만 어찌하겠는가? 협곡 바닥을 흐르는 실개천에서 길어 올릴 수 있던 물은 겨우 몇 양동이에 불과했다. 점점 다급해졌다. 언덕 언저리가 불길을 바라보는 질겁한 얼굴들로 뒤덮였다.

눈앞에서 벌어지고 있던 일은 끔찍했다.

바라볼 뿐, 속수무책이었다.

담쟁이에 옮겨붙은 불길이 꼭대기 층까지 이르렀다. 그리고 지푸라기 가득한 헛간을 보자 신속히 그 속으로 번졌다. 지붕 밑층 전체가 이제 화염에 휩싸였다. 화염이 춤을 추고 있었다. 불꽃의 기쁨, 그것보다 더 음산한 것은 없다. 배신적인 숨결 한 가닥이 그 화형대의 불길을 돋우고 있는 것 같았다. 그 무시무시한 이마누스가 몽땅 불티의 소용돌이로 변하여 불의 살인적인 생명으로부터 활기를 얻은 것 같았으며, 그 흉악한 영혼이 화재로 변신한 듯하였다. 서재가 있던 층의 내부로는 아직 불길이 침범하지 못하였다. 천장이 높고 벽이 두꺼워 내부가 화염에 휩싸이는 것이 지체되기는 하였지만, 그 운명의 순간이 다가오고 있었다. 아래층의 화염이 서재를 핥고, 위층의 화염이 그것을 애무하고 있었다. 죽음의 흉악스러운 키스가 서재를 스치고 있었다. 밑에는 용암 지하실, 위에는 이글거리는 숯덩이 천장이 있었다. 따라서, 혹시 바닥에 구멍이라도 하나 뚫리면, 그것은 붉은 화산재 속으로의 도괴를 뜻하였다. 또한 천장에 구멍 하나가 뚫릴 경우, 그것은 이글거리는 숯덩이들 밑에 묻힘을 뜻하였다. 르네-쟝, 그로-알랭, 죠르제뜨, 세 아이는 아직 잠에서 깨어나지 않았다. 그들은 아이들답게 깊고 천진스럽게 잠들어 있었다. 창문들을 덮다가는 다시 드러내 보여 주는 화염과 연기 자락들 사이로 그 불의 동굴 속 혜성의 섬광 밑바닥에서 잠든 아이들이 보이곤 하였는데, 그 평온하고 귀여우며 미동도 하지 않는 모습이, 지옥 한가운데서 태평스럽게 잠든 세 아기 예수와 같았다. 그리하여, 그 용광로 속에 있는 장미 세 송이와 그 무덤속에 있는 요람들 앞에서는, 아마 호랑이라도 눈물을 흘렸을 것이다.

그동안에도 엄마는 자신의 팔을 비틀며 절규를 계속하고 있었다.

「불이야! 불이 났단 말이에요! 아무도 오지 않는다니, 모두들 귀머거리가 되었나! 내 아이들이 불에 타요! 저기 계신 분들, 어서 좀 와요. 내가 날마다 걷고 또 걸었는데, 아이들을 찾고 보니 이 지경이에요! 불이야! 도와주세요! 천사들이여! 저 애들도 천사들이에요! 저 순진한 것들이 무슨 죄를 지었다고! 나를 총살하더니, 저 아이들을 태워 죽이려 하는군! 도대체 누가 이런 짓을! 도와주세요! 내 아이들을 구해 주세요! 내 말 들리지 않아요? 암캐 한 마리라 해도, 제가 암캐 한 마리에 지나지 않더라도, 저를 불쌍히 여겨 줄 거예요! 내 아이

들! 내 새끼들! 저것들이 자고 있어요! 아! 죠르제뜨! 고 사
랑스러운 작은 배가 보여요! 르네-쟝! 그로-알랭! 아이들
이름이에요. 제가 저 아이들의 엄마예요. 지금 벌어지고 있는
일이 가증스러워요. 저는 밤낮 가리지 않고 계속 걸었어요.
오늘 아침에도 어느 여인에게 그 이야기를 하였어요. 도와주
세요! 도와주세요! 불이야! 모두들 괴물들이란 말인가! 끔
찍한 일이에요! 큰아이의 나이 다섯 살이 채 못 되었어요. 막
내 여자아이는 두 살도 아니 되었어요. 그것들의 드러난 다리
들이 보여요. 착하신 성처녀시여, 그것들이 자고 있어요! 하
늘의 손이 그것들을 나에게 돌려주었는데, 지옥의 손이 다시
빼앗아 가려 해요. 내가 그토록 많이 걸었는데! 내가 젖을 먹
여 키운 내 아이들! 그것들을 다시 찾지 못하여 내가 그토록
슬퍼하였는데! 저를 불쌍히 여겨 주세요! 제 아이들을 원해
요, 제 아이들이 있어야 해요! 그런데 아이들이 저 불더미 속
에 있어요! 피투성이가 된 저의 이 가엾은 발들을 좀 보세요.
도와주세요! 이 땅 위에 사람들이 있는데, 저 가엾은 어린것
들이 저렇게 죽도록 내버려 둔다는 것은 있을 수 없는 일이에
요! 도와주세요! 살인강도예요! 이런 일은 있을 수 없어요.
아! 강도들! 저 끔찍한 집은 도대체 무어야? 저렇게 죽이려고
나에게서 아이들을 훔쳐 갔어! 예수님, 불쌍히 여겨 주세요!
아이들을 돌려주세요. 오! 어찌해야 할지 모르겠어요! 아이
들이 죽으면 안 돼요! 도와주세요! 도와주세요! 도와주세요!
오! 아이들이 저렇게 죽어야 한다면, 나는 신을 죽이겠어!」

　엄마의 그 무시무시한 탄원이 터져 나오던 바로 그 순간,
언덕 위와 협곡 속에서 여러 음성이 들렸다.

　「사다리 하나 가져오게!」

「사다리가 없습니다!」

「물!」

「물도 없습니다!」

「저 위, 탑에, 두 번째 층에, 출입문 하나가 있네!」

「그것은 철문입니다.」

「그것을 부숴!」 「불가능합니다.」

그동안에도 엄마의 절망 어린 하소연은 더욱 다급해졌다.

「불이야! 도와주세요! 제발 서둘러요! 차라리 나를 죽여요! 내 아이들! 내 아이들! 오! 끔찍한 불! 불 속에서 아이들을 꺼내 주든지 저를 그 속으로 처박아요!」

그 아우성 사이사이로, 목재가 태연스럽게 탁탁 튀며 타는 소리가 들려왔다.

후작이 자기의 호주머니를 더듬었다. 철문의 열쇠가 손가락 끝에 닿았다. 그러자 그는 탈출로인 복도의 천장 밑에서 상체를 숙이더니, 방금 지나온 통로 안으로 되돌아갔다.

2
돌문으로부터 철문으로

불가능한 구조 작업의 주위를 정신없이 맴도는 군대, 세 아이를 구출하지 못하는 4천의 병력, 상황이 그러했다.

정말 사다리는 없었다. 쟈브네에서 보낸 사다리는 끝내 도착하지 않았다. 불은 열리는 분화구처럼 점점 더 번졌다. 협곡 바닥의, 거의 다 말라 버린 실개천의 물로 불을 끄려 한다는 것은 미친 짓에 가까웠다. 화산에 물 한 잔 붓는 격이었다.

씨무르댕과 게샹 및 라두는 협곡 바닥으로 내려갔다. 그러나 고뱅은 라 뚜르그의 두 번째 층으로 다시 올라왔다. 그곳에 비밀 출구인 회전식 돌문과 서재로 통하는 철문이 있었다. 이마뉴스가 유황 먹인 도화선에 점화하여, 화재가 시작된 곳이 바로 그 층이었다.

고뱅이 공병대원 스무 명을 데리고 왔다. 철문을 부수는 것이외의 다른 방도가 없었다. 철문은 무시무시할 정도로 굳게 닫혀 있었다.

우선 도끼로 문을 두드렸다. 도끼들이 깨졌다. 공병대원 하나가 말하였다.

「강철도 이 무쇠에 부딪히면 유리에 불과합니다.」

문은 정말 단철(鍛鐵)로 만들었는데, 두께 3뿌쓰[171]의 철판 두 장을 겹쳐 볼트로 단단히 죄어 놓았다.

철 막대들을 문 밑으로 넣어 문을 밀어 보았다. 철 막대들이 부러졌다.

「성냥개비들 꼴이군.」 공병대원이 중얼거렸다.

고뱅이 침울한 기색으로 말하였다.

「포탄만이 이 문을 열 수 있겠군. 대포 한 문이 이곳까지 올라올 수 있어야 하는데.」

「그런다 해도!」 공병대원이 말하였다.

잠시 모두들 낙담한 기색이었다. 그 모든 무력한 팔들이 동작을 멈추었다. 할 말을 잃고, 패배한 듯, 아연실색하여, 꿈쩍도 하지 않는 그 소름 끼치는 문을 바라볼 뿐이었다. 붉은 불빛이 문 밑으로 들어오고 있었다. 문 뒤에서는 불길이 더욱 사나워지고 있었다.

---

171 *pouce*. 프랑스의 옛 척도로 1뻬에의 12분의 1(약 27밀리미터)에 해당한다. 〈엄지손가락〉이라는 뜻이다.

음산한 승리자 이마누스의 소름 끼치는 시신이 곁에 나뒹굴어 있었다.

몇 분만 더 지나면 아마 모든 것이 화염에 휩싸여 무너져 내릴 것이다.

어찌한단 말인가? 더 이상 희망이 없었다.

고뱅이 회전식 돌문과 그 옆의 탈출구를 노려보며 격분한 음성으로 소리쳤다.

「이런 일이 벌어졌는데, 랑뜨낙 후작은 저곳을 통하여 떠나 버렸어!」

「그랬다가 다시 왔네.」 어떤 음성이 그렇게 대꾸하였다.

동시에, 백발의 얼굴 하나가, 비밀 출구의 문틀 중앙에 선명한 윤곽을 드러냈다.

후작이었다.

고뱅이 그를 그토록 가까이에서 대하지 못한 지 여러 해가 되었다. 그가 뒤로 물러섰다.

그곳에 있던 다른 모든 사람들은 문득 석상으로 변한 듯, 꼼짝도 하지 못하였다.

후작은 손에 굵은 열쇠 하나를 들고 있었다. 그가 자기 앞에 있던 공병대원들을 근엄한 눈으로 바라보자 그들이 옆으로 물러섰다. 그가 문을 향하여 곧장 걸어가, 상체를 숙여 열쇠를 밀어 넣었다. 열쇠 삐걱거리는 소리가 나며 문이 열렸고, 불꽃의 심연이 그들 앞에 나타났으며, 후작이 그 속으로 들어갔다.

그는 단호한 걸음으로 의연히 불 속으로 들어갔다.

모든 사람들이 몸서리를 치면서 그를 주시하였다.

후작이 애초 화재가 시작된 방으로 들어가 몇 걸음 옮겨 놓자 마자, 불길에 휩싸였던 마루가 그의 발뒤꿈치에 눌려 무너져 내렸고, 그와 철문 사이에 낭떠러지 하나가 생겼다. 후작은 고개조차 돌리지 않고 앞으로 나아갔다. 그가 연기 속으로 사라졌다.

더 이상 아무것도 보이지 않았다.

그가 더 멀리 갈 수 있었을까? 그의 뒤에 새로운 불 웅덩이 하나가 더 생겼을까? 고작 스스로를 죽이는 일에만 성공하였을까? 어떤 추측도 할 수 없었다. 사람들 앞에 보이는 것이라곤 연기와 불꽃의 장벽뿐이었다. 죽었는지 살았는지 모르지만, 후작은 그 장벽 너머에 있었다.

3
잠들었던 아이들이 깨어나다

그러는 동안 아이들이 결국 눈을 떴다.

아직 서재 안으로는 번지지 않은 불길이 천장에 붉은 반사광을 드리우고 있었다. 아이들은 그러한 종류의 여명이 무엇인지 몰랐다. 그들이 일제히 그 여명을 바라보았다. 죠르제뜨는 그것에 넋을 빼앗겼다.

화재의 온갖 찬연함이 한껏 펼쳐졌다. 검은 휘드라와 진홍색 용이, 엄청나게 어둡고 동시에 검붉은 기형의 연기 속에 모습을 드러냈다. 긴 불티들이 멀리까지 날아올라, 어둠 속에 어지러운 선들을 마구 그렸다. 서로를 추격하며 전투를 벌이는 유성들 같았다. 불은 일종의 낭비이다. 이글거리는 숯불 속에는 보석 상자들이 가득하고, 숯불이 그것들을 바람에 실어 뿌린다. 숯이 다이아몬드와 공연히 같은 것은 아니다. 세 번째 층의 벽에 균열들이 생겼고, 숯불이 그 틈을 통하여 보석의 폭포를 협곡으로 쏟아 내고 있었다. 지붕 밑 헛간에서 타고 있던 지푸라기와 귀리가 황금 가루 사태를 이루어 창문으로 넘쳐흐르기 시작하였고, 귀리들은 자수정으로, 지푸라기들은 석류석으로 변하고 있었다.

「예뻐!」죠르제뜨가 말하였다.

세 아이 모두 일어나 앉아 있었다.

「아! 아이들이 깨어났어!」엄마가 소리쳤다.

르네-쟝이 벌떡 일어섰다. 그러자 그로-알랭도 일어섰고, 죠르제뜨 역시 일어섰다.

르네-쟝이 기지개를 켜며 창문으로 다가가더니 중얼거렸다.

「더워!」

「더워!」죠르제뜨가 따라 말하였다.

엄마가 그들을 불렀다.

「내 아이들아! 르네! 알랭! 죠르제뜨!」

아이들이 주위를 두리번거렸다. 그들이 무슨 영문인지 알고자 하였다. 어른들이 두려움에 사로잡힐 때 아이들은 호기심을 느낀다. 쉽사리 놀라는 사람은 좀처럼 두려워하지 않는다. 무지가 용감함을 내포하고 있기 때문이다. 아이들에게는 지옥에 들어갈 권리가 거의 없기 때문에, 그들은 지옥을 보더라도 그것을 아마 찬미할 것이다.

엄마가 다시 불렀다.

「르네! 알랭! 죠르제뜨!」

르네-쟝이 고개를 돌렸다. 그 음성이 그의 주의를 끈 것이다. 아이들의 기억은 오래가지 않지만, 그것의 소생은 신속하다. 그들에게는 모든 과거가 어제이다. 르네-쟝이 엄마를 보앗고, 그것을 당연하게 여겼다. 그리고 자신이 이상한 것들에 둘러싸인 것을 보고 막연한 도움의 필요를 느꼈던지, 그가 소리를 질렀다.

「마망!」

「마망!」 그로-알랭도 따라 불렀다.

「므망!」 죠르제뜨도 소리쳤다.

그러면서 그녀가 작은 두 팔을 앞으로 뻗었다.

그러자 엄마가 울부짖었다.

「내 아이들!」

세 아이가 모두 창문 곁으로 왔다. 다행히 그쪽에는 아직 불길이 번지지 않았다.

「너무 더워.」 르네-쟝이 말하였다.

그러고는 다시 덧붙였다.

「뜨거워.」

그러더니 눈을 두리번거리며 엄마를 찾았다.

「어서 와, 마망!」

「어서, 므망.」 죠르제뜨도 따라서 외쳤다.

흐트러진 머리에, 온몸이 찢겨 피투성이가 된 채, 엄마가 가시덤불 위로 굴러 협곡 바닥으로 떨어졌다. 씨무르댕이 그곳에 게샹과 함께 있었으나, 그 밑에 있던 사람들도 위에 있던 고뱅처럼 속수무책이기는 마찬가지였다. 자신들이 아무 쓸모 없다는 사실에 절망한 병사들이 두 사람 주위에서 굼실거리고 있었다. 열기가 견딜 수 없을 지경이었으나, 아무도 그것을 느끼지 못하는 것 같았다. 깎아지른 다리, 교호들의 높이, 건물의 층들, 진입할 수 없는 창문 등을 바라보며 신속한 조치가 필요함을 절감하였다. 그러나 3층 높이를 올라가야 했다. 그곳에 도달할 방법이 없었다. 어깨에 칼을 맞아 부상을 당하고 귀 하나가 뜯겨 나간 라두가, 땀과 피에 범벅이 된 채 달려왔다. 그가 미쉘 플레샤르를 보자 한마디 하였다.

「이런, 총살당하신 분이군! 당신 그러면 부활하신 것이오?」

「내 아이들!」 엄마의 대꾸였다.

「옳은 말씀이오.」 라두가 대꾸하였다. 「지금은 죽었다가 돌아온 유령에 신경 쓸 때가 아니지.」

그러고는 다리를 기어오르기 시작하였다. 그러나 부질없는 시도였다. 그가 손톱들을 돌에 처박으며 잠시 기어올랐다. 그러나 교각의 표면은 매끈매끈했다. 깨진 부분 하나, 돌출부 하나 없었고, 새로 쌓은 장벽처럼 돌들의 이가 완벽하게 맞물려 있었다. 그리하여 라두가 다시 떨어졌다. 화재가 무서운 기세로 계속되었다. 온통 붉어진 창틀에 금발 머리 셋이 보였다. 그러자 라두가 하늘을 향해 불끈 주먹을 뻗으며, 그리고 시선으로 누구를 찾는 듯, 소리쳤다.

「착한 신이여, 기껏 한다는 짓이 이거야!」

엄마가 무릎을 꿇고 교각을 감싸 안으며 소리쳤다. 「제발!」

은은히 와지끈거리는 소리가 불구덩이의 탁탁 튀는 소리에 섞였다. 서재에 있는 책장들의 유리가 갈라져 소음을 내면서 떨어졌다. 건물의 골격이 뒤틀리고 있음이 분명했다. 인간의 어떤 힘도 그것을 막을 수 없었다. 한순간만 더 지나면 모든 것이 무너져 내릴 찰나였다. 대참변을 각오하는 수밖에 없었다. 어린 음성들이 반복하여 부르는 소리가 들렸다. 「마망! 마망!」 모두들 공포감이 절정에 도달해 있었다.

문득, 아이들이 있던 창문 옆의 다른 창문에, 화염의 붉은 배경 위로, 우뚝한 모습 하나가 나타났다.

모든 머리들이 쳐들려 그곳을 향하였고, 모든 눈들이 그곳에 고정되었다. 어떤 사람이 그 높은 곳에 있었다. 어떤 사람이 그 용광로 속에 있었다. 불길 위로 그가 선명하게 검은 윤곽을 드러냈다. 그러나 그의 머리는 백발이었다. 그가 랑뜨낙 후작임을 사람들이 알아보았다.

그가 사라졌다가 다시 나타났다.

그 무시무시한 노인이 커다란 사다리 하나를 이끌고 창문에 불쑥 모습을 드러냈다. 서재 안벽에 기대어 눕혀 놓았던 비상 탈출용 사다리를 그가 끌고 온 것이다. 그가 사다리의 한쪽 끝을 잡고, 나머지 부분을 운동선수의 단호한 날렵함으로 밀어내어, 창틀의 바깥쪽 돌출부를 받침점 삼아, 협곡 바닥까지 미끄러지게 하였다. 라두가 밑에서, 거의 미친 사람처럼 되어, 두 손을 뻗쳐 사다리를 받아 얼싸안으며 소리쳤다.
「공화국 만세!」

후작이 그 소리에 화답하였다.

「국왕 전하 만세!」

그러자 라두가 웅얼거렸다.

「자네 원하는 대로 외치게. 그리고 원한다면 어떤 멍청이 소리를 지껄여도 좋아. 여하튼 자네는 착한 신이야.」

사다리가 땅에 닿았다. 화염에 휩싸인 방과 땅 사이에 통로가 확보된 것이다. 라두를 필두로 스무 사람이 몰려들었다. 그러고는 눈 깜짝할 사이에, 돌을 올리고 내리는 석공들처럼, 사다리 가로장에 등을 기대고, 위로부터 밑까지 자신들의 몸으로 층계를 만들었다. 그리하여 나무 사다리 위에 인간 사다리 하나가 생겼다. 그 사다리 꼭대기에 있던 라두는 창문에 닿아 있었다. 그는 화염 쪽으로 얼굴을 돌리고 있었다.

히드 우거진 들판과 경사지에 흩어져 있던 군사들이 동시에 온갖 격정에 뒤흔들려, 언덕 위로, 협곡 밑으로, 탑의 옥상으로 꾸역꾸역 몰려들었다.

후작이 또 사라지더니 아이 하나를 안고 다시 나타났다.

박수 소리가 요란했다.

후작이 닥치는 대로 안고 온 첫 번째 아이였다. 그로-알랭이었다.

그로-알랭이 소리를 질렀다. 「무서워.」

후작이 그로-알랭을 라두에게 건넸고, 라두는 자기의 뒤 아래에 있던 병사에게 건넸으며, 그 병사는 아이를 또 다른 병사에게 건넸다. 몹시 놀라 소리를 지르는 그로-알랭이 그렇게 병사들의 팔을 거쳐 사다리 아래까지 이르는 동안, 잠시 사라졌던 후작이 버둥대며 우는 르네-쟝을 안고 창문에 다시 나타났다. 후작이 그를 라두에게 건네는 순간, 르네-쟝은 중사를 때리기까지 하였다.

후작이 화염 가득한 방 안쪽으로 다시 들어갔다. 죠르제뜨 홀로 남아 있었다. 후작이 그녀에게로 다가갔다. 아이가 미소를 지었다. 그 화강석 같은 사람이 자기의 눈에 촉촉한 무엇이 고이는 것을 느꼈다. 그가 아이에게 물었다.

「이름이 무엇이지?」

「오르제뜨.」 그녀의 대꾸였다.

그가 아이를 안았다. 아이는 여전히 미소를 짓고 있었다. 그가 아이를 라두에게 건네는 순간, 그의 고결하되 깊숙한 곳에 있던 의식이 그 천진난만함에 경탄한 듯, 노인이 아이의 볼에 입을 한 번 맞추었다.

「그 어린 여자아이야.」 병사들이 말하였다. 죠르제뜨 또한 팔에서 팔로 넘겨져 찬미의 환호 속에 지표면까지 무사히 내려왔다. 박수를 치는가 하면, 발을 구르는 사람들도 있었다. 늙은 척탄병들은 흐느꼈다. 아이가 그들을 보자 미소를 지었다.

엄마는 사다리 발치에 있었다. 숨을 헐떡이고 정신을 수습지 못한 채, 그 모든 뜻밖의 사태에 도취한 듯, 지옥으로부터 낙원으로 경유지 없이 던져진 사람 같았다. 과도한 기쁨 또한 특유의 방법으로 심장에 상처를 입힌다. 그녀가 두 팔을 뻗어 먼저 그로-알랭을, 그다음 르네-장을, 그리고 곧이어 죠르제뜨를 받았다. 그런 다음 뒤죽박죽 키스로 아이들을 뒤덮더니, 느닷없이 웃음을 터뜨리며 기절하였다.

한 사람이 큰 소리로 외쳤다.

「모두 구출되었소!」

모두 구출된 것은 사실이었다. 노인만 제외하고.

하지만 아무도 그 노인 생각은 하지 않았다. 아마 노인 자신도 마찬가지였을 것이다.

그가 몽상에 잠긴 기색으로 잠시 창가에 머물러 있었다. 마치 화염의 심연에게 어떤 결단을 내릴 시간을 주려는 것 같았다. 그러더니, 조금도 서두르지 않고, 천천히, 의연하게, 창틀 받침점을 한 걸음에 넘어, 돌아서지도 않은 채, 꼿꼿이 서서, 사다리 가로장들을 등지고, 뒤에서는 이글거리는 화염이 겁박하고 앞에는 낭떠러지가 기다리고 있건만, 유령처럼 장엄한 모습으로 묵묵히 내려오기 시작하였다. 사다리 위에 있던 병사들이 고꾸라지듯 서둘러 밑으로 내려왔고, 그 광경을 지켜보던 모든 이들이 전율하였으며, 높은 곳으로부터 도래하고 있던 그 사람으로부터 모든 이들이 마치 환영을 보았을 때처럼 신성한 공포감에 휩싸인 듯, 뒤로 멀찌감치 물러섰다.[172] 그러는 동안 그는 자기 앞에 있던 어둠 속으로 엄숙하게 처박히고 있었다. 사람들이 물러서는 반면, 그는 그들에게 다가가고 있었다. 대리석처럼 창백한 그의 얼굴에는 주름살 하나 없었고, 유령 같은 그의 시선에는 단 한 가닥 섬광도 없었다. 어둠 속에서 질겁한 눈으로 그를 주시하고 있던 사람들을 향해 그가 한 걸음 옮겨 놓을 때마다, 그가 더욱 커지는 것 같았고, 그의 음산한 발밑에서 사다리가 떨리면서 소음을 내었는데, 마치 무덤 속으로 다시 내려가는 기사령(騎士領) 영주의 조각상[173] 같았다.

후작이 아래로 내려와 그의 발이 사다리의 마지막 가로 막대를 딛고 지면에 닿았을 때, 손 하나가 그의 목덜미를 덮쳤다. 그가 고개를 돌렸다.

「자네를 체포하네.」 씨무르댕이 말하였다.

「동의하네.」 랑뜨낙이 대꾸하였다.

172 십자가 처형 후 예수의 모습(환영)이 제자들 앞에 나타났을 때, 제자들이 보인 몸짓이다.

173 에스빠냐 문예사 속에서 돈끼호떼와 쌍벽을 이루는 전설적 인물인 돈 후안을 지옥으로 끌고 가기 위하여 무덤에서 나온 우요아의 기사. 혹은 모짜르뜨의 「돈 후안」이나 몰리에르의 「돈 후안 혹은 돌의 잔치」 등에 등장하는 유령(육중한 석상)을 가리킨다.

제6권
전투가 벌어진 것은 승리 후이다

1
잡힌 랑뜨낙

후작은 정말 무덤 속으로 다시 내려왔다.

그를 연행하였다.

라 뚜르그 바닥 층 밑에 있는 지하 감옥이 씨무르댕의 엄한 감시하에 다시 열렸다. 그런 다음 램프 하나와 물 단지 하나, 병사들이 먹는 빵 한 덩이를 들여놓고, 짚 한 단을 던져 넣었다. 그리하여, 사제의 손이 후작의 목덜미를 잡은 지 채 15분이 지나지 않아, 랑뜨낙을 가둔 지하 감옥의 문이 다시 닫혔다.

그런 다음 씨무르댕이 고뱅을 보러 갔다. 그 순간, 멀리 있는 빠리녜의 교회당에서 11시를 알리는 종소리가 들렸다. 씨무르댕이 고뱅에게 말하였다.

「내가 군법 회의를 소집하겠지만, 자네는 참석할 수 없을 걸세. 자네도 고뱅 가문 사람이고, 랑뜨낙도 고뱅 가문 사람이기 때문일세. 자네가 너무 가까운 혈족이라 심판관의 역할을 맡을 수는 없네. 나는 까뻬를 심판한 에갈리떼[174]를 비난하는 입장일세. 군법 회의는 판사 세 사람으로 구성될 것이며, 장교들을 대표하여 게샹이, 그리고 하사관들을 대표하여 라두 중사가 참석할 것인데, 재판장의 역할을 내가 맡겠네. 이 모든 일이 자네와는 아무 상관 없네. 우리는 혁명 의회의 포고령에 따를 것이며, 재판은 지난날의 후작 랑뜨낙의 인적 사항을 확인하는 것으로 그칠 것일세. 내일 군법 회의를 열고, 모레 기요띤느로 형을 집행하게 될 걸세. 그러면 방데 내전은 막을 내릴 걸세.」

고뱅은 단 한 마디도 대꾸하지 않았고, 씨무르댕은 아직 남아 있던 마지막 일에 온통 골몰한 채 그의 곁을 떠났다. 씨무르댕은 시간과 장소를 정해야 했다. 그는, 르끼니오가 그랑빌에서, 딸리앵이 보르도에서, 샬리에가 리용에서, 쌩 - 쥐스뜨가 스트라스부르에서 그랬던 것처럼, 직접 사형 집행을 참관하는 습관을 가지고 있었으며, 그 습관이 모범적인 것으로 명성을 얻었다. 이를테면 판사가 망나니의 일을 직접 보러 가는 것인데, 옛 프랑스의 여러 법원과 에스빠냐의 종교 재판[175]으로부터 93년의 공포 정치 체제가 빌려 온 관습이었다.

고뱅 또한 무엇에 골몰해 있었다.

숲으로부터 차가운 바람이 불어오고 있었다. 고뱅은 게샹으로 하여금 필요한 명령들을 내리게 한 다음, 숲 언저리의 풀밭에 있는 자신의 장막으로 갔다. 장막은 라 뚜르그의 발치에 세워져 있었는데, 그곳에서 두건 달린 외투 하나를 꺼내

174 까뻬는 루이 까뻬, 즉 루이 16세의 평민 이름이고, 에갈리떼는 루이 16세의 사촌 필립 도를레앙이다. 에갈리떼가 루이 16세의 사형 언도에 찬성표를 던진 것을 보고, 재판을 주도하던 로베스삐에르조차 놀랐다고 한다.

175 볼떼르의 『깡디드』에 그 한 장면이 생생하게 묘사되어 있다.

어 자신의 몸을 감쌌다. 그 외투에는, 치장물의 소박함을 추구하던 공화국 유행에 따라 단순한 계급 줄 하나만이 달려 있었고, 그것이 사령관의 직위를 나타냈다. 앞서 공격이 시작되었던, 그래서 아직도 유혈 낭자한 그 풀밭 위를 걷기 시작하였다. 그곳에 그는 홀로 있었다. 다리 위 성은 계속 타고 있었으나, 이제 아무도 거들떠보지 않았다. 라두는 아이들과 엄마 곁에 있었으며, 엄마보다 오히려 더 아이들을 자상하게 돌보았다. 다리 위 성의 불이 수그러들기 시작하자, 공병대원들이 잔불을 돌보았다. 어떤 사람들은 구덩이를 파고 사망자들을 묻었다. 부상자들을 치료하고 있었다. 퇴각 보루는 이미 무너뜨렸고, 각 층과 층계에 흩어져 있던 시신들을 치우는 한편 살육의 현장을 청소하는 등, 승리가 남긴 무시무시한 오물 더미를 쓸어 내고 있었다. 병사들이 군사적 신속함을 발휘하여, 끝난 전투의 뒷정리를 하고 있었다. 하지만 그 모든 것들이 고뱅의 눈에는 보이지 않았다.

가끔, 몽상에 잠긴 채, 씨무르댕의 명령에 따라 인원을 배로 늘린 돌파구 앞 초소로 겨우 시선을 던질 뿐이었다.

그가 마치 피신하듯 가 있던 풀밭 귀퉁이로부터 약 2백 보 떨어진 곳에 있는 그 돌파구를, 그는 어둠 속에서도 선명히 보았다. 그 검은 출입구가 보였다. 세 시간 전에 바로 그곳에서 공격이 시작되었다. 자신이 탑 속으로 진입한 것은 그곳을 통해서였다. 퇴각 보루가 설치되어 있던 바닥 층이 그곳이었다. 후작이 갇혀 있는 지하 감옥의 출입구가 그 바닥 층에 있었다. 돌파구 앞의 초소가 그 지하 감옥을 지키고 있었다.

그의 시선이 막연히 그 돌파구를 바라보고 있는 동안, 그의 귀에, 마치 쟁쟁한 조종 소리처럼, 다음 말이 다시 들려오고

있었다. 〈내일은 군법 회의, 모레는 기요띤느.〉

공병대원들이 격리시킨 다음 얻을 수 있는 모든 물을 끼얹었건만 불은 쉽사리 꺼지지 않았고, 그리하여 간헐적으로 불꽃들이 치솟곤 하였다. 이따금씩, 천장들이 와지끈거리고 각 층이 서로를 덮치며 무너지는 소리가 들렸다. 그럴 때마다 불티의 소용돌이가 마치 뒤흔드는 횃불로부터 치솟는 것처럼 날아올랐고, 번갯불처럼 밝은 빛 때문에 지평선 끝이 보였으며, 문득 거대해진 라 뚜르그의 그림자가 숲에 닿을 만큼 길어지곤 하였다.

고뱅은 돌파구 앞의 그 어둠 속에서 천천히 오락가락하였다. 가끔 그가 자기의 두 손을 두건에 감싸인 머리 뒤로 돌려 깍지를 끼곤 하였다. 그가 몽상에 잠기곤 하였다.

2
생각에 잠긴 고뱅

그의 몽상은 그 깊이를 알 수 없었다.

그의 내면에서 급격한 변화가 일어났다.

랑뜨낙 후작이 찬연하게 변모하였다.

고뱅 자신이 그러한 변모의 증인이었다.

사건들의 뒤얽힘으로부터 — 그 사건들이 어떠한 것들이건 — 그러한 일들이 발생할 수 있으리라고는 도저히 믿을 수 없었을 것이다. 유사한 일이 도래할 수 있으리라고는 꿈속에서조차 상상할 수 없었을 것이다.

인간을 희롱하는 무엇인지 모를 그 오만한 것이, 즉 뜻밖의 일이, 고뱅을 움켜잡고 있었다.

고뱅 앞에는 가시적이고, 측지할 수 있고, 불가피하고, 준엄한 현실로 변한 불가능이 있었다.

고뱅이 그러한 것을 놓고 무슨 생각을 하고 있었을까?

주저하고 얼버무릴 일이 아니었다. 결론을 내려야 했다.

그에게 질문 하나가 던져졌다. 그는 그 질문 앞에서 도망칠 수 없었다.

그 질문을 누가 던졌을까?

사건들이었다.

그리고 사건들뿐만 아니었다.

가변적인 사건들이 우리에게 질문 하나를 던지면, 결코 변하지 않는 정의가 그것에 대답하라고 우리를 독촉하기 때문이다.

우리에게 어둠을 던지는 구름 뒤에는, 우리에게 자신의 밝음을 던지는 별이 있다.

우리가 어둠보다 밝음으로부터 더 벗어날 수 있는 것은 아니다.

고뱅은 심문을 받고 있었다.

그는 어떤 이 앞에 출두해 있었다.

무시무시한 어떤 이 앞이었다.

그의 양심이었다.

고뱅은 자신의 내면에서 모든 것이 흔들거림을 느꼈다. 그의 가장 단단한 결심들, 가장 굳건하게 한 약속들, 가장 번의할 수 없는 결정들, 그 모든 것들이 그의 의지 깊숙한 곳에서 비틀거리고 있었다.

영혼의 지진도 있다.

자기가 조금 전에 본 것에 대하여 숙고하면 할수록, 그만큼

544

더 혼란스러웠다.

고뱅은, 공화파로서, 자신이 절대 속에 있다고 믿었으며, 또 사실 그랬다. 그런데 그보다 더 우월한 절대가 조금 전에 모습을 드러냈다.

혁명적 절대 위에 인간적 절대가 있다.

일어나고 있던 사건을 모면할 수는 없었다. 사건은 중대했다. 고뱅도 그 사건의 일부였다. 그가 그것에 속하며, 그것으로부터 빠져나올 수 없었다. 그리하여, 씨무르댕이 비록 그에게 〈자네와는 더 이상 상관없네〉라고 하였지만, 그는 나무를 뿌리로부터 떼어 내는 순간 나무가 느낄 법한 감회에 사로잡혔다.

어떤 사람에게든 그 고유의 토대가 있다. 따라서 그 토대에 가해지는 충격이 그 사람의 깊은 동요를 야기한다. 고뱅이 그러한 동요를 느끼고 있었다.

그가 자신의 머리를 두 손으로 감싸 압박하였다. 마치 그것으로부터 진리가 분출토록 하려는 것 같았다. 그러한 상황을 명료하게 포착하는 것이 쉽지 않았다. 복합적인 것을 단순화시키는 일보다 더 까다로운 작업은 없다. 그의 앞에는 그가 총계를 산출해야 할 무시무시한 숫자들이 놓여 있었다. 운명의 계산서를 작성해야 한다니, 얼마나 현기증 나는 일인가! 하지만 그는 그 작업을 시도하고 있었다. 그리고 자신에게 결산 보고를 하려 애를 썼다. 자신의 사념들을 집합시킨 다음, 자신의 내면에서 꿈틀거리는 저항들을 훈련시키고, 사실들을 명료하게 요약하려 전력을 기울이고 있었다.

그 사실들을 자신 앞에 낱낱이 펼쳐 놓았다.

절체절명의 상황에서, 전진하기 위해서건 후퇴하기 위해서건, 따라야 할 여정을 자신에게 보고하며 자신에게 질문을 던지는 일이, 그 누구에게건 닥치지 않겠는가?

고뱅은 조금 전 기적과 같은 일을 목격하였다.

지상의 전투와 동시에 천상의 전투도 벌어졌다.

악을 상대로 벌인 선의 전투였다.

무시무시한 심정 하나가 조금 전에 제압되었다.

난폭함, 오류, 무분별, 해로운 고집, 오만, 이기주의 등 온갖 못된 점들을 구비한 사람 속에서 기적 하나가 일어나는 것을 고뱅이 조금 전에 보았다.

인간을 상대로 싸워 거둔 인간성[176]의 승리였다.

인간성이 비인간적인 것[177]을 제압하였다.

그런데 무슨 수단을 동원하였는가? 어떤 식으로? 분노와 증오 덩어리 거한을 어떻게 쓰러뜨렸는가? 어떤 무기를 사용하였는가? 어떤 전쟁 기계를? 요람이었다.

조금 전 고뱅은 눈부심으로 인한 현기증을 느꼈다. 사회적 전쟁이 한창일 때, 온갖 적의와 복수가 한창 소란을 피울 때, 소동이 가장 어둡고 광기를 띠는 순간에, 범죄가 자신의 모든 화염을 쏟아 내고 증오가 자신의 온갖 암흑을 토해 내던 시각에, 모든 것이 포탄으로 변하고 백병전이 하도 처참하여 정의와 정직함과 진실이 어디에 있는지 모르게 된 그 투쟁의 순간에, 별안간, 영혼들에게 경고를 보내는 그 신비한 미지의 존재가, 인간적 빛과 어둠 위로, 영속적인 위대한 섬광이 반짝이게 한 것이다.

허위와 상대성 간의 음울한 싸움질 위로, 깊은 창천으로부

176 *l'humanité.* 〈자비〉로 읽을 수도 있을 것이다.
177 *l'inhumain.* 〈잔인함〉으로도 읽을 수 있을 것이다.

터, 진실의 얼굴이 별안간 모습을 드러낸 것이다.

문득 약한 존재들의 힘이 개입한 것이다.

태어난 지 얼마 아니 되었고, 아무 의식 없고, 내버려지고, 고아이고, 외롭고, 말을 더듬고, 그러면서 미소 짓는 가엾은 세 존재가 내란과, 동태 복수와, 복수라는 끔찍한 논리와, 살인과, 대량 살육과, 형제 살해 행위와, 광증과, 원한과, 온갖 괴물들을 상대로 승리를 거두는 것을 우리가 보았다. 범행을 저지를 사명을 맡았던 가증스러운 방화 행위가 낙태되고 실패한 것도 보았다. 잔인한 예비 음모가 어긋나고 좌절되는 것을 보았다. 또한, 봉건적인 태고의 사나움과, 막무가내의 고루한 멸시와, 전쟁이 필요하다는 주장과, 국시(國是)와 사나운 구습의 온갖 건방진 편견 등이, 아직 삶이라는 것을 겪지 않은 어린 존재들의 푸른 시선 앞에서 자취도 없이 사라지는 것을 보았다. 그것은 당연한 일이었다. 왜냐하면 아직 살지 않은 사람은 악을 행하지 않은지라, 그가 곧 정의이고 진실이며 순백색이기 때문이며, 하늘의 광막한 천사들이 어린아이들 속에 있기 때문이다.

유익한 광경이었고 조언이었으며 가르침이었다. 무자비한 전쟁에 휩쓸려 든 광란적인 전사들이 문득, 온갖 가증스러운 범죄와, 온갖 폭행과, 온갖 광신주의와, 살인과, 화형대의 불길을 돋우는 복수와, 손에 횃불을 들고 닥치는 죽음 등과 맞서면서, 거대한 범죄의 군단 위로 불쑥 일어서는 그 절대적인 세력, 즉 순진무구함을 보게 된 것이다.

그리고 그 순진무구함이 승리를 거두었다.

그리하여 누구든 이렇게 말할 수 있게 되었다. 〈아니, 내란은 존재하지 않아. 야만은 존재하지 않아. 증오는 존재하지 않아. 범죄는 존재하지 않아. 암흑은 존재하지 않아. 그 모든 유령들을 사그라들게 할진대, 유년기라는 여명이면 족해.〉

일찍이 그 어느 전투에서도 사탄이, 그리고 신이, 더 선명히 자신의 모습을 드러낸 적이 없었다.

그 투쟁의 장소는 하나의 양심이었다.

랑뜨낙의 양심이었다.

그런데 이제, 아마 더 치열하고 더 치명적일 수 있는 싸움이 또 다른 하나의 양심 속에서 시작되고 있었다.

그것은 고뱅의 양심이었다.

인간이란 얼마나 기막힌 싸움터인가!

우리들은 사상이라는 그 신들, 그 괴물들, 그 기가스들의 수중에 넘겨졌다.

그 무시무시한 싸움꾼들이 자주 우리의 영혼을 짓밟는다.

고뱅이 깊은 명상에 잠겼다.

포위당하고, 봉쇄되고, 단죄되고, 법의 보호를 받을 권리를 박탈당하고, 곡마단의 야수처럼 혹은 집게에 물린 못처럼 속박당하고, 감옥으로 변한 자기의 거처에 갇히고, 철과 불의 장벽에 의해 사방으로부터 옥죄임을 당하던 랑뜨낙 후작이, 몸을 빼어 사라지는 데 성공하였다. 그러한 상태에서 탈출하는 기적을 행하였다. 그러한 싸움에서 가장 어려운 일, 즉 탈출이라는 걸작품을 실현하는 데 성공하였다. 방어 진지를 구축할 숲과, 전투를 벌일 익숙한 고장과, 감쪽같이 몸을 숨길 수 있는 그늘 등을 다시 수중에 넣었다. 그가 다시, 무시무시한 왕래자, 음산한 떠돌이, 보이지 않는 자들의 두령, 지하 인간들의 우두머리, 즉 숲의 주인이 되었다. 고뱅이 승리를 얻었으되, 랑뜨낙은 자유를 얻었다. 이제 랑뜨낙에게는 안전과 무한한 질주와 고갈되지 않을 날개들이 주어졌다. 그리하여 포착할 수도, 발견할 수도, 접근할 수도 없는 존재가 되었다. 덫에 걸려들었던 사자가 빠져나간 격이었다.

그런데 그 덫으로 돌아온 것이다.

랑뜨낙 후작의 자의로, 기꺼이, 스스로, 숲과 그늘과 안전한 자유를 버리고, 무시무시한 위험 속으로 꿋꿋하게 돌아온 것이다. 고뱅이 처음에는, 그 속에 파묻힐 위험을 무릅쓰고 불구덩이로 뛰어드는 그를 보았고, 그다음, 자신을 적의 수중에 넘길 사다리, 다른 이들에게는 구명 사다리이되 그에게는 파멸의 사다리인 그것을 타고 내려오는 모습을 보았다.

그런데 그가 왜 그런 일을 감행하였단 말인가?

세 아이의 목숨을 구출하기 위해서였다.

그런데 이제 그에게 무슨 짓을 저지르려고들 하는가?

기요띤느로 그의 목을 자르려 한다.

그렇게, 그 사람이, 자신의 자식도 아니고 가문의 아이들도 아니며 자기 계층에 속하지도 않는 가엾은 세 어린것들을 위하여, 우연히 만난 버려진 아이들, 생면부지의 아이들, 헐벗고 맨발인 아이들을 위하여 그 귀족이, 그 왕족이, 그 노인이, 이미 도주하여 자유로워지고, 그리하여 승리를 거두었건만 — 탈출이란 하나의 승리이니 말이다 — 모든 것을 위험에 빠트리고 모든 것을 수포로 돌려 버리면서, 의연하게, 아이들을 무사히 돌려줌과 동시에 자신의 머리를, 그때까지는 무시무시했으되 이제 숭고해진 그 머리를 스스로 바친 것이다.

그런데 무슨 짓을 저지르려고들 하는가?

그 머리를 받아들이려 한다.

랑뜨낙 후작은 타인의 생명과 자신의 생명 중 하나를 선택

할 수 있었는데, 그는 자신의 죽음을 택하였다.

그런데 그 선택을 승낙하려 한다.

그를 죽이려 한다.

영웅적 행위에 대한 그 무슨 보상이란 말인가!

지극히 고결한 행위에 야만스러운 행위로 화답하다니!

혁명에 그따위 열등한 요소를 가미하다니!

공화국을 얼마나 치졸하게 만드는 행위인가!

편견과 굴종의 시대를 대표하던 사람이 문득 변모하여 숭고한 자비의 편에 서는 반면, 해방과 자유를 표방하는 그들이, 내전 속에, 타성적인 유혈극 속에, 형제 살해 버릇 속에 남겠다는 것인가!

또한 용서와 헌신과 구원과 희생이라는 고결하고 신성한 율법이, 오류의 편에 선 전사들에게만 있고 진리의 편에 선 병사들에게는 없단 말인가!

아니! 더 관대해지려는 경쟁을 포기하겠다는 것인가! 가장 강하면서도 가장 나약해지는 그 패배를 감수하겠다는 것인가! 승리를 거두면서 살인자로 전락하는 편을 택하겠다는 것인가! 군주제 편에는 아이들의 생명을 구출하는 사람들이 있는 반면, 공화제 편에는 노인들을 살해하는 자들이 있다는 말을 듣겠다는 것인가!

그 위대한 전사가, 그 강력한 팔순 노인이, 체포하기보다는 훔쳐 온 그 무장 해제당한 투사가, 한창 선을 행하던 도중에 잡혀, 그의 허락하에 포박되어, 위대한 헌신적 행위 중에 흘리던 땀방울이 아직 마르지도 않았는데, 신들의 반열로 이어지는 계단들을 오르듯, 단두대의 계단들을 오르는 모습을 보게 될 것이다. 그리고 그의 머리를 단두구의 작두날 밑에 놓으면, 구출된 어린 천사들의 세 영혼이 구슬피 애걸하면서 그 머리 주위를 맴돌 것이다! 또한 망나니들에게도 치욕스러운 그 처형 현장에서, 그 사람의 얼굴에 미소가 어리는 것과 공화국의 얼굴에 부끄러움의 홍조가 짙어지는 것을 보게 될 것이다!

게다가 그러한 일이 사령관인 고뱅의 목전에서 벌어질 것이다!

또한 그러한 일을 막을 수 있건만 고뱅은 그러기를 삼갈 것이다! 그러면서, 〈이 일은 더 이상 자네와 상관없네〉라고 한 그 오만한 묵인에 만족스러워할 것이다. 그리고, 그러한 경우에는 체념이 곧 공모라는 사실을 시인하려 하지 않을 것이다! 그 뿐만 아니라, 그토록 엄청난 일에서는, 일을 저지르는 사람과 그것이 저질러지도록 내버려 두는 사람 중에서, 저질러지도록 내버려 두는 사람이 비겁하기 때문에 나쁘다는 사실조차 깨닫지 못할 것이다!

하지만 그 죽음을 그가 약속하지 않았던가? 너그러운 사람인 고뱅 그 자신이, 랑뜨낙만은 관용의 대상에서 제외시킬 것이며, 랑뜨낙을 씨무르댕에게 넘기겠노라고 선언하지 않았던가?

그에게는 그 머리를 바쳐야 할 의무가 있었다. 따라서 그것을 약속대로 바치면 그만이었다.

하지만 그것이 정말 같은 머리였던가?

이제까지 고뱅이 랑뜨낙 속에서 본 것은 야만스러운 투사, 왕권과 영주권의 광적인 수호자, 포로 학살꾼, 전쟁을 통한 고삐 풀린 살인자, 무자비한 사람 등이었다. 그는 그러한 사람을 전혀 두려워하지 않았다. 툭하면 단죄하는 랑뜨낙을 그가 단죄하였다. 그 무자비한 사람을 무자비하게 대할 작정이었다. 더 단순한 일은 없었다. 길이 이미 나 있었고, 그것을 따라가기가 음산할 만큼 쉬웠다. 모든 것이 예견되어 있었다. 살인하는 자는 죽이게 되어 있었다. 혐오라는 직선의 길 위에 있었다. 뜻밖에 그 직선이 끊겼고, 예상치 못한 모퉁이 하나가 새로운 지평선을 드러냈으며, 변신이 일어났다. 생각지 못한 랑뜨낙 하나가 등장하였다. 괴물로부터 영웅 하나가 나왔다. 아니, 영웅 이상의 존재였다. 하나의 인간이었다. 하나의 영혼 이상이었다. 하나의 심정이었다. 고뱅 앞에 나타난 사람은 더 이상 살인자가 아니었다. 하나의 구원자였다. 고뱅은 거대한 물결을 이루며 밀어닥치는 천상의 빛을 맞고 쓰러졌다. 랑뜨낙이 착함의 벼락으로 그를 후려친 것이다.

그런데 변모된 랑뜨낙이 고뱅을 변모시키지 않을 것인가! 도대체! 그 빛의 충격이 어떠한 반향도 일으키지 못한단 말인가! 과거의 인간이 앞서고, 미래의 인간이 그 뒤를 따라야 한단 말인가! 야만과 미신에 사로잡혀 있던 인간이 문득 날개를 펴 창공을 선회하면서, 자기의 밑 저 아래 진흙탕과 어둠 속에서 이상을 표방한 인간이 기어다니는 것을 내려다보게 되었단 말인가! 랑뜨낙이 숭고함 속에서 새로운 모험을 찾아 질주하는 동안, 고뱅은 표독스럽고 구태의연한 마차 바큇자국 속에서 배를 깔고 엎드려 있어야 하나!

다른 것이 또 있었다.

그리고 가족이!

그가 바야흐로 뿌리려 하는 피가 — 피가 흐르도록 내버려 둠은 곧 자신의 손으로 피를 쏟아 버리는 것과 같으니 말이다 — 고뱅 자신의 피 아닌가? 그의 조부는 타계하셨으되 그의 종조부는 살아 계셨고, 그 종조부가 랑뜨낙 후작이었다. 그 두 형제분들 중, 무덤 속에 계신 분께서 벌떡 몸을 일으키시며 다른 분이 그곳으로 들어오시지 못하도록 막지 않으시겠는가? 그 조부께서, 당신의 배광(背光)과 자매간인 그 백발의 관(冠)을 이제부터는 각별히 존경하라고,[178] 손자에게 명령하시지 않겠는가? 고뱅과 랑뜨낙 사이에 한 유령의 분개한 시선이 있지 않았던가?

도대체 인간을 변질시키는 것이 혁명의 목적이란 말인가? 가족을 파손하고 인간성의 숨통을 조이기 위하여 혁명을 감행하였단 말인가? 전혀 그렇지 않다. 89년 혁명이 불쑥 모습을 드러낸 것은 그 지고의 실체들을 확인하기 위해서지, 그것들을 부정하기 위해서가 아니었다.

바스띠유와 같은 감옥들을 무너뜨리는 것은 곧 인간을 해방한다는 뜻이며, 봉건 체제를 타파함은 가족의 초석을 놓는 일이다. 창조자가 권한의 출발점이고, 권한은 창조자 속에 내포되어 있는지라, 생부의 권한 이외의 다른 권한은 있을 수 없다. 자기의 백성을 몸소 낳으며, 어머니인지라 다스리는 여왕벌의 정당성이 그러한 사실에서 말미암는다. 또한 그러한 사실에 비추어 볼 때, 한 인간이 왕 노릇 하는 것은 어처구니없는 일이다. 그 왕은 생부가 아닌지라 주인일 수 없다. 군주제를 폐지하고 공화제를 채택해야 하는 것은 그러한 이유 때문이다. 그 모든 것이 다 무엇인가? 그것은 가족이고 인간이고 혁명이다. 혁명이란 백성의 등극이다. 그리고 엄밀히 말하자면, 백성은 곧 인간이다.

178 고뱅의 조부가 성자라는 언급은 없었는데, 그의 〈배광〉이 무엇을 가리킬까?

랑뜨낙이 조금 전에 인간 속으로 다시 돌아왔으니, 고뱅 또한 자기의 가족 속으로 다시 돌아가야 하는지를 아는 것이 관건이었다.

종조부와 종손이 더 높은 빛 속에서 다시 합류할 것인지, 혹은 종조부의 진보에 조카의 퇴보로 화답할 것인지를 명료하게 판단하는 것이 관건이었다.

고뱅이 자신의 양심과 벌이던 비장한 토론에서 그러한 문제가 필연적으로 제기되었고, 그 문제의 답이 스스로 도출되는 듯하였으며, 그 답이란 랑뜨낙의 목숨을 구출하는 것이었다.

좋다, 그러나 프랑스는?

그 순간, 현기증을 일으키는 그 문제의 양상이 별안간 바뀌었다.

어찌할 것인가! 프랑스는 궁지에 몰려 있었다. 공격을 받고, 노출되었으며, 방비가 허술하였다! 더 이상 참호도 없어 알레마니아가 수시로 라인 강을 건넜다. 더 이상 장벽도 없어 이딸리아가 알프스를, 그리고 에스빠냐가 피레네를 성큼 넘어서곤 하였다. 프랑스에게는 거대한 심연이, 즉 대양이 남아 있었다. 그 구렁텅이가 프랑스의 우군이었다. 거인처럼 그것에 등을 기대고 대륙을 상대하여 싸울 수 있었다. 누가 뭐라 해도 난공불락의 입지를 확보하고 있었다. 그런데 아니었다. 그 전략적 입지 조건이 흔들리려 하고 있었다. 그 대양이 더 이상 프랑스의 것이 아니었다. 그 대양 속에 영국이 있었다. 영국이 그러나 프랑스로 건너올 방도를 모르고 있었던 것은 사실이다. 그런데 어떤 사람 하나가 영국을 위하여 다리 하나를 놓으려 하였고, 그 사람이 영국에게 손을 뻗으면서, 피트와 크레이그와 콘윌리스와 던더스 등 해적들에게 〈어서 오시오!〉라고 말하려 하고 있었으며, 그 사람이 이렇게 소리치려 하고 있었다. 〈영국이여, 프랑스를 점령하라!〉 그런데, 그 사람이 바로 랑뜨낙이었다.

그 사람이 수중에 들어와 있었다. 석 달 동안 악착같이 몰고 추격한 끝에 드디어 그 사람을 붙잡았다. 혁명의 손이 저주받은 자를 덮쳤다. 93년의 경련하는 손이 왕당파 살인자의 목덜미를 움켜잡았다. 인간의 일에 가끔 참견하는 저 높은 곳에서의 신비한 계획이 있었음인지, 그 대역죄인이 이제 자기의 처형을 기다리는 곳은 자기 가문의 지하 감옥이었다. 봉건적 인간이 봉건적 지하 감옥에 유폐되어 있었다. 그의 성을 구성하고 있던 모든 돌덩이들이 그에 맞서 일제히 벌떡 일어섰고, 그런 다음 스스로 닫혀 그를 가두었다. 자신의 조국을 남에게 넘기려 하던 사람이 자신의 집에 의해 적에게 넘겨졌다. 신이 그 모든 일을 꾸몄을 법하다. 때가 도래하였던 것이다. 그 공공의 적을 혁명이 생포하였다. 그리하여, 그가 더 이상은 싸울 수도, 항거할 수도, 해를 끼칠 수도 없게 되었다. 그토록 많은 팔들이 있는 방데에서, 그가 유일한 뇌수였다. 그가 끝장나면 내란도 끝나게 되어 있었다. 그런데 그가 수중에 들어왔다. 비극적이며 동시에 다행스러운 결말이었다. 그토록 많은 학살과 처참한 살육 끝에, 살해하던 사람이 그곳에 잡혀 있고, 이제 그가 죽을 차례였다.

그런데 그를 구출할 사람이 나타날 수도 있었다!

씨무르댕이, 즉 93년 자체가 랑뜨낙을, 즉 군주제를 손아귀에 움켜쥐고 있는데, 그 청동 발톱으로부터 그 먹이를 떼어 낼 사람이 나타날 수도 있었다! 흔히 과거라고들 부르는 도리깨 다발이 응집되어 내면에 자리를 잡고 있는 사람이, 즉 랑뜨낙 후작이 무덤 속에 갇히고 육중한 영겁의 문이 닫혔으되, 누군가가 와서 밖으로부터 빗장을 당길 수도 있었다! 사회에 해를 끼치던 그 악당이 이미 죽었고, 그와 함께 반항도 형제간의 살육전도 짐승들의 싸움질도 모두 죽었는데, 어떤 사람이 그를 부활시킬 수도 있었다!

오! 그러면 그 죽은 자의 머리가 얼마나 통쾌하게 웃겠는가!

〈좋아, 보다시피 난 살아 있어, 멍청이들아!〉 그 유령이 그렇게 말하지 않겠는가!

그러면 자기의 흉악한 사업에 다시 착수하며 얼마나 즐거워하겠는가! 랑뜨낙이 증오와 전쟁의 심연 속으로 다시 뛰어들면서 얼마나 혹독해질 것이며 또 얼마나 기뻐하겠는가! 다음 날부터 당장 불에 탄 집들, 학살당한 포로들, 목숨 끊긴 부상자들, 총살당한 여인들을 다시 보게 되지 않겠는가!

그리고 여하튼, 고뱅을 호린 랑뜨낙의 그 행위를, 고뱅이 혹시 자신에게 과장하지는 않았을까?

세 아이가 죽을 처지에 놓였는데 랑뜨낙이 그들을 구출하였다.

하지만 누가 아이들을 그러한 처지에 몰아넣었는가?

랑뜨낙 아니었던가?

그 요람들을 누가 그 불구덩이 속에 놓았는가?

이마누스 아니었던가?

이마누스가 누구였던가?

후작의 부관이었다.

책임은 우두머리에게 돌아간다.

따라서 방화범도 살인범도 랑뜨낙이다.

그가 도대체 무슨 그리 찬탄할 만한 일을 하였는가?

그가 범행을 끝까지 고집하지 않았을 뿐이다. 그 이상 아무것도 아니다.

범행을 저지른 다음 그 앞에서 물러선 것이다. 자신의 모습에 소름이 끼친 것이다. 엄마의 그 절규가 그의 내면에 유구한 인간적 연민의 근저를, 가장 병적인 영혼들까지 포함한 모든 영혼들 속에 있는 일종의 범우주적 생명의 유산을 일깨워 놓았을 뿐이다. 그 절규를 듣고 그가 발길을 돌렸던 것이다. 그가 빠져들고 있던 어둠으로부터 광명을 향해 거슬러 올라왔을 뿐이다. 범행을 시작하였다가 그만둔 것이다. 그의 공적이란 기껏, 끝까지 괴물로 남지 않았다는 것뿐이다.

그 하찮은 공적 때문에 그에게 모든 것을 되돌려 주다니! 그에게 활동 공간과 전원과 평원과 대기와 태양을 되돌려 주다니! 그가 다시 산적질에 이용할 숲과 굴종의 체제를 복원시키는 일에 바칠 자유, 그리고 죽음을 부르는 짓에 악용할 생명을 그에게 되돌려 주다니!

그와 어떤 합의에 도달하려 노력한다든가, 그 오만한 영혼과 어떤 협약을 맺기 원한다든가, 조건부로 그를 석방하겠노라고 제안한다든가, 목숨을 살려 줄 터이니 차후로는 일체의 적대 행위나 반항을 자제할 생각이냐고 그에게 묻는다든가 할 경우, 그러한 제의가 얼마나 중대한 잘못이며, 그에게 얼마나 유리한 조건을 안겨 줄 것이며, 그가 다음과 같은 답변으로 질문에 따귀 세례를 안기듯 모욕을 가할 경우, 얼마나 심각한 멸시를 감수해야 하겠는가! 〈수치는 당신들이 간직하시오. 그리고 나를 죽이시오!〉

사실 그러한 사람과는 어찌해 볼 도리가 없다. 그를 죽이거나 석방하는 수밖에 없다. 그 사람은 깎아지른 산봉우리 위에 있었다. 그는 항상 날아가 버리거나 자신을 희생할 준비가 되어 있었다. 그 자신이 곧 참수리였고 낭떠러지였다. 기이한 영혼이었다.

그를 죽일까? 얼마나 겁나는 일인가! 그를 석방할까? 얼마나 무거운 책임을 감당해야 하는가!

랑뜨낙이 목숨을 구할 경우, 머리가 잘리지 않은 괴독사 휘드라처럼, 방데 내전이 몽땅 되살아날 것이다. 그 사람이 탈출함과 동시에, 꺼졌던 모든 불꽃이 눈 깜짝할 사이에, 유성이 질주하듯, 사방에서 재점화될 것이다. 랑뜨낙은, 무덤의 뚜껑을 닫듯 군주제를 공화국 위에, 그리고 영국을 프랑스 위에 올려놓으려는 그 가증스러운 계획을 실현하기 전에는 결코 한시도 쉬지 않을 것이다. 랑뜨낙의 목숨을 구출한다는 것은 곧 프랑스를 제물로 바친다는 뜻이었다. 랑뜨낙이 살아난다는 것은 다시 내란에 휩쓸릴 숱한 남녀노소의, 즉 무고한 사람들의 죽음을 의미하였다. 그것은 곧 영국인들의 상륙, 유린된 도시들, 혁명의 후퇴, 분열된 백성, 피투성이가 된 브르따뉴, 사나운 발톱에 다시 잡힌 먹이 등을 의미하였다. 그리하여 고뱅은, 온갖 종류의 불확실한 미광들과 서로 상반된 밝음들 한가운데서, 자신의 몽상 속에 다음과 같은 문제가 형태를 잡기 시작하여 차츰 선명해지는 것을 어렴풋이 보기 시작하였다. 그 문제란, 호랑이를 풀어 놓는 일이었다.

그리고 잠시 후, 문제가 최초의 형태로 다시 제기되었다. 인간이 자신과 벌이는 입씨름과 다를 것 없는 시쉬포스의 바위가 다시 굴러떨어졌다.[179] 그 문제란, 랑뜨낙이 정말 호랑이냐는 것이었다.

아마 그가 전에는 호랑이였을지도 모른다. 하지만 아직도 호랑이였을까? 고뱅은, 사람의 사유를 율모기처럼 구불거리게 만드는 어지러운 달팽이관 속에서, 자신의 오성이 끊임없이 제자리걸음하는 고초를 겪고 있었다. 사안을 심사숙고한 다음에도, 랑뜨낙의 헌신과 스토아적 자기희생과 숭고한 무사 무욕을 정말 부정할 수 있을까? 뭐라고! 내란의 모든 아가리들이 딱 벌어진 그 살벌함 앞에서 몸소 자비를 증명하다니! 뭐라고! 저열한 진리들의 아귀다툼 속으로 고결한 진리를 가져오다니! 뭐라고! 뭇 왕권들 위에, 뭇 혁명들 위에, 광막한 측은지심과, 강자들이 약자들에게 갚아야 할 보호라는 부채와, 구원받은 이들이 파멸한 이들에게 갚아야 할 부정(父情)이라는 부채 등이 존재함을 몸소 입증하다니! 그 장엄한 것들을 입증하며 자신의 목숨을 내놓다니! 사령관이면서 전략과 전투와 반격을 포기하다니! 왕당파이면서, 저울을 집어 든 다음, 한쪽 저울판에는 프랑스의 국왕과, 열다섯 세기의 역사를 가진 왕국과, 다시 세워야 할 옛 법률들과, 복구해야 할 유구한 사회를 올려놓고, 다른 한쪽 저울판에는 평범한 시골 아이 셋을 올려놓은 후, 왕과 옥좌와 왕홀과 열다섯 세기 된 왕국의 무게가 순진무구한 세 어린것들의 무게에 미치지 못한다고 생각하다니! 뭐라고! 그 모든 행위가 아무것도 아니라고! 뭐라고! 그러한 일을 한 이가 여전히 호랑이로 남아 야수 취급을 당해야 하다니! 아니야! 아니야! 아니야! 신성한 행동에서 발산되는 빛으로 내란의 낭떠러지를 밝힌 그 사

179 코린토스를 세웠다는 전설적인 왕 시쉬포스가 저승에서 언덕 위로 바위를 밀어 올려야 하는 벌을 받았고, 그 바위가 정상 근처에 도달하면 다시 굴러 내렸다는 이야기는 주지하는 바와 같다. 다만 위고의 신화 해석이 특이할 뿐이다.

람이 괴물일 수는 없어! 검을 차고 다니던 사람이 횃불을 들고 다니는 사람으로 변신하였어. 지옥의 사탄이 다시 천상의 뤼시훼르로 변하였어.[180] 랑뜨낙은 자신이 저지른 모든 야만적인 짓들을 자기희생이라는 행위로 갚았다. 자기의 육신을 파멸시켜 심정적 구원을 얻었다. 그는 자신을 정화하여 다시 순진무구해졌다. 자신의 특별 사면령에 자신이 서명하였다. 자신을 용서할 권리가 존재하지 않는단 말인가?[181] 이제 그는 존자(尊者)의 반열에 올랐다.

랑뜨낙이 비범한 거조를 보였다. 이제 고뱅이 그럴 차례였다. 그의 상대역을 맡아야 할 책무가 고뱅에게 주어졌다.

선한 열정과 악한 열정이 그 시절의 세상에 대혼돈을 일으켜 놓았는데, 랑뜨낙이 그 혼돈을 제압하며 인간적 자비를 우뚝 부각시켰다. 이제 가족이라는 것을 부각시켜야 할 사람은 고뱅이었다.

그가 무슨 일을 하려 하였을까?

신의 신뢰를 고뱅이 저버리려 하였을까?

아니다. 그가 속으로 우물거렸다. 〈랑뜨낙을 구출하자. 그것이 잘하는 짓이야. 어서, 영국인들과 협조해. 탈영해. 적진으로 넘어가. 랑뜨낙을 구출하고 프랑스를 배반해.〉

그다음 순간 그가 몸서리를 쳤다.

〈오, 몽상가여! 그것은 정답이 아니야!〉 고뱅은 어둠 속에

---

180 뤼시훼르lucifer는 〈빛을 지닌 자〉 혹은 〈광명을 가져오는 자〉를 가리키는 라틴어이며, 흔히 영어식으로 〈루시퍼〉라고 발음한다. 사탄satan은 〈경쟁자〉나 〈적〉을 뜻하는 라틴어인데 어원은 히브리어의 〈샤탄〉이라고 한다.

181 모든 용서가 실은 각 개인이 행위를 통하여 쟁취하는 것이지, 누구로부터 주어지는 것이 아니라는 말이다. 일종의 반어법이며, 기도(무엇을 요청 내지 구걸하는 행위)나 사제(중개자)의 불필요함을 암시하는 언급이다.

서 스핑크스의 음산한 미소를 보았다.

그 상황은, 서로 적대적인 진리들이 결국 맞닥뜨리게 된 일종의 무시무시한 교차로였고, 그곳에서 인간의 절대적 세 이념이, 즉 자비와 가족과 조국이, 서로를 노려보고 있었다.

그 세 음성이 각자 차례대로 발언권을 얻었고, 각자 나름대로의 진리를 개진하였다. 어떻게 선택한단 말인가? 각자 나름대로 현명함과 정의로움의 접합점을 찾은 것처럼 보였다. 그리고 이것 혹은 저것을 하라고 말하였다. 해야 할 것이 그것이냐는 질문에, 그렇다고 하는가 하면 아니라고도 하였다. 이치가 이 말을 하면 감정은 다른 말을 하였다. 두 조언이 상반되었다. 이치가 이성에 불과한 반면, 감정은 대개 양심이다. 이성이 인간으로부터 오는 반면, 양심은 더 높은 곳으로부터 온다.

감정에 명료함이 부족하되 힘이 더 많은 것은 그러한 연유이다.

하지만 준엄한 이성이 가지고 있는 힘은 얼마나 강력한가!

고뱅이 머뭇거렸다.

몹시 난처했다.

고뱅 앞에 두 심연이 아가리를 딱 벌리고 있었다. 후작을 파멸시켜야 하나? 혹은 그를 구출해야 하나? 그 둘 중 하나 속으로 서둘러 뛰어들어야 했다.

그 두 심연 중 어느 것이 의무였는가?

3
사령관의 두건 달린 외투

결국 상대해야 할 것은 의무였다.

의무가 우뚝 서 있었다. 씨무르댕 앞에 서 있던 것은 음산했고, 고뱅 앞에 서 있던 것은 무시무시했다. 한 사람 앞에 있던 것은 단순했고, 다른 사람 앞에 있던 것은 복합적이고 구성 요소가 다양했으며 구불거렸다.

자정을 알리는 종소리가 들렸다. 그다음 새벽 1시를 알리는 종소리가 들렸다.

고뱅이, 미처 깨닫지 못한 채, 돌파구 근처에 접근해 있었다.

화재가 발생했던 곳의 잔불이 산발적인 반사광을 던지다가는 이내 꺼졌다. 탑 건너편 언덕 위 평지도 그 반사광을 받아 이따금씩 모습을 드러내다가, 연기가 불을 덮으면 어둠 속으로 이지러지듯 사라졌다. 갑작스러운 불티에 밝아졌다가 즉시 뒤따르는 어둠에 꺼지곤 하던 그 미광이 사물의 균형을 무너뜨렸고, 그리하여 그 야영지 보초들을 유충들처럼 보이게 하였다. 고뱅은 명상에 잠긴 채, 연기와 불꽃이 번갈아 서로를 지워 버리는 광경을 물끄러미 바라보고 있었다. 그의 눈앞에 나타났다가 사라지곤 하는 빛이, 그의 뇌리에 나타났다가 사라지는 진리와 무엇인지 모를 유사성을 가지고 있는 것 같았다.

문득, 꺼져 가던 화재 현장에서 두 연기 소용돌이 사이로 날아오른 불티 하나가, 언덕 위 평지를 밝히면서 수레 하나의 붉은 윤곽을 선명하게 드러냈다. 고뱅이 그 수레를 바라보았다. 헌병 모자를 쓴 기마병들이 수레를 에워싸고 있었다. 몇 시간 전 해 질 무렵에 게상의 망원경을 통하여 본, 지평선에 있던 그 수레 같았다. 여러 사람이 수레 위에 올라가 있었고, 짐을 부리는 중이었다. 그들이 수레에서 끌어 내리던 것은 육중해 보였고, 이따금씩 철물 소리를 내곤 하였다. 그것이 무엇인지 짐작하기가 어려웠다. 어떤 건축물의 골격과 유사했다. 그들 중 두 사람이 궤짝 하나를 마주 들어 땅바닥에 내려 놓았는데, 형태로 보아 그 속에 삼각형 물건이 들어 있는 것 같았다. 불티가 꺼졌고, 모든 것이 다시 암흑 속으로 들어가 버렸다. 고뱅은 시선을 고정시킨 채, 그 암흑 속에 있던 것 앞에서 생각에 잠겼다.

등 여러 개에 불을 밝혔고, 언덕 위 평지에서 사람들이 분주히 오가고 있었다. 그러나 움직이던 형태들이 어렴풋했다. 게다가 고뱅은 협곡 건너편의 저지대에 있었기 때문에, 언덕 위 평지의 가장자리에 완전히 드러난 것들만 볼 수 있었다.

대화를 나누는 소리가 들렸으나 무슨 말들을 하는 것인지는 알아들을 수 없었다. 여기저기에서 목재에 부딪치는 소리가 들렸다. 또한 낫을 벼릴 때 나는 소리와 비슷한 금속성 마찰음도 들렸다.

새벽 2시를 알리는 종소리가 들려왔다.

고뱅이, 두 걸음 내디딘 다음 세 걸음 뒤로 물러서는 사람처럼, 돌파구를 향하여 천천히 걸었다. 그가 다가가자, 어둠 속에서도 계급 줄 드리운 사령관의 두건 달린 외투를 알아본 보초가 총을 받들어 군례를 올렸다. 고뱅이 경비대 초소로 바뀐 바닥 층으로 들어갔다. 천장에 등 하나가 걸려 있었다. 바닥의 지푸라기 위에 나뒹굴어 대부분 잠든 초병들을 밟고 지나가지 않도록 하기에 겨우 충분한, 희미한 등불이었다.

그들이 그곳에 누워 있었다. 불과 몇 시간 전에는 그들이 그곳에서 싸웠다. 철과 납 알갱이 형태로 그곳에 흩어져 있었으되 제대로 쓸어 내지 못한 산탄들이 그들의 수면을 조금 방해하였으나, 그들이 몹시 지쳤던지라 그러한 속에서 휴식을 취하고 있었다. 그 방은 끔직한 곳이었다. 그곳에서 서로 공격하고, 포효하고, 울부짖고, 이를 갈고, 후려치고, 죽이고, 숨을 거두었다. 지금 그들이 잠들어 누워 있는 그 포석 위로 그들의 많은 동료들이 쓰러졌다. 그들이 깔고 누운 그 지푸라기에, 그들의 전우들이 흘린 피가 배어 있었다. 이제 그 사태가 끝났다. 피는 잦아들었고, 군도들은 닦였으며, 죽은 이들은 영영 죽었다. 그리고 그들은 영원히 평온하게 잠들었다. 그것이 전쟁의 실상이다. 그리고 내일이면 모든 사람들이 같은 잠 속으로 들어갈 것이다.

고뱅이 들어서자 잠들었던 사람들 몇이 일어났고, 그들 중에는 경비대를 지휘하는 장교도 있었다. 고뱅이 지하 감옥의 출입문을 가리키며 말하였다.

「저것을 여시오.」

빗장들이 당겨졌고, 문이 열렸다.

고뱅이 지하 감옥 안으로 들어갔다.

그의 뒤로 문이 다시 닫혔다.

제7권

봉건 제도와 혁명

1
선조

지하 감옥의 환기구 옆 포석 위에 램프 하나가 놓여 있었다.

포석 위에는 물 가득 담긴 단지 하나와 군용 빵 그리고 짚단도 있었다. 지하 감옥은 암석을 뚫고 깎아 조성한 것이라, 혹시 수감자가 짚단에 불을 붙일 생각을 한다 하더라도, 그것은 헛수고였을 것이다. 감옥에 화재가 발생할 위험은 전혀 없었고, 수감자만이 질식사할 것이 확실했으니 말이다.

출입문이 돌쩌귀 위에서 선회하던 순간, 후작은 감방 안을 오락가락하고 있었다. 우리에 갇힌 모든 야수들 특유의 기계적인 왕복 운동이었다.

열렸다가 닫히는 문소리에 그가 고개를 쳐들었고, 고뱅과 후작 사이의 바닥에 있던 램프의 불빛이 그 두 사람의 얼굴을 환하게 드러냈다.

그들이 서로를 바라보았다. 그리고 서로의 시선에 충격을 받았는지, 두 사람 모두 꼼짝도 하지 않았다.

후작이 큰 소리로 웃더니 격앙된 음성으로 말하였다.

「안녕하신가, 신사 양반. 내가 자네를 만나는 행운을 누리지 못한 지 여러 해 되었군. 나를 보러 오는 자상함을 보이시니 고맙군. 이야기를 조금 할 수 있기를 간절히 바라던 참이었는데. 무료함을 느끼기 시작하였네. 자네의 친구들이 시간을 낭비하고 있어. 신원 확인이니, 군법 회의니 하는 절차들이 너무 지루해. 나라면 일을 더 신속히 처리하겠다만. 나는 여기 내 집에 와 있네. 누추하지만 들어오시게. 그래, 지금 일어나고 있는 모든 일에 대한 자네의 생각은 어떤가? 아주 독창적이야, 그렇지 않은? 옛날에 왕 하나와 왕비 하나가 있었지. 왕은 우리의 왕이고 왕비는 프랑스였지. 그런데 왕의 목을 자른 다음, 왕비를 로베스삐에르와 혼인시켰지. 그 신사분과 왕비 사이에서 기요면느라는 딸 하나가 태어났고, 나 또한 내일 아침 그 딸과 대면할 것 같네. 내가 그 상견례를 매우 기뻐할 걸세. 이렇게 자네를 보는 것만큼이나. 그 일로 오셨는가? 보초를 서러 오셨나? 혹시 형 집행인으로 지명되셨나? 그런 것이 아니라 그저 우의에 이끌려 오셨다면, 내 마음 뭉클하네. 자작 나리, 자네는 아마 세습 귀족이라는 것이 무엇인지 모를 걸세. 그렇다면 여기 하나 있으니 보시게, 바로 나 같은 자일세. 그 물건을 잘 보시게. 매우 흥미롭게 생겨 먹었지. 그것이 신을 믿고, 전통을 믿고, 가문을 믿고, 선조들을 믿고, 자기 아비가 보인 모범을 믿고, 충성과 의리와 군주에 대한 의무와 유구한 율법에 대한 존경과 미덕과 정의를 믿지. 그러면서 자네를 기꺼이 총살형에 처할 걸세. 제발 좀 앉으시게. 포석 위에 앉으셔야겠지만. 이 응접실에 안락의자가 없으니 말일세. 하지만 진흙탕에 사는 이는 땅바닥에도 앉

을 수 있지. 자네의 마음을 상하게 할 뜻은 없네. 우리가 진흙
탕이라고 부르는 것을 자네들은 국민이라고 부르는 것뿐일
세. 나에게 자유, 평등, 박애를 소리 높여 외치라고 설마 강요
하시지는 않겠지? 이곳은 내 집의 옛 방들 중 하나일세. 옛날
에는 상전들이 상것들을 이곳에 가두었는데, 이제는 상것들
이 상전들을 이곳에 가두게 되었네. 그 어리석은 짓을 가리켜
혁명이라고들 하네. 지금으로부터 서른여섯 시간 후에는 나
의 목을 자를 모양일세. 나에게는 별 지장이 없는 일이지. 그
리고 참, 사람들이 예의를 좀 안다면 저 위 거울들이 있는 방
으로 누구를 보내어 나의 코담배 갑을 가져다주련만. 자네가
아주 어렸을 때 그 방에서 자주 놀았고, 내가 자네를 내 무릎
위에 올려놓고 깡총거리게 하였지. 자작 나리, 내가 한 가지
사실을 알려 주겠네. 자네의 이름이 고뱅이고, 자네의 혈관에
고결한 피가 흐르고 있는 것이 틀림없는데, 정말 괴이한 일은,
나의 피와 같은 자네의 피가, 나는 명예를 중시하는 사람으로
만들면서, 자네는 무뢰한으로 만든다는 점일세. 매우 특이한
현상일세. 물론 그것이 자네의 잘못은 아니라 하겠지. 나의
잘못도 아닐세. 정말이지, 자신도 모르는 사이에 악당이 되
네. 우리가 호흡하는 공기 때문일세. 우리가 살고 있는 이러
한 시절에는, 우리 행위의 책임이 우리에게 있지 않네. 혁명이
모든 사람들에게 못된 짓을 하기 때문이지. 자네 편의 굵직한
범죄자들도 실은 무고한 자들일세. 말똥가리 같은 바보들일
세! 자네를 비롯하여. 내가 자네를 보고 찬탄을 금치 못하여
도 나를 너무 나무라지 말게. 그래, 좋은 가문에서 태어나 국
가의 요직을 맡았고, 위대한 명분을 위하여 흘릴 위대한 피를
물려받았으며, 이 뚜르-고뱅 지역의 자작이고, 브르따뉴 대

공이며, 당연권에 의해 공작일 수 있고 세습에 의해 프랑스의 중신이 될 수 있는, 그리하여 사리 밝은 사람이 이 지상에서 바랄 수 있는 거의 모든 것을 누릴 행운을 타고난 자네와 같은 청년이, 자신의 신분을 망각한 채, 지금과 같은 자네의 처지를 즐기고, 결국 자네의 적들에게는 반역자로 보이고 우군에게는 멍청이로 보이는 자네를 바라보면서, 그래 정말이지, 나는 찬탄을 금할 수 없네. 참, 씨무르댕 신부님께 나의 문안 인사 전하시게.」

후작은 거침없이, 평온한 어조로, 어떤 것도 강조하지 않고, 좋은 말벗의 음성으로 말을 하고 있었는데, 눈빛은 맑고 고요했으며, 그의 두 손은 바지 앞주머니에 찔러 넣고 있었다. 그가 말을 잠시 중단하고 길게 한숨을 내쉰 다음 계속하였다.

「내가 자네를 죽이려 최선을 다했다는 사실을 숨기지 않겠네. 자네 앞에 있는 내가 손수 대포로 자네를 세 번이나 조준하였네. 무례한 방법이었음을 고백하네. 하지만, 전쟁에서 적이 우리의 비위를 맞추려 할 것이라고 상상한다면, 그것은 그릇된 격언을 믿는 짓이나 마찬가지일세.[182] 내 조카님, 우리는 전쟁 중이니까. 모든 것이 불과 피에 예속되어 있네. 여하튼 왕을 죽인 것은 사실이야. 꼴좋은 세기지.」

그가 다시 말을 중단하였다가 계속하였다.

「볼떼르의 목을 매달고 루쏘를 도형장으로 보냈으면 그 모든 일들이 닥치지 않았으리라는 생각에 울화가 치미네! 아! 재사라고 하는 자들, 그 얼마나 무서운 재앙인가! 젠장, 도대

---

182 다음과 같은 격언을 염두에 두고 한 말일까? 〈전쟁은 신의 깊은 친구들 사이에서만 일어난다.〉

체 우리의 군주제에 무슨 큰 잘못이 있다고 그 야단들인가? 뛰셀 사제를 그의 꼬르비니 수도원으로 돌려보낸 것은 사실이지.[183] 하지만 타고 갈 마차도 그의 뜻대로 고르게 하였고, 여행 일정도 그가 자유롭게 조정하도록 내버려 두었어. 자네들이 그토록 아끼는 띠뚱들, 몹시 방탕하여 심지어 파리스 부제(副祭)의 기적 의식에 참가하기 전에도 매춘부들을 보러 가던 띠뚱 씨를[184] 뱅쎈느 성으로부터 삐까르디 지방의 암 성으로 이감한 것과, 그곳이 상당히 형편없는 감옥이라는 것은 사실이야. 그따위 일들이 불만거리였지. 나도 기억하네. 나 역시 젊은 시절에는 목청을 돋우곤 하였네. 나 또한 자네들처럼 멍청했지.」

후작이 코담배 갑을 찾으려는 듯 자기의 호주머니를 더듬었다. 그러다가 말을 계속하였다.

「하지만 오늘날처럼 사납지는 않았어. 그저 말뿐이었지. 또한 당국이 조사도 하고 때로는 수색도 하여, 불끈거리는 자들도 생겼지. 그다음에 철학자들께서 나타나셨지. 그런데 저 자들을 불에 태워 버리는 대신 책들만 태웠어. 그리고 조정의 여러 당파들이 끼어들었지. 뛰르고, 께네, 말제르브 등 중농주의자들이라는 온갖 얼간이들이 나타나, 결국 싸움질이 시작

<hr>

183 르네 뛰셀(1665~1745)이라는 사제가 관직을 그만두고 꼬르비니에 있던 자기의 수도원으로 돌아간 일을 두고 하는 말인 것 같은데, 사실 그는 미미한 인물이었고 그의 은퇴 또한 별 파장을 일으키지 않은 듯하다.
184 성자들의 삶을 실천하려던 프랑수아 드 파리스(1690~1727)가 죽어 빠리의 쌩-메다르 묘지에 매장되었는데, 그의 무덤에 가서 빌면 기적이 일어났고 급기야 그곳에서 얀센파 신도들의 열광주의가 태동되었다고 한다. 한편 띠뚱(1677~1762)이라는 사람은, 빠리 성 밖 변두리에 있는 작은 집에서 매춘부들과 어울려 살던 문인이라고 한다.

되었어. 그 모든 일이 글줄깨나 끍적거리고 운율이나 주물러 대는 자들로부터 시작되었어. 백과사전! 디드로! 알랑베르! 아! 못된 건달들! 좋은 가문에서 태어난 그 프러시아의 왕[185] 조차 그 속에 휩쓸려 들다니! 나라면 그 종이나 끍적거리는 자들을 깡그리 없애 버렸을 걸세. 아! 우리들은 시비곡직을 가려 심판하고 처단하였는데! 능지처참할 때 사용하던 바퀴들 자국이 이곳 벽에 남아 있네. 우리는 허튼 농담을 하지 않았지. 엉터리 글쟁이들을 절대 용납하지 않았어. 아루에[186] 같은 부류들이 존재하면 마라 같은 것들이 생기지. 난잡하게 갈겨쓰는 저질 글쟁이들이 있는 한, 살인하는 거지들이 있기 마련일세. 잉크가 있는 한 검정[187]도 있지. 인간의 앞발이 거위의 깃털[188]을 들고 있는 한, 경박한 멍청이 짓이 끔찍한 멍청이 짓을 낳게 되어 있어. 책들이 뭇 범죄들을 낳지. 〈쉬메르〉라는 말에는 두 의미가 있네. 그 말은 꿈을 가리키기도 하고 괴물을 가리키기도 한다네.[189] 그 헛바람 가득한 창자들[190] 때문에 우리가 지불하는 비용이 얼마인가! 도대체 그 권리라는 것을 가지고 자네들 무슨 노래를 읊어 대는 것인가? 인권이라! 백성의 권리라! 모두 멍청하고 공상적인, 그래서 속이 텅 빈 말들이야! 내가 말하는 것을 들어 보시게. 코난 2세의 누

185 프리드리히 2세(1712~1786)를 가리키는 듯하다.
186 Arouet. 볼떼르의 본명이다.
187 검정을 뜻하는 *noirceur*는 〈비열한 짓〉을 가리키기도 한다.
188 펜을 가리킨다.
189 흔히 〈환상〉이라고 옮기는 쉬메르*chimère*의 어원은, 그리스 신화에 등장하는 괴물을 가리키는 키마이라Khimaira이다.
190 *billevesée*. 아무 의미 없는 말이나 터무니없는 생각 등을 가리키는 프랑스 서부 지역 방언이다.

이 아부와즈가, 낭뜨와 꼬르누아이유 지역 백작인 호엘에게 브르따뉴 백작령을 가져다주었고, 백작은 베르트의 숙부인 알랭 훼르강에게 옥좌를 남겨 주었는데, 베르트는 로슈-쉬르-용의 영주인 알랭 르 누와르와 결혼하여 알랭 르 쁘띠를 낳았으며, 그 알랭이 우리의 조상인 기 혹은 고뱅 드 투아르의 선조시라네.[191] 내가 말하는 것은 명료하며, 그러한 것을 가리켜 권리라 할 수 있지. 반면 자네들 편의 그 우스꽝스러운 촌것들이 권리라고 부르는 것은 무엇인가? 신을 죽이고 군주를 시해할 권리지. 그 얼마나 흉측한가! 아! 상스러운 악당들! 신사분, 자네를 생각하면 참으로 애석한 일이야. 자네가 브르따뉴의 자랑스러운 혈통을 이어받았는데. 자네와 나, 우리들의 직계 할아버님이 고뱅 드 투아르이신데. 또한 우리의 선조들 중 그 위대하신 몽바종 공작께서는 프랑스의 중신으로, 또 각종 훈위에 빛나시는 분으로 뚜르 외곽 지역을 공격하시었고, 아르끄 전투에서 부상을 입으셨으며, 왕실 수렵장의 직함을 지니신 채 뚜렌느 지역 꾸지에르에 있는 저택에서 향년 86세로 타계하셨네. 또한 자네에게 가르나슈 부인의 아드님이신 로뒤누와 공작, 쉐브르즈 공작이신 끌로드 드 로렌느, 앙리 드 르농꾸르, 프랑수와즈 드 라발-부와도팽 등에 대해서도 이야기해 줄 수 있네. 하지만 그것이 무슨 소용이겠

191 코난 2세와 아부와즈, 호엘, 알랭훼르강 등은 역사적 기록에서 확인할 수 있는 인물들이다. 특히 브르따뉴의 아부와즈(1027~1072, 노르망디의 아부와즈 소생인 브르따뉴 공작 알랭 3세의 딸)와 호엘 백작 사이에서 태어난 알랭 훼르강은, 제1차 십자군 원정에 참가하여 5년 동안이나 브르따뉴를 떠나 있었던 것으로 유명하다. 그러나 베르트나 알랭 르 누와르(검은 알랭), 알랭 르 쁘띠(작은 알랭), 기(고뱅) 드 투아르 등은 가공의 인물들인 듯하다. 한편 로슈-쉬르-용은 방데 지방의 수도이다.

는가? 우리 신사분께서 영광스럽게도 백치이시고, 그리하여
나의 마부와 평등하기를 고집하시니 말이야. 이것만은 알아
두게. 자네가 아직 칭얼대는 아기였던 시절에 나는 이미 노인
이었네. 자네가 아직 코흘리개였을 때 내가 자네의 코를 닦아
주었고, 아직도 그럴 걸세. 자네는 자라면서 스스로를 왜소하
게 만드는 방법을 발견하였어. 우리가 서로 볼 수 없게 된 이
후, 우리는 각각 자기의 방향으로 갔고, 내가 어엿한 길로 들
어선 반면, 자네는 그 반대 방향으로 갔네. 아! 이 모든 사태
가 어떻게 끝날지 모르겠노라! 하지만 여하튼 자네의 친구분
들께서는 불쌍한 자들이야. 아! 그렇지, 그건 멋있어, 나도 동
감이야, 굉장한 발전이지, 병영에서 술 취한 병사에게 사흘 동
안 물 단지만 연속적으로 안기는 벌을 없앤 것 말일세. 최상
의 것들만 확보하였지. 혁명 의회, 고벨 주교,[192] 쇼메뜨 씨, 에
베르 씨 등이 그것들이지. 그리고 바스띠유부터 달력에 이르
기까지, 과거는 몽땅 무더기로 박멸하고 있어. 성자들의 이름
을 야채 이름으로 대체하고 있어.[193] 좋아, 씨뚜와이앵 공들,
주인 행세들 하시고, 다스리시고, 편안해하시고, 맘껏 즐기시
고, 거북해하지들 마시게. 하지만 무슨 짓들을 저질러도 종
교가 종교인 것을, 왕권이 우리 역사 속에서 1천5백 년을 점

192 고벨(1727~1794)은 1791년에 빠리 대주교로 임명되었으나, 쇼메뜨
및 기타 과격 혁명주의자들(에베르파)이 주도하던 예수교 타파 운동에 편승
하여 1793년에 사제직을 버렸다.
193 1792년부터 공식적으로 사용하기 시작한 혁명력(공화력)에서는, 종
전의 태양력에서 각 날짜에 부여하던 고유 명칭을 성자들의 이름 대신 일상생
활에서 자주 접하는 사물들의 명칭으로 바꾸었으며, 그 사물들 중 특히 식물
들이 많았다. 예를 들면 포도월 1일(즉 9월 22일)은 포도, 2일은 사프란, 3일
은 밤, 4일은 콜키쿰, 5일은 말[馬], 6일은 봉숭아 꽃, 7일은 당근 등이었다.

하고 있다는 사실을, 그리고 프랑스의 유구한 영주권이 비록 참수당했다 해도 그대들보다 고결하다는 사실 등은 지울 수 없네. 자네들이 왕족들의 역사적 권리를 놓고 생트집을 잡지만, 우리는 그따위 궤변에 끄떡도 하지 않네. 칠페리히[194]가 실은 다니엘이라는 수도사에 불과했고, 라겐프레드[195]가 샤를르-마르텔[196]을 괴롭히기 위하여 칠페리히를 고안하였다는 이야기쯤은 우리도 자네들 못지않게 잘 알고 있네. 문제는 그것이 아니야. 중요한 것은 이러한 점들이지. 하나의 위대한 왕국이었다는 사실이야. 유구한 프랑스였다는 사실이야. 우선 국가의 절대적 주인인 군주들 각개의 존엄한 인격과, 그다음 왕족들과, 그다음 육군과 해군과 포병과 재정 등을 관리하고 감독하고 조신들을 중시하고 존경하는, 멋진 타협과 조정이 이루어지던 나라였다는 사실이야. 또한 최상급 법원 및 하급 법원, 조세 제도, 세 신분[197]으로 이루어진 왕국의 사회적 조직 등이 있었지. 그렇게 아름다웠던 것을, 그토록 고아하던 질서를, 자네들이 파괴하였어. 자네들은 유구한 전통을 가진 각 지방을 마구 파괴하면서도,[198] 자네들의 그 가련한 무지 때문에 지방이라는 것이 무엇인지 짐작조차 하지 못하였지. 프랑스의 특질은 유럽 대륙의 여러 특질들로 구성되

194 노이스트리의 왕 칠페리히 2세(재위 715~721)를 가리킨다.

195 라겐프레드는 노이스트리의 다고베르트 3세(재위 711~715) 시절 궁중 감독관으로, 그가 아우스트라지 왕국에 대적하였다고 한다.

196 아우스트라지의 궁중 감독관이었던 그(690?~741)가 노이스트리 왕국과 부르고뉴 등을 수중에 넣고 프랑크족의 세력을 규합하였으며, 카롤루스 왕조의 초석을 놓았다. 카롤루스(샤를르마뉴) 대제의 조부이다.

197 귀족 계급, 사제 계급, 평민 계급을 가리킨다.

198 국민 의회가 1790년 2월에 프랑스 영토를 83개 도로 잘게 분할하였다.

어 있는지라, 프랑스의 각 지방은 유럽의 미덕 하나씩을 대변하였지. 알레마니아의 솔직함이 삐까르디 지방에 있었고, 스웨덴의 너그러움이 샹빠뉴 지방에, 홀랜드의 근면함이 부르고뉴 지방에, 폴란드의 역동성이 랑그도끄 지방에, 에스빠냐의 엄숙함이 가스꼬뉴 지방에, 이딸리아의 지혜로움이 프로방스 지방에, 그리스의 기민함이 노르망디 지방에, 스위스의 절개가 도피네 지방에 있었지. 자네들은 그 모든 것들을 전혀 모르는 채 닥치는 대로 깨뜨리고, 부수고, 부러뜨리고, 무너뜨렸어. 그러면서도 짐승처럼 태평스러웠지. 아! 자네들은 더 이상 귀족을 원하지 않는군! 좋아, 자네들은 이제 귀족을 볼 수 없을 거야. 그만 단념들 하시게. 자네들에게는 더 이상 협객도 영웅도 없을 거야. 옛날의 위대함이여 편히 잠드소서. 이제 나에게 아싸스[199]같은 사람을 데려와 보시지! 자네들은 모두 자기 껍데기 지키려고 벌벌 떨지. 죽이기 전에 먼저 정중하게 인사를 하던 퐁뜨누와의 기사들도,[200] 비단 스타킹을 신고 레리다 포위 작전에 임하던 멋진 전사들도,[201] 이제는 더 이상 자네들 곁에 없을 걸세. 자네들은 더 이상 군모의 깃털 장식들이 유성들처럼 지나가는 그 멋진 전투 장면을 구경할 수 없을 걸세. 자네들은 이제 끝장난 백성이야. 이제는 침략이라는 그 겁간을 무기력하게 감수할 수밖에 없게 되었네. 만

199 7년 전쟁(1756~1763) 중, 자신의 목숨을 돌보지 않고 적의 야습을 알린 것으로 유명한 아싸스 기사(니꼴라−루이 다싸스, 1733~1760)를 가리키는 듯하다.

200 1745년 프랑스 군대가 영국과 홀랜드 연합군을 상대로 퐁뜨누와 읍에서 대승을 거두었는데, 그 전투에 참가하였던 사람들을 가리키는 듯하다.

201 30년 전쟁 중 1646년과 1647년 두 차례에 걸쳐 프랑스 군대가 레리다(레리다, 에스빠냐 동부 까딸루냐 지방)를 포위 공격하였다고 한다.

약 알라릭 2세가 다시 온다면, 그와 맞설 클로드비그는 다시 없을 걸세.[202] 만약 압델-라만이 다시 온다면, 그의 앞을 막아설 샤를르-마르뗄은 다시 없을 걸세.[203] 만약 작센족이 다시 몰려온다면, 그들 앞에는 삐뺑이 더 이상 없을 걸세.[204] 자네들은 더 이상 아냐델 전투도, 로크롸, 렁스, 스따화르다, 네르빈든, 스텐케르크, 마르살리아, 로꾸, 라우휄트, 마오 등지의 전투들도 구경할 수 없을 걸세.[205] 자네들은 더 이상 마리냐노에 가 있는 프랑수와 1세를 볼 수 없을 걸세.[206] 자네들은 더 이상, 필립 오귀스뜨가 부빈느에서, 한 손으로는 불론뉴 백작 르노를, 다른 한 손으로는 플랑드르 백작 휄랑을 생포하는 모습을 볼 수 없을 걸세.[207] 자네들이 아쟁꾸르는 볼 수 있을 것이로되, 위대한 국왕기 기수였던 바끄빌의 영주가 자신이 들고 있던 깃발에 감싸인 채 의연히 죽는 모습은 더 이상 볼 수 없을 걸세.[208] 어서들 서두르게! 어서! 새로운 인간

202 프랑크족의 왕 클로드비그(끌로비스, 466?~511)가 서고트족의 왕 알라릭 2세의 군대를 뿌와띠에 근처 부이에라는 곳에서 격파하고, 아끼뗀느 지방을 자기의 강역으로 편입시켰다고 한다.

203 732년 에스빠냐의 태수 압델-라만이 보르도를 점령한 후 뚜르를 향해 진격하다가, 뚜르와 뿌와띠에의 중간에서 샤를르-마르뗄의 군대를 만나 대패하였다고 한다.

204 759년 카롤루스 왕조의 초대 왕인 삐뺑(714~768, 샤를르마뉴의 부친)이 남진하던 작센족 군대를 격파하였다고 한다.

205 16세기부터 18세기에 걸쳐 프랑스 군대가 전승을 거둔 이딸리아, 벨기에, 에스빠냐 등의 지명들이다.

206 1515년 프랑수와 1세가 마리냐노(오늘날의 멜레냐노)에서 밀라노 공작과 연합한 스위스 군대를 격파하였다고 한다.

207 1214년 필립 위귀스뜨(1165~1223)가 릴르 근처 부빈느라는 읍에서 브라운슈바이크의 오톤 4세, 불론뉴 백작 르노, 플랑드르 백작 휄랑 등의 연합군을 상대로 대승을 거두었다고 한다.

들을 만들게! 그래서 모두들 왜소해지게나!」

후작이 잠시 침묵하다가 다시 계속하였다.

「하지만 우리는 위대한 채로 내버려 두게. 왕들을 죽이시게. 귀족들을 죽이시게. 사제들을 죽이시게. 타도하고, 폐허로 만들고, 학살하고, 모든 것을 발로 짓밟고, 유구한 금언들을 자네들의 장화 뒤축으로 뭉개 버리고, 옥좌를 짓밟아 부수고, 제단 위에서 발을 구르고, 신을 으스러뜨리고, 그 위에서 춤을 추시게! 그것이 자네들의 일이야. 자네들은 헌신하고 희생할 능력이 없는 배신자들이며 비겁자들이야. 내가 하고자 했던 말을 다 하였네. 자작 나리, 이제 기요딴느로 나의 목을 자르시게. 공손히 자네 뜻에 따르겠네.」

그러고는 덧붙였다.

「아! 내가 자네들의 실상을 지적하였군! 그것이 나와 무슨 상관이지? 나는 죽은 몸인데.」

「아닙니다. 자유의 몸이십니다.」 고뱅이 말하였다.

그러더니 고뱅이 후작 곁으로 성큼 다가가서, 자기의 사령관 외투를 벗어 후작에게 입힌 다음, 두건을 내려 눈이 보이지 않도록 하였다. 두 사람의 체구가 같았다.

「지금 무엇하는 것인가?」 후작이 말하였다.

고뱅이 큰 소리로 외쳤다.

「경비대장, 출입문 여시오.」

출입문이 열렸다.

고뱅이 다시 큰 소리로 지시하였다.

---

208 아쟁꾸르는 빠-드-깔래 지역의 작은 읍인데, 백 년 전쟁 중, 잉글랜드의 헨리 5세가 그곳에서 프랑스 군대를 격파하고 많은 포로를 데려갔다고 한다. 바끄빌의 영주가 누구인지는 확인하지 못하였다.

「내가 나간 다음에 문단속 잘 하시오.」

그러면서 후작을 밖으로 밀었고, 후작은 미처 정신을 수습하지 못하였다.

경비대의 숙소로 바뀐 바닥 층은, 이미 말한 바와 같이 뿔로 만든 램프 하나만이 켜져 있어서, 모든 것이 흐릿하게 보였고 몹시 어두웠다. 그 어렴풋한 미광 속에서, 아직 잠들지 않은 병사들의 눈에, 사령관의 두건 달린 외투를 걸친 신장 큰 남자 하나가 자기들 사이를 지나 출구로 향하는 것이 보였다. 그들이 군례를 올렸고, 남자가 그들 앞을 지나갔다.

후작은 경비대 숙소를 천천히 가로질러 돌파구를 거쳐 밖으로 나갔는데, 그러는 동안 머리가 돌파구에 부딪치기 한두 번이 아니었다.

보초가 그를 고뱅이라 생각하고 총을 받들어 군례를 표하였다.

밖으로 나와 자신의 발밑에 들판의 풀이 있음을 느끼자, 그리고 2백 보 되는 곳에 숲이 있으며 그의 앞에 무한한 공간과 어둠과 자유와 생명이 있음을 깨닫자, 그는 걸음을 멈추었다. 그러고는, 상대가 하는 대로 자신을 내맡겨 얼떨결에 상대의 뜻에 따른 사람처럼, 그리고 우연히 열린 문을 통하여 재빨리 빠져나온 후 자신의 행위가 옳은지 그른지를 가늠해 보며 더 멀리 가기 전에 자신의 사념에 귀를 기울이고 또 머뭇거리는 사람처럼, 그곳에 한순간 꼼짝도 하지 않고 머물렀다. 잠시 동안 그렇게 깊은 몽상에 잠기더니, 오른쪽 손을 허공으로 쳐들고 가운뎃손가락을 엄지손가락에 마찰시켜 딱 소리가 나게 하면서 중얼거렸다. 「그렇군!」

그리고 나서 그곳을 떠났다.

지하 감옥의 출입문이 다시 닫혔다. 고뱅은 그 속에 있었다.

2
군법 회의

당시 군법 회의에서는 모든 것이 거의 독단적이고 임의적으로 이루어졌다. 뒤마가 입법 의회에서 군법의 초안을 제안하였고, 훗날 딸로가 5백인 의회에서 그것에 다시 손질을 가하였으나, 군법 회의에 관한 법규가 확정적으로 성문화된 것은 제정 시절이었다. 여담이지만, 군사 재판에서 하급 재판관의 의견부터 청취하는 것을 의무 규정으로 정한 것은 제정 시절부터이다. 대혁명 시절에는 그러한 법이 존재하지 않았다.

1793년에는 군사 재판소의 재판장이 곧 법정이었다. 그가 재판관들을 선임하고, 재판관들의 계급을 정하며, 판결 방식을 임의로 조정하였다. 그는 절대권을 가진 상전이면서 동시에 판관이었다.

씨무르댕은, 앞서 퇴각 보루가 있었고 이제 경비대 숙소가 된, 탑의 바닥 층을 군법 회의의 법정으로 지정하였다. 감옥으로부터 법정까지의 거리와 법정으로부터 단두대까지의 거리 등, 그는 모든 것을 단축하고자 하였다.

그의 명령에 따라 정오에 재판이 열리게 되어 있었는데, 재판정을 꾸민 물건들은 짚 의자 셋, 전나무 탁자 하나, 촛불 둘, 탁자 앞에 놓인 등받이 없는 걸상 하나 등이었다.

의자들은 재판관들을 위한 것이고, 걸상은 피의자를 위한 것이었다. 탁자 양쪽 끝에 걸상 하나씩이 놓여 있었는데, 하나는 보급계 하사관이었던 법무관의 자리였고, 다른 하나는 계급이 하사인 서기의 자리였다.

탁자 위에는 붉은 밀랍 토막 하나와 구리로 만든 공화국 인장, 잉크병 둘, 흰 종이 묶음들, 그리고 인쇄된 벽보 둘이 놓여 있었다. 벽보들 중 하나에는 법의 보호를 받을 권리를 박탈한다는 내용이 있었고, 다른 하나에는 혁명 의회의 법령이 인쇄되어 있었다.

중앙 의자 뒤에는 삼색 깃발 묶음 하나가 있었다. 모든 것이 거칠다고 할 만큼 단순했던 그 시절에는 치장도 순식간에 하였고, 경비대 숙소를 재판정으로 바꾸는 데도 거의 시간이 걸리지 않았다.

재판장의 좌석인 중앙 의자는 지하 감옥의 출입문과 마주 보고 있었다.

병사들이 청중이었다.

헌병 두 사람이 피고석을 호위하고 있었다.

씨무르댕이 중앙 의자에 앉은 다음, 자기의 오른쪽에는 수석 판사인 게샹 대위를, 왼쪽에는 차석 판사인 라두 중사를 앉게 하였다.

그는 삼색 깃털 장식이 있는 모자를 썼고, 허리에 군도를 찼으며, 허리띠에는 권총 두 정을 꽂았다. 그의 얼굴에 있던 선홍색 칼자국으로 인하여 그의 기색이 더욱 사나워 보였다.

라두도 치료를 받았던 모양이다. 수건으로 머리를 동여매었는데, 핏자국이 천천히 넓어지고 있었다.

정오가 되자, 재판은 아직 시작되지 않았는데, 기병 전령 하나가 재판정의 탁자 앞에 대기하는 자세로 서 있고, 그의 말이 밖에서 앞발로 땅을 구르는 소리가 들렸다. 씨무르댕이 무엇을 종이에 쓰고 있었다. 그가 쓴 내용은 이러했다.

공안 위원회 위원들께.

랑뜨낙이 잡혔음. 내일 처형됨.

그 아래 날짜를 적고 서명한 다음, 공문서를 접어 봉인하였다. 그것을 기병 전령에게 건네자, 전령이 즉시 떠났다.

그런 다음 씨무르댕이 음성을 높여 말하였다.

「감옥 문을 여시오.」

헌병 두 사람이 빗장을 당겨 문을 연 다음 감옥 안으로 들어갔다.

씨무르댕이 고개를 쳐들고 팔짱을 낀 채 감옥 출입문을 향하여 소리쳤다.

「포로를 데려오시오.」

두 헌병의 호위를 받으며 한 남자가 열린 문의 홍예틀 아래로 모습을 드러냈다.

고뱅이었다.

씨무르댕이 소스라쳤다.

「고뱅!」 그가 외쳤다.

그러더니 다시 말하였다.

「포로를 데려오라 하였어.」

「제가 포로입니다.」 고뱅이 말하였다.

「자네가?」

「그렇습니다.」

「그럼 랑뜨낙은?」

「그분은 자유의 몸이십니다.」

「자유의 몸이라!」

「그렇습니다.」

「탈옥하였는가?」

「탈옥하셨습니다.」

그러자 씨무르댕이 떨리는 음성으로 더듬거렸다.

「그렇지, 이 성은 그의 것. 그러니 모든 출구들을 훤히 알겠지. 지하 감방이 아마 어떤 출구로 통할 수 있겠군. 내가 그 점도 생각했어야 했는데. 그가 탈옥할 방법을 찾아냈고, 그러기 위해 구태여 누구의 도움이 필요하지는 않았겠군.」

「그분께서는 도움을 받으셨습니다.」 고뱅이 말하였다.

「탈옥하는 데?」

「탈옥하는 데.」

「누가 그를 도왔나?」

「제가.」

「자네라니!」

「저입니다.」

「허튼소리 말게!」

「제가 감옥으로 들어가 포로와 단둘이 있었고, 저의 외투를 벗어 그에게 입혀 주었으며, 두건으로 그의 얼굴을 가리어 주었습니다. 그가 저 대신 나가고 저는 그 대신 감옥에 남았습니다. 그렇게 제가 그곳에 있게 된 것입니다.」

「자네가 그랬을 리 없네!」

「틀림없이 제가 한 짓입니다.」

「있을 수 없는 일이야.」

「사실입니다.」

「랑뜨낙을 데려오게!」

「더 이상 이곳에 계시지 않습니다. 병사들은 사령관의 외투만 보고 그가 저인 줄 알았고, 그래서 나가게 내버려 두었습니다. 게다가 어두웠습니다.」

「자네 미쳤군.」

「사실대로 말씀드리는 것입니다.」

잠시 침묵이 흘렀다. 씨무르댕이 혼잣말처럼 더듬거렸다.

「그러면 자네는 당연히…….」

「죽어야 합니다.」 고뱅이 이어서 말하였다.

씨무르댕의 안색이 목 잘린 사람의 얼굴처럼 창백해졌다. 갓 벼락을 맞은 사람처럼 꼼짝도 하지 않았다. 호흡을 멈춘 사람 같았다. 굵은 땀방울 하나가 그의 이마에 맺혔다.

그가 음성을 가다듬어 말하였다.

「헌병, 피고를 자리에 앉히시오.」

고뱅이 걸상에 앉았다.

씨무르댕이 다시 말하였다.

「헌병, 군도를 뽑으시오.」

피고가 극형을 언도받을 경우, 그렇게 하는 것이 관례였다.

헌병들이 군도를 뽑아 들었다.

씨무르댕의 음성이 다시 평소의 억양을 되찾았다.

「피고, 일어서시오.」

그는 더 이상 고뱅에게 하게하지 않았다.

3
판결

고뱅이 일어섰다.

「이름이 무엇이오?」 씨무르댕이 물었다.

「고뱅입니다.」

씨무르댕이 심문을 계속하였다.

「당신은 누구요?」

「북쪽 연안 지역 토벌군 사령관입니다.」

「탈옥수와 혈족 관계이거나 연합한 사이오?」

「제가 그분의 종손입니다.」

「혁명 의회의 명령을 알고 있소?」

「그것을 알리는 벽보가 귀하의 탁자 위에 있습니다.」

「이 포고령에 대하여 할 말이 있소?」

「제가 그것에 부서하였고, 그 시행을 명령하였으며, 그것을 알리는 벽보를 제가 지시하여 인쇄하게 한 후, 그 하단에 저의 이름을 밝혔습니다.」

「변호인을 선임하시오.」

「제가 변호하겠습니다.」

「당신에게 발언권이 있소.」

씨무르댕이 어느덧 다시 냉정해져 있었다. 다만 그 냉정함이 한 인간의 고요함보다는 바위의 무심함에 더 가까웠다.

고뱅이 깊은 생각에 잠긴 듯 한동안 침묵을 지켰다.

씨무르댕이 다시 말하였다.

「무슨 말로 자신을 변호하겠소?」

고뱅이 천천히 고개를 쳐들었다. 그러고는 아무에게도 시선을 주지 않고 대답하였다.

「제가 할 말은 이러합니다. 한 가지 일이 저로 하여금 다른 것을 보지 못하게 하였습니다. 너무 가까이에서 본 선행 하나로 인하여 제가 1백 가지 범행을 보지 못하였습니다. 한편으로는 노인 하나가, 다른 한편으로는 아이들이, 저와 의무 사이에 한꺼번에 끼어들었습니다. 그리하여 그만, 불에 탄 마을

들, 초토화된 농경지들, 학살당한 포로들, 살해당한 부상자
들, 총살당한 여인들을 깜빡 잊었습니다. 또한 영국에 넘겨
진 프랑스조차 잊었습니다. 저는 조국 살해범을 풀어 주었습
니다. 저는 죄인입니다. 이렇게 말함으로 인하여 제가 저 자
신을 규탄하는 것으로 비칠 수도 있을 것입니다. 하지만 그러
한 견해는 오류입니다. 저는 저 자신을 위하여 말하고 있습니
다. 죄인이 자신의 잘못을 시인할 때, 그는 구출될 가치가 있
는 유일한 것, 즉 명예를 구출합니다.」

「그것이 변론의 전부요?」 씨무르댕이 다시 물었다.

「덧붙여 말하거니와, 제가 사령관이니 저에게는 모범을 보
여야 할 의무가 있고, 귀관들 또한 재판관이니 합당한 모범을
보이셔야 합니다.」

「어떤 모범을 원하시오?」

「저의 죽음입니다.」

「그것이 정당하다고 생각하시오?」

「또한 필요합니다.」

「앉으시오.」

법무관 역을 맡은 보급계 하사관이 일어서서, 먼저 지난날
의 후작 랑뜨낙으로부터 법률의 보호를 받을 일체의 권리를
박탈한다는 포고령을 낭독한 다음, 포로가 된 반도의 탈출을
도운 자는 그 누구를 막론하고 극형에 처한다는 혁명 의회의
칙령을 낭독하였다. 다음으로 그 포고령 하단에 인쇄된, 상기
반도에 대한 〈일체의 도움이나 구출의 손길을 내미는 자를
극형에 처할 것〉이라는 경고문과 〈토벌군 사령관 고뱅〉이라
고 부서한 구절까지 읽었다.

낭독을 마친 다음 법무관이 다시 자리에 앉았다.

씨무르댕이 팔짱을 끼고 말하였다.

「피고, 잘 들으시오. 청중들, 듣고 바라보되 침묵을 지키시오. 당신들 앞에는 법이 있소. 이제 표결이 진행될 것이오. 판결은 최다수 의견에 따라 내려질 것이오. 각 판사는 차례대로 피고 앞에서 자신의 견해를 큰 소리로 개진해 주시오. 이 재판에서는 아무것도 감출 것이 없기 때문이오.」

씨무르댕이 이어서 말하였다.

「먼저 수석 판사에게 발언권을 드리겠소. 말씀하시오, 게상 대위.」

게상 대위의 눈에는 씨무르댕도 고뱅도 보이지 않는 듯했다. 축 늘어진 그의 눈꺼풀들은, 포고령이 인쇄된 벽보에 고정되어 꼼짝도 하지 않는 그의 두 눈을 감추었고, 그는 마치 어떤 심연을 들여다보듯 그 벽보를 뚫어지게 들여다보며 자신의 의견을 개진하였다.

「법이란 단호합니다. 하나의 판사란 인간 이상이기도 하고 인간 이하이기도 합니다. 그가 인간 이하인 것은 그에게 가슴이 결여되었기 때문입니다. 그가 인간 이상인 것은 그에게 정의의 검이 있기 때문입니다. 로마 414년에, 만리우스는 자신의 아들을 사형에 처하였습니다.[209] 자기의 명령 없이 적을 공격하였다는 죄를 물은 것입니다. 규율을 어긴 것에 대한 벌이었습니다. 이번 사안은 법이 유린된 경우입니다. 그런데 법은 규율보다 더 존엄합니다. 순간적으로 일어난 자비심으로 인

---

209 로마가 기원전 753년 로물루스에 의해 세워졌다는 전설을 기준으로 삼는다면 기원전 339년에 해당할 것이다. 예수의 출생 연도를 기원으로 삼지 않으려는 의지의 표현인 듯하다. 한편, 만리우스라는 인물이 어떤 사건과 연관되었는지는 확인하지 못하였다.

하여 조국이 다시 위험에 처하였습니다. 자비도 범죄일 수 있습니다. 고뱅 사령관은 반도 랑뜨낙을 도망치게 하였습니다. 고뱅은 유죄입니다. 사형을 요구합니다.」

「서기, 기록하시오.」 씨무르댕이 말하였다.

서기가 기록하였다. 〈게샹 대위 ― 사형〉

고뱅이 음성을 가다듬어 말하였다.

「게샹, 합당한 판결을 내리셨소. 고맙소.」

씨무르댕이 다시 말하였다.

「이제 발언권을 차석 판사에게 넘기오. 말씀하시오, 라두 중사.」

라두가 일어서더니, 고뱅 쪽으로 몸을 돌린 다음, 피고인 그에게 군례를 올렸다. 그런 다음 그가 언성을 높였다.

「그따위 일 때문이라면 기요띤느로 나의 목을 치시오. 왜냐하면, 젠장, 내 명예를 걸고 장담하거니와, 나 역시, 우선 그 늙은이가 한 일을, 그다음 나의 사령관께서 하신 것과 같은 일을 하였을 것이기 때문이오. 빵 부스러기 셋을 불구덩이로부터 끌어내기 위하여 그 여든 먹은 늙은이가 불더미 속으로 뛰어드는 것을 보고, 내가 이렇게 말하였소. 〈영감, 당신 정말 착한 사람이오!〉 그리고, 나의 사령관께서 그 늙은이를 당신네들의 빌어먹을 짐승 같은 기요띤느로부터 구출하셨다는 사실을 알고, 내가 이렇게 말하였소. 〈사령관님, 당신은 저의 장군님이셔야 합니다. 그리고 당신이 진정한 인간입니다. 빌어먹을! 만약 아직도 십자 훈장이 있다면, 아직도 성자들이 있다면, 그리고 아직도 루이라는 왕들이 있다면, 제가 당신에게 성 루이 십자 훈장[210]을 수여할 것입니다!〉 아, 젠장! 이제

210 1693년 루이 14세가 제정한 훈장으로, 1792년에 폐지되었다.

우리가 모두 얼간이로 변할 작정입니까? 우리가 제마쁘, 발미, 홀뢰뤼스, 바띠니 등지에서 전승을 거둔 것이 기껏 이따위 짓을 위한 것이었는지, 분명히 말해야 합니다. 이럴 수가! 고뱅 사령관께서 넉 달 전부터 북을 울리며 왕당파 당나귀들을 거칠게 몰아치시고, 군도를 휘둘러 공화국을 구출하셨으며, 멋있는 기지를 발휘하여 돌에서 전승을 거두셨는데, 그러한 사람을 얻자 더 이상 그를 간직하지 않으려 발광들을 하다니! 그리고 그를 당신들의 장군으로 추대하는 대신, 그의 목을 자르려 하다니! 제가 단언하거니와, 그것은 뽕−뇌프 다리 난간에서 머리를 밑으로 향한 채 거꾸로 처박히는 짓입니다. 또한, 씨뚜와이앵 고뱅, 저의 사령관님, 만약 당신이 저의 사령관이 아니시고 일개 하사였다면, 저는 당신이 조금 전에 처량한 멍청이 소리를 지껄였다고 말할 것입니다. 늙은이가 아이들을 구출한 것은 잘한 일입니다. 당신이 늙은이의 목숨을 구한 것은 잘하신 일입니다. 그런데 만약 선행을 하였다는 이유로 사람들의 목을 자른다면, 그것은 모든 마귀들에게나 보낼 짓이며, 저는 더 이상 어찌 된 영문인지 모르겠습니다. 그러면 더 이상 이것저것 생각할 필요가 없습니다. 이 모든 일이 사실이 아냐, 그렇지 않습니까? 제가 정말 깨어 있는 것인지, 저의 몸을 꼬집어 보아야 할 지경입니다. 도무지 이해할 수 없습니다. 늙은이는 어린것들이 산 채로 불에 타도록 내버려 두었어야 했고, 저의 사령관께서는 늙은이의 목이 잘리도록 내버려 두었어야 했다니. 차라리 저의 목을 치십시오. 저는 차라리 그 편을 택하겠습니다. 하나의 가정입니다만, 만약 그 어린것들이 죽었다면 붉은 빵모자 대대는 수치를 면하지 못하였을 것입니다. 모두들 바라는 것이 그것입니까? 그렇다

면 우리 서로를 잡아먹읍시다. 저 또한 정치에 대해서는 여기
에 계신 당신들 못지않게 압니다. 저는 삐끄 혁명 지부 클럽
의 회원이었습니다. 빌어먹을! 우리가 결국에는 모두 얼간이
로 변하는군! 저의 견해를 요약하겠습니다. 저는 아무 영문
도 모르는 채 해야 하는 거북스러움을 느끼게 하는 일들은 좋
아하지 않습니다. 우리가, 젠장, 왜 우리의 목숨을 내놓습니
까? 우리의 지휘관을 우리에게서 빼앗아 죽이라고? 그것만
은 딱 질색입니다! 저는 저의 지휘관을 원합니다! 결코 내놓
을 수 없습니다. 저는 그를 어제보다 오늘 더 좋아합니다. 그
를 단두대로 보낸다니, 실소를 금치 못하겠습니다! 그 모든
짓을 우리는 원치 않습니다. 저는 모든 말을 경청하였습니다.
마음껏 지껄이라 하지요. 절대 아니 됩니다.」

그리고 나서 라두가 다시 자리에 앉았다. 그의 상처가 다
시 열렸다. 피 한 줄기가 그의 귀가 있던 부분으로부터 스며
나와, 싸맨 천 밑으로 목을 따라 흘러내렸다.

씨무르댕이 라두를 바라보며 물었다.

「당신은 피고의 무죄를 주장하시오?」

「저는 그를 장군으로 추대하기를 주장합니다.」 라두의 대
꾸였다.

「그의 무죄 방면을 주장하느냐고 묻는 것이오.」

「그를 공화국의 우두머리로 추대하기를 주장합니다.」

「라두 중사, 고뱅 사령관의 무죄를 주장하는 것인지, 〈예〉
〈아니오〉로 대답하시오.」

「그의 목 대신 저의 목을 자르기를 주장합니다.」

「무죄. 서기, 기록하시오.」 씨무르댕이 말하였다.

서기가 기록하였다. 〈라두 중사 — 무죄〉

그런 다음 서기가 말하였다.

「사형 한 표, 무죄 한 표입니다. 찬반 동수입니다.」

이제 씨무르댕이 견해를 표해야 할 차례였다.

그가 일어섰다. 모자를 벗어 탁자 위에 놓았다.

그는 더 이상 창백하지도 않았고 납빛도 아니었다. 그의 얼굴은 흙빛이었다.

그곳에 있던 모든 사람들이 염포에 덮여 있었다 하더라도 침묵이 그보다는 더 깊지 않았을 것이다.

씨무르댕이 엄숙하고 느리며 단호한 음성으로 말하였다.

「피고인 고뱅, 본건의 심리가 끝났소. 공화국의 이름으로, 본 군법 회의는 다수의 견해에 따라…….」

그가 말을 중단하며 잠시 휴지기를 갖는 듯하였다. 그가 죽음 앞에서 멈칫거렸을까? 아니면 삶 앞에서 멈칫거렸을까? 모든 사람들의 가슴이 헐떡였다. 씨무르댕이 말을 계속하였다.

「……당신에게 사형 선고를 내리오.」

그의 얼굴은 음산한 승리의 고통을 표출하고 있었다. 야곱이 어둠 속에서 자기가 쓰러뜨린 천사로부터 축복을 받을 때, 아마 그 무시무시한 미소를 지었을 것이다.[211]

그것은 한 가닥 미광에 불과했고, 또 신속히 사라졌다. 씨무르댕이 다시 대리석처럼 변하였다. 그가 다시 자리에 앉으

---

211 「창세기」 32장에 이야기된 유명한 일화이다. 그러나 의미는 모호하다. 읽는 사람에 따라, 야곱과 신(천사)의 씨름이 다양하게 해석될 수 있을 듯하다. 마찬가지로 위고의 비유 역시 선뜻 이해되지 않는다. 그 모호한 언급이 무엇을 암시할까? 다시 말해, 고뱅에게로 향한 씨무르댕의 깊숙한 정서적 실체가 무엇일까? 그 실체를 밝히는 작업이 곧 위고의 가장 내밀한 본능을 드러내는 작업일 수 있을 것이다.

며 모자를 쓴 다음 덧붙였다.

「고뱅, 당신은 내일 해가 뜰 때 처형될 것이오.」

고뱅이 일어서서 예를 표한 다음 말하였다.

「군법 회의에 감사드립니다.」

「사형수를 데려가시오.」 씨무르댕이 언명하였다.

씨무르댕이 신호를 보냈고, 감옥의 문이 다시 열렸으며, 고뱅이 그 안으로 들어가자 문이 다시 닫혔다. 두 헌병이 출입문 양쪽에서 군도를 뽑아 든 채 보초를 섰다.

기절하여 쓰러진 라두를 병사들이 옮겼다.

4
판사 씨무르댕, 지존 씨무르댕

하나의 병영이란 곧 하나의 말벌 집이다. 혁명의 시절에는 특히 그렇다. 병사들 속에 있는 공민적 벌침이 자발적으로, 또 신속하게 나와 적을 격퇴한 다음에는 스스럼없이 지휘관을 찌른다. 라 뚜르그를 점령한 그 용맹한 말벌 떼가 다양하게 웅웅거리는 소리를 내었는데, 그 소리가, 처음 랑뜨낙의 탈출 사실이 알려졌을 때에는 고뱅을 향하였다. 랑뜨낙이 갇혀 있으리라고 믿던 감옥에서 고뱅이 나오는 것을 보았을 때, 그것은 전기 충격과 같았고, 그리하여 채 1분이 지나지 않아 부대 전원에게 그 사실이 알려졌다. 그 작은 군대 내에서 불만의 소리가 터졌다. 첫 번째 웅성거림은 이러했다. 「그들이 고뱅을 심판하고 있어. 하지만 그것은 속임수야. 지난날의 귀족들과 빵모자들²¹²을 누가 믿어! 자작 하나가 후작 하나를

212 사제들을 비하적으로 지칭하는 말이다.

구출한 것을 우리가 보았어. 이제 사제 하나가 귀족 하나를 사면하는 것을 보게 될 거야!」

그런데 고뱅이 사형 선고를 받았다는 사실이 알려지자, 두 번째 웅성거림이 퍼져 나갔다. 「이건 정말 너무 심해! 우리의 대장을, 우리의 용감한 대장을, 우리의 젊은 사령관을, 그 영웅을! 그가 자작이라 하지, 그래서 어떻다는 거야! 그가 공화파이니 더욱 대단하지 않은가! 어찌 이럴 수가! 뽕또르송과 빌디으와 뽕−오−보를 해방시켰는데! 돌과 라 뚜르그를 점령한 사람인데! 그로 말미암아 우리가 무적의 군대가 되었는데! 방데 내전에서는 공화국의 검 자체인 그를! 지난 다섯 달 동안 올뻬미당과 맞서며, 레쉘 및 다른 자들이 저질러 놓은 멍청이 짓들을 만회하고 있는 사람을! 저 씨무르댕이 감히 그에게 사형을 선고하다니! 무슨 이유 때문이냐고? 세 아이의 목숨을 구한 늙은이 하나의 목숨을 구해 주었다는 이유야! 일개 사제가 군인을 죽이다니!」

승리를 거두었으되 불만 가득한 병영이 그렇게 으르렁거리고 있었다. 침울한 분노가 씨무르댕을 에워싸고 있었다. 단한 사람에게 맞선 4천 명, 그것이 하나의 세력으로 보일 수도 있다. 하지만 그것은 세력이 아니다. 그 4천 명은 하나의 군중에 불과했던 반면, 씨무르댕은 하나의 의지였다. 씨무르댕이 눈살을 찌푸리곤 하였고, 군대 전체로 하여금 그에게 경외심을 갖도록 함에 있어서 그 이상의 것이 필요 없다는 사실을 모두 알고 있었다. 그 가혹했던 시절에는 어떤 사람의 뒤에 공안 위원회의 그림자만 드리워져 있어도 그가 두려움의 대상이었고, 그러한 사실만으로도 모든 아우성을 소곤거림으로, 모든 소곤거림을 침묵으로 귀착시키기에 충분했다. 그러한 웅성거림이 터져 나오기 전이나 그 이후나, 씨무르댕은 항상 고뱅 및 나머지 다른 모든 사람들의 운명을 결정짓는 심판관이었다. 그에게 아무것도 요구할 수 없으며, 그가 오직 자기에게만 들리는 음성, 즉 자기의 양심에만 복종한다는 사실을 모든 사람들이 알고 있었다. 모든 것이 그에게 달려 있었다. 그가 군법 회의 재판관 자격으로 행한 것을, 오직 그만이, 민간 감독관 자격으로 무효화시킬 수 있었다. 오직 그에게만 사면권이 있었다. 그에게 전권이 있었다. 손짓 한 번으로 그가 고뱅을 풀어 줄 수 있었다. 그는 삶과 죽음의 주재자였다. 기요띤느를 그가 지배하였다. 그 비극적인 순간, 그는 지존이었다.

기다릴 수밖에 없었다.

밤이 되었다.

5
지하 감옥

재판정이 다시 경비대 숙소로 바뀌었다. 전날 밤처럼 보초를 배로 늘렸다. 굳게 닫힌 감옥의 출입문을 초병 둘이 감시하였다.

자정쯤 손에 등을 든 사람 하나가 경비대 숙소를 가로지르더니, 자신의 신분을 밝힌 다음, 감옥의 문을 열게 하였다. 씨무르댕이었다.

그가 안으로 들어갔고, 출입문은 살짝 열어 놓았다.

감옥 안은 어둡고 조용했다. 씨무르댕이 그 어둠 속으로 한 걸음 들어선 다음, 등을 바닥에 내려놓고 멈추어 섰다. 잠든 사람의 평온한 숨소리가 어둠 속에서 들려왔다. 씨무르댕은 생각에 잠겨 그 평온한 소리에 귀를 기울였다.

고뱅은 감방 안쪽에 있는 지푸라기 위에 있었다. 들리던 것은 그의 숨소리였다. 그는 깊이 잠들어 있었다.

씨무르댕이 소음을 최소한으로 줄이며 아주 가까이 다가가 고뱅을 바라보기 시작하였다. 자기의 젖먹이가 자는 모습을 바라보는 어느 엄마의 시선도, 그 시선보다는 더 다정하고 지극할 수 없을 것이다. 그 시선은 아마 씨무르댕보다 더 강하여, 그 자신도 어찌할 수 없었을 것이다. 씨무르댕이, 아이들이 가끔 그러듯 자기의 두 주먹을 자신의 두 눈 위에 올려놓고, 한동안 꼼짝도 하지 않았다. 그러더니 무릎을 꿇고 앉아 고뱅의 손을 부드럽게 쳐들어, 그 위에 자기의 입술을 가져다 댔다.

고뱅이 흠칫 움직였다. 그러더니 눈을 떴다. 소스라쳐 깨어난 사람처럼 눈에 어렴풋한 놀라움이 서려 있었다. 등불이 지하실을 희미하게 밝혀 주고 있었다. 그가 씨무르댕을 즉시 알아보았다.

「이런, 사부님, 오셨군요.」

그렇게 말하면서 그가 덧붙였다.

「죽음이 저의 손에 입맞춤하는 꿈을 꾸고 있었습니다.」

씨무르댕은, 어떤 사념의 물결 하나가 별안간 우리에게 밀려들 때 우리를 뒤흔드는, 그러한 충격을 느꼈다. 때로는 그러한 물결이 하도 높고 맹렬하여, 그것이 영혼을 꺼버릴 것 같기도 하다. 씨무르댕의 가슴 깊은 곳으로부터는 아무것도 나오지 못하였다. 「고뱅!」 그가 고작 할 수 있었던 말이다.

두 사람이 서로를 물끄러미 바라보았다. 씨무르댕의 두 눈은 눈물을 몽땅 태워 버리는 불꽃으로 가득했고, 고뱅의 눈은 지극히 부드러운 미소로 가득했다.

고뱅이 팔꿈치에 의지하여 상체를 일으켰다. 그러고서는 말하였다.

「사부님의 얼굴에 있는 칼자국은 사부님께서 저를 위하여 군도의 가격을 받으신 흔적입니다. 어제의 백병전 중에도 사부님께서는 저의 곁에 계셨고, 그 또한 저 때문이었습니다. 만약 섭리가 사부님을 저의 요람 곁으로 인도하지 않았다면, 제가 오늘 어디에 있겠습니까? 암흑 속에 처박혀 있을 것입니다. 제가 조금이나마 의무라는 것을 깨달았다면, 그것은 오직 사부님 덕분입니다. 저는 꽁꽁 묶인 채 태어났습니다. 모든 편견은 곧 동여매는 붕대인데, 저의 몸을 동여매고 있던 그 붕대들을 사부님께서 풀어 주셨고, 제가 자유롭게 성장할 수 있게 해주셨습니다. 그리하여 이미 하나의 미라에 불과했던 것을 아이로 다시 태어나게 해주셨습니다. 미숙아 속에 의식을 넣어 주셨습니다. 사부님이 아니 계셨다면 저는 왜소하게 자랐을 것입니다. 제가 존재하는 것은 사부님으로부터 말미암았습니다. 저는 하나의 상전에 불과했는데, 사부님께서 저를 하나의 시민으로 만드셨습니다. 저는 하나의 시민에 불과했는데 사부님께서 저를 하나의 영혼으로 만드셨습니다. 그리하여, 인간으로서 이 지상의 삶에 적합하게 해주셨고, 영혼으로서 천상의 삶에 적합하게 해주셨습니다. 또한 제가 인간의 현실 속으로 들어갈 수 있도록 진실의 열쇠를 주셨고, 이 세상 저 너머로 갈 수 있도록 빛의 열쇠를 주셨습니다. 오! 사부님 감사합니다. 사부님께서 저를 창조하셨습니다.」

씨무르댕이 고뱅 옆 지푸라기 위에 앉으면서 말하였다.

「자네와 함께 저녁 식사를 하러 왔네.」

고뱅이 검은 빵을 그에게 건넸고, 씨무르댕이 한 조각을 받아 들었다. 그다음 고뱅이 물 단지를 건넸다.

「먼저 마시게.」씨무르댕이 말하였다.

고뱅이 먼저 마시고 물 단지를 씨무르댕에게 넘겼다. 고뱅은 한 모금만 마셨다.

씨무르댕은 벌컥벌컥 들이켰다.

그 저녁 식사에서 고뱅은 먹었고 씨무르댕은 마셨다. 한 사람의 마음이 태연했던 반면 다른 한 사람은 열기에 휩싸여 있었다는 징표이다.

무엇인지 모를 무시무시한 평온이 그 지하 감방 안에 있었다. 그 두 사람이 평화롭게 대화를 나누고 있었다.

고뱅이 말하였다.

「위대한 일들이 윤곽을 드러내고 있습니다. 지금 혁명이 이루어 내고 있는 것은 신비합니다. 가시적인 일 뒤에 보이지 않는 일이 있습니다. 하나가 다른 것을 감추고 있습니다. 보이는 일은 사나우나, 보이지 않는 일은 숭고합니다. 이 순간에 이르러서야 모든 것이 선명하게 분별됩니다. 기이하고 아름답습니다. 과거의 자재들을 사용할 수밖에 없었습니다. 기이한 93년은 그러한 사실에서 비롯되었습니다. 야만스러운 단두대 발치에서 문명의 신전이 축조되고 있습니다.」

「그렇네, 그 임시적인 것에서 확정적인 것이 나올 걸세. 확정적인 것이란 권리와 의무가 평행을 이룬 상태로, 가령 비례적이고 누진적인 세금, 병역의 의무, 예외 없는 평등화, 그리고 그 모든 것 위에 있는 그 직선, 즉 법 등이 그 예들일세. 한마디로 절대적 공화국일세.」

「저는 이상적 공화국이 더 마음에 듭니다.」 고뱅이 말하였다.

그가 말을 중단했다가 다시 계속하였다.

「오! 사부님, 지금 말씀하신 것들과 함께 놓으시고자 할 경우 헌신과, 희생과, 호의들의 너그러운 뒤얽힘과, 사랑 등은 어디에 놓으시겠습니까? 모든 것의 균형을 잡아 주는 것은 좋습니다. 그러나 모든 것을 조화시키는 것은 그보다 더 좋습니다. 저울보다 더 높은 곳에 뤼라가 있습니다.[213] 사부님의 공화국은 인간을 조합하고 측정하며 규제합니다만, 저의 공화국은 인간을 창천 한가운데로 휩쓸어 갑니다. 두 공화국 간의 차이는 곧 하나의 정리(定理)와 참수리[214] 간의 차이입니다.」

「자네는 구름 속에서 길을 잃네.」

「그리고 사부님은 계산 속에서.」

「조화라는 것 속에는 몽상이 있네.」

「대수학 속에도 있습니다.」

「나는 에위클레이데스에 의해 만들어진 사람을 원하네.」

「저는 호메로스에 의해 만들어진 사람을 더 좋아할 것 같습니다.」

씨무르댕의 준엄한 미소가 고뱅의 영혼을 겨누려는 듯 그를 향해 멈추었다.

「시 이야기군. 시인들을 경계하게.」

「예, 저도 다음과 같은 조언들을 잘 압니다. 영감이라는 것

---

213 저울은 이성을, 뤼라는 시(노래)를 가리킨다. 뤼라는 아폴론을 상징하기도 한다. 뤼라를 〈리라〉로 표기하기도 하나, 그 악기의 성격이나 어원을 고려하여 그리스식 표기를 따른다.

214 제1부 제2권의 각주에서 밝혔듯이 참수리는 고결한 사람의 상징이다. 그것과 자주 대비되는 것이 독수리나 까마귀인데, 독수리는 탐욕스럽고 추한 군주나 영주를, 까마귀는 사제들을 가리킨다.

을 경계하라. 빛이라는 것을 경계하라. 향기라는 것을 경계하라. 꽃들이라는 것을 경계하라. 별들이라는 것을 경계하라.」

「그따위 것들이 먹을 것을 주지는 못하네.」

「사부님께서 어찌 장담하실 수 있겠습니까? 사념 또한 양식입니다. 생각한다는 것이 곧 먹는 것입니다.」

「추상적인 말은 그만두게. 둘에 둘을 더하면 넷, 그것이 공화국일세. 각자에게 법적으로 당연히 귀속되는 것을 주면……」

「법적으로 귀속되지 않더라도 각자에게 주어야 할 것이 남습니다.」

「그것이 무슨 뜻인가?」

「각개가 모든 이들에게, 그리고 모든 이들이 각개에게 베풀어야 할 광범위한 양보를 말합니다. 또한 그것이 사회생활의 본질입니다.」

「엄밀한 권리 이외에는 아무것도 없네.」

「모든 것이 있습니다.」

「내 눈에 보이는 것은 정의뿐이네.」

「저는 더 높은 곳을 봅니다.」

「정의 위에 도대체 무엇이 있다는 말인가?」

「공평성이 있습니다.」

이따금씩, 마치 섬광이 스치듯, 그들이 대화를 중단하였다. 씨무르댕이 다시 대화를 이었다.

「더 구체적으로 말해 보게. 동의하기 어렵네.」

「좋습니다. 사부님께서는 의무적인 병역을 원하십니다. 그 병역이 누구를 상대로 한 것입니까? 다른 사람들을 상대로 한 것입니다. 저는 어떤 병역도 원치 않습니다. 저는 평화를 원합니다. 사부님은 비참한 사람들이 도움받기를 원하시지만, 저는 비참함 자체가 소멸되기를 바랍니다. 사부님께서는 비례적 과세를 원하십니다. 저는 일체의 세금을 거부합니다. 저는 공공의 비용이 최소화되고, 그 비용이 사회적 잉여 가치로 충당되기를 바랍니다.」

「그 말이 무슨 뜻인가?」

「이런 뜻입니다. 우선 일체의 기생 상태를 제거하라. 사제의 기생 상태, 판사의 기생 상태, 군인의 기생 상태 등이 대표적인 예들이다. 그다음, 당신들의 부를 이용하라. 당신들은 비료를 하수구에 버리는데, 그것을 밭고랑에 던지라. 토지의 4분의 3이 경작되지 않고 내버려졌는데, 프랑스를 개간하라. 공동 목초지를 없애고, 그 공유지를 개인에게 분배하라. 그리하여 모든 사람 각개가 자신의 땅을 갖게 하고, 모든 토지가 주인을 갖게 하라. 그러면 사회 전체의 생산이 1백 곱절로 증가할 것이다. 지금 프랑스는 자기의 농민들에게 한 해에 나흘만 고기를 먹이지만, 프랑스의 토지를 제대로 경작할 경우, 프랑스 홀로 3억 인구를, 즉 유럽 전체를 먹여 살릴 수 있다. 무시당하는 그 광대한 보조자를, 즉 자연을, 유용하게 부리라. 모든 바람결과, 모든 폭포수와, 모든 동물 자기(磁氣) 등으로 하여금 당신들을 위해 일하도록 하라. 지구는 지하 정맥망을 가지고 있으며, 그 거미줄 같은 망을 통하여 어마어마한 물과 기름과 불이 순환하고 있다. 지구의 그 정맥을 찔러, 그곳의 물과 기름과 불을 분출시켜, 당신들의 샘터와 램프와 아궁이에 공급하라. 무수한 파도와 밀물 및 썰물과 조류의 이동을 유심히 살피라. 대양이란 무엇인가? 낭비되는 거대한 동력이다. 이 지구는 얼마나 미련한가! 대양을 부려 먹지 않다니!」

「자네 몽상에 휩싸여 있군.」

598

「다시 말해 현실 속에 있습니다.」

그렇게 대꾸하며 고뱅이 다시 말하였다.

「그리고 여인들은? 그녀들을 어떻게 대접합니까?」

「있는 그대로. 즉, 남자의 하녀로.」

「좋습니다. 다만 조건이 하나 있습니다.」

「어떤 조건인가?」

「남자가 여자의 하인이어야 한다는 조건입니다.」

「진정 그렇게 생각하는가?」 씨무르댕이 언성을 높였다. 「남자가 하인이라니! 결코 그럴 수 없네. 남자는 주인일세. 내가 인정하는 유일한 왕권은 가정에 있는 왕권일세. 가정에서는 남자가 왕일세.」

「그렇습니다. 다만 조건 하나가 있습니다.」

「무슨 조건인가?」

「여자가 가정에서는 여왕이어야 한다는 조건입니다.」

「자네의 그 말은, 남자와 여자가⋯⋯.」

「평등해야 한다는 뜻입니다.」

「평등이라! 자네 꿈꾸고 있나? 남자와 여자는 서로 다르네.」

「저는 평등이라 했지 동일하다 하지 않았습니다.」

대화가 다시 멈칫하였다. 마치 번갯불을 주고받던 두 영혼이 일종의 휴전을 선포하기라도 한 듯하였다. 씨무르댕이 그 휴전을 깨뜨렸다.

「그러면 아이는! 아이는 누구의 소유인가?」

「우선 그 아이를 낳은 아버지의 소유이고, 그다음은 아이를 분만한 어머니의, 그다음은 아이를 기른 스승의, 그다음은 아이를 씩씩하게 만든 도시의, 그다음은 절대적 어머니인 조국의, 그다음은 위대한 조모(祖母)이신 인류의 소유입니다.」

「자네 신에 대해서는 아무 말도 하지 않는군.」

「아버지, 어머니, 스승, 도시, 조국, 인류라는 단계들 하나하나가, 신에게로 올라가는 사다리의 가로장들입니다.」

씨무르댕은 아무 말도 하지 않았고, 고뱅이 말을 계속하였다.

「사다리의 상단에 이르면 신에 도달한 것입니다. 그러면 신이 스스로 열리고, 그 속으로 들어가기만 하면 됩니다.」

씨무르댕이 누군가를 부르는 몸짓을 하며 말하였다.

「고뱅, 어서 지상으로 돌아오게. 우리는 가능한 것을 실현하려는 것일세.」

「그 가능한 것을 불가능하게 만들지 않는 것부터 시작하십시오.」

「가능한 것은 항상 실현된다네.」

「항상 그렇지는 않습니다. 유토피아를 거칠게 다루면 자칫 그것을 죽일 수 있습니다. 알처럼 무방비 상태인 것은 없습니다.」

「하지만 유토피아를 붙잡아 그것에 멍에를 씌우고, 그것을 사실이라는 틀에 끼워 넣어야 하네. 추상적 이념은 구체적 이념으로 변형되어야 하며, 그 과정에서 잃는 아름다움을 유용성에서 되찾게 된다네. 그 되찾은 아름다움이 비록 더 작기는 하나 더 훌륭하다네. 권리가 법속으로 들어가야 하네. 그리하여 권리가 법으로 변하면, 그 권리는 절대적이라네. 내가 가능한 것이라 지칭하는 것이 바로 그러한 권리라네.」

「가능성이란 그 이상의 것입니다.」

「아! 자네 또다시 꿈속으로 들어갔군.」

「가능성이란 항상 인간의 머리 위 저 높은 곳에서 선회하는 신비한 새입니다.」

「그 새를 붙잡아야 하네.」

「산 채로.」

고뱅이 이어서 말하였다.

「저의 생각은 이러합니다. 부단히 앞으로 나아가자. 만약 신께서 인간이 뒷걸음질하기를 원하셨다면, 눈을 뒤통수에 달아 주셨을 것이다. 항상 여명과 개화와 탄생의 방향을 바라보자. 떨어지는 것이 올라오는 것을 격려한다. 고목이 쓰러지며 내는 우지끈 소리는 새로운 나무를 부르는 소리이다. 각 세기는 각각 자기의 일을 할 것이니, 오늘은 공민적 세기로되 내일은 인간적[215] 세기일 것이다. 오늘은 권리가 중요하되, 내일은 보상이 중요할 것이다. 보상과 권리가 그 깊은 의미에서는 같은 말이다. 인간이 무보수로 삶을 영위하는 것은 아니다. 신은 인간에게 생명을 부여하는 순간 빚을 졌다. 권리는 생래적 보상이며, 보상은 획득된 권리이다.」

고뱅은 선지자처럼 평정을 유지하며 말하였다. 씨무르댕은 그의 말을 경청하였다. 역할이 뒤바뀌어, 이제 제자가 스승 같았다.

씨무르댕이 중얼거렸다.

「자네 앞서 가는군.」

「아마 제가 조금 촉박함을 느끼기 때문일 것입니다.」 고뱅이 미소를 지으며 말하였다.

그러면서 다시 말하였다.

「오! 사부님, 우리의 두 유토피아 간에 이러한 차이가 있습니다. 사부님께서는 의무적인 병영을 원하시는데, 저는 학교를 원합니다. 사부님께서는 병사 인간을 꿈꾸시는데, 저는 시민 인간을 꿈꾸고 있습니다. 사부님께서는 인간이 무시무시

215 *humaine*. 〈인정적〉 혹은 〈자비의〉 등으로도 읽을 수 있을 듯하다.

하기를 원하시고, 저는 생각에 잠기는 인간을 원합니다. 사부님께서는 검의 공화국을 세우시는데, 저는……」

그가 잠시 중단했다가 말을 끝맺었다.

「저는 이성의 공화국을 세우고 싶습니다.」

씨무르댕은 지하 감옥 바닥을 내려다보고 있었다. 그러다가 물었다.

「그러면, 그때를 기다리며 무엇을 받아들일 생각인가?」

「지금 있는 것을.」

「그렇다면 현재의 죄를 용서한다는 말인가?」

「그렇습니다.」

「그것은 왜?」

「지금 이 순간이 하나의 폭풍우이기 때문입니다. 폭풍우는 언제나 자신이 하는 일을 압니다. 한 그루 떡갈나무가 벼락을 맞으면, 얼마나 많은 숲들이 다시 건강해집니까! 문명이 흑사병에 걸려 있으면, 위대한 바람이 문명을 그 질병으로부터 해방시킵니다. 아마 바람이 충분히 분별하지는 못할 것입니다. 하지만 그것에게 다른 방도가 있습니까? 그것이 그토록 힘든 쓰레질을 맡은 것입니다! 끔찍한 독기와 마주 선 바람의 격한 분노를 저는 이해합니다.」

고뱅이 말을 계속하였다.

「하지만 저에게 나침반이 있는데, 폭풍우가 무슨 문제이겠습니까! 저에게 양심이 있는데, 뭇 사건들이 저와 무슨 상관이겠습니까!」

그러더니, 나지막하면서도 엄숙한 음성으로 덧붙였다.

「우리가 결코 참견하지 말아야 할 누군가가 있습니다.」

「누구 말인가?」 씨무르댕이 물었다.

고뱅이 자신의 머리 위로 손가락을 쳐들었다. 씨무르댕의 시선이 그 쳐든 손가락의 방향을 따라 움직였다. 감옥의 천장을 통해 별들 총총한 하늘이 그의 눈에 보이는 것 같았다.

두 사람 모두 입을 다물었다.

씨무르댕이 다시 침묵을 깨뜨렸다.

「자연보다 더 위대한 사회, 자네에게 분명히 말하지만, 그것은 더 이상 가능하지 않네. 꿈일 뿐이지.」

「그것은 궁극적 목표입니다. 그렇지 않다면 사회라는 것이 무슨 소용 있습니까? 자연 속에 머무시지요. 야만인으로 남으시지요. 오타이티[216]는 하나의 낙원입니다. 다만 그 낙원에서는 아무도 사유하지 않습니다. 짐승의 낙원보다는 지적인 지옥이 낫습니다. 물론 지옥이 아니라 인간적인 사회를, 자연보다 위대한 사회를 만들자는 것입니다. 그렇습니다. 만약 자연에 아무것도 더하지 않을 것이라면 무엇 때문에 자연으로부터 빠져나옵니까? 개미처럼 노동에 만족하고, 꿀벌처럼 꿀에 만족하면 그만입니다. 다스리는 지성이 되는 대신 노동하는 짐승으로 남으면 그만입니다. 우리가 자연에 무엇을 더하면, 우리는 필연적으로 자연보다 더 위대해질 것입니다. 더한다는 것은 증가시킴을 뜻하며, 증가시킨다는 것은 더 크게 만든다는 뜻입니다. 사회란 숭고해진 자연입니다. 저는 기념물, 예술, 시, 영웅, 천재 등 벌집이나 개미굴에 없는 모든 것을 원합니다. 무거운 짐에 영원히 짓눌리는 것이 인간의 법은 아닙니다. 더 이상 빠리아[217]도, 노예도, 도형수도, 저주받은 사람

216 볼떼르 등 일부 문인들이 타히티 섬을 그렇게 칭하였다.
217 인도의 어떠한 신분(카스트)에도 속하지 못한 최하층민을 가리키는 뽀르뚜갈어이다.

도 있어서는 아니 됩니다! 저는, 인간을 가리키는 모든 부가 어들 각개가, 문명의 상징이며 진보의 주인이기를 바랍니다. 저는 지성 앞에 선 자유와, 심정 앞에 선 평등과, 영혼 앞에 선 박애를 원합니다. 아니 됩니다! 더 이상의 멍에는 아니 됩니다! 인간은, 쇠사슬을 끌고 다니기 위해서가 아니라, 날개를 활짝 펴기 위해서 만들어졌습니다. 파충류 인간이 더 이상 생겨서는 아니 됩니다. 저는 유충이 나비로 변형되기를 바랍니다. 지렁이가 움직이는 꽃으로 변해 날아가기를 바랍니다. 저는…….」

그가 문득 말을 중단하였다. 그의 눈이 번쩍였다.

그의 입술이 계속 움직이다 멈추었다.

감옥의 출입문이 열려 있었다. 어수선한 소음 같은 것이 밖으로부터 감옥 안으로 침투하듯 들어왔다. 보병 나팔 소리 같은 것이 들렸는데, 아마 기상나팔 소리였던 모양이다. 그다음 소총 개머리판이 땅바닥에 부딪치는 소리가 들렸다. 보초들이 교대하는 소리였다. 그리고, 탑으로부터 상당히 가까운 곳에서 어둠 속으로 전해지는 것에 입각해 판단하건대, 망치 소리 비슷한 은은하고 간헐적인 소리가, 널판들 뒤척이는 소음에 섞여 들려왔다.

씨무르댕이 창백해진 얼굴로 귀를 기울였다. 고뱅은 아무 것도 듣지 못하는 듯했다.

그의 몽상은 점점 더 깊어졌다. 그는 더 이상 숨도 쉬지 않는 것 같았다. 환영 가득한 그의 뇌수 덮개 밑에 보이는 것에 하도 주의를 집중하고 있었기 때문이다. 그가 부드럽게 전율하였다. 그의 눈동자 속에 있던 여명의 빛이 점점 커지고 있었다.

그렇게 얼마간의 시간이 흘렀다. 씨무르댕이 그에게 물었다.

「무슨 생각을 하는가?」

「미래를 생각하고 있습니다.」

그렇게 대답하고 그가 다시 명상에 잠겼다. 씨무르댕이, 그때까지 두 사람이 앉아 있던 지푸라기 무더기에서 일어섰다. 고뱅은 그것을 알아차리지 못하였다. 씨무르댕은 명상에 잠겨 있는 젊은이를 눈으로 품으며, 출입문까지 천천히 뒷걸음질한 다음 밖으로 나갔다. 문이 다시 닫혔다.

6
그러는 동안 태양은 떠오르고

얼마 아니 되어 지평선에 해가 솟기 시작하였다.

해와 동시에, 기이하고 꿈쩍도 하지 않으며 놀라움을 야기시키는, 그리고 하늘을 나는 새들에게도 낯선 물건 하나가, 푸제르 숲을 내려다보고 있던 라 뚜르그의 높은 평지 위에 나타났다.

그것은 밤사이에 그곳에 설치되었다. 그것은 축조되었다기보다 세워져 있었다. 멀리서 보면 곧고 엄격한 선들로 이루어진 하나의 윤곽이었고, 고대 수수께끼의 한 부분을 이루었던 히브리 문자나 이집트 상형 문자의 모습을 하고 있었다.

처음 그 물건을 보는 순간에는, 그것이 무용지물이라는 생각을 갖게 하였다. 꽃이 한창인 히드들 사이에 아무렇게나 내버려진 것 같았다. 그것이 무엇에 쓰는 물건인지 의문을 품을 수밖에 없었다. 그러다가 오싹해짐을 느꼈다. 그것은 말뚝 넷이 다리 역할을 하는 일종의 사각대였다. 그 사각대 한쪽 끝에는, 곧게 서 있고 상단이 가로장 하나로 이어져 있는 기둥

둘이 삼각형 물체 하나를 쳐들어 공중에 매달려 있게 하였는데, 그 물체가 푸른 아침 하늘에 비쳐 검게 보였다. 사각대의 다른 한쪽 끝에는 사다리 하나가 있었다. 두 기둥 사이 아래, 즉 삼각형 물체 밑에, 움직일 수 있게 만들어진 두 조각으로 구성된 일종의 판자 하나가 있었고, 그 두 조각이 맞닿으면 사람의 목 굵기와 비슷한 구멍 하나를 만들었다. 판자의 위 조각은 가느다란 홈을 따라 미끄러지게 되어 있어서, 상하로 움직일 수 있었다. 합쳐지면 목걸이를 만들게 되어 있는 그 두 반달이, 아직은 서로 떨어져 있었다. 삼각형 물체를 쳐들고 있는 두 기둥 발치에는 경첩을 이용해 한쪽으로 기울일 수 있게 설치한, 시소 모양의 긴 널판 하나가 있었다. 그 널판 옆에 긴 바구니 하나가 있었고, 두 기둥 사이 앞쪽, 즉 사각대 끝에는 정방형 바구니 하나가 있었다. 그 바구니에는 붉은색을 칠하였다. 쇠로 만든 삼각형 물체를 제외한 모든 다른 부분은 목재로 되어 있었다. 그것이 사람들에 의해 만들어진 것임을 직감할 수 있었다. 그만큼 추하고 초라하며 왜소했다. 하지만 그것을 정령들이 그곳에 가져다 놓았던 모양이다. 그만큼 무시무시했다.

그 보기 흉한 축조물이 기요띤느였다.

그것의 맞은편 몇 걸음 되는 곳에, 협곡 속에, 또 다른 괴물 하나가 있었다. 라 뚜르그였다. 돌로 축조한 괴물 하나가 목재로 축조한 괴물과 짝을 이루고 있었다. 또한 이 말은 해두자. 인간의 손이 목재와 돌에 닿으면, 그 목재와 돌은 더 이상 목재와 돌이 아니며, 인간의 그 무엇인가가 그것들 속에 스며든다. 하나의 건축물은 곧 하나의 교조이고, 하나의 기계는 곧 하나의 사념이다.

라 뚜르그는, 빠리에서는 바스띠유, 영국에서는 런던 탑, 알레마니아에서는 슈필베르크,[218] 에스빠냐에서는 에스꼬리알,[219] 모스끄바에서는 크레믈린,[220] 로마에서는 가스뗄 싼딴젤로[221]라고 부르던, 숙명적 결과물이었다.

라 뚜르그 속에는 1천5백 년과, 중세, 예속 상태, 영지, 봉건 체제 등이 응집되어 있었고, 기요띤느 속에는 93년 한 해가 응집되어 있었다. 그런데 그 열두 달이 그 열다섯 세기와 균형을 이루었다.

라 뚜르그는 곧 군주제였고, 기요띤느는 곧 혁명이었다.

비극적인 대질(對質)이었다.

한편에는 빚이, 그 맞은편에는 채무 상환 기일이 있었다. 한편에는 풀릴 수 없는 중세적 복잡성, 농노, 상전, 노예, 주인, 평민, 귀족, 관습의 형태로 무수한 가지를 뻗은 복잡한 준칙들, 연합한 판관과 사제, 무수한 오랏줄, 세무 관리, 영지, 노예의 재산 이전 금지, 인두세, 온갖 예외, 편견들, 광신주의, 국왕의 파산권, 홀장, 옥좌, 자의(恣意), 신성한 권리 등이 있었고, 그 맞은편에는 아주 단순한 물건인 작두날이 있었다.

한편에는 매듭이, 그 맞은편에는 도끼가 있었다.

라 뚜르그는 오랜 세월 그 황무지에 홀로 있었다. 그 탑은, 끓는 기름과 불꽃 이글거리는 송진과 녹인 납 등을 적에게 쏟

218 합스부르크 왕조 시절의 감옥이라고 한다.
219 El Escorial. 일반 명사 *el escorial*로 사용하는 경우 〈쓰레기 집하장〉을 뜻한다. 휄리뻬 2세(1527~1598)가 마드리드 서북쪽 산록에 지은 수도원이다.
220 원래 요새였다고 한다.
221 Castel Sant'Angelo. 〈천사의 성〉이라는 뜻이다. 원래는 하드리아누스 황제의 능묘였으나, 훗날 교황들의 요새로, 그리고 다시 거처로 사용되었다고 한다.

아붓던 돌출 회랑, 뼈다귀들이 바닥을 뒤덮던 지하 감옥, 거열형 집행하던 처형실, 탑 전체에 가득하던 비극 등과 함께 그곳에 있었다. 그 탑은 자신의 음산한 모습으로 그 숲을 지배하였고, 그 그늘 속에서 열다섯 세기 동안 사나운 평온을 누렸으며, 그 고장에서 유일한 세력, 유일한 경외의 대상이었다. 즉 지배하였다. 전횡이었다. 그런데 문득, 그것 앞에, 그것에 대항하여, 무엇인가가 — 무엇 이상의 것이 — 그것 못지않게 소름 끼치는 것이, 기요띤느가, 불쑥 일어섰다.

때로는 돌에도 기이한 눈이 있는 듯하다. 석상은 관찰하고, 탑은 엿보며, 건축물의 정면 벽은 응시한다. 라 뚜르그는 기요띤느를 유심히 살피는 기색이었다.

자신에게 질문을 던지는 기색이었다.

저것이 무엇일까?

땅속으로부터 불쑥 솟아오른 것 같았다.

그것은 정말 땅속으로부터 나왔다.

그 숙명적인 땅에서 그 음산한 나무가 발아하였다. 그토록 많은 땀과 눈물과 피를 머금은 그 땅으로부터, 그토록 많은 구덩이와 무덤과 지하 동굴과 함정이 파였던 그 땅으로부터, 온갖 폭정에 쓰러진 온갖 주검들이 썩어 간 그 땅으로부터, 그토록 많은 심연들이 중첩되어 있는 그 땅으로부터, 그리하여 끔찍한 씨앗이 될 가증스러운 죄악들이 묻힌 그 땅으로부터, 그 깊은 땅으로부터, 예정되었던 날에, 그 미지의 존재가, 그 복수의 여신이, 인검을 든 그 사나운 기계가 불쑥 솟았고, 그러자 93년이 낡은 세계를 향하여 이렇게 말하였다.

「나 여기 왔노라.」

또한 기요띤느는 주탑에게 다음과 같이 말할 권리를 가지고 있었다.

「나는 그대의 딸이니라.」

그리고 동시에 주탑은, 그러한 숙명적인 것들의 생명은 미미한지라, 자신이 그 딸의 손에 죽는다는 것을 느꼈다.

그 무시무시한 출현에 라 뚜르그가 질겁하는 듯했다. 두려워하는 것 같았다. 흉물스러운 그 화강석 덩어리가 웅장하고 파렴치하였다면, 삼각형 물체를 받들고 나타난 그 널판은 그보다 더 심하였다. 실각한 절대 권력이 새로운 절대 권력 앞에서 몸서리를 쳤다. 범죄의 역사가 응징의 역사를 유심히 살폈다. 과거의 난폭함이 자신을 현재의 난폭함과 비교하였다. 태고의 요새, 태고의 감옥, 사지 찢긴 희생자들이 울부짖던 태고의 성, 전쟁과 살육을 위해 축조하였으되 더 이상 사용되지 않고 전장에서 퇴출된, 훼손되고 영광을 잃은, 재 한 무더기 값어치도 없는 돌무더기, 흉측하고 웅장하되 죽은, 무시무시했던 세기들의 현기증 가득한 그 과거가, 무시무시하며 살아 있는 시각의 도래를 응시하였다. 어제가 오늘 앞에서 전율하였다. 낡은 사나움이 새로운 공포를 확인하고 그것을 받아들였다. 이제 허무에 불과해진 것이 공포 자체인 것 앞에서 유령의 눈을 떴다. 그리고 그 유령이 새로 나타난 환영을 바라보았다.

자연은 무자비하다. 인간의 가증스러운 짓이 벌어져도, 자연은 자기의 온갖 꽃들과 음악과 향기와 찬연한 빛을 다시 거두어들이려 하지 않는다. 자연은, 신성한 아름다움과 사회적 추함 간의 대조로, 인간을 절망 속에 처박는다. 나비의 날개 하나, 새의 노래 한 구절이나마 거두어들여 인간에게 자비를 베풀려 하지 않는다. 살육과 복수와 야만스러운 짓들이 한창인 곳에서, 인간은 신성한 것들의 시선을 감내해야 한다. 삼라만상의 부드러움과 창천의 항거할 수 없는 고요함의 광막한 꾸짖음을 회피할 수 없다. 인간적 법률의 추함이 영원한 눈부심 한가운데에 나신을 드러내야 한다. 인간은 부수고 으깬다. 인간은 생명을 고갈시킨다. 인간은 죽인다. 그러나 여름은 언제나 여름이고, 백합은 언제나 백합이며, 별은 언제나 별이다.

그날 아침, 동틀 녘의 신선한 하늘이 일찍이 그보다 더 매력적인 적은 없었을 듯싶었다. 온화한 바람이 히드들을 조용히 흔들고, 수증기 자락들이 나뭇가지들을 나른하게 휘감는데, 뭇 샘터에서 나오는 숨결 머금은 푸제르 숲이, 향료 가득한 거대한 향로처럼 여명 속에서 모락모락 김을 분출하고 있었다. 창공의 푸르름, 구름의 순백, 물의 투명함, 초록빛, 남옥(藍玉)으로부터 점차 에메랄드로 옮아가는 조화로운 그 색계(色階), 우애 깊은 나무들 무리, 풀밭들, 끝없이 펼쳐진 평원 등 그 모든 것들이, 인간에게 들려주는 자연의 충고, 그 영원한 순결함을 간직하고 있었다. 그 모든 것들 한가운데에 인간의 끔찍한 뻔뻔스러움이 펼쳐지고 있었다. 그 모든 것들 한가운데에 요새와 단두대가, 전쟁과 처형이, 즉 피를 좋아하던 시절과 피어린 시절의 두 얼굴이 모습을 드러내고 있었다. 그것들은, 과거라는 밤의 올빼미와 미래라는 새벽녘 어둠 속의 박쥐였다. 활짝 피어나 향기 가득한 다정하고 매력적인 그 자연 앞에서, 찬란한 하늘이 라 뚜르그와 기요띤느를 여명의 빛으로 뒤덮으면서, 인간들에게 다음과 같이 말하는 것 같았다. 「내가 하는 일과 그대들이 하는 일을 보라.」

태양이 자신의 빛을 그토록 멋있게 이용한다.

그 광경을 바라보던 관객들이 있었다.

토벌군 병사 4천 명이 높은 평지에 전투 대형으로 정렬해 있었다. 그들이 세 방향에서 기요뜨느를 에워싸고 있었고, 따라서 기요뜨느 둘레에 E 자형을 그렸다. 가장 긴 대열 중간에 위치한 포병 중대가 E 자의 톱니를 만들었다. 붉은 기계는 마치 그 세 전선에 포위된 것 같았다. 병사들로 쌓은 그 성벽의 두 끝은, 언덕 위 평지의 가장자리 낭떠러지에 닿아 있었다. 네 번째 측면, 즉 열린 측면은 협곡이었고, 라 뚜르그와 마주 보고 있었다.

그렇게 하나의 장방형 광장을 이루었고, 그 중앙에 단두대가 있었다. 해가 높이 떠오를수록, 풀밭에 드리워진 기요뜨느의 그림자가 짧아졌다.

포병들은 심지에 점화할 준비를 갖추고 각자의 대포 옆에 자리를 잡았다.

협곡으로부터 푸른 연기 한 가닥이 모락모락 피어오르고 있었다. 다리를 태우던 불이 사그라지는 중이었다.

그 연기 자락이 라 뚜르그를 흐릿하게 보이도록 하였으나, 그것을 완전히 가리지는 못하였다. 라 뚜르그의 옥상이 들판을 지평선까지 굽어보고 있었다. 그 옥상과 기요뜨느 사이의 간격은 협곡의 너비가 전부였다. 양쪽에 있는 사람이 서로에게 말을 건넬 수 있을 거리였다.

그 옥상 위에, 재판정의 탁자와, 삼색 깃발들의 그림자가 드리워진 의자를 가져다 놓았다. 라 뚜르그 뒤에서 해가 떠오르고 있었다. 그러면서 요새의 거대한 덩어리와 그 정상에 놓인 재판정의 의자 위에, 그리고 삼색 깃발들 아래, 팔짱을 낀 채 꼼짝도 하지 않고 앉아 있던 사람의 얼굴을 모두 검게 부각하였다.

그 사람은 씨무르댕이었다. 그는 전날처럼 민간인 감독관 차림에 삼색 깃털 장식을 단 모자를 썼으며, 허리에 군도를 차고, 허리띠에는 권총들을 꽂고 있었다.

그는 입을 다물고 있었다. 모든 사람들이 입을 다물고 있었다. 병사들은 세워총 자세로 눈을 내리깔고 있었다. 그들은 팔꿈치로 서로를 건드릴 뿐, 아무 말도 하지 않았다. 그들은 그 전쟁, 그 숱한 전투들, 그토록 용감하게 감당했던 잡목림 속에서의 총격전들, 자신들이 일으킨 폭풍에 쫓겨 구름 떼처럼 달아나던 분기탱천한 농민들, 점령한 요새들, 이긴 전투들, 온갖 승리 등을 어렴풋이 회상하고 있었다. 그런데 이제, 그 모든 영광이 수치로 변하는 것 같았다. 음울한 기다림이 그들의 가슴을 조이고 있었다. 기요뜬느가 놓은 사각대 위에서 망나니가 오락가락하고 있었다. 아침의 점점 커지는 밝음이 하늘을 장엄하게 채우고 있었다.

문득, 상장(喪章) 덮인 북에서 나는 은은한 북소리가 들렸다. 그 구슬픈 북소리가 점점 가까워졌다. 도열해 있던 군사들이 길을 비키자, 행렬 하나가 방진 안으로 들어와 단두대 쪽으로 향하였다.

검은 북들이 선두를 이루었고, 그다음 총 끝을 아래로 향한 척탄병 1개 중대, 그 뒤에 군도를 뽑아 든 헌병 분대, 그리고 사형수 고뱅의 순서로 행렬을 이루었다.

고뱅은 자유로운 몸으로 걸었다. 발에도 손에도 오라가 없었다. 간단한 군복 차림이었고, 자기의 검을 지니고 있었다.

그의 뒤를 다른 헌병 분대가 따르고 있었다.

고뱅의 얼굴에는 아직도, 그가 씨무르댕에게 〈미래를 생각한다〉고 말하던 순간에 빛나던, 그 몽상에 잠긴 기쁨이 어려 있었다. 그렇게 지속되던 미소만큼 형언할 수 없고 숭고한 것은 없었다.

슬픈 장소에 도달하자, 그의 첫 시선이 탑의 정상으로 향하였다. 기요뗀느는 안중에 두지도 않았다.

그는 씨무르댕이 처형 현장에 참석해야 하는 자신의 의무를 이행하리라는 것을 알고 있었다. 그가 탑의 옥상을 살폈다. 씨무르댕이 그곳에 있었다.

씨무르댕의 안색은 창백하고 냉랭했다. 그의 곁에 있던 사람들은 그의 숨소리를 듣지 못하였다.

고뱅을 발견하였을 때, 그는 단 한 가닥 전율도 드러내지 않았다.

고뱅이 단두대를 향하여 나아갔다.

그는 걸으면서 씨무르댕을 바라보았고, 씨무르댕 또한 그를 바라보았다. 씨무르댕은 고뱅의 시선에 자기를 의지하고 있는 것 같았다.

고뱅이 단두대 발치에 도달하였다. 단두대 위로 올라갔다. 척탄병들을 지휘하던 장교가 그를 따라 올라갔다. 그가 차고 있던 검을 풀어 장교에게 건넸다. 그런 다음 넥타이를 벗어 망나니에게 주었다.

그는 어떤 환영 같았다. 그가 일찍이 그 순간처럼 수려해 보인 적이 없었다. 그의 갈색 머리카락이 바람결에 흩날렸다. 그 시절에는 머리를 짧게 깎지 않았다. 그의 하얀 목은 한 여인을 연상시켰고, 영웅적이고 숭고한 눈은 어떤 천사장을 뇌리에 떠올리게 하였다. 그는 단두대 위에서도 몽상에 잠겨 있었다. 그곳 또한 하나의 정상이다. 고뱅은 당당하고 태연한 모습으로 그곳에 서 있었다. 태양 빛이 그를 감싸면서 그를 영광 속으로 인도하는 듯했다.

하지만 수형자를 묶어야 했다. 망나니가 오라 한 가닥을 들고 그에게로 다가갔다.

그 순간, 자기들의 젊은 사령관이 정말 작두날 밑으로 들어가게 된 것을 보자, 병사들은 더 이상 견디지 못하였다. 그 전사들의 심장이 폭발하였다. 진정 거대한 것, 군대 전체의 흐느낌 소리가 들렸다. 아우성이 터져 나왔다. 「사면! 사면!」 어떤 병사들은 땅바닥에 무릎을 꿇고, 또 어떤 병사들은 총을 던져 버린 다음, 씨무르댕이 있던 탑의 옥상을 향해 불끈 주먹을 치켜들었다. 척탄병 하나가 기요띤느를 가리키며 소리쳤다.

「저것 밑으로 들어갈 대리 복무자를 받아 주는가? 나 여기 있소.」

모든 병사들이 거의 광란적으로 외쳐 댔다. 「사면! 사면!」 사자들도 그 소리를 들었다면 감동하거나 두려워하였을 것이다. 전사들의 눈물이란 그만큼 무시무시하다.

망나니가 그 자리에 멈추어 섰다. 어찌해야 좋을지 몰랐기 때문이다.

그 순간, 간략하고 나지막한, 그러나 어찌나 음산했던지 모든 사람에게 들린 음성 하나가 탑 위에서 소리쳤다.

「법의 효력을 발동하라!」

그 준엄한 억양을 모든 사람들이 알아차렸다. 씨무르댕이 말을 한 것이다. 군대 전체가 전율하였다.

망나니가 더 이상 주저하지 않았다. 그가 오라를 들고 다가갔다.

「기다리시오.」 고뱅이 말하였다.

그가 씨무르댕을 향하여 돌아서더니, 아직 자유로운 오른쪽 손을 쳐들어 영별을 고한 다음, 자신의 몸을 묶도록 내버려 두었다.

몸이 다 묶였을 때 그가 망나니에게 말하였다.

「미안하오. 잠시만.」

그러고는 외쳤다.

「공화국 만세!」

그를 긴 널판 위에 눕혔다. 그 매력적이고 의연한 머리가 그 끔찍한 목걸이 속에 끼워졌다. 망나니가 그의 머리카락을 부드럽게 쳐든 다음 작동 단추를 눌렀다. 삼각형 작두날이 가로장을 떠나, 처음에는 천천히 미끄러져 내려오다가 빨라졌다. 흉측스러운 충격음이 들렸다…….

같은 순간, 다른 소리 하나가 들렸다. 작두날 소리에 권총 소리가 화답하였다. 씨무르댕이, 허리띠에 차고 있던 권총 하나를 뽑아, 고뱅의 잘린 머리가 바구니 속으로 굴러떨어지는 순간에, 실탄이 자신의 가슴을 관통케 하였다. 그의 입에서 피가 콸콸 솟구쳤고, 그는 쓰러져 절명하였다.

그리하여, 비극적 자매와 같은 그 두 영혼이, 한 영혼의 어둠을 다른 영혼의 광명에 섞은 채, 함께 날아올랐다.

역자 해설
외면하지 말고 똑바로 마주하라!

　　위고는 『웃는 남자』의 서문(1869)에서, 그 소설의 진정한
제목이 〈귀족 정치〉이며, 그 작품에 이어 〈군주 정치〉라는 소
설을 쓴 다음, 여건이 허락되면 〈93년〉이라는 작품을 쓰겠다
고 하였다. 그러한 말을 하던 시기나 그 어조를 보건대, 당시
그가 염두에 두고 있던 소설이 필생의 작품이 될 것이라는 추
측은 어렵지 않을 것이다. 그리고 〈군주 정치〉라는 소설을 쓰
지 않은 채, 1873년에 『93년』을 탈고하였는데, 그 작품의 대
략적 성격이 『웃는 남자』의 그 간결한 서문에 다음과 같이 넌
지시 예고되어 있었다.

　　잉글랜드에서 말미암은 것은 모두 위대하다. 좋지 않은
것도 그러하며, 심지어 과두정치조차 그러하다. 잉글랜드
의 귀족은, 그 말의 절대적 의미 그대로 귀족이다. 그곳의
봉건 제도보다 더 명성 드높고, 더 무시무시하며, 더 강력
한 봉건 제도는 없다. 하지만 봉건 제도 역시 전성기에는
유용했다는 점도 말해 두자. 영주권이라는 현상은 마땅히
잉글랜드에서 연구되어야 하리니, 왕권이라는 현상을 프랑

스에서 연구해야 하는 것과 같은 이치이다.

이 책의 진정한 제목은 〈귀족 정치〉 정도일 것이다. 뒤이어 나올 다른 책에는 〈군주 정치〉라는 제목을 부여할 수 있을 것이다. 그리고 두 책을 완성하는 일이 필자에게 허락된다면, 그 두 책을 필두로 다른 책 하나가 또 뒤따르리니, 그 책의 제목은 〈93년〉이 될 것이다.

즉 봉건제와 군주제가, 다시 말해 영주권과 왕권이, 어떤 현상으로 귀착되었는지를 단적으로 보여 주겠다는 말이었다.

그렇다면 1793년이라는 해가 왜 빅또르 위고에게 그토록 각별한 관심의 대상이 되었을까? 물론 그의 개인적 사연이야 우리가 어찌 알 수 있겠는가! 또한 그것을 아는 것이 그리 중요할 것 같지도 않다. 그러니 질문을 이렇게 바꾸어 보도록 하자. 1793년이 도대체 어떤 해인가?

오랜 세월 누적된 적자로 인하여 프랑스 재정이 파탄 지경에 이르자, 루이 16세는 1789년 5월 5일에 비상 신민 회의(〈삼부회〉라 옮기는 이들이 많으나, 이는 개념을 적시하지 못한 번역어이다)를 소집하여 난국을 돌파하려 한다. 그런데 그 비상 신민 회의를 구성하던 한 축인 평민(제3계급) 대표들이, 6월 17일에 자신들의 모임이 〈국민 의회〉임을 선포하고, 다시 7월 9일에는 일부 사제들과 귀족들이 그들과 뜻을 같이하여 〈제헌 국민 의회〉를 선포하기에 이른다. 이어 7월 14일에는, 봉기한 빠리 시민들이 왕권의 전횡을 상징하던 바스띠유 감옥을 점령하여 수감자들을 석방했고, 8월 4일 제헌 국민 의회는 일체의 사회적 특권을 타파하고 모든 국가 구성원, 즉 국민이 권리와 의무에서 평등함을 선포하더니, 8월 26일에는 〈인권 및 공민권 선언〉을 채택하게 된다. 그 이후, 빠리 여인들의 베르사이유 행진으로 이루어진 국왕의 뛸르리 궁 귀환(1789년 10월 5~6일), 사제들의 헌법 준수 선서(1790년 7월 12일), 프랑스 국민 연합 축제(1790년 7월 14일), 국왕 및 그 가족의 빠리 탈출 실패(바렌느 사건, 1791년 6월 20~21일) 등 일련의 사건 끝에, 1791년 9월 13일, 제헌 국민 의회가 입헌 군주제를 선포하고 루이 16세 또한 그것에 동의 한다. 1791년 10월 1일, 제헌 국민 의회의 임기가 끝나고 〈입 법 국민 의회〉가 그 뒤를 이었는데, 1792년 7월 25일, 프러시 아-오스트리아 연합군 사령관 브라운슈바이크 공작의 선언 (코블렌츠 선언)이 발표되고, 그 소식이 8월 1일 빠리에 알려 진다. 그 내용은, 만약 프랑스 국왕이나 그의 가족에게 추호 라도 위해를 가할 경우, 빠리 시민들에게 영원히 잊히지 않을 보복을 가할 것이며, 빠리를 초토화시켜 도시의 흔적조차 찾 아볼 수 없도록 만들겠다는 협박이었다. 일부 망명자들과 왕 비 마리 앙뚜와네뜨의 책동에 따랐을 것이라 짐작되던 그 선 언문이 빠리 시민들을 격앙시켰고, 결국 1792년 8월 10일에 뛸르리 궁이 시민들에 의해 점령되어, 왕과 그의 가족은 옛 성당 기사단 본부였던 땅쁠르(〈신전〉이라는 의미) 감옥에 유 폐된다. 또한, 혁명에 적대적일 것이라 지목되던, 그리하여 〈용의자들〉이라 불리던 인물들이 그때 빠리의 여러 감옥에 분산 투옥되었는데, 1792년 9월 2일부터 5일 사이에 그들이 급진 혁명파들에 의해 학살된다. 프랑스를 둘러싸고 있던 유 럽 군주국들의 위협을 느낀 입법 국민 의회는 스스로 〈혁명 국민 의회〉임을 선포하고, 1792년 9월 21일 군주제를 타파 하고 프랑스 역사상 최초의 공화제를 선포한다. 왕당파와 공화파의 타협으로 수립되었던 입헌 군주제가 겨우 1년 만에 막을 내린 것이다. 그리하여 1792년 9월 22일이 프랑스 공화국 원년(元年)이 되는바, 예수의 출생을 원년으로 삼은 그레고리우스의 태양력을 버리고 새로운 책력 즉 공화력을 채택하는 한편 1792년 12월 혁명 의회에서 루이 16세에 대한 재판을 열어 그에게 사형 언도를 내리고, 1793년 1월 21일 그를 혁명의 광장(오늘날의 꽁꼬르드 광장)에서 기요띤느로 참수한다.

루이 16세의 처형으로 시작된 1793년은 산악당원들을 주축으로 한 급진파들의 압력으로 혁명 의회에서 우파를 형성하고 있던 지롱드당원들이 실각하여 처형되고(6월), 급진파의 주역으로 지목되었던 마라가 암살되자(7월 13일) 급진파들의 반격이 더욱 광기를 띠어, 이른바 공포 정치가 본격화되던 시기이다. 바로 그 시기에, 브르따뉴 지방의 방데 지역에서 반(反)공화파 사제들과 왕당파 귀족들의 사주를 받아 농민봉기가 일어나는데, 그 난을 진압하기 위하여 빠리 혁명 정부가 파견한 공화파 군대와 그 왕당파 반군 사이에 벌어진 일련의 전투를 가리켜 방데 내전 *la guerre de Vendée*이라고 한다.

『93년』이라는 소설은, 그 내전의 와중에 휩쓸려 든 브르따뉴 지방의 유구한 귀족 가문에서 일어난 비극적 사건을 축으로 삼은 이야기이다. 방데 반군의 총사령관 격인 팔순 노인 랑뜨낙이 자기네들의 우군인 영국군의 상륙 교두보를 확보하려 하고, 그것을 저지하기 위하여 브르따뉴 북부 해안 지역으로 파견된 공화파 군대의 젊은 사령관 고뱅은 반군 토벌 작전을 펼치는데, 고뱅은 랑뜨낙의 종손이다. 할아버지와 손자가 그렇게 전쟁을 벌이던 중 할아버지가 손자에게 생포되고, 혁명 정부 공안 위원회가 파견한 감독관 씨무르댕은 〈사면도, 처형의 유예도〉 금지한다는 공안 위원회의 명령에 따라 랑뜨낙을 처형하려 한다. 그런데 공교롭게도 씨무르댕은 고뱅의 가문에서 오랜 세월 가정 교사로 봉직한 지난날의 사제이며, 고뱅이 그에게는 이 지상에서 유일한 애정의 대상이다. 하지만 할아버지 랑뜨낙의 고결한 거조에 감동한 고뱅이 그를 탈옥시키고, 씨무르댕은 공안 위원회의 포고령에 따라 고뱅을 처형하면서 동시에 자신도 스스로 목숨을 끊는다.

이 세 사람 사이에서 벌어지는 비극의 특색은, 그것이 막무가내로 법 내지 신조를 관철시키려는 광신적인 정직성과, 법이나 이념을 초월한 인간적 자비 사이에서 생기는 일종의 갈등 양상을 띠고 있다는 점이다. 그러한 비극의 구도는 『레 미제라블』에서도 유사한 형태를 보이는바, 쟝 발쟝을 놓아주고 자살하는 쟈베르와, 고뱅의 목이 잘리는 순간 권총으로 자살하는 씨무르댕은 서로 상당히 닮았다. 또한 세 어린아이를 불구덩이에서 구해 내고 체포되는 랑뜨낙의 고결한 거조는, 마리우스를 사지에서 구출한 다음 쟈베르에게 선선히 체포되는 쟝 발쟝의 모습과 유사하다.

하지만 랑뜨낙(및 고뱅)과 씨무르댕 사이에서 드러나는 갈등은, 쟝 발쟝과 쟈베르의 경우에 비해, 시대적 혹은 이념적 갈등을 더 명시적으로 드러내고 있다. 랑뜨낙과 고뱅이 일체의 법령과 신조와 계층과 정파를 초월한 인물들이라면 씨무르댕은 법과 교조를 막무가내로 준수하는 인물이며, 그러한 두 기질이 서로 다른 두 형태의 공화 체제를 배태시킬 수 있음을 시사한다. 다시 말해, 하나는 엄정한 법 적용을 통한 추상 같은 법치주의적 공화 체제를, 다른 하나는 인간적 자비가 ─

신의 자비가 아닌 — 법치의 경직성을 완화시키기도 하는 공화 체제를 낳을 수 있다. 다만 후자의 경우, 그 자비에는 공화 체제의 근간인 법치를 뒤흔드는 온갖 독소(미신적 자비, 그러한 자비로 포장된 적들의 선동 등)가 기생할 수 있다. 싸드나 기타 급진파 혁명가들이 예수교를 공화 체제의 가장 큰 적으로 지목한 것도 그 때문이다. 또한 내부의 적은 추방하지 말고 박멸해야 한다는 로베스삐에르의 말이나, 예수교의 타파를 주장하던 에베르, 마라, 쎙-쥐스뜨 등 원리주의자들의 말 역시 같은 인식과 우려의 표현이다.

또한, 랑뜨낙 및 고뱅과 씨무르댕 사이에서 드러나는 갈등은 프랑스의 유구한 전통적 갈등도 내포하고 있다. 불구덩이에서 세 아이를 구출해 내는 랑뜨낙이나, 그러한 거조에 감동하여 자신의 목숨을 버려 랑뜨낙을 탈옥시키는 고뱅은 분명 기사의 이상형이다(고뱅은 원탁의 기사들 중 가장 신중하고 용맹한 기사의 이름이기도 하다). 반면 씨무르댕은 교조에 충실한 일종의 광신주의자이다. 작가 자신도 어느 부분에서인가 씨무르댕을 가리켜 반인반수의 괴물과 같은 존재라 하고 있다. 하지만 씨무르댕 역시, 자신의 생각이나 행동이 궁극적으로 옳으냐 그르냐를 따지기에 앞서, 선명한 이념을 확립하고 추상같은 정직성으로 그것에 충실했다는 점은 사실이다. 그러한 정직하고 순진한 광신주의, 무사 무욕의 열광, 병적인 결벽증 등 또한, 1793년의 주역들이 보인 소름 끼치는 아름다움이다.

하지만, 『노트르-담므 드 빠리』나 『레 미제라블』, 『웃는 남자』 등 다른 작품에서와 같이, 씨무르댕과 같은 사람으로 대변되는 그 종교를 향한 위고의 시선은 시종일관 냉소적이다.

대양 한가운데서 자기를 죽이겠다고 하는 우직한 알말로에게 펼치는 랑뜨낙의 장광설은, 우리가 오늘날에도 흔히 들을 수 있는 설교사들의 어처구니없는 궤변을 연상시킨다. 게다가, 아침 햇살 찬란한 바다에 떠 있는 쪽배 위에 마주 서 있는 두 사람의 모습을 상상해 보라. 흔히들 〈성화〉라고 부르는 중세의 어느 화폭 같지 않은가! 또한 혈육의 원수를 갚겠노라면서 자신을 죽이려던 알말로를 순식간에 자기의 충복으로 만들어 버리는 그 늙은이의 장광설은, 『롤랑전』에서 사제 뛰르뺑이 군사들에게 하던 강론이나 『알비 성전』에서 교황의 특사가 카타로스 교도 토벌군에게 하던 설교, 혹은 교황 우르바누스 2세가 1095년 끌레르몽 공의회에서 십자군 원정을 촉구하면서 늘어놓았을 법한 연설 등과 같은 선상에 놓을 수 있는 터무니없는 궤변이다. 랑뜨낙이 그러한 강론이나 설교들을 우스꽝스럽게 모방(패러디)하고 있다는 인상이 짙은데(랑뜨낙은 그 교리를 별로 믿지 않는 사람이다), 이는 작가의 주도면밀한 장난이며 농담일 듯하다. 특히 세 어린아이가 합세하여, 화려하게 장정된 바르톨로메오 성자전을 발기발기 찢어 창문 밖으로 날려 버리는 이야기를 상세하게 술회한 다음 〈아르메니아에서 산 채로 껍질이 벗겨지고, 브르따뉴에서 능지처참당한 바르톨로메오〉라고 한 언급에서는, 싸드의 음산한 농담들이 연상되며 위고의 격렬한 노기마저 느껴진다. 바르톨로메오의 전설, 즉 책을 처형한다는 것은 곧 그 전설을 유포시켜 무수한 사람들을 얼간이로 만들어 버린 그 종교가 내포하고 있는 사기성을 처형한다는 뜻 아닌가! 게다가 그 전설을 능지처참한 세 아이는 빠리에서 파견된 〈붉은 빵모자 대대〉에 입양된 아이들이다. 즉, 혁명의 자식들이다. 한마디로, 그 일화는 혁명이 미신을 처형한다는 말로 읽힌다.

흔히들 〈공포 정치〉라고 지칭하는 현상이 태동되던 1793년은, 강박 증세와 같은 갱신(更新) 의지가 폭풍우처럼 표출되던 시기이다. 그리하여 일종의 광증, 현실 같지 않은 일들, 극단적인 거조들로 점철된 시기이다. 『93년』은 그러한 현상의 일단을 소묘한 작품이다. 고결함이 희귀해진 시절에, 옳고 그름 가리기를 기피하는 너그럽고 비겁한 시절에, 내부의 적이 활개 치도록 내버려 두는 자신만만하고 멍청한 시절에, 뒤틀린 심보들이 적들과 하나 되겠다고 날뛰는 부정직하고 위선적인 시절에, 칼 든 기사들이 생쥐들처럼 이리저리 눈 돌리기에 바쁜 천한 시절에, 온갖 미신들이 법치의 근간을 갉아먹어도 개의치 않는 시절에 사는 이들이 있다면, 그들은 『93년』에 등장하는 랑뜨낙, 고뱅, 로베스삐에르, 마라, 씨무르댕 등과 같은 아름다운 괴물들과 사건들이 실제로 존재할 수 있으리라고는 믿지 못할 것이다. 그들 중, 이 작품을 공상 소설쯤으로 치부하는 이들이 얼마나 많겠는가! 하지만 개중에는, 꿈속에서 조우한 듯 여겨지는 그 괴물들이나 사건들을, 마치 지극한 벗들 대하듯 하는 이들도 있을 것이다. 혹은 반대로, 얼떤 아이들처럼, 그 괴물들이나 사건들을 악몽 속에서 만난 것으로 애써 치부해 버리려 하는 이들도 있을 것이다. 하지만 반가움도 악몽도 하나의 충격임에는 틀림없다. 그 충격이, 타성적 부정직과 상투적인 언어와 획정된 시각과 사념 등으로부터 우리들을 잠시나마 떼어 놓을 수도 있을진대, 그러한 충격 또한 고마운 선물 아니겠는가. 그 선물을 어찌 외면할 수 있으랴!

이형식

빅또르 위고 연보

1802년 출생 브장송에서 출생.

1819년 17세 「방데의 운명」(출판된 최초의 시).

1821년 19세 모친 타계. 아델 푸셰와 비밀리에 약혼. 샤또브리앙, 라므네, 비니 등과 교류 시작.

1822년 20세 『오드와 잡영집*Odes et poésies*』 출간(오드는 노래를 뜻하는 그리스어 〈오데〉의 프랑스식 표기이다). 비극 「이네스 데 까스뜨로*Inés de Castro*」 상연 금지령.

1823년 21세 소설 『아이슬란드의 한*Han d'Islande*』 출간.

1826년 24세 『오드와 발라드*Odes et ballades*』 출간.

1827년 25세 희곡 「크롬웰*Cromwell*」 및 그 「서문」 출간.

1828년 26세 부친 타계.

1829년 27세 『동방시집*Les orientales*』, 소설 『어느 사형수의 마지막 날*Le dernier jour d'un condamné*』 출간. 「마리옹 들로름므*Marion de Lorme*」 공연 금지.

1830년 28세 「에르나니*Hernani*」 초연.

1831년 29세 소설 『노트르-담므 드 빠리*Notre-Dame de Paris*』 출간.

「마리옹 들로름므」 초연.

1832년 30세 「왕께서 즐기시다Le Roi s'amuse」 초연. 공연 금지. 재판.

1833년 31세 「루크레치아 보르지아Lucrèce Borgia」 및 「메리 튜도르 Marie Tudor」 초연.

1834년 32세 소설 『거지 끌로드Claude gueux』 및 논설문 『문학과 철학Littérature et philosophie mêlées』 출간.

1835년 33세 「안젤로Angelo」 초연. 시집 『황혼의 노래Les chants du crépuscule』 출간.

1837년 35세 시집 『내면의 음성Les voix intérieures』 출간.

1838년 36세 「뤼 블라Ruy Blas」 초연.

1840년 38세 시집 『빛과 그늘Les rayons et les ombres』 출간.

1841년 39세 프랑스 한림원Académie Française 회원으로 피선.

1842년 40세 여행기 『라인 강Le Rhin』 출간.

1845년 43세 프랑스 귀족원Chambre des Pairs 의원으로 임명됨. 소설 『비참한 사람들Les misères』 집필 시작. 1848년에 집필을 중단했다가 훗날(1862년) 〈레 미제라블Les misérables〉이라는 제목(역시 같은 의미이다)으로 출간하게 됨.

1851년 49세 빠리 시민들의 봉기 획책. 경찰의 추적을 피해 브뤼셀로 피신.

1852년 50세 논설문 『꼬마 나뽈레옹-Napoléon-le-Petit』 출간. 저지 섬으로 이주.

1853년 51세 시집 『징벌Les châtiments』 출간.

1854년 52세 시집 『사탄의 종말La fin de Satan』의 대부분 집필(1886년에 출간).

1855년 53세 저지 섬에서 추방되어 건지 섬으로 이주. 그곳에 집을 구입하여 택호를 〈오뜨빌-하우스Hauteville-House〉라는 프랑스-영국식 혼합 명칭으로 정함.

1856년 54세 시집 『명상*Les contemplations*』 출간.

1859년 57세 황제(나뽈레옹 3세)의 사면 제의를 거부. 시집 『세기들의 전설*La légende des siècles*』(제1부) 출간.

1860년 58세 『레 미제라블』 집필 재개.

1862년 60세 『레 미제라블』 출간. 『93년*Quatrevingt-treize*』 집필 준비 작업.

1864년 62세 논설문 『윌리엄 셰익스피어*William Shakespeare*』 출간.

1865년 63세 시집 『거리와 숲 속의 노래*Les chansons des rues et des bois*』 출간. 소설 『바다의 일꾼들*Les travailleurs de la mer*』 탈고.

1868년 66세 소설 『웃는 남자*L'homme qui rit*』 탈고.

1869년 67세 『웃는 남자』 출간. 희곡 「검*L'épée*」(1886년 출간), 「또르께마다Torquemada」(1882년 출간) 등 집필.

1870년 68세 9월 4일 제3공화국 선포. 다음 날 위고 빠리로 귀환.

1871년 69세 국회 의원으로 피선되었으나 곧 사임. 벨기에로 갔다가 추방되어 뤽상부르로 가서 시집 『끔찍한 해*L'année terrible*』 집필.

1872년 70세 『끔찍한 해』 발간.

1873년 71세 건지 섬에서 『93년』 탈고.

1874년 72세 『93년』 출간.

1876년 74세 상원 의원으로 피선.

1877년 75세 『세기들의 전설』(제2부), 시집 『할아버지가 되는 기술*L'art d'être grand-père*』, 논설문 『어느 범죄 이야기*Histoire d'un crime*』 출간.

1878년 76세　시집『교황*Le Pape*』출간. 뇌출혈 증세 보임. 건지 섬에서 요양.

1879년 77세　시집『최후의 자비*La pitié suprême*』출간.

1880년 78세　시집『종교들과 종교*Religions et religion*』,『당나귀*L'âne*』출간.

1881년 79세　『93년』을 각색한 비극 공연. 시집『지성의 뭇 경향*Les quatre vents de l'esprit*』출간.

1882년 80세　『또르께마다』출간. 상원 의원으로 재선.

1883년 81세　『세기들의 전설』(보완편) 및 화첩『망슈 군도*L'archipel de la Manche*』출간.

1885년 83세　5월 22일 타계. 6월 1일 국민장. 유해는 빵떼옹에 안치.

열린책들 세계문학 **188** 93년 하

옮긴이 이형식 서울대학교 불어교육과를 졸업하고 파리 8대학에서 마르셀 프루스트에 대한 연구로 박사 학위를 받았다. 현재 서울대학교 대학원 불어교육과 교수로 재직 중이다. 지은 책으로 『마르셀 프루스트』, 『프루스트의 예술론』, 『프랑스 문학, 그 천년의 몽상』, 『현대 문학 비평 방법론』(공저), 『프루스트, 토마스 만, 조이스』(공저), 『프랑스 현대 소설 연구』, 『그 먼 여름』이 있고, 옮긴 책으로는 루이 페르디낭 쎌린느의 『외상 죽음』, 싸드의 『사랑의 죄악』, 『미덕의 불운』, 카바니의 『철부지 시절』, 로베르 사바띠에의 『미소 띤 부조리』, 죠제프 베디에의 『트리스탄과 이즈』와 작자 미상의 『여우 이야기』, 『중세의 연가』, 『중세 시인들의 객담』, 『농담』, 『롤랑전』, 빅또르 위고의 『웃는 남자』와 『레 미제라블』 등이 있다.

지은이 빅또르 위고 **옮긴이** 이형식 **발행인** 홍예빈·홍유진
발행처 주식회사 열린책들 **주소** 경기도 파주시 문발로 253 파주출판도시
전화 031-955-4000 **팩스** 031-955-4004 **홈페이지** www.openbooks.co.kr
Copyright (C) 주식회사 열린책들, 2011, *Printed in Korea.*
ISBN 978-89-329-1188-5 04860 **ISBN** 978-89-329-1499-2 (세트)
발행일 2011년 10월 25일 세계문학판 1쇄 2024년 3월 20일 세계문학판 4쇄

이 도서의 국립중앙도서관 출판예정도서목록(CIP)은 서지정보유통지원시스템 홈페이지(http://seoji.nl.go.kr)와 국가자료공동목록시스템(http://www.nl.go.kr/kolisnet)에서 이용하실 수 있습니다.(CIP제어번호:CIP2011004347)

열린책들 세계문학
Open Books World Literature